汉译世界文学名著丛书

乌有乡消息

［英］威廉·莫里斯 著

黄嘉德 译

附：梦见约翰·鲍尔

包玉珂 译

William Morris
NEWS FROM NOWHERE
A DREAM OF JOHN BALL
Foreign Languages Publishing House
Moscow 1959
根据莫斯科外文出版社 1959 年英文版译出

威廉·莫里斯
(1834—1896)

汉译世界文学名著丛书
出版说明

1902年，我馆筹组编译所之初，即广邀名家，如梁启超、林纾等，翻译出版外国文学名著，风靡一时；其后策划多种文学翻译系列丛书，如"说部丛书""林译小说丛书""世界文学名著""英汉对照名家小说选"等，接踵刊行，影响甚巨。从此，文学翻译成为我馆不可或缺的出版方向，百余年来，未尝间断。2021年，正值"汉译世界学术名著丛书"出版40周年之际，我馆规划出版"汉译世界文学名著丛书"，赓续传统，立足当下，面向未来，为读者系统提供世界文学佳作。

本丛书的出版主旨，大凡有三：一是不论作品所出的民族、区域、国家、语言，不论体裁所属之诗歌、小说、戏剧、散文、传记，只要是历史上确有定评的经典，皆在本丛书收录之列，力求名作无遗，诸体皆备；二是不论译者的背景、资历、出身、年龄，只要其翻译质量合乎我馆要求，皆在本丛书收录之列，力求译笔精当，抉发文心；三是不论需要何种付出，我馆必以一贯之定力与努力，长期经营，积以时日，力求成就一套完整呈现世界文学经典全貌的汉译精品丛书。我们衷心期待各界朋友推荐佳作，携稿来归，批评指教，共襄盛举。

商务印书馆编辑部
2021年8月

威廉·莫里斯和他的《乌有乡消息》
黄嘉德

威廉·莫里斯是十九世纪后半期英国一位杰出的积极浪漫主义诗人和小说家，同时又是英国社会主义运动的先驱者之一。

十九世纪的后半期，是英国从资本主义向帝国主义过渡的时期。在国外，它对殖民地进行疯狂的扩张和掠夺；在国内，它对劳动人民进行残酷的剥削。到八十年代，英国发生了严重的经济危机，劳动人民的生活更加贫困，因此阶级矛盾趋于激化。工人为了要求增加工资和改善劳动条件，曾经举行过多次大罢工，对资本家展开斗争。英国统治集团尽管试图用武力疯狂镇压劳动人民，但也无法阻止工人运动日益高涨的浪潮。与此同时，社会主义的思潮在英国无产阶级和具有民主思想的知识分子当中重新兴起。一些宣传社会主义的团体如社会主义者同盟等也应运而生。这些团体对于推动当时工人阶级的斗争起了一定的作用。

莫里斯于1834年3月24日诞生在英国埃塞克斯郡沃尔瑟姆斯托城一个富商的家庭。他的父亲是一个拥有不少地产的证券经纪人。莫里斯从小酷爱文艺，特别是酷爱中世纪的艺术和建筑。他在少年时代沉浸在英国浪漫主义诗人拜伦（G. G. Byron，1788—1824）和雪莱（P. B. Shelley，1792—1822）的作品中。浪漫主义者那些不满现状、反抗压迫、以歌颂自由平等、强调个性解放为主题的诗篇，在他的思想感情上引起了强烈的共鸣。对于少年莫里斯来说，艺术的世界和幻想的世界不但是逃避庸俗的资本主义社会的安乐乡，而且也是反抗它的根据地。

在牛津大学学习期间（1853—1855），莫里斯跟一些志同道合的青年（包括当时的著名诗人和画家但丁·罗塞蒂和后来的著名画家伯恩-琼斯 Burne-Jones，1833—1898）等以"拉斐尔前派协会"[①]为中心，从事社会活动和艺术研究。

莫里斯在大学学习时期就开始写诗。他在1856年和他的文友创办了一个月刊，叫做《牛津和剑桥杂志》(*The Oxford and Cambridge Magazine*)。他的早期作品多数在这个杂志上发表。

离开牛津大学之后，莫里斯一方面在一个建筑事务所工作，另一方面和罗塞蒂等致力于艺术的研究。他起初从事绘画，不久就转入诗歌创作。1858年，他出版了第一部诗集《捍卫桂尼维尔和其他诗歌》(*The Defence of Guenevere and Other Poems*)。

1861年，莫里斯和他的文友开设了一家美术装饰公司，承办美术设计、户内装饰等业务，同时制作染色玻璃、雕刻的家具、刺绣、地毯、窗帘等家庭用品。这家公司所宣布的宗旨是：通过艺术来改变英国社会的趣味，使英国公众在生活上能够享受到一

[①] "拉斐尔前派"（The Pre-Raphaelites）：由英国的一些艺术家在1848年所组成的"拉斐尔前派协会"（The Pre-Raphaelite Brotherhood）而得名，其领导人物是霍尔曼·亨特（W. Holman Hunt，1827—1910）和但丁·罗塞蒂（Dante G. Rossetti，1828—1882）等。这一派的画家主张绘画艺术应该像拉斐尔（Raphael，1483—1520，意大利画家）以前的意大利绘画那样逼真地表现自然。

些真正美观而又实用的艺术品。莫里斯认为实用装饰术起源于民间，因此极力主张把纯洁的、健康的趣味还给人民。他在实用装饰术和美术史方面所进行的活动，对于他的进步世界观的形成和他的文艺创作的造诣起了重大的作用。通过实用美术的研究，莫里斯建立了自己的美学观点，从而在这个基础上意识到资本主义文化的庸俗和贫乏，开始认识资本主义制度的腐朽本质，并下定决心要以文艺作品为武器，对不合理的社会制度进行斗争。

他在 1867 年发表诗作《捷逊的生和死》(*The Life and Death of Jason*)，在 1868—1870 年间写成组诗《地上乐园》(*The Earthly Paradise*)。在这两部作品中，莫里斯以古代希腊罗马的神话传说和斯堪的纳维亚的神话为题材，表现了他对当时英国资本主义制度不合理现象和资本主义文化的憎恶，以及他追求人类美好幸福社会的远大理想。这两部作品，特别是《地上乐园》，使他在英国诗坛上享有声誉。

莫里斯在 1877 年开始积极参加政治活动。他加入了自由党的左派和社会人士联合组织的东方问题协会，反对保守党政府和土耳其联盟对俄国进行侵略战争。他写了一篇题为《不正义的战争》的著名政论，揭露统治集团的侵略政策的反动性，指出保守党政府所策划的军事冒险将会危害英国劳动人民的利益，呼吁英国工人起来争取和平。这篇重要的政论证明莫里斯在政治思想上已经成熟，同时标志着他的创作生涯和社会活动正在进入一个新时期。

这时，莫里斯还和他的朋友们组织了一个社会团体，叫做古代建筑物保护协会，其目的是在保护一些具有民族风格、历史意义和艺术价值的建筑物，而对资本主义社会中那些唯利是图的市侩展开斗争。莫里斯担任协会的名誉秘书，经常为协会的工作进行宣传。在他的演讲中，他指出艺术和社会生活的密切关系，并且强调艺术和自由一样，不是少数人的私有物，而是属于人民大众的。

莫里斯在参加东方问题协会的政治活动之后，逐渐认识到帝国主义的侵略本质。英帝国主义在爱尔兰、埃及、印度、缅甸和南非的扩张和掠夺行为使他触目惊心。在国内，他发现：许多原来为维护工人阶级的利益而组织起来的工会，已经被资本家所收买，成为政客和政党的驯服工具。为了反对帝国主义，他在七十年代后期就和英国工人运动中的进步人士建立了联系，并且在1879年担任一个进步的工人团体全国自由同盟的司库。在1881—1882年间，他企图把伦敦工人阶级所有的政治团体组织成为一个"激进联盟"，为建立一个强有力的工人政党创造条件，可是他的努力没有成功。

就这样通过二十多年的生活体验、文艺活动、政治斗争，特别是通过和工人运动的直接接触，莫里斯终于在1883年加入了民主联盟，成为一个社会主义者。他开始对马克思的《资本论》以及英国经济学家亚当·斯密（Adam Smith, 1723—1790）和李嘉图（David Ricardo, 1772—1823）等的著作进行系统的研究。

马克思的《资本论》使他认识到阶级斗争的意义。在他最早的一篇题为《商业战争》的关于社会主义问题的演讲里，莫里斯指出阶级社会里存在着阶级斗争：

"这里有两个互相对立的阶级……在社会里，保持中立是不可能的，袖手旁观是不可能的；你必须参加这个阵营或那个阵营；你要么就做反动派，被民族前进的车轮辗得粉碎，这样来发挥作用；要么就加入进步的队伍，摧毁一切的敌对力量，这样来发挥作用。"①

民主联盟（成立不久就改名为社会民主联盟）在1884年底发生分裂。莫里斯和其他一些执行委员不同意该联盟领导人海德门（Henry Mayers Hyndman，1842—1921）的机会主义的政策路线，便和爱琳娜·马克思-艾威林（Eleanor Marx-Aveling，1855—1898，马克思的女儿）及其丈夫爱德华·艾威林（Edward Aveling，1851—1898）等退出联盟，在恩格斯的支持下，组织了一个新的社会主义团体，叫做社会主义者同盟。莫里斯并且担任该同盟的机关报《公共福利》(*The Commonweal*)周刊的主编。《公共福利》周刊最初几期发表了一系列以阐述马克思的著作为主的论文。在主编《公共福利》的六年间，莫里斯为这个刊物写了大量的宣传社会主义的诗歌和散文作品，包括他的重要诗作《向希望前进的人们》(*The Pilgrims of Hope*，1885)。在这首自传体长诗里，莫里斯以1871年巴黎公社的革命事件为中心，表示坚信工人阶级只要拿起武器进行斗争，必将取得最后的胜利。小说《梦见约翰·鲍尔》(1886—1887)和《乌有乡消息》(1890)都是首先在《公共福利》周刊上发表的。

---

① 转引自汤普森（E. P. Thompson）著《威廉·莫里斯：由浪漫主义者到革命家》(*William Morris: Romantic to Revolutionary*，1955)一书第310—311页。

社会主义者同盟在1885年发表了一篇由莫里斯执笔的宣言，根据马克思主义的理论，提出实现"革命的国际社会主义"（revolutionary international socialism）的主张，其基本内容是要求改变社会基础，消灭阶级和国家的界限。宣言指出：现代文明社会里存在着两个阶级——一个阶级占有财富和生产资料，另一个阶级为那占有财富的阶级创造财富。这两个敌对阶级以不同的方式发生无休止的斗争。为了消灭剥削，使广大人民能够按劳分配，过着幸福的生活，一切生产资料必须公有化。这不能通过"国家社会主义"（state socialism）的改良主义方法去实现，而只能通过革命的国际社会主义去实现。社会主义同盟将致力于教育人民的工作，使人民群众掌握社会主义革命的理论，来完成这个伟大的事业。

在他五十四岁诞辰的时候，他在一次演讲里说："我自称为革命的社会主义者，因为我的目标是实现社会的彻底革命。我的目标不在改革现有社会制度，而在废除现有社会制度。……可是，我再一次请你们注意，我的目标是社会主义或共产主义，而不是无政府主义。"[①]

作为一个社会主义者，莫里斯不但从事理论研究和宣传工作，而且也积极参加实际斗争。在八十年代的英国，阶级斗争非常尖锐，工人运动汹涌澎湃，罢工、游行示威和群众集会引起了劳动

---

① 转引自卢宾斯坦因（A. T. Rubinstein）著《英国文学的伟大传统——自莎士比亚至萧伯纳》（*The Great Tradition in English Literature from Shakespeare to Shaw*, 1953）一书第855页。

人民和警察的正面冲突。莫里斯投身于这些群众运动，坚决支持工人对资本家的斗争。在1887年11月13日，伦敦发生了"血腥的星期日"的惨剧。当日伦敦的社会主义团体及其进步组织在特拉法尔加广场联合举行一次保障言论自由权利的群众大会，政府出动警察前来镇压，结果死伤多人。莫里斯和英国伟大戏剧家萧伯纳（George Bernard Shaw，1856—1950）也参加大会，亲眼看到统治集团残杀人民的罪恶。莫里斯对政府的暴行极为愤慨，曾写了一首题为《死亡之歌》（*A Death Song*）的诗来悼念牺牲者。

1890年，因为社会主义者同盟和《共同福利》周刊被无政府主义者所把持，莫里斯便自动退出，在1891年另外组织了汉默史密斯社会主义协会，出版刊物，支持工人运动。

在八十至九十年代期间，莫里斯时常通过演讲，在工人和知识分子当中宣传社会主义理论。在一次为保卫言论自由和集会自由而举行的群众大会上，莫里斯发表演说。警察横加干涉，解散集会，逮捕莫里斯。但是任何挫折都不能动摇莫里斯宣传社会主义思想的决心。他直到晚年还是和工人运动保持接触，不断通过写作和演讲来从事宣传工作。这一时期的政治运动又促使他建立积极浪漫主义的美学观点，创作了一系列宣传社会主义的优秀作品，为英国十九世纪进步文化增添光辉。

莫里斯因病于1896年10月3日在伦敦逝世，享年六十三岁。在他逝世后，他的女儿，梅·莫里斯（May Morris），把他一生的作品，包括诗歌、小说、戏剧、散文浪漫故事、政论、杂文、演讲词、书信和翻译等等，编成二十四卷的全集出版（1910—1915）。

在莫里斯的散文作品中,《梦见约翰·鲍尔》和《乌有乡消息》是他最重要的两部小说。

《梦见约翰·鲍尔》是一部以英国历史上著名的1381年农民起义为背景的中篇幻想小说。莫里斯在书中描写英国一个社会主义者做了一场梦,梦见自己生活在十四世纪的英国,参加农民起义的部队,对贵族进行战争。他和一个以牧师为职业的农民领袖约翰·鲍尔谈话。在这次长谈中,他把人类社会未来发展的情况告诉鲍尔,着重指出人民会不断地反抗压迫者。莫里斯通过叙述者之口,无情地揭露贵族和富豪的凶狠残酷,并以深切的同情描绘人民群众所遭受的苦难。叙述者一方面预言十四世纪的农民起义将会失败,另一方面肯定说:人民遭遇到的挫折只是暂时的,每一次新的起义和新的斗争将标志着人民力量的成长壮大,使他们更加迅速地由压迫者的铁蹄下获得彻底的解放。在《梦见约翰·鲍尔》第十二章中,故事叙述者对鲍尔说:

"……这个正在我们眼前开朗起来的夏日的黎明……也许竟是一个寒冷、灰暗和阴沉的黎明,但是凭着它的亮光,人们仍然能够看到一切事物的真相,而不再会被月光的闪烁和梦境的魅力弄得目迷心醉了。凭着这一线灰暗的曙光,聪明的人和勇敢的人就能找到一种挽救办法,并实际掌握它,它是一种摸得到、握得住的真实东西,而不是什么只能从远处向之膜拜的天上的荣耀。……约翰·鲍尔,这一天是一定会到来的,那时候,你现在对未来的梦想就会被人们看做是一件行将实现的事情而郑重地加以讨论……"

莫里斯在这部小说中强调人民大众的起义终究会取得胜利，这是意味深长的。在十九世纪八十年代，当英国工人对资本家的斗争屡遭失败，有些工人对继续斗争信心不足之际，莫里斯显然是想借《梦见约翰·鲍尔》来鼓舞工人阶级的斗志。由这一点说来，《梦见约翰·鲍尔》是有着深刻的社会意义的。

《乌有乡消息》是莫里斯的代表作，是西方文学上一部以未来共产主义社会为题材的优秀的长篇空想小说。

莫里斯在参加社会主义运动之后，就想以小说的形式来表达自己的社会主义理想。美国作家爱德华·贝拉米（Edward Bellamy，1850—1898）在1888年出版的乌托邦式的小说《回顾》（*Looking Backward*）促使他实现这个计划。贝拉米在自己的作品中预言在公元2000年，人类社会将由资本主义"和平进化"到社会主义。莫里斯很不同意贝拉米这种空想，因此就创作《乌有乡消息》，加以驳斥。这部小说的单行本在1891年出版。

莫里斯在《乌有乡消息》中以"地上乐园"为主题（这是作者在他以前许多作品中一贯采用的主题），但他在处理这个主题时，已经不像他在早期诗作《捷逊的生和死》和《地上乐园》中那样，企图从古代神话传说中寻求他的理想的乌托邦，而是把乌托邦的理想和未来的共产主义社会的具体目标结合起来了。在《乌有乡消息》中，关于人类未来幸福社会的伟大理想具有更明显的现实内容，从而使这部小说的思想性更提高了一步。

莫里斯在《乌有乡消息》中以新旧对比的方法，一方面描写未来共产主义社会的幸福生活，另一方面揭露和抨击十九世纪末叶资本主义社会的罪恶。故事描述伦敦一个社会主义者在参加一次关于社会主义问题的辩论之后，回家就寝，做了一场梦，在梦中发现自己生活在共产主义制度下的英国。通过实地观察，也通过和船夫迪克（即理查德·哈蒙德）、不列颠博物馆图书管理员老哈蒙德（迪克的年已超过一百零五岁的曾祖父）、克拉娜（迪克的情人）和爱伦等人的接触交谈，这个自称"客人"的主人公惊奇地看到整个英国社会以及人们的精神面貌和生活习惯都已经发生了根本的变化。这个新世界没有私有财产，交易不用货币；人们需要什么东西就可以到商店里去领取；贫富的界限已经消失，人们不知道什么叫做贫困。旧时代的"遗传性的病"——"懒惰"已经消灭，人人热爱劳动，人人有工作，过着丰衣足食，无忧无虑的生活。

在共产主义的英国，人压迫人的现象已经消灭，人们获得了完全的自由。资产阶级政府——保护富人反对穷人的"专制政治的机器"——已经没有存在的必要了。

讲到英国的城市时，作者通过老哈蒙德之口说：在过去，英国的"市镇是封建军队的堡垒、乡民的市集和工匠的聚集场所"。后来，英国变成一个由丑恶的大工厂和更加丑恶的大赌窟所组成的国家。伦敦大部分是贫民窟，纯洁无辜的人们在那里受苦受难。在新时代里，这一切丑恶的现象已不存在。城市和农村的差别逐渐消灭，整个英国"已经变成一个花园了"。

莫里斯在这部小说里对十九世纪资本主义的经济制度提出了严厉的批评。老哈蒙德指出：到了资本主义社会的最后阶段，资本家为了达到廉价生产的目的，残酷地剥削工人，使工人无法享受到最起码的生活条件，同时失掉了劳动的乐趣，而所生产的大部分商品又是人们所不需要的东西。高速度的生产造成商品过剩。在这种情况之下，英国的帝国主义政策就形成了。为了推销过剩的商品，帝国主义不惜用武力和欺骗的手段去"开拓"别的国家，推行商业奴隶制度，破坏本地人的生活，强迫他们接受他们所不需要的商品，同时又掠夺他们的天然资源。

在作者心目中的共产主义社会里，商品是完全根据实际的需要而制造的。由于人们不再被强迫去生产那些毫无用处的东西，他们便有充分的时间和精力去考虑他们制造商品的乐趣。凡用双手做起来觉得厌烦的工作就都改用机器；而一切用手力机械做起来很有乐趣的工作便不使用机器。人人都可以找到适合自己特殊才能的工作，所做的工作都有益身心，所以对于新社会的人来说，劳动已经成为一种愉快的习惯了。

事实上，莫里斯在《乌有乡消息》中热情地歌颂劳动的伟大。为了说明人们精神面貌和生活习惯的巨大变化，作者力图在这部小说里描写自由的人类的创造性劳动和他们在劳动中的乐趣。主人公在新社会里碰到的第一个人物船夫迪克为他划船摆渡，热心服务，不取报酬，这就给他极其深刻的印象。迪克无论是划船操桨或是从事金属雕刻，都把劳动当做一种生活上最愉快的事情。汉默史密斯宾馆里的姑娘们在招待客人进餐时态度殷勤，打扫大厅时认真从事，真正体验到工作的乐趣。孩子们在商店里供应物品给顾客，在市场上看管马匹，把义务劳动当做一种消遣。

小说的主人公看到这些新现象后，向老哈蒙德提出这么一个问题：在新社会里，"在劳动没有报酬的情况下，你们怎样鼓励人们去工作？"老哈蒙德答复时指出：劳动的报酬就是生活。人们在劳动中可以得到创造的快乐,这就是再好也没有的报酬。人为的强迫命令已经不存在,人类的个性获得了解放,人人都有发展自己的才能的自由,同时也知道新社会所需要的是哪一些劳动的产品,因此劳动便有可能成为快乐的源泉。

资产阶级理论家总是歪曲人类对劳动的态度,认为人类把劳动看成苦事,认为人类如果没有金钱的报酬便不愿劳动。为了证明这种见解的荒谬,莫里斯在这部小说中不止一次描写集体劳动的动人场面。(例如,第七章中十几个年轻小伙子修筑马路的场面,第二十三章中一群工人晒干草的场面,第二十六章中男女工人建造新宾馆的场面。)

在新社会里,脑力劳动已经逐渐和体力劳动结合起来。迪克的主要工作是划船和从事金属雕刻。纺织工人罗伯特有时在印刷厂排字,有时进行数学研究和历史写作。清洁工人亨利·约翰逊一有闲暇就从事小说创作。每当晒干草的季节到来的时候,许多"经常坐着工作"的科学家和学者总要到干草场去刈草,一方面熟悉农业劳动,另一方面由体力劳动中获得乐趣。

在莫里斯笔下的共产主义社会里,人压迫人和不平等的现象已经消灭,人们的道德品质大大提高,人与人之间开始建立了新的关系。人人都有工作,可以各尽所能,不再互相斗争、互相掠夺了;人与人公平相待、和睦友爱。社会上再也没有"犯罪的阶层",民法失其效用。随着私有制的消灭,"女人是男人的财产"这个错误的观点已经不再存在。新社会的家庭"不是由法律的或者社会的强制性来维系的,而是由相互的喜悦和爱情来维系的,无论男女都有随意加入或者退出一个家庭的自由"(第十二章)。

作者在这部小说中特别举出迪克和克拉娜这一对情人破镜重圆的事件,来说明新社会两性关系和家庭关系的特征。

莫里斯根据马克思的无产阶级革命理论和自己在社会主义运动中的实际经验(特别是经历了英国工人多次的罢工斗争和1887年11月13日"血腥的星期日"事件)指出工人运动的兴起和发展是阶级斗争的必然结果,同时断定由资本主义到社会主义和共产主义的变革只有通过武装革命才有实现的可能。这个正确的观点证明莫里斯是一个卓越的思想家,他的进步性远远超过了他同时代的资产阶级作家。

老哈蒙德在和小说的主人公谈话时,深入分析十九世纪英国资本主义社会阶级斗争的情况,并且把工人阶级在工人联合会领导下进行武装革命斗争建立共产主义社会的经过作了一番概括的叙述。这一部分在《乌有乡消息》中占着重要的地位。

虽然莫里斯知道他将不能亲眼看到共产主义制度的诞生,可是他深信这个理想的社会总有一天会实现。在小说结束时,主人公仿佛听见爱伦在对他说:"……你回去吧,但愿你因为见过我们而更加幸福,但愿你因为使你的斗争增加了一点希望而更加幸福。尽你的力量继续生活下去吧,不辞辛勤劳苦,为逐渐建设一个友爱、平静和幸福的新时代而奋斗。"

莫里斯在小说中最后满怀信心地说道:"是的,毫无疑问!如果其他的人也能像我这样看到这一点,那么,这不应该说是一场幻梦,而应该说是一个预见。"

莫里斯的《乌有乡消息》在艺术性方面也有显著的成就。莫里斯继承了拜伦、雪莱和宪章派诗人的积极浪漫主义的优良传统而加以发扬光大。在他的《社会主义赞歌集》(Chants for Socialists, 1884—1885)、《向希望前进的人们》、《梦见约翰·鲍尔》和《乌有乡消息》等优秀作品中,人物和情节都是虚构的,但是他的幻想却有着现实的基础,因此他笔下的人物和情节在艺术上真实地反映了现实。作者在《乌有乡消息》中对资本主义制度表示强烈的憎恶;为了摆脱这个不合理的制度,他热诚地憧憬着未来的共产主义社会。他认识到无产阶级与资产阶级的不可调和的矛盾总有一天会以武装斗争的方式彻底解决,而随着工人阶级的必然胜利,共产主义社会一定会在资本主义制度的废墟上建立起来。在这里,他表达了广大人民群众的愿望和意志,也反映了他的坚定信念。可以看出,他在新的历史条件下形成的积极浪漫主义,对社会发展规律有了比较明确的认识,这是他比拜伦、雪莱和宪章派诗人更胜一筹的地方。

莫里斯采取了象征的、幻想的方法来讲他的故事。小说主人公在现实世界中所碰到的问题和他在梦的世界中所碰到的问题性质相同,而且彼此之间有着极其密切的关系。作者在小说中所采用的笔法是多样化的,有史诗般的叙述,有激动人心的抒情,有犀利雄辩的政论,有意味深长的对话,也有引人入胜的景物描写。作者所用的诗的语言是简练、朴实而生动有力的。作者也塑造了一些鲜明的人物形象,例如主人公所遇到的少女爱伦的形象。

莫里斯受了当时历史条件的局限,他的《乌有乡消息》是有不少缺点的。

首先,莫里斯的思想中存在着一个根本矛盾:他一方面向前看,预言未来共产主义社会的幸福生活,另一方面或多或少地向往过去的时代，把中世纪的生活方式理想化。例如当他描写未来的景象时，他不止一次把共产主义的美好理想跟中世纪生活艺术的理想混淆起来。他在描绘未来人类的性格和思想时，往往企图从他所熟悉的过去时代的材料中寻找类似的特征。他在描写未来英国的景色时，喜欢把中世纪的图景搬出来应用等等。这是莫里斯思想中封建主义的烙印。

其次，莫里斯虽然认为在共产主义社会里，繁重的劳动将用机器来代替，可是他过分强调手工业的作用，而把机械工业放在次要的地位。他把机器跟资本主义制度下的粗制滥造联系起来，跟奴隶和奴隶主联系起来。他认为在新社会里，人们一定会"以机器不能产生艺术品为理由、以艺术品的需要越来越大为理由，悄悄地把机器一架又一架地搁置起来"。他觉得在未来的社会里，个人的手工劳动应该是主要的劳动方式。他甚至认为书籍可用手抄或者用手工方法印刷，因而不需要大规模的机器印刷业。尽管他在第七章和第二十四章里也曾含糊地提到在新社会人们可以使用新的动力，但他对人类技术的进步并没有怀着热烈的期望。这就充分反映了他的小手工业者的思想感情。

第三，莫里斯还不懂得怎样组织和领导人民群众进行大罢工和武装革命，还不懂得工人阶级政党和领袖在社会主义革命中所起的重大作用，因此，他对于领导工人运动的人物，也只是笼统地用"领袖们"一类的名词。他在这部小说里，没有能够塑造工人阶级的正面人物形象，因此就不能通过具体英雄人物形象的突出刻画来更集中地表现人民群众的思想感情和斗争生活。

尽管在英国文学史上，《乌有乡消息》是描写工人阶级通过武装革命彻底改造社会的第一部小说,但因为莫里斯并没有真正掌握无产阶级革命和无产阶级专政的革命理论,没有完全接受马克思主义的革命道路,凭着他的许多美好的预见和热情的愿望,终于只能写出这么一部属于空想社会主义的小说。

目　录

乌有乡消息

第一章　讨论后上床就寝 …………………………………… 3
第二章　清晨游泳 …………………………………………… 7
第三章　宾馆和宾馆内的早餐 ……………………………… 18
第四章　途中市场 …………………………………………… 31
第五章　路上的儿童 ………………………………………… 36
第六章　买东西 ……………………………………………… 45
第七章　特拉法尔加广场 …………………………………… 55
第八章　一个老朋友 ………………………………………… 64
第九章　关于爱情 …………………………………………… 69
第十章　问答 ………………………………………………… 83
第十一章　关于政府 ………………………………………… 98
第十二章　关于生活的安排 ………………………………… 104
第十三章　关于政治 ………………………………………… 112
第十四章　公众的事务是怎样处理的 ……………………… 113
第十五章　论共产主义社会中劳动缺乏推动力的问题 …… 120
第十六章　在布卢姆斯伯里市场大厅里的午餐 …………… 130

第十七章	变革的经过	136
第十八章	新生活的开始	166
第十九章	驱车回汉默史密斯	172
第二十章	回到汉默史密斯宾馆	179
第二十一章	朝着泰晤士河上游前进	181
第二十二章	汉普顿宫和一个旧时代的歌颂者	185
第二十三章	伦尼米德的清晨	197
第二十四章	朝着泰晤士河上游前进的第二天	204
第二十五章	在泰晤士河上的第三天	215
第二十六章	顽固的人	220
第二十七章	上游地带	226
第二十八章	小河	239
第二十九章	泰晤士河上游的一个休息所	244
第 三 十 章	到达目的地	250
第三十一章	在新人民中的一座老房子	257
第三十二章	宴会的开始——故事的结局	263

附：梦见约翰·鲍尔

第一章	肯特郡的老百姓	273
第二章	一个来自埃塞克斯郡的人	281
第三章	他们在十字架前会师	291
第四章	约翰·鲍尔的呼吁	295
第五章	他们听到了战争的消息，准备应战	307
第六章	镇梢之战	316

第七章　继续在十字架前讲话 …………………………329
第八章　威尔·格林家里的晚餐 …………………………334
第九章　生者与死者之间 …………………………………340
第十章　两人谈论未来的时代 ……………………………348
第十一章　从旧世界展望新世界是困难的 ………………356
第十二章　如果不是为了变革之后的变革，
　　　　　变革有时反倒是一种灾难 ……………………363

乌有乡消息

黄嘉德　译

第一章
讨论后上床就寝

一位朋友说,有一天晚上,在社会主义者同盟[①]那里展开了一场活跃的讨论,内容是关于进行革命那天将会发生什么事情,最后谈锋转移,许多朋友发表了强有力的言论,对于那充分发展的新社会的前途,提出了他们的观点。

我们的朋友说:就这个题目而论,这次的讨论是心平气和的;因为在座的人全都习惯于公共集会,习惯于听了演讲之后的辩论,所以即使他们不倾听彼此的意见(简直不能期望他们会这样做),他们却也不是老想同时发言,像一般上层社会人士在谈论他们感兴趣的题目时那样。至于其他情况,当时有六人出席,因此也就代表了政党的六个派别,其中四个派别有着坚定而有分歧的无政府主义见解。我们的朋友说,他非常熟悉的一个派别代表在讨论开始时静静地坐着,几乎一言不发,可是后来也卷入了这场讨论,最后大喊大叫,咒骂其他的人都是傻瓜。在这之后,发生了一场吵闹,接着是一阵沉默。这时候,上述那个派别代表很友好地向

---

① 社会主义者同盟系本书作者威廉·莫里斯和他的同志们在1884年底组织的社团。——译者

在座的人道了晚安，独自个儿动身回到西郊的寓所，使用的交通工具乃是文明强迫我们使用而成为习惯的交通工具。当他坐在那个装满了匆忙而怨愤不满的人群的蒸笼——即地下铁道的车厢时，他和别人一样，在闷热的空气中感到怨愤不满，同时又怀着自我责咎的心情反复考虑许多出色的、令人信服的论点，这些论点他虽然十分熟悉，却在刚才举行的讨论会中忘得干干净净，没有引用。可是，这种心境对他来说是常有的，因此持续得并不很久。他由于讨厌自己在讨论时发过脾气（这对于他来说也是常有的事）而感到短暂的不安，在这之后，他对讨论的内容左思右想，可是依然感到不满和不快。他自言自语地说："但愿我能看到这么一天的到来；但愿我能看到这么一天！"

当他说完这句话的时候，地下火车停在他准备下车的车站，从这里步行五分钟就可以到达他的寓所；这个住宅坐落在泰晤士河岸边，距离一座丑陋的吊桥不远。他走出车站，心里依然感到不满和不快，口中喃喃自语地说："但愿我能看到这么一天！但愿我能看到这么一天！"可是，他朝着泰晤士河走了没有几步（据那位叙述这个故事的朋友说），心里一切不满和烦恼就似乎都云消雾散了。

那是初冬的一个美丽的夜晚，空气凛冽的程度刚好使人在离开闷热的房间和臭气熏人的火车车厢之后感到心旷神怡。不久以前稍微转到西北方向的风已经吹散了天空的云，只留下一两片迅速地向天际飘去。一钩新月升到半空中；当这个回家的人看见这掩映在一棵高大而古老的榆树枝丫间的月亮时，他几乎忘记他是在破旧的伦敦郊区，觉得自己仿佛是在一个美妙的乡间庄园——

的确比他所熟悉的幽深的乡间更加美妙。

他一直走到河边,徘徊了一会儿,由低低的堤岸上眺望那给月光照耀着的河水;这时刚近满潮,闪烁的水流向奇齐克中洲①滚滚地冲过去;至于下流那座丑陋的桥梁,他没有注意到它,也没有想到它,只有在他觉得看不到下游那一排灯光的一刹那间(我们的朋友说),他才想起了它。后来他走到他的寓所的大门口,开门进去;他刚把门关上,就把刚才讨论会上那些引人深思的卓越逻辑和预见忘得一干二净。至于讨论会本身,在他的脑海中也没有留下什么痕迹,只有一种希望,一种过着和平、安宁、清净、友好的日子的模糊的希望,这种希望现在已经变成了一种快感。

他怀着这种心情上床就寝,按照习惯在两分钟内进入睡乡;可是(与他的习惯相反)不久又醒了过来,而那种不寻常的完全清醒的状态有时甚至也会使一向睡眠很好的人感到惊奇。在这种状态之下,我们觉得我们的心智异乎寻常地灵敏,而我们曾经经历过的一切糟糕透顶的事情、我们生活上所遭遇到的耻辱和损失,全都硬是要挤到前面来,让我们的灵敏的心智去加以考虑。

在这种状态之下,他躺在床上(我们的朋友说),直到他几乎开始觉得满有意思:直到他所干过的蠢事使他觉得好笑,而呈现在他眼前(他看得非常清楚)的那些纠缠不清的事情开始形成一个使他觉得有趣的故事。

他听见时钟敲一点,敲两点,敲三点;在这之后,他又熟睡了。我们的朋友说,他又醒过来一次,后来经历了一些令人非常

---

① 奇齐克中洲(Chiswick Eyot),泰晤士河上的一个小岛。——译者

惊奇的事件，这些事件我们的朋友认为应该讲出来给我们的同志和广大的公众听，因此打算马上加以叙述。可是我们的朋友说，我认为我最好还是用第一人称的方式来叙述这些事件，如同我亲身经历过的一样；这样对我来说的确比较容易，也比较自然，因为我比世界上任何人更了解我谈到的这位同志的感觉和愿望。

第二章
清晨游泳

我醒了,发见我已经把被褥踢开;这也难怪,因为天气炎热,阳光照耀得很明亮。我跳下床来,洗脸漱口,赶快穿上衣服,可是这时我是在一种蒙胧的、半睡半醒的状态中,好像我曾经睡过很长的时间,而不能把睡魔驱除掉似的。事实上,我并没有看清楚我是不是在自己的房间里,而是想当然地认为一定是在自己的房间里。

当我穿好衣服的时候,我觉得房间里很热,便赶快离开房间,走出寓所。新鲜的空气与和煦的微风使我心中产生了一种非常舒畅的快感。接着,在我的神志开始清醒时,我的感觉只是一种莫可名状的惊奇:因为昨夜我就寝时是冬天,而现在从河边的树木看来却是夏天,好像是六月上旬一个美丽明朗的清晨。然而,近乎满潮的泰晤士河却依然在阳光下闪烁,就像昨夜我看见它在月光下那样。

我并没有驱除掉心中那种压抑的感觉;不管我是在什么地方,我对周围的环境简直是毫无认识;所以,难怪尽管有泰晤士河这个熟悉的面貌,我还是觉得疑惑不解。同时,我觉得头昏眼花,很不舒服;我想到人们常常租一只小船,划到中流去游泳,因此我也打算这样做。我自言自语地说：看来时间还很早，可是我想在比芬（Biffin）码头总可以找到一个人带我到河上去。然而，我没有走到比芬，甚至没有向左转弯朝那个地方走去，因为刚在这时候，我看见在我跟前，在我寓所的前面，就有一个河边台阶；事实上，正在我的隔壁邻居架起河边台阶的地方，虽然看来又似乎不大像。我走了下去，在那些停泊于台阶边的几只空船中果然有一个人靠在短桨上，他那一只看来相当坚实的小船显然是准备为游泳者服务的。他对我点点头，说声早安，好像在期待我似的；于是我便一言不发地跳上船去。他把船悄悄地划了出去，我脱下衣服准备游泳。当我们乘舟前进时，我俯望着河水，禁不住开口说——

"今天早晨河水多么清澈啊！"

"是吗？"他说，"我倒没有注意到。你知道在涨潮的时候，河水总有点混浊。"

"哼"，我说，"我看见过河水甚至在半退潮的时候也很混浊。"

他默然不答，可是仿佛颇为惊讶。他正在逆流划着船，这时我已经脱掉衣服，便立即跳进水里。当然，当我把头再度伸出水面时，我顺着潮水奔流的方向，张开眼睛很自然地寻找那座桥梁；可是我所看见的景物使我非常惊讶，因此我忘记尽力游泳，又沉到水里去了。我浮到水面之后，便一直朝着那只小船游过去，因为我觉得我必须向我的船夫提出几个问题。跑进我眼睛里的河水还没流出来，在目力不足的情况下所看到的河面景象使我迷惑不解，虽然到这时候我已经摆脱了那种微睡的、头昏眼花的感觉而完全清醒了。

我踏上他放下来的梯子后,他伸手帮助我爬上船去。我们的船迅速顺流漂向奇齐克①去;这时他拿起短桨,把船头转过来,对我说:

"你游得很少,邻居;你在做过一次旅行之后,也许会觉得今天早晨的水很凉吧。你要我马上把你送上岸呢,还是你愿意在早餐之前到普特奈②去?"

他说话的态度和我意料中的汉默史密斯③的船夫大不相同,因此我一边凝视着他,一边回答说:"请你让船停一停;我要看看周围的景色。"

"好吧,"他说,"这儿美丽的景色并不比谷仓榆树(Barn Elms)那边差;早上这个时辰到处都是令人愉快的。我很高兴你起了个大早;现在还不到五点钟呢。"

我现在有时间把我的船夫观察一番,在头脑清醒、眼睛明亮的情况之下看看他,因此我不但对河边的景象感到惊奇,而且对我的船夫也同样感到惊奇。

他是一个漂亮的年轻小伙子,眼睛露出一种特别愉快和友好的神情——这种神情当时使我觉得很新奇,虽然不久也就习惯了。此外,他有黑色的头发,深棕色的皮肤,身体结实强壮,显然是经常运用他的肌肉,可是一点也没有粗野的样子,而且非常干净。他的衣服跟我看见过的那种现代工作服颇不相同,把它当作十四

---

① 奇齐克(Chiswick),在伦敦郊区。——译者
② 普特奈(Putney),在泰晤士河畔。——译者
③ 汉默史密斯(Hammersmith),伦敦的一个市区。——译者

世纪生活的图像上的服装倒很适宜：那衣服是用深蓝色的布料制成的，十分朴素，但质地很好，什么污点也没有。他的腰部围了一条棕色的皮带，我注意到那皮带的扣子是用大马士革的钢①做成的，制作精美。总之，他看起来好像是一个特别豪爽的、高尚的青年绅士，只是逢场作戏，装扮船夫。我肯定事实就是这样的。

我觉得我应该和他谈谈话。我看见萨里②的岸边有一些用轻木板搭成的脚踏架一直伸展到水里，而在岸上那一边则有一些绞盘，于是便指着萨里的岸边说："那些东西放在这儿干什么的？如果我们是在泰河③上的话，我一定会说那是用来拉沙门渔网的；可是在这儿……"

"啊，"他微笑着说，"那些东西当然是做这种用处的。有沙门鱼的地方就会有沙门渔网，不管是在泰河上也好，在泰晤士河上也好。当然，这些渔网并没有一直在使用；我们并不是**天天**需要吃沙门鱼的。"

我刚想说："但这是泰晤士河吗？"可是我终于在惊奇中沉默不语，用迷惑的眼光朝东再去看那座桥梁，接着望一望这条伦敦河流的两岸；的确有许多东西使我惊讶不止。因为虽然河上有一座桥梁，河流两岸也有房屋，可是从昨夜起，一切改变得多么厉害呀！那肥皂厂和它的吐着浓烟的烟囱不见了；机械厂不见了；制铅工厂不见了；西风也不再由桑奈克罗弗特（Thorneycroft）造

---

① 叙利亚首都大马士革所制造的钢有波纹，品质优良。——译者
② 萨里（Surrey）郡，在英格兰东南部。——译者
③ 泰河（Tay），苏格兰的一条河流。——译者

船厂那边传来钉打锤击的声响了。还有那座桥梁!我也许曾经梦想过有这么一座桥梁,可是从来就没有在色彩鲜艳的图画中看到这样的桥梁;因为甚至佛罗伦萨的维齐奥桥①也不能和它媲美。这是一座用石头建成的桥梁,桥洞都呈拱形,非常结实,既雅致又坚固;拱洞的高度也可以让一般河上船只顺利通行。桥边的栏杆里有一些古雅精致的小建筑物,看起来是货摊或商店,嵌饰着油漆的和镀金的风向标和小塔尖。石头经过风吹雨打,已经有点损蚀,可是完全没有那种给煤烟熏黑的污秽不洁的痕迹,像我在伦敦那些超过一年寿命的房子上经常看见的那样。总之,在我看来,这座桥梁真是一个奇观。

那划桨的船夫看到我的热切而惊讶的神情,好像是在答复我的思想似的说:

"是的,这**是**一座美丽的桥梁,可不是吗?甚至在上游的那些小得多的桥也不见得比这座桥更雅致,那些在下游的桥也不见得比这座桥更壮丽。"

我不禁几乎是违反本意地问:"这座桥建了多少年了?"

"哦,年岁不很多,"他说,"它是在 2003 年建造的,或者至少是在那一年开放的。以前在这儿是一座相当朴素的木桥。"

我听到这个年代时,噤口无言,好像一只装在我的双唇上的挂锁给钥匙锁上了似的;因为我意识到已经发生了一些无法解释的事情,我如果说很多话,便会纠缠在一场反反复复的问答中。

---

① 意大利佛罗伦萨城(Florence)的维齐奥桥(Ponte Vecchio)以美丽著称。——译者

所以我装作没事一般,用一种无所谓的态度朝着河流两岸望了一望,但是由桥的两边到肥皂厂址的区域,我所看见的是下述的景象。两岸都有一排非常漂亮的房子,低而不大,距离河边有一小段路;它们多数是用红砖建成的、有着瓦屋顶的房子,看起来特别舒适,好像是洋溢着生机,跟住户的生活和谐一致似的。屋前都有花园,花园一直伸展到水边,园中百花齐放,在奔流的河水上散发着一阵阵夏天的香气。我看得见在屋后的一些高耸的大树,多数是法国梧桐,再朝着水边望过去,通向普特奈河区的岸边密密层层地长着大树,看来几乎像是一个给森林环抱着的湖;我大声说,可是又好像是在自言自语似的:

"啊,还好,房子不是建造在谷仓榆树那一边。"

这句话脱口而出的时候,我为了我的愚昧而脸红。我的同伴瞅着我,脸上露出一种半笑不笑的表情,我想我了解这表情是什么意思;因此,为了掩盖我的狼狈,我说:"现在请你送我上岸吧:我要去吃早饭了。"

他点点头,使劲地划了一下桨,把船头转过去;过了一会儿,我们就回到河边的台阶。他从船上跳出去,我也跟着跳出去;我看见他在等待着,仿佛在等待为同胞服务之后必然会得到的报酬,当然并不觉得奇怪。于是我一边把手伸进背心口袋里,一边说:"多少?"虽然我这时还有一种不安的感觉,以为也许会错把钱付给一位绅士。

他露出迷惑不解的样子说:"多少?我完全不明白你问的话是什么意思。你的意思是指潮水吗?如果是指潮水的话,现在快要退潮了。"

我红着脸，吞吞吐吐地说："如果我问你一句话，请你别见怪；我没有冒犯你的意思：我应该付给你多少钱？你知道我是个外乡人，不知道你们的风俗习惯——也不知道你们用的是什么货币。"

我马上从口袋里拿出一把货币，像一个人在国外那样。附带提一下，我看见那些银币已经氧化，颜色像石墨涂过的炉子那样黑。

他仿佛还是迷惑不解，但一点也没有生气的样子；他好奇地瞅着那些货币。我想，他到底是个船夫，正在考虑可以拿多少钱呢。他看来是那么一个善良家伙，因此我绝不会不愿多给他一点钱。我同时在想，既然他是那么聪明，我可不可以雇他做一两天的向导。

我这位新朋友这时若有所思地说："我想我明白你的意思。你认为我替你服务过，所以你觉得应该给我一点东西；如果我的邻居不替我做些特别的事情，我就不应该把这种东西给他。我曾经听见过这一类的事情；可是请你原谅我说这样的话，这在我们看来是一种麻烦的、一点也不直截了当的习惯；我们不晓得应该怎样处理这种事情。你知道，我的**工作**就是划船摆渡，使人们在水上往来，无论对什么人，我都愿意这样做；因此为了这种工作而接受礼物，看起来就会很不顺眼。再说，如果有人给我一点东西，那么另一个人也会这样做，第三、第四个人也会这样做；这么一来，我真不知道把那么多的友谊纪念品收藏在什么地方才好。希望你不要认为我说的话没有礼貌。"

他欢乐地纵声大笑，好像觉得为了工作而接受报酬是很有趣的笑话似的。我承认我开始疑心这个人是不是疯子，虽则看起来他的神志十分正常；我当时暗自庆幸我是一个游泳能手，因为我们的船已经划到一段很近又深又急的水流的地方。然而，他继续说下去，并不像是疯子的样子；他说：

"讲到你的硬币，它们是稀有的，可是不算很古老；它们好像全是维多利亚①朝代的东西；你可以把它们赠送给一所收藏古物不很丰富的博物馆。我们的博物馆收藏这种硬币已经够多了，此外还收藏着相当数量的更古老的硬币，其中有许多是很美丽的，而这些十九世纪的硬币却是那么丑陋难看，可不是吗？我们有一枚纪念爱德华三世②的货币，国王在船上，沿着船舷的上缘尽是小豹和鸢尾花形的纹章，雕刻得非常精巧。你知道，"他笑嘻嘻地说，"我喜欢在黄金和纯净的金属上雕刻；这儿这个腰带扣子就是我早年的工作成绩。"

在对他的神志是否正常发生怀疑的情况下，我无疑地露出有点畏怯的样子。因此他突然停下来，用一种和善的声调说：

"我知道我这几句话使你觉得厌烦，请你原谅我。因为，老实说，我看得出你**的确**是个外乡人，一定是来自一个和英国大不相同的地方。可是，把本地的情况告诉你过多，显然是不行的，最好还是由你自己一点一点地去了解。再说，既然你第一个先碰到我，如果你愿意让我把我们的新世界给你介绍一番，我将非常感谢你的好意。当然这只能说完全是你的好意，因为随便哪一个做

---

① 维多利亚（Victoria），十九世纪英国女王（1837—1901年在位）。——译者
② 爱德华三世（Edward III），十四世纪英国国王（1327—1377年在位）。——译者

向导，差不多都可以做得跟我一样好，有许多人还可以做得比我更好呢。"

他看起来的确不像个来自疯人院①的家伙；况且我认为，假如结果证明他真的疯了，我也能够毫不费力地脱身逃走；于是我说：

"这是一个很友好的建议，可是我碍难接受，除非……"我刚想说：除非你让我付给你相当的报酬；可是我担心会再引起一段疯疯癫癫的话，因此便把词句改为："我怕会耽误你的工作——或者耽误你的娱乐。"

"啊，"他说，"别为这件事操心，因为这可以使我有机会给我的一位朋友一点方便，他想接替我的工作呢。他是个来自约克郡②的纺织工人；你知道，他的织布工作和数学研究全都在户内进行，这使他感到过分疲劳；他是我的好朋友，自然会要我替他找个户外工作干干了。如果你认为可以容忍我和你作伴的话，那就请你答应让我做你的向导吧。"

他立刻又补充几句说："我的确答应过要到泰晤士河上游去，找我的一些特别要好的朋友，干干收获干草的工作；可是他们那边还得过一星期才有活儿可以给我们干。再说，你可以跟我一起去，会见一些很善良的人；此外还可以在牛津郡③一带观看沿途的景物。如果你要游览的话，这是再好也没有的办法。"

---

① 原文用科尔奈哈奇（Colney Hatch），系距伦敦北面大约六英里的一个村庄，该村设有科尔奈哈奇疯人院，一般即用科尔奈哈奇作为疯人院的代名词。——译者
② 约克郡（Yorkshire），在英格兰北部。——译者
③ 牛津郡（Oxfordshire），在英格兰中部。——译者

我觉得不管发生什么事情,我都应该谢谢他;于是他热心地加上一句说:

"那么,就这样一言为定了。我要去看我的朋友。他跟你一样,也是住在那个宾馆里;如果他这时候还没有起身的话,他在这晴朗的夏天早晨也该起身了。"

他立即由腰带边拿起一支小小的银喇叭,吹出了两三个尖锐而悦耳的乐音;马上就有一个青年男子由屹立在我(下面还要提到)的旧寓所原址上的房子里走了出来,逍遥自在地向我们这边踱过来。他不像我这位船夫朋友那么漂亮,那么强壮。他的头发黄中带红,样子有点苍白,身体也不很结实;可是他的脸上并不缺少我在他的朋友脸上看到的那种快活和友好的表情。当他微笑着走过来的时候,我愉快地感觉到,我应该放弃"那船夫是个疯子"的理论,因为在一个神志正常的人跟前,从来就没有看见过两个疯子的举动和这两个人一样。他的服装的式样和第一个人相同,不过稍微华丽些;外衣是浅绿色的,胸前绣上一个金黄色的花枝,他的腰带是银丝细工的制品。

他彬彬有礼地向我问候,然后对他的朋友打招呼说:

"迪克[①],今天早晨怎么啦?我到底是干我的工作呢,还是干你的工作?我昨天夜里梦见我们启程到泰晤士河的上游去钓鱼啦。"

"好吧,鲍勃[②],"我的船夫说,"你来接替我的工作吧。如果你觉得工作过于繁重的话,乔治·勃赖特林正想找点事情干干;

[①] 迪克(Dick),理查德(Richard)的昵称。——译者
[②] 鲍勃(Bob),罗伯特(Robert)的昵称。——译者

他住的地方离你很近。你瞧，这儿有一个外乡人今天打算请我做向导，去乡间游览，使我可以消遣一下。你知道，我是不愿意失掉这个机会的，所以你最好马上到船上去。不管怎么样，我总不会使你长期找不到船上的工作，因为我过几天就要上干草场去。"

那个新来的人快快活活地搓着双手，转过头来，用友好的声调对我说：

"邻居，你和迪克两人都很走运，你们今天会过得很愉快，我也会过得很愉快。可是你们俩最好马上跟我到屋里去吃点东西，免得你们在娱乐的时候连饭都忘了吃。我想昨天夜里你一定是在我上床之后才到宾馆的吧？"

我点点头，不想做一番冗长的解释，因为解释没有什么用处，而且，老实说，到这时候，我自己对任何解释也是会开始发生怀疑的。于是我们三人转身朝着宾馆的大门走去。

第三章
宾馆和宾馆内的早餐

我在他们两人后面慢慢地走着,以便把这所房子观察一下。我已经对你们说过,这所房子是屹立在我的旧寓所的原址上的。

它是一个相当长的建筑物,两边的山墙从大路上看不到。在面对着我们的墙壁上,那些装饰着格子细工的长窗开得很低。这所房子是用红砖建成的,非常漂亮,屋顶铺着铅板。在窗户上靠近屋顶的地方装饰着一排用烧干的黏土塑成的人像,制工精巧,在设计上所表现的力量和直截了当的特点是我在现代工艺中不曾看见过的。我不但马上认得出那些塑造的人像,而且,老实说,对它们还特别熟悉呢。

可是,这一切我是在一分钟内看到的;因为过了一会儿,我们已经走进户内,站在一个大厅里,下面是装饰着细工图案的大理石地板,上面是通风的木头屋顶。房子朝着河边那一面没有窗户,但有一些拱门通向几个房间,从其中一个拱门可以看到屋后的花园;拱门顶上的一大片墙壁装饰着(我认为是用壁画法)华丽的人像,其式样和外面近屋顶处的人像相同。屋内的一切都很漂亮,所用的材料也非常坚实。虽然房子并不很大(或者比克罗斯比大厅〔Crospy Hall〕稍微小一些),可是这里使人有一种宽敞和自由的愉快兴奋的感觉；一个惯于张目四望的无忧无虑的人在一座舒适的建筑物中总是会产生这种感觉的。

在这令人愉快的地方——当然我知道这就是宾馆的大厅——三个青年妇女匆匆忙忙地来往走动着。她们是我在这不平凡的早晨第一次看到的女性，因此我自然非常留心地加以观察；我感到她们至少跟花园、建筑物和男人们一样地美好。讲到她们的服装——这我当然也注意到——我认为她们用绢纱蔽体，恰到好处，而不是用各种服饰把自己裹作一团；她们像个女人家的样子穿上衣服，而不像我们的时代大多数妇女那样，有如安乐椅套着套子。总之，她们衣服的式样多少介于古代的古典服装和十四世纪比较朴素的服装之间，不过显然不是这两种服装的仿制品：衣料质地轻柔，颜色鲜艳，适合于当时的季节。至于那些妇女，看见她们真是令人高兴，她们脸上的表情是那么和蔼快活，身体是那么苗条、结实，真是既健康又强壮。她们至少都长得不难看，其中有一个容貌很端正，很漂亮。她们看见我们时，立刻快快活活地走过来，丝毫也没有一点羞赧和矫揉造作的样子。这三个妇女都跟我握手，好像我是一个经过长途旅行新近归来的朋友似的。不过，我不能不注意到她们以怀疑的眼光瞅着我的服装，因为我所穿的是昨夜的衣服，而且无论如何，我向来就不是一个讲究服装的人。

在纺织工人罗伯特说了一两句话之后，她们便为我们忙碌起来。过了一会儿，她们跑过来拉着我们的手，带我们到大厅最舒适的一个角落的桌子旁边，在那里，她们已经把我们的早餐准备好了。当我们坐下来的时候，她们之中有一个匆匆忙忙穿过上面提到的那些房间，过了一会儿又走回来，手中拿着一大束玫瑰花，其大小和品种跟汉默史密斯通常所种植的大不相同，而是很像古老的乡间花园的产品。她又连忙走到伙食房里，拿了一个制作精致的玻璃花瓶回来，插上玫瑰花，把花瓶放在我们餐桌当中。另外一个妇女原先也走出大厅，这时捧着一大片装满草莓的椰莱叶回来，有些草莓还只刚刚成熟；她把草莓放在桌上说："你们瞧：我今天早晨起身以前就想到采草莓；可是我只顾看这位外乡人跳上你的船，迪克，把这件事忘得一干二净了；因此我没有能够在**所有的**画眉都出动之前去采草莓：虽然如此，园里倒还有一些草莓跟你今天早晨在汉默史密斯任何地方采到的一样好。"

罗伯特用友好的态度轻拍她的头。我们开始进餐；早餐十分简单，可是做得非常考究，而且很精致地摆在桌上。面包特别好，种类各不相同，既有我最爱吃的那种相当结实的、浅黑色的、甜味的农舍大面包，也有我曾经在都灵①吃过的那种式样如烟斗柄的、小麦制成的、薄薄的干面包片。

当我把最初几口食物送进嘴里的时候，我看见嵌板上（这嵌板就在一张案桌后边，这在牛津大学的学院大厅里称为"高案桌"）刻着几行镀金的题词，其中有一个熟悉的名字使我不能不把题词从头到尾读一遍。这个题词是：

"诸位来宾和邻居，汉默史密斯社会主义者的演讲室过去就坐落在这个宾馆大厅的原址上。为纪念这件事干一杯吧！1962年5月。"

---

① 都灵（Turin），意大利城市。——译者

我很难告诉你们,我读这几行字时心中的感觉怎么样。我猜想从我脸上的表情就可以看出我内心激动得多么厉害,因为我那两位朋友都用惊奇的眼光瞅着我,我们之间保持着片刻的沉默。

纺织工人不像船夫那样懂得礼貌;他不久就用一种很不自然的语气对我说:

"客人,我们不知道应该怎样称呼你:如果问你叫什么名字,是不是有点冒昧?"

"啊,"我说,"我对自己的名字也有点弄不清楚;我想你就叫我做'客人'吧,你知道这是一个姓①,请你添上'威廉'这个名字吧。"

迪克和善地向我点点头,可是纺织工人的脸上露出急切的样子说:

"希望你对我的话不要介意,你可以告诉我你是从哪里来的吗?为了很好的理由,为了文学上的理由,我很想知道这种事情。"

迪克显然是在桌子底下踢踢他;但他并不以为意,只是有点热切地等待我的答复。至于我自己,当"汉默史密斯"一词刚要脱口而出的时候,我就想到这会把我们卷入一场多么严重的矛盾冲突的纠缠中;因此我从容不迫地编造了一些谎言,添上细节,再利用一点事实作为掩饰,然后说:

"是这样的,我离开欧洲已经很久,所以现在一切事物在我看

---

① Guest 一词英语中意为"客人",同时也可作姓氏;作者在这里用 guest 作双关语。——译者

来都很陌生。但是，我是在埃平森林①的边区长大的；就是在沃尔瑟姆斯托②和伍特福③那边。"

"那也是个美丽的地方，"迪克插嘴说，"一个很可爱的地方，因为自从1955年房屋大拆除以来，树木已经有时间生长起来了。"

无法控制自己的纺织工人说道："亲爱的邻居，你既然知道这个森林过去的情况，那么，你能不能告诉我，传说那些树木在十九世纪全是无顶树，到底是真的吗？"

这句话引起了我对考古博物学的兴趣，从而使我堕入了陷阱，完全不再考虑到我所处的时代和地区了；于是我开始讲述我的博物学。三个姑娘中的一个，就是那个本来一直在地板上散放薰衣草小枝及其他香草的漂亮姑娘，这时也走过来倾听。她站在我的后面，把手搭在我的肩上，手中还拿着那种我以往叫做香水薄荷的植物。这种植物的浓烈香味使我回忆起在伍特福的菜园的幼年时代，回忆起那些生长在香料植物小园地外面的墙上的大青梅，——这种回忆的联想是所有的男孩子都能够立刻理解的。

我开始谈起来了："在我的幼年时代，以及以后的许多年中，除了伊丽莎白女王④庐舍附近的一片园地和海比奇（High Beech）附近的区域之外，这个森林差不多全是无顶的角树，其中也有一

---

① 埃平森林（Epping Forest）属英国埃塞克斯（Essex）郡，过去系皇族的御林，现在为游猎胜地。——译者

② 沃尔瑟姆斯托（Walthamstow），英国城市，近伦敦。——译者

③ 伍特福（Woodford），埃塞克斯郡的一个市区。——译者

④ 伊丽莎白女王（Queen Elizabeth），十六世纪英国女王（1558—1603年在位）。——译者

些冬青属灌木。可是当伦敦公司在二十五年前把它接管过去的时候，平民失掉了砍平树梢和截短树枝的古老权利，因此树木得以生长起来。可是，我已经有许多年没有到那儿去了；只有一次我们社会主义者同盟盟员到海比奇去游览，当时我看见那边造了许多房子，变化很大，非常震惊。前些日子我们听说那些庸夫俗子打算把它改造成为风景庭园。可是你们说那些房子的建筑工程已经停止，树木已经生长起来，这真是再好也没有的消息；不过，你们知道……"

我讲到这里，突然记起迪克所说的年代，因此颇感狼狈地停了下来。热心的纺织工人没有注意到我的狼狈相，只是匆匆忙忙地说，仿佛他也有点感觉到自己没有礼貌似的，"噢，你多大年纪了？"

迪克和那个漂亮的姑娘纵声大笑，好像罗伯特的举动可以用脾气古怪为理由而加以原谅似的。迪克一边大笑，一边说：

"别问吧，鲍勃；这样盘问客人是不行的。渊博的学识把你搞坏了。你使我想起那些荒唐的旧小说里过激的笨工匠。根据作者的描写，这些人物为了追求实利主义的知识，就什么礼貌也不注意了。事实上，我开始觉得：你的头脑给数学搅得糊里糊涂，同时又钻进了那些关于政治经济学的无聊的古书堆里去（嘻，嘻！），因此你简直不懂得规矩和礼貌。真的，你现在也该干点户外工作，把你头脑里的蜘蛛网清除掉。"

纺织工人只是兴高采烈地笑着；那个姑娘走近他，轻拍他的腮帮子，笑着说："可怜的家伙！他天生就是这个样子。"

至于我自己呢，我觉得有点惶惑，可是也笑着，一方面是为了陪着他们笑,另一方面也由于看见他们那么无忧无虑的欢乐和高兴而感到愉快。罗伯特已准备向我道歉,但是我不等他开口,就抢先说:

"可是,邻居们"(我已经学会用这个词儿),"只要我办得到,我可以回答问题,绝不介意:你们要问多少问题尽管问好了;这对我来说是有趣的事情。如果你们愿意听,我可以把我幼年时代所看到的埃平森林的情况全都告诉你们。至于我的年龄,你们知道我并不是上等社会的太太小姐,干吗怕告诉你们呢?我快要五十六岁了。"

纺织工人虽然刚刚受过一次关于礼貌的教育,却仍旧忍不住发出长长的一声"唷",表示吃惊,其他的人看见他这样**天真**,脸上也都露出好笑的表情,虽则他们为了表示礼貌,没有笑出声来。这时我惶惑地环视着他们,终于说:

"请你们告诉我,有什么事不对头了:你们知道我愿意向你们学习。请你们尽管笑吧;不过,希望你们告诉我,有什么事不对头了。"

他们**真的**笑出声来了,我也再一次陪着他们笑,理由和上边所说的一样。可是后来那个漂亮的姑娘用温存的语调说:

"他**的确**没有礼貌,可怜的家伙!可是我还是把他心里的话告诉你吧:他的意思是说,以你的年龄而论,你看起来老了一些。可是这的确不值得大惊小怪,因为这一阵儿你一直在旅行;而且从你所说的话看来,你显然是在一些不大好客的国家里旅行。常言道,在不快乐的人们当中生活,使人很容易衰老,这话一点也不错。同时,也有人说,英格兰南部是保持美貌的好地方。"她红着脸说："你看我多大年纪了？"

"啊，"我说，"我常常听见人家说，看一看女人的容貌就可知道她的年龄，所以，我既不想得罪你，也不想奉承你，我猜想你今年二十岁。"

她欢乐地笑着说："我为了想听恭维话，真是得到报应了；老实告诉你，我今年四十二岁了。"

我凝视着她，这又引起了她一阵美妙悦耳的笑声；可是我不管怎样凝视都是徒然的，因为在她的脸上找不到一条由于忧虑而造成的皱纹；她的皮肤同象牙一样光滑，她的脸蛋儿丰满滚圆，她的嘴唇同她拿进来的玫瑰花一样鲜红；她那为了干活而裸露着的美丽臂膀，从肩部到腕部，是强壮而结实的。她在我的凝视之下有点羞赧，虽则她显然把我当做一个八十岁的老头。于是，为了混过这个尴尬的局面，我说：

"啊，你瞧，刚才提到的古谚又一次得到证实了。我本来就不应该让你怂恿我跟你提出一个无礼的问题。"

她又笑着说："老的少的孩子们，我现在应该去干我的工作了。我们这儿就要忙起来了；我要把事情赶快做完，因为我昨天开始阅读一本古书，今天早上想继续读下去。一会儿见。"

她向我们挥一挥手，轻盈地走出大厅，正如司各特[①]说的那样，把至少一部分阳光从我们的桌上带走了。

她走出去后，迪克说道："客人，你愿意在这儿跟我们这位朋

[①] 沃尔特·司各特（Walter Scott，1771—1832），英国小说家和诗人。——译者

友提出一两个问题吗？我们也应该让你提一些问题才算公平呢。"

"我很高兴回答你的问题。"纺织工人说。

"先生，如果我跟你提问题的话，"我说，"提出的问题是不会很严重的。我听说你是个纺织工人，我想问你一些有关这种工艺的情况，因为我对它很感兴趣，或者说曾经对它很感兴趣。"

"啊，"他说，"我在这方面恐怕对你帮助不大。我干的只是纺织方面最呆板的工作，老实说，我不像迪克，我只是一个拙劣的工匠。而且，除了纺织之外，我也干一点机器印刷和排字的工作，不过更精细的印刷工作我可不大会做；再说，随着编书这害人的玩意儿的衰退，机器印刷也开始在没落了；所以我不得不转移到我所感到兴趣的其他东西，于是我研究起数学来了。同时我还在写一部关于古代的著作，内容是探讨十九世纪末的所谓和平的历史与平民的历史，——主要的目的是描绘我国发生战争以前的情况。这就是我问你那些有关埃平森林的问题的原因。我得承认，虽然你所提供的情况非常有趣味，可是你使我有点迷惑不解。不过我希望以后我们的朋友迪克不在这儿的时候，我们可以再谈一谈。我知道他把我当做一个死用功的家伙，而且因为我的双手不很灵巧而看不起我：这是当今的风气。根据我所读到的十九世纪的文献（我读了很多），我知道当今这种风气是对那个时代的愚蠢行为的一种报复，因为在十九世纪，那些**能够**使用双手的人都是被人轻视的。可是，迪克，老家伙，没有什么！别做得太过火！"

"别这么说，"迪克说，"难道我会做得太过火吗？难道我不是世界上最宽宏大量的人吗？只要你不强迫我去学习数学，或者去钻研你们所谓美学的新科学，而让我用我的金和钢，用吹风管和精巧的小锤子，做一点实用的美学，我难道不就心满意足了吗？啊，这儿又来了一个提问题的家伙了，我可怜的客人。喂，鲍勃，你现在得帮助我来保卫他了。"

"在这儿，博芬，"他停了一停，喊道，"我告诉你，如果你要找我们，我们就在这儿！"

我回头一望，看见有东西在横射过大厅的阳光下闪烁发亮；于是我转过身来，悠闲地看见一个辉煌的人物在铺道上慢慢踱过来：是一个男人，他的上衣绣得极其精美，而且丰富多彩，因此在阳光从他身上反射出来的情况下，他好像穿着黄金色的盔甲似的。这个人身材高大，非常漂亮，有着浅黑色的头发。虽然他脸上的表情跟其他的人一样和善，他的举止风度表现了美貌的男女所特有的那种高傲的样子。他笑嘻嘻地走了过来，坐在我们的桌边，伸出两条长腿，一只胳膊在椅边垂下来，这种从容优雅的风度对身材高大、身体均匀的人来说，是毫不需要装模作样的。他是个壮年人，可是看起来和一个刚刚得到玩具的孩子一样快活。他文雅地向我点了下头，然后说：

"我知道你就是安妮刚才告诉我的那位客人，刚从一个遥远的地方来到这儿，不了解我们，也不了解我们的生活方式。所以我想你也许不会拒绝回答我几个问题吧；因为你知道……"

迪克打断他的话说："不，请你别这么样，博芬！暂且别提出问题吧。你当然希望客人在这儿能够感到又快活又舒服；当他对这儿的新风俗和人民还是迷惑不解的时候，如果他必须为回答各式各样的问题而烦心，那么，他怎么能够感到又快活又舒适呢？不，不，我要把他带到一个地方，使他自己可以提出问题来，而且得到答案；这就是说，把他带到布卢姆斯伯里①我曾祖父那儿：我相信你总不会反对这个计划吧。所以，你不要啰唆，还是到詹姆斯·艾伦那里，替我要一辆马车，我打算亲自送他上那边去；请你告诉吉姆②让我使用那匹灰色的老马，因为我划小船的技术比驾驶马车更高明。走吧，老家伙，别感到失望；我们的客人总会抽出时间来跟你谈话，听你的故事的。"

我凝视着迪克，因为我看他用那么随便的态度，更不消说粗率的态度，对这么一位外貌庄严的人物说话，觉得很奇怪；我认为这位博芬先生——尽管他的名字和狄更斯小说中的人物相同③——至少应该是这些异邦人的上议院议员。可是博芬先生却站起来说："好吧，老划手，随你的便；今天我并不忙"（他一边说，一边谦虚地向我鞠了一个躬）；"虽然我跟这位博学的客人谈话的日期不得不推迟，我也认为他应该尽早和你那位可敬的老爷子会面。再说，在他提出的问题得到答复之后，他也许能够更好地回答**我的**问题。"

于是他转身大摇大摆地走出大厅。

在他走后，我说："我可以问一下博芬先生是干什么的吗？顺便说说，他的名字使我想起阅读狄更斯小说过程中许多快乐

---

① 布卢姆斯伯里（Bloomsbury），包括不列颠博物馆在内的伦敦市区之一。——译者
② 指詹姆斯·艾伦；吉姆（Jim）是詹姆斯（James）的昵称。——译者
③ 博芬（Boffin）系英国十九世纪批判现实主义作家狄更斯（Charles Dickens，1812—1870）的长篇小说《我们共同的朋友》（*Our Mutual Friend*）中的人物，曾做过清道夫的监工，后来获得意外遗产而致富。——译者

的时刻。"

迪克笑了起来。"不错,不错,"他说,"我们也跟你有同样的感觉。我看出你了解这个名字暗指的意义。当然他的真名不是博芬,而是亨利·约翰逊;我们开玩笑叫他'博芬',一方面因为他是清洁工人,另一方面也因为他喜欢穿得非常华丽,身上装饰的金属物品跟中世纪的男爵一样多。如果他愿意的话,为什么不可以这样做呢?你知道,我们是他的特别要好的朋友,所以我们当然会跟他开开玩笑。"

在这之后,我沉默了好一会儿;可是迪克继续说道:

"他是个挺不错的人,不由得你不喜欢他,可是他有一个缺点:他把时间用在写作反动小说上;当他能对他所谓的地方色彩作适当的描写时,他就感到非常得意。他认为你来自地球上被世人遗忘了的天涯海角,那儿的人得不到幸福,而这种情况正是小说家最感兴趣的,因此他觉得也许可以从你的口中得到一些材料。哦,在这方面,他是会对你直言不讳的。为了你自己的舒适着想,你可得提防他才好!"

"啊,迪克,"纺织工人固执地说,"我倒认为他的小说写得非常好。"

"你当然觉得好,"迪克说,"物以类聚;数学和古代小说的地位大体相同。你瞧,他回来了。"

果然不错,那个"金光灿烂的清洁工人"[①]在大厅门口向我们

[①] "金光灿烂的清洁工人"原文是 Golden Dustman,也是狄更斯小说《我们共同的朋友》里的人物博芬的绰号。——译者

打招呼；于是我们大家都站了起来，走进门廊。我看见在门廊前停着一辆为我们准备好的马车，车辕上套着一匹强壮的灰色马。这辆马车很轻便，容易驾驶，式样和威塞克斯①的车子一样漂亮美观，完全没有我们时代那些马车、特别是所谓"雅致的"马车，必不可少的那种令人厌恶的庸俗气。迪克和我一起上车。那几个走进门廊来欢送我们的姑娘向我们挥手；纺织工人和善地点点头；清洁工人像抒情诗人那样文雅地鞠着躬；迪克放松了缰绳，我们终于出发了。

---

① 威塞克斯（Wessex），英格兰南部地名，以前是萨克逊的一个古国。——译者

第四章
途中市场

我们立即离开河边，不久就走上那条贯通汉默史密斯的大路。可是如果我不是从河边启程的话，我一定猜不出我是在什么地方；因为国王街已经不存在了，而那条大路是穿过辽阔的、阳光普照的草地和花园般的农场的。我们当时一下子就越过的那条小河，已经不再是阴沟；当我们经过河上那座美丽的桥梁时，我们看见满潮的河面上到处都是大小不一的漂亮的船艇。周围的房屋有的建筑在路边，有的建筑在田野里，屋前都有幽静的小径，每座房屋四周都有一个茂盛的花园。所有的房屋都非常坚固，设计很漂亮，但外表乡村化，好似自耕农的住宅。有些房屋是用红砖建造的，像在河边的那样，可是更多的房屋是以木材和灰泥为原料的，其建筑的式样很像中世纪的同类房屋，使我简直觉得好像生活在十四世纪似的。这种感觉由于我们碰到的或者在我们旁边走过的人的服装而加强了；他们的服装一点也不"现代化"。差不多每个人都穿得很华丽，尤其是妇女，她们都非常好看，甚至非常漂亮，使我几乎禁不住想开口说话，以引起我的同伴对这方面的注意。我看见有些人露出若有所思的样子，我注意到他们的脸上有一种很高贵的表情，可是没有一个人显得有丝毫不快活的样子，而多数的人（我们碰到许许多多的人）显然都很欢乐。

根据那几条依然互相会合的公路的形势看来，我想我是认得出那条百老汇路的。大路的北面有一排房屋和庭院，房屋造得很低，但建筑和装饰都很漂亮，因此和周围朴实无华的房屋构成明显的对照。在这种比较低的房屋旁边有一座大厅堂，它那陡峭的铅板屋顶和扶壁以及大厅墙壁的较高部分都耸立着，具有富丽堂皇的建筑风格。据我看来，这种建筑包含着北欧的哥特式建筑[①]的优点和萨拉森人[②]及拜占庭[③]的建筑的优点，虽然它并不是这些建筑式样中任何一种的模仿。在大路的那一边，即南面，有一座高屋顶的八角形建筑物，其轮廓和佛罗伦萨的浸礼会教堂相似，不过四周有披屋[④]，显然构成一个连环拱廊或回廊：这座房屋的装饰也极为精致。

我们从景色宜人的田园中突然看到的这一群建筑物，不但本身美丽绝伦，而且表现出饱满和充沛的生气，使我感觉到一种前所未有的高度的兴奋和喜悦。我抑制不住内心的快乐，几乎格格地笑出声来。我的朋友似乎了解我这种心情；他坐在那里，用一种快乐而亲切的态度望着我。我们赶上一群双轮马车，车上坐着一些漂亮而健康的人，服装很华丽的男人、女人和儿童；这些车子显然是运货上市场的马车，因为它们装满了令人垂涎欲滴的农

[①] 哥特式建筑于十二世纪至十五世纪盛行于西欧，其建筑方法系将重量及伸引力集中于石柱及扶壁上，同时以尖拱代替罗马式的圆拱。——译者

[②] 萨拉森人（Saracen）的建筑指中世纪阿拉伯人的建筑。——译者

[③] 拜占庭（Byzantine）即东罗马帝国。——译者

[④] 披屋是只有一个单斜面屋顶的房屋。——译者

产品。

我说:"我用不着问这是不是市场,因为我清楚地看见它就是市场;可是它这么漂亮,到底是什么市场?那边那座华丽的大厅堂是什么,在南边的房子又是什么?"

"啊,"他说,"这就是我们的汉默史密斯市场;你这么喜欢它,我很高兴,因为我们的确为它而感到自豪。当然喽,里边那个大厅就是我们冬季举行会议的场所;因为夏天我们多半是在谷仓榆树对面的河边田野里集会的。在我们右边的那座建筑物就是我们的剧院:我希望你会喜欢它。"

"我如果不喜欢它,可真是傻瓜啦。"我说。

他有点脸红地说:"我听见这句话也很高兴,因为我参加过这座房屋的建筑工程;我制造那些大门,用的是大马士革的青铜。我们今天下午也许可以看看这些门户;可是我们现在应该继续前进。讲到市场,今天不是我们的集日;所以我们还是另外找个时间来参观比较好,因为在那时候你就可以看到更多的人。"

我谢谢他,然后说:"这些都是普通的乡下人吗?他们当中的姑娘多么漂亮啊!"

我说话的时候,看见一个美丽的妇女,高个子,暗色的头发,洁白的皮肤,穿了一件漂亮的浅绿色衣服,以适应当时的季节和炎热的天气。她对我温柔地微笑着,也对迪克微笑着,而且我认为笑得比对我笑的时候更加温柔。于是我停了一停,可是立即接下去说:

"我提出这样的问题,因为我看不见市场上那些我意料中会看到的乡下人——我指的是在那边卖东西的乡下人。"

他说:"我不明白你意料中会看见的是哪一种人;也不明白你所说的'乡下人'是什么意思。这些人都是邻近的居民,他们经常在泰晤士河流域走动。这些岛屿①有些地区比我们这儿还要崎岖不平,雨水还要多,在那边,人们的衣服比较粗陋;同时他们看起来也比我们更加壮健,更加顽强。可是有些人却更喜欢他们的相貌,而不喜欢我们的相貌,认为他们具有更多的性格上的特征——就是这个词儿,性格上的特征。呵,那是属于趣味方面的问题。——无论如何,把我们和他们的性格融合起来,一般可以产生良好的结果。"他若有所思地加上一句说。

我听见他所说的话,虽然我的眼睛这时已经转到别的方向,因为那个漂亮的姑娘带着一大篮早熟的豌豆已经走进大门,消失不见了。我心中产生了一种惘然若失的感觉,正像一个人在街上看见一张可能永远再也看不到的有趣或可爱的脸时的感觉一样;我默然不语。后来我说:"我的意思是说,我在这儿没有看见一个贫苦②的人——一个都没有。"

他皱起眉头,露着迷惑不解的样子,说道:"你自然看不到;病苦的人大概都呆在家里,最多不过在花园里慢慢走着;可是我不晓得目前有什么人在生病。你为什么认为会在公路上看到病苦的人呢?"

---

① 这些岛屿指组成英国本土的不列颠诸岛。——译者
② poor 可作"贫穷"解,也可作"身体不健康"解,形容词 poorly 意为"身体不舒服"。因此,当客人用 poor 一词时,迪克误会他的意思。作者在这里指出:贫穷的现象在理想的新社会中已经不存在,所以 poor 一词在人们的头脑中已经失掉了"贫穷"的含义。——译者

"不，不，"我说，"我的意思不是指生病的人。你知道，我指的是贫苦的人，干粗活儿的人。"

"不，"他快活地微笑着说，"我的确不知道。老实说，你还是赶快到我曾祖父那儿，他比我更会了解你。走吧，灰马儿！"于是他放松缰绳，我们就快快活活地朝东慢慢前进。

第五章
路上的儿童

过了百老汇路之后,公路两旁的房屋比较少了。不久我们横过一条两边都点缀着树木的小溪,然后就到达另一个市场和市政厅(我们应该这样称呼它)。虽然我在它的周围看不到一件熟悉的东西,但我清楚地知道我们是在什么地方;因此,当我的向导简单地说"肯辛顿市场"①时,我并不觉得奇怪。

在这之后,我们走进一条短街,两边都有房屋;或者不如说,两边各有一座用木料和灰泥建造的长房子,房子前面的人行道是一个漂亮的连环拱廊。

迪克说:"这是肯辛顿本部。人们总是密密层层地聚集在这儿,因为他们喜欢树林的罗曼蒂克的气氛。博物学家也常常到这个地方来,因为以现有的条件而论,甚至这也可算是一片荒野。它向南伸展并不很远。它从这儿向北伸展,向西经过帕丁顿②,到诺丁丘(Notting Hill)附近,从那儿伸向东北到樱草丘③,情况就是这

---

① 肯辛顿(Kensington),伦敦的一个市区。——译者
② 帕丁顿(Paddington),伦敦西部的一个市区。——译者
③ 樱草丘(Primrose Hill),伦敦摄政公园北方的山丘。——译者

样。它有相当狭长的一片土地通过金斯兰（Kingsland）到斯托克-纽因顿[①]和克拉普顿（Clapton），从那儿伸展到利亚（Lea）沼泽；在另一边，你知道，就是和它连接起来的埃平森林。我们现在刚刚走到的地方叫做肯辛顿花园；不过我不明白为什么管它叫'花园'。"

我很想说："我知道为什么"；可是周围有那么多的东西我**并不知道**（尽管他认为我知道），因此我觉得最好还是缄口不言。

那条公路突然伸进一片美丽的树林，两边都有树木，但北边的面积显然更大，在北边，甚至橡树和栗木也长得挺不错；同时那些生长较迅速的树木（其中我觉得法国梧桐和大枫树为数过多）都很巨大，很茂盛。

在阳光或隐或现的树荫下令人感到极为舒适，因为天气已经变得非常炎热，那凉爽和荫蔽的环境减少了我心里的激动，把我带进一种梦幻般的快乐的境界；我感觉到，仿佛我愿意永远在那种清新爽快的气息中过日子似的。我的同伴似乎和我有同样的感觉；他让马儿走得越来越慢，径自坐在那里吸进那青翠的树林的香气，那香气主要来自生长在路边的被践踏的羊齿草。

这座肯辛顿树林虽然充满罗曼蒂克气氛，但并不孤寂荒凉。我们遇到许多人群，或来或往，或在树林边缘漫游。在这些人群中有许多儿童，年龄从六岁、八岁，到十六、十七岁不等。在我看来，他们是他们的种族特别优良的标本。他们显然是在尽情享受着生活的乐趣，有的在那些搭在草地上的小帐篷附近荡来荡去；

[①] 斯托克-纽因顿（Stoke-Newington），伦敦的一个市区。——译者

有些帐篷旁边生着火堆,火堆上悬着锅子,像吉卜赛人①那样。迪克对我解释说,树林中有疏疏落落的一些房子,我们的确也瞥见一两个。他说那些房子多数很小,像在这国家里还有奴隶的时候惯常叫做小别墅的东西,可是这种建筑物在树林中是可爱的,而且是适宜的。

"在那些房子里大概住着不少儿童吧。"我指着沿途许多儿童说。

"呵,"他说,"这些儿童并不全是来自附近的房子——林地的房子——而是来自乡间各地的。他们常常成群结队,在夏天到树林里来玩几个星期,像你看见的那样,就生活在帐篷里。我们总是鼓励他们这么做;他们学会独立工作,认识野生动物;你知道,他们越少待在家里死用功越好。老实说,我应该告诉你,许多成年人也到树林里去度过夏天;不过他们多数是去比较大的树林,像温泽②或者第因森林③或者北方的原野。除了其他的乐趣之外,这种生活使他们有机会干一点粗杂的工作;令人感到遗憾的是,这种工作在最近五十年来逐渐减少了。"

他停了一停,然后说:"我把这一切全告诉你,因为我知道,如果我说起话来,我一定是在回答你心里在想而没有说出口的问题;可是我的本家还可以告诉你更多的事情。"

我觉得我可能又要牵涉到一些我不能理解的事物,因此仅仅

---

① 吉卜赛人系欧洲一个以占卜、歌舞、补锅、卖帚等为生的流浪民族。——译者

② 温泽(Windsor),英国市镇,在泰晤士河边。——译者

③ 第因森林(the Forest of Dean),英国格洛斯特郡(Gloucestershire)的古代皇家猎场。——译者

为了想混过一个尴尬的局面而开开口,我便说:

"呵,这些少年儿童在这儿度过夏天重新回到学校去上课的时候,精神就可以更加饱满了。"

"学校?"他说,"你用这个名词指的是什么呢?我不了解这个名词和儿童有什么关系。我们的确也说一群① 鲱鱼和一个画派,以前者的意义而言,我们也许可以说'一群儿童'——除此之外,"他笑着说,"我得认输了。"

该死!我想,我一开口就纠缠到错综复杂的新问题上去。我不愿意纠正我的朋友在语源上的误解。我认为最好还是不谈那些我向来叫做学校的少年农场,因为我显然看到这种机构早已取消;于是我踌躇了一下说:"我用这个名词指的是一种教育制度。"

"教育?"他沉思着说,"我懂得一点拉丁文,知道这个词儿一定是来自 educere,意思是诱导;我曾经听到人家用过这个词儿;可是我还没有碰到一个人能够把它的意义对我作一番明确的解释。"

你可以想象得到,当我听见这种坦率的供认时,我对我的新朋友们的敬重心情打了多么大的一个折扣;我有点轻蔑地说:"哦,教育就是一种教导青年人的制度。"

"为什么不连老年人也加以教导呢?"他眨眨眼说。"可是,"他继续说,"我可以跟你保证,我们的孩子无论有没有经过一种

---

① 在英语中,school 一词可作"学校"解,也可作"(鱼)群"或"(流)派"解。当客人用 school 一词时,由于理想的新社会中已经没有学校这种教育制度,因此迪克只想到后者两种意义。——译者

'教导的制度',都在进行学习。在这儿的孩子当中,男的也好,女的也好,你找不到一个不会游泳的;他们每一个人都会骑着林中小马到处跑——你瞧,那边就有一个孩子骑着小马!他们全都会做饭做菜;年纪大一点的孩子会割草;许多孩子都会用稻草盖屋顶,做一些零星的木工活;他们也会经营商业。我告诉你,他们知道的事情可多了。"

"不错,可是他们的智能教育——他们智力的启发工作呢?"我诚恳地解释着我提出的词组说。

"客人,"他说,"你自己也许没有学会做我所说的这些事情。如果事实的确是这样,那么,你千万别随便下结论,认为做这些事情用不着相当的技巧,用不着让智力有许多活动的机会。比方说,如果你看见一个多塞特郡①的小伙子用稻草盖屋顶,你就会改变你的看法。可是,我知道你说的是书本知识。讲到这一方面,那是个简单的事情。大多数儿童看见身边随处有书,到四岁的时候就会阅读了;虽然据说以往的情况并不是这样。至于书法,我们不鼓励他们过早地乱写(虽然他们总会乱涂乱写一番),因为那会使他们养成一种把字写得怪模怪样的习惯;现在我们使用马虎的印刷既然是那么容易,写出一大堆怪模怪样的字又有什么用处呢?你知道我们所喜爱的那种漂亮的书法;许多人写作的时候,把他们的作品亲自书写出来,或者委托别人把他们的作品书写出来;我的意思是指那些只需要少量册数的著作——比方说,诗歌之类。啊,我说话离题了。你得原谅我;因为作为一个相当不错

---

① 多塞特郡(Dorsetshire),在英格兰南部。——译者

的作家,我对著作这方面的问题是颇感兴趣的。"

"哦,"我说,"谈到儿童,当他们学会阅读和书写的时候,他们难道不学习其他东西吗——比方说,语言?"

"当然",他说,"有时甚至在他们学会阅读之前,他们就能讲法语,这是海峡对岸的人所说的跟我们最接近的语言;他们不久也会讲德语,这是大陆上许许多多公社和社团的人所说的语言。法语和德语就是我们在这些岛屿上同英语或者威尔士语或者爱尔兰语一起使用的主要语言(爱尔兰语是威尔士语的另一个形式)。孩子们学得很快,因为他们的长辈都会说这些语言。此外,我们来自海外的客人们又常常带他们的孩子同行,小孩子们聚在一起,彼此就都学会对方的语言了。"

"比较古老的语言呢?"我说。

"哦,不错。"他说,"大多数孩子除了自然而然地学会现代语言之外,还作进一步的努力,他们还学会拉丁文和希腊文。"

"历史呢?"我说,"你们怎样教授历史?"

"哦,"他说,"一个人到会阅读的时候,当然是阅读他所喜爱的书;他很容易找到人来告诉他,哪一些是某某学科方面最好的作品,或者对他解释他所阅读的书本里的疑难问题。"

我说:"他们还学习别的什么东西吗?我想他们不会全都学习历史吧?"

"不,不,"他说,"有些人不喜欢历史;老实说,我认为喜欢历史的人并不多。我听见我曾祖父说过,人们多半是在动荡、斗争和混乱的时期才会非常关心历史;而你知道,"我的朋友亲切地微笑着说,"我们现在的情况并不是这样。不,许多人研究关于事物的构成的学问和关于前因后果的问题,因此我们增长了有益的知识。有些人,像你听到我的朋友鲍勃的情况那样,喜欢在数学方面下工夫。强迫人们改变他们的趣味是没有用处的。"

我说:"可是你的意思不会是说,儿童把这一切东西都学起来吧?"

他说:"那要看你讲到儿童的时候指的是什么;而且,你也得考虑到他们之间的差别有多大。一般而论,他们在差不多十五岁以前,除了一些故事书之外,阅读的东西并不多。我们并不鼓励孩子们很早就染上书呆子气,虽然你会看到一些儿童很小就喜爱读书;这对他们也许没有什么好处,可是阻挠他们也没有用处。这种情况往往持续得不很长久;在二十岁以前,他们就会找到他们性之所近的东西。你知道,儿童大概都喜欢模仿长辈;当他们看见周围的人多数从事真正有趣味的工作,比如造屋、筑路、栽花种菜之类的时候,他们也愿意从事这些活动;所以我认为我们用不着担心具有书本知识的人为数太多。"

我还有什么话好说呢?我坐着,缄口不言,以免纠缠到一些新问题上去。况且我正在极目四望,在那匹老马慢步前进的当儿,心中盘算着什么时候可以进入伦敦市区;伦敦现在会是个什么样子。

可是我的同伴不愿意结束他的话题,他沉思默想地继续说:

"归根到底,纵使他们长大起来真的变成具有书本知识的学者,我也看不出那对他们又有什么坏处。看见这种人那么快活地从事人家不大想干的工作,可真有意思。再说,这些学者一般都是那么有趣的人物,那么和蔼可亲,脾气那么好,那么谦虚,同时又那么热心地想把他们的全部知识传授给大家。真的,我非常喜欢我所碰见的这种人。"

我觉得这一番话**非常**奇怪,因此几乎想问他另外一个问题;这时,正在我们到达一块高地的顶点的当儿,我看见在我右边一片长长的林中空地上有一座壮丽的建筑物,其轮廓看起来很熟悉,于是我叫着说:"威斯敏斯特大教堂①!"

"不错,"迪克说,"那是威斯敏斯特大教堂——是它遗留下来的一部分。"

"什么?你们把它怎样处理了?"我大吃一惊地说。

"**我们**把它怎样处理了?"他说,"没有什么,只不过把它弄弄干净罢了。你知道,这个房子的外部在几个世纪以前就已经完全弄坏了。至于它的内部,据我曾祖父说,有一个时期,那些为傻瓜和恶棍竖立起来的丑恶的纪念碑简直把房子都堵塞住了。一百多年前把这些纪念碑进行一次大清除之后,这座建筑物还保存了它的美。"

我们向前走了一小段路之后,我向右边再看一看,用怀疑的声调说:"呵,那些房子就是议会大厦!你们难道还使用它们吗?"

他纵声大笑,过了一些时候才能克制自己。于是他用手轻拍我的背部说:

"我懂得你的意思,邻居;你对我们把这些房子保存下来,一定会感到惊讶,关于这方面,我倒知道一些情况。我那年老的本家给我读过一些书,书上讲到他们在那儿玩弄的奇怪把戏。使用

---

① 威斯敏斯特大教堂(Westminster Abbey),英国最著名的教堂,在伦敦市区,历来是英王举行加冕和王室及知名人士的墓葬之地。——译者

43

它们！哦，不错，它们是用来做一种附属市场的，当做粪便储藏所，这样倒很方便，因为房子就坐落在河边。我想在我们时代的初期，人们就打算把它们拆掉；可是据说有一个莫名其妙的爱好古物的团体，以往曾经做过一些社会工作，这时候它对于毁坏这些房子的计划，马上提出反对意见。这个团体对于大多数人认为毫无用处的、对公众有妨害的其他许多建筑物，就提出过意见，反对拆毁。这一次它争得那么起劲，又提出那么充分的理由，因此它终于取得胜利了。我应该说，我觉得这样终究也很好，因为你知道这些没有价值的老房子无论怎样坏，总还可以做我们目前正在建造的漂亮房屋的陪衬。你在这一带还可以看到其他几座房子。比方说，在我曾祖父居住的地方，还有一座叫做圣保罗大教堂的大建筑物。你知道，在这方面，我们用不着为了保留几座不大像样的房子而抱怨，因为我们总可以在别的地方进行建筑。我们在这方面也不必担心没有愉快的工作可做，因为在一座新建筑物的施工过程中，即使不在富丽堂皇方面下工夫，工作的机会也总是越来越多的。比方说，**户内**可以使人自由走动的空间在我看来是非常讨人欢喜的，因此在迫不得已的时候，我几乎情愿为了使户内宽敞而牺牲户外的空间。当然，还有装饰的问题。我们大家都得承认，一般住宅的装饰容易做得过火，可是议会厅和市场等等建筑物的装饰就不至于做得过火了。不过，我应该告诉你，我曾祖父有时说我对于精美建筑术这个科目有点儿狂热。真的，**我的确**认为人类的精力在这种工作上可以发挥主要的功用；因为在这方面，我觉得工作的发展是无可限量的，而在其他的许多工作中，工作的发展似乎可能有一个限度。"

第六章
买 东 西

在他说话的时候,我们突然离开森林地带,走进一条有着两排漂亮房屋的短街,我的同伴马上告诉我这是皮卡迪利街[①];房屋的下层应该称为商店,不过根据我的观察,那里的人并不懂得买卖的艺术。设计精巧的店面陈列着商品,目的似乎是要吸引人进去。人们有的站在那儿观看商品,有的走进商店,出来时腋下挟着包裹,像真的买东西那样。街道的两边跟一些古老的意大利城市一样,都有一排雅致的连环拱廊以蔽护行人。在近街道中途的地方有一座巨大的建筑物——我现在看见了它已经不感到惊奇了——我知道这也是一种中心区,有一些专用的公共房屋。

迪克说:"你瞧,这儿又是一个跟其他大多数市场设计不同的市场:这些房屋的上层用来做宾馆;因为来自国内各地的人时常会漫游到这儿来,在这种地方,人非常之多,你一会儿就可以看到这种景象。有的人喜欢拥挤的人群,虽然我自己并不喜欢。"

我看见一种传统居然能持续这么长久,不由得微笑起来。在这儿,伦敦的幽灵依然是一个中心,——也许是知识的中心吧。可

---

① 皮卡迪利街(Piccadilly),伦敦的一条繁华街道。——译者

是我什么也没有说，只是请他让车子走得非常之慢，因为那些货摊里的东西看起来漂亮极了。

"对啦，"他说，"这是一个供应漂亮东西的很好的市场，这儿所经营的多半是比较精致的物品，因为供应啤酒和比较粗制的酒类，以及卷心菜、萝卜之类的蔬菜的议会大厦市场就在附近。"

接着他好奇地望着我说："也许你要像人们听说的那样，买点东西吧。"

我仔细看一看我身上所穿的粗糙的蓝衣服，我曾经把它同我们遇见的公民的华丽服装作过多次的对比。我想，如果（看来可能性很大）我就要给人家当做古董到处展览，以供这些最不懂生意经的人娱乐，那么，我希望我的外表不要太像一个被解雇了的商船事务长。可是，尽管我已经碰到不少意外的事情，我的手还是再一次伸进衣袋里，结果除了两把生锈的旧钥匙之外，什么金属的东西都没摸到，这使我觉得很狼狈。我记得当我们在汉默史密斯的宾馆大厅进行谈话时，我曾经从衣袋里取出货币给那漂亮的安妮看，后来就把它遗留在那儿了。我的脸一沉，迪克瞅着我，用颇为尖锐的口气说——

"喂，客人！现在又怎么啦？发生什么别扭的事情了吗？"

"不，"我说，"我把它落在那边没带来。"

他说："你落下的不管是什么东西，都可以在这个市场上要到，所以你别为这件事操心。"

这时我的头脑已经恢复了清醒的状态。我记得这个国家的奇异的风俗，因此不想再听一次关于社会经济学和爱德华时代的币制的讲话。于是我只是说：

"我的衣服——我可以不可以？你看看——你认为有什么解决的办法没有？"

他似乎一点也没有要发笑的样子，只是十分严肃地说：

"呵，暂且不需要添置新衣服。你知道，我曾祖父是个博古家，他愿意看见你的真面目。你知道，我不应该跟你说教，可是如果你把自己的外表弄得跟大家一式一样，使人失掉研究你的服装的乐趣，那可就不对了。你不至于没有这种感觉吧？"他恳切地说。

我并不觉得我有义务在这个爱美的民族当中把自己装成一个衣衫褴褛的人。可是我知道我已经和一些无法根除的偏见打交道，现在跟我的新朋友吵架是不行的。因此，我只说："呵，当然，当然。"

"那么，"他高兴地说，"你还是看看这些货摊里面的东西吧：你想想看，要什么东西。"

我说："我可以要点烟草和一只烟斗吗？"

"当然可以，"他说，"我这个人到底在想什么，干吗不早点问你一声呢？不错，鲍勃老是跟我说，我们这些不抽烟的人都很自私，我想他说得对。来吧；这儿近便就有一个商店。"

于是他勒紧缰绳，跳下马车，我也跟着下车。一个非常漂亮的女人，穿着有花纹的华丽丝织服装，正在一边望着商店橱窗，一边慢步走过去。迪克对她说："姑娘，请你拉住我们的马，让我们到店里去一会儿，好吗？"她温柔地微笑着向我们点点头，开始用她那漂亮的手轻拍着马儿。

"多美啊！"当我们走进商店时，我对迪克说。

"什么,你指的是那匹灰色老马吗?"他调皮地咧开嘴笑着说。

"不,不,"我说,"我指的是那个金发女郎。"

"呵,她的确很美,"他说,"还不错,这儿女人多得很呢:男人都可以找到他们的对象;要不然我们恐怕会为了女人而吵架。""真的,"他说,样子变得非常严肃,"甚至到现在,我们这儿有时也会发生吵架的事情。因为你知道,爱情不是一种十分合理的东西,倔强和任性的行为是比我们一些道德学家所想象的还要普遍的。"他用一种更加阴沉的语调补充说:"是的,刚在一个月以前,我们这儿就发生过一桩不幸的事情,结果使两个男人和一个女人丧失生命,这个惨剧仿佛使我们暂时失掉了光明。现在别问我这件事,以后我可以把有关情况告诉你。"

这时我们已经走进商店或者说货摊,店内有一个柜台,墙壁上装了一些架子,虽然没有华丽的虚饰,却都非常整洁,但在其他方面跟我平常所看见的商店没有很大的区别。店内有两个小孩——一个是约莫十二岁的、有着棕色皮肤的男孩,坐在那里看书,另一个是约莫十三岁的漂亮的女孩,坐在柜台后面,也在看书;他们显然是姊弟俩。

"早安,小邻居,"迪克说,"我的朋友需要一些烟草和一只烟斗;你们能帮帮他的忙吗?"

"呵,好,当然。"那女孩说,她表现的那种认真的灵敏的样子,看来有点好笑。那男孩抬起头来,开始盯住我的奇怪的服装,可是马上红着脸把头转过去,好像知道自己的举动不大礼貌似的。

"亲爱的邻居,"女孩说,脸上露出儿童做开商店的游戏时那种挺庄重的表情,"你要哪一种烟草?"

"土耳其的上等烟草。"我说,这时我感觉到好似在参加儿童游戏,不知道除了假装购物之外还会得到什么东西。

可是女孩由她身边的架子上拿下一只精致的小篮子,走到一个坛子旁边,由坛子里取出大量的烟草来,把篮子装满,然后将篮子放在我跟前的柜台上,我在那里不但闻得到,而且也看得见,那的确是土耳其上等烟草。

"可是你没有称一称它的重量,"我说,"而且——而且,我到底应该拿多少烟草呢?"

"哦,"她说,"我劝你还是把烟草袋装满吧,因为你将要去的地方可能没有土耳其上等烟草。你的烟草袋在哪儿?"

我在口袋里摸索一阵,终于取出一块当烟草袋用的印花棉布。可是女孩露出轻蔑的样子望着它说:

"亲爱的邻居,我可以给你一件比那块破棉布好得多的东西。"她轻快地走到商店的另一边,过了一会儿又回来,她在走过男孩身边的时候,俯在他的耳边悄悄地说了两句什么,他点点头,站起来走了出去。女孩用拇指和食指拿起一只装饰华丽的红色摩洛哥皮的烟草袋说:"喏,我替你拣了一只,你拿去吧;它很漂亮,可以装好多呢。"

于是她开始把那只皮袋塞满烟草,放在我的身旁说:"还有烟斗:你也应该让我替你拣一只;我们刚刚收到三只挺漂亮的烟斗。"

她又走掉了,回来时手中拿着一只烟斗;装烟草的部分很大,烟斗用硬木刻成,手工非常精致;烟斗镶金,点缀着一块块小宝石。总之,这是我曾经看到的最漂亮、最华丽的玩意儿;有点像最优美的日本工艺品,可是质量还要好。

"哎呀!"我看见烟斗时说,"对我或对任何人来说,这简直是太豪华了,只有给统治世界的皇帝使用才适当。再说,我以后会把它弄丢了的:我老是丢失烟斗的。"

女孩似乎有点失望地说:"你不喜欢它吗,邻居?"

"呵,"我说,"我当然喜欢它。"

"那么,拿去吧,"她说,"别为怕失掉它而担心。如果你真的把它弄丢了,那又有什么关系呢?总有人会把它捡起来,拿去用的,而你可以另外再要一只烟斗。"

我从她的手里把烟斗接过来看,正在看的时候,一不留神脱口说了出来:"可是这么一件东西叫我怎样付款呢?"

当我说话的时候,迪克把手放在我的肩膀上,我掉过头来,看见他的眼睛里有一种滑稽的表情,警告我不要再把已经失效的商业道德搬出来应用;因此我红着脸,沉默不语。这时那女孩只是用挺严肃的态度望着我,好像我是一个说错了话的外国人似的,因为她显然完全不了解我的意思。

"多谢你啦。"我终于热情洋溢地说。这时我把烟斗放进口袋里,心中不免发生疑惧,不知道会不会立刻被传到地方官那里去受审。

"呵,别客气了,"那小姑娘说,她说话时装出成年人最优雅的礼貌,看起来很古怪,"我们能够为你这样令人敬爱的老先生服务,真是太高兴了;尤其是我们一看就知道你是从遥远的海外到这儿来的老先生。"

"是的,亲爱的,"我说,"我旅行过许多地方。"

当我纯粹为了表示礼貌而说这句谎言时,那男孩又走进来,双手端着一个托盘,盘上放着一只长颈瓶和两只美丽的玻璃杯。"邻居们,"那女孩说(全是由她代表发言,因为她的弟弟显然是很羞怯的),"在你们离开这儿以前,请你们为我们喝一杯,因为我们难得接待这样的客人。"

于是男孩把托盘放在柜台上,把一种淡黄色的酒庄重地倒入那两只大酒杯里。我很高兴地喝着酒,因为炎热的天气使我觉得口渴。我想,我还生活在世界上,莱茵河的葡萄酒还没有失掉它的香味;因为那天早上我有生以来第一次喝到最好的施泰因贝格白葡萄酒①。我把这件事记在心中,准备问问迪克,他们既然不再有酿酒工人(这种工人自己酿造好酒,却不得不喝下等威士忌酒),怎么还会酿造出好酒来。

"你们难道不为我们的健康喝一杯吗,亲爱的小邻居?"我说。

"我不喝酒,"女孩说,"我比较喜欢喝柠檬水;可是,我祝你健康!"

"我比较喜欢姜汁啤酒。"小男孩说。

我心里想,孩子们的口味也并没有很大的改变。于是我们对他们说声再会,走出了货摊。

好像梦中变幻一样,拉住我们的马儿的人已经不是那个美丽的妇女,而是一个身材高大的老头儿了,这使我大失所望。他向我们解释说,那个姑娘不能等候,因此他便代替了她的职务;他

---

① 德国威斯巴登(Wiesbaden)城附近莱茵河畔酿造的施泰因贝格(Steinberg)白葡萄酒质量极佳,闻名欧洲。——译者

看见我们垂头丧气的样子,就对我们眨眨眼笑着,弄得我们无可奈何,只好也笑了起来。

"你们要上哪儿去呢?"他对迪克说。

"到布卢姆斯伯里去。"迪克说。

"如果你们俩愿意多一个人做伴的话,我可以跟你们一起走。"老人说。

"好吧,"迪克说,"你要下车的时候就告诉我一声,我会停车给你下来的。我们走吧。"

于是我们继续前进。我问道,在一般情况下,孩子们是否都在市场上为人们服务。他说:"只要所经手的东西不很笨重,他们常常在市场上为人们服务,可绝对不是老在干这种事。孩子们喜欢在市场上服务,觉得挺有趣的。而且,这对他们也是有好处的,因为他们通过经营大批各式各样的物品,逐渐得到有关物品的知识,比如说,它们是怎样制造出来的,从什么地方运来的,等等。再说,这是一种非常容易的工作,随便什么人都能做。据说在我们时代的初期,很多人生了一种遗传性的病,叫做懒惰,因为他们是那些过去坏时代里总在强迫别人为他们工作的人的直系子孙——你知道,那种人在历史书里被称为奴隶主或雇主。这些生了懒惰病的人曾经用他们的**全部**时间在货摊里服务,因为适合他们干的事情很少。真的,我相信有一个时期他们的确是**被强迫**去干这一类工作的,因为如果对他们的毛病不用严厉的手段加以医治的话,他们,特别是女人,总是变得那么丑陋,生的孩子也非常丑陋,使邻居们都觉得受不了。可是,我很高兴地告诉你,这一切现在已经一去不复返了。这种疾病已经消灭,如果还有的话,也是非常轻微的，只要一帖轻泻药就可以把病治好。这种病现在有时叫做'布卢德伏斯'或者'马利格拉布斯'①。这些名词真怪，是吧？"

"是的。"我说，坠入了沉思之中。可是那老人插进来说：

"不错，这全都是真实的事，邻居。我曾经看见那些可怜的女人年老时候的样子。这种女人我父亲从前认识过一些，那时候她们还年轻。他说她们跟青年女人很不相同：他们的手好像一串串的烤肉叉，可怜的胳膊好像木柴；腰部好似计时的沙漏，有薄薄的嘴唇，尖尖的鼻子，苍白的腮帮子；而且她们老是装得好像你对她们的一言一动都触犯她们似的。难怪她们养出了丑陋的孩子，因为除了那些跟她们一样的男人之外，没有人会爱上她们的——可怜的东西！"

他停了一停，似乎在缅怀过去的生活；接着又说：

"你们可知道，邻居们，从前人们还在担心那种懒惰病；有一个时期，我们费了很大的力气，要把生懒惰病的人治好。你们难道没有在医书里读过关于这方面的记载吗？"

"没有。"我说，因为老人是在向我说话。

"啊，"他说，"当时人们以为这是中古时代那种叫做麻风的老疾病的残余。看来这种疾病很容易传染，因为有许多患者都被隔离开来，而且由一群穿得怪模怪样的特种病人侍候着，这样使人家知道他们是什么样的人。他们所穿的服装有一种是用绒线天鹅

---

① "布卢德伏斯"原文为 Blue-devils，"马利格拉布斯"原文为 Mulleygrubs，意思都是忧愁或抑郁。——译者

绒制成的骑马裤,这种东西若干年前曾经被称为丝绒裤。"

这一切对我来说都非常有趣,我很想让老人多谈一些。可是迪克听到了这么多的古代史,已经有点不耐烦了;况且,我疑心他想尽可能使我在蒙昧的状态中去会见他的曾祖父。因此他终于纵声大笑说:"对不起,邻居们,我不由得不笑。试想世界上居然有不喜欢劳动的人!——那简直是太荒谬可笑了!哦,甚至你这老家伙有时也是喜欢劳动的。"他一边说,一边用鞭子亲切地轻拍着那匹老马,"多么古怪的病!真可以叫做'马利格拉布斯'!"

他再一次哄然大笑。我觉得以他通常的礼貌而论,他笑得有点太过分了;我也陪着他笑,可是没有诚意;你很可以想象得到,**我**对于人们不喜欢劳动这件事,并不觉得怎样可笑。

第七章
特拉法尔加广场①

现在我又忙于观看四周的景物了，因为我们已经离开皮卡迪利市场，走进一个有一些建筑雅致、装饰华丽的房屋的地区，这些房屋如果是丑陋的、矫饰的，我就会称它们为别墅，可是它们一点也不丑陋，一点也不矫饰。每一所房子都坐落在一个细心栽培、鲜花盛开的花园里。画眉正在花园的树木间唱着最悦耳的歌儿；那些树木，除了几棵月桂树和偶尔出现的一群群的菩提树之外，似乎都是果树：其中有许多樱桃树，这时已经结满果实。有几次当我们经过花园时，孩子们和少女们拿着一篮篮的上好水果来送给我们吃。想要在所有这些花园和房屋当中探索旧街道的位置，当然是不可能的；但在我看来，主要的街道还是和从前一样。

我们立即进入一块宽敞的空地，地势稍微向南倾斜，向阳的地方辟为果园。据我的观察，园内种植的果树主要是杏树，杏树之间搭了一个相当漂亮的木架，油漆一新，而且涂上金色，看来

---

① 特拉法尔加广场（Trafalgar Square）在伦敦市内，为庆祝英国于1805年在特拉法尔加对法国及其盟国西班牙海战胜利而建。广场中有英国海军大将纳尔逊（Nelson）的纪念碑。——译者

好像是个出卖茶点的货摊。上述这个果园的南边有一条长街，在一些高大的老梨树的阴影下掩映着，在长街的尽头出现了议会大厦，即粪便市场的高塔。

一种奇怪的感觉掠过我的心头。我闭上眼睛来避开那闪烁在这美丽的花园里的阳光；在一刹那间，我的眼前浮现着另一个时代的幻影。一大片空地给一些丑陋的高大房屋围绕着，角落里有一座丑陋的教堂，在我的背后有一个丑不可言的圆屋顶的建筑物。街上拥挤着沸腾的、激动的人群，到处都是挤满着游客的公共马车。在一个装着喷泉、铺着石块的广场当中，只看见一些穿着蓝色服装的人和许多非常丑陋的铜像（有一个铜像屹立在一根高柱上）。上述这个广场由一队穿着蓝制服的、身材高大的士兵守卫着，他们排成四行，一直守卫到路口。一队骑兵在南面的街道上，他们的钢盔在寒冷的十一月下午的灰暗气氛中呈现着死白色。

我朝着阳光再度睁开眼睛，环顾四周，在飒飒作响的树木和香气扑鼻的鲜花之间，我喊道："特拉法尔加广场！"

"不错，"迪克再度勒住了马儿说，"这就是特拉法尔加广场。你认为这个名字荒谬可笑，你有这个看法我并不觉得奇怪：反正谁都不想去更改它，因为给一桩愚蠢透顶的事情安上一个名字，是起不了什么作用的。然而，我有时认为我们应该用一个名字，来纪念1952年在特拉法尔加广场进行的大战役——如果历史学家不撒谎的话，那个战役是挺重要的。"

"历史学家一般说来总是会撒谎的，至少曾经撒过谎，"那老人说，"比方说，你们对这一点是怎样理解的，邻居们？我在一本叫做《詹姆斯的社会民主主义史》——一本无聊的书！——里读到一段杂乱无章的记载,说的是1887年或者1887年前后(我对于年代记性很差)在这儿发生过一次战斗。这段记载说,有些人打算在这儿举行一次区议会或者类似的会议。于是伦敦政府、要不然就是参议会或者委员会,或者其他类似的一帮野蛮的、傻头傻脑的笨伯,动用武力去对付这些市民(当时这些人被称为市民)。这件事看来太荒谬可笑了,不可能是真的;可是根据书上的说法,这件事居然没有产生什么结果,那可**真**是荒诞无稽了。"

我说:"不过你们那位詹姆斯先生的叙述到这儿为止还是对的,**确实**是这样;不过当时并没有发生战斗,只是一群拿着大头棒的恶棍攻打了手无寸铁、爱好和平的人民。"

"他们难道能够忍受那种事情吗?"迪克说,在他那善良的脸上我第一次看到不愉快的表情。

我红着脸说:"我们**不得不**忍受这种事情;我们没有办法。"

老人用锐利的眼光望着我说:"你对这件事情似乎知道得很多,邻居!的的确确没有产生什么结果吗?"

"有结果,"我说,"许多人因此被捕入狱。"

"什么,因为有人用大头棒打了人吗?"老人说,"可怜的家伙!"

"不,不,"我说,"是因为有人挨了大头棒。"

老人很严厉地说:"朋友,我想你大概是读了一些谎话连篇的坏文章,太容易受骗了吧。"

"我跟你保证,"我说,"我说的都是实话。"

"啊,啊,我相信你是这么想的,邻居,"老人说,"可是我不明白你为什么会那么确信无疑。"

我不能说明原因,因此我便默然不语。迪克皱着眉头坐在那里沉思，这时终于开口，他温和而有点悲哀地说：

"过去有一些和我们一样的人，生活在这个美丽而幸福的国家里，他们的感觉和感情，我想也和我们一样，可是居然会做出这种可怕的事情，想起来真使人觉得奇怪。"

"是的，"我用一种说教的口气说，"可是，那个时代同以往的时代比较起来，究竟还有很大的进步。你难道没有读过关于中世纪的记载，关于中世纪刑法的残酷性吗？你难道没有读到在那个时代，人们简直好像是由于使他们的同胞受苦而得到乐趣吗？——不但如此，在这方面，他们把他们的上帝装扮成施酷刑者和狱吏，而不是别的什么角色。"

"不错，"迪克说，"关于那个时代，也有一些好书，有的我曾经读过。可是讲到十九世纪的大进步，我倒看不出来。中世纪的人依照他们的良心行事，这一点可以由你所说的关于他们的上帝的话（你说得对）得到证明，而且他们也愿意忍受他们强加在别人身上的痛苦。在另一方面，十九世纪的人是伪善者，他们外表装得很仁慈，可是不断地在虐待那些他们胆敢虐待的人，把这些人无缘无故地送进监狱，他们如果有罪名的话，那也是监狱主强加在他们头上的。唉，想到这些真令人痛心！"

我说："不过，也许监狱主不知道监狱是什么样子的。"

迪克似乎激动起来，甚至恼怒了。他说："既然你和我在这么多年代以后都还知道监狱是什么样子，那些监狱主就更加可耻了。你看，邻居，他们总不会不知道监狱的存在对联邦来说是多么大的耻辱，而他们的监狱更是朝着最坏的方向迈进了一大步的。"

我说："可是你们现在难道完全没有监狱吗？"

当这句话脱口而出的时候,我马上觉得我犯了错误了,因为迪克红着脸,皱着眉头,老人则露出惊异和痛苦的样子。迪克立刻愤怒地,然而又好像稍微抑制着自己的情感似的说:

"我的天!你怎么能提出这么一个问题来?我难道没告诉你:从真正可靠的书本里得到的无可置疑的证据,再加上我们自己的想象力,我们知道监狱是什么东西吗?你难道没特别叫我注意到公路上和街道上的人看来都是快快活活的吗?如果他们知道他们的邻居给关在监狱里,而他们默然容忍这种现象存在,那他们怎么能露出快活的样子呢?如果有人给关在监狱里,你就不可能像隐瞒偶然发生的杀人事件那样,对人们隐瞒这种事情;因为偶然杀人的行为并不像设置监狱的勾当那样是处心积虑的,而且也不像设置监狱的勾当那样,使杀人不眨眼的刽子手得到许多人的拥护。什么监狱,哼!绝对没有这回事!"

他停了一停,开始冷静下来,用一种温和的语调说:"请你原谅我!现在既然**没有**监狱,我也不必为这件事这么生气;我想你大概会因为我发脾气而看不起我吧。你从外地来,当然不会知道这些事情。我想我一定使你感到不舒服吧。"

他多少使我感到不舒服;可是他在愤怒中表现得那么慷慨激昂,使我更加喜欢他;于是我说:"不,老实说,这都是我的过错,我那么愚蠢。让我换一个话题问问你:在我们的左边,刚好在那一片法国梧桐树的尽头出现的庄严的建筑物是什么?"

"啊,"他说,"那是一座在二十世纪中叶以前建成的老房子,你看,造得奇形怪状,并不漂亮。可是房子里面倒有一些很好的东西,多数是绘画,有的很古老。它叫做国家美术馆;我有时候弄不明白这个名词的意义。反正,现在凡是把绘画当做古董永久保存起来的地方都叫做国家美术馆,也许它们就是沿用这个艺术馆的名字吧。当然在这个国家里,由南到北都有许多美术馆。"

我并没有试图向他解释,因为我觉得这个任务过于艰巨;我只是取出我那华丽的烟斗,开始吸起烟来。那匹老马重新缓步前进。在我们走着的时候,我说:

"这只烟斗是个很精致的玩意儿。你们在这个国家里看来很讲道理,你们的建筑物又是那么美好,因此我有点不明白:你们为什么会制造出这种无关紧要的小东西。"

当我说这句话的时候,我突然觉得在接受这么精致的礼物之后说这种话,真是有点忘恩负义。可是迪克仿佛没有注意到我的无礼,只是说:

"我有不同的看法。这只烟斗**真是**一件漂亮的东西;人们要是不喜欢这种东西,尽可不必制造,可是,**如果**他们喜欢的话,我看不出他们为什么不应该制造这种东西。当然,如果雕刻家人数很少,那么他们就都会忙于建筑方面的工作,这么一来,这些'玩意儿'(这是一个好名词)就不会制造出来了。可是既然有许多人——事实上,几乎人人——都会雕刻,既然工作又有点供不应求(至少我们担心工作会有点供不应求),人们对这种次要的工作就不加以阻止。"

他沉思一会儿,心中好像有点烦扰不安;可是他的面孔马上又明朗起来,他说:"你到底还得承认,这只烟斗是一件非常漂亮的东西,那树下的小人物都雕刻得那么巧妙,那么可爱;——以烟斗来说,也许是刻得太精致了,可是——啊,它是非常漂亮的。"

"太贵重了,也许用起来不大合适。"我说。

"你这句话是什么意思?"他说,"我不明白。"

当我刚刚想无可奈何地向他解释时,我们经过一座声音嘈杂的大型建筑物的大门,屋里好像正在进行什么工作。"那是什么房子?"我热切地说,因为在这一切稀奇古怪的事物当中能够看到一些有点像我平常所看到的东西,使我觉得高兴,"那**好像**是一家工厂。"

"是的,"他说,"我想我懂得你的意思,那就是工厂;可是现在我们不叫它工厂,而叫它联合工场:那就是说,一些愿意一起工作的人聚集的地方。"

我说:"我猜想那儿使用着动力吧?"

"不,不,"他说,"人们在他们的住所或者附近的地方都可以使用动力,两三个人可以使用,甚至一个人也可以使用,在这种情况之下,他们何必聚集起来使用动力呢?不,人们聚集在联合工场里从事手工业劳动,在这种生产方式中,合作是必要的或者是便利的;这种工作常常是十分愉快的。比方说,他们在那儿制造陶器和玻璃——喏,你可以看见那些炉子的顶部。啊,有了相当大的炉灶、窑和制造玻璃的坩埚,使它们在许多方面发挥作用,这样当然是很便利的。我们在许多地方当然都有这种工场,因为如果工场太少,人们喜欢做陶器或者吹玻璃的时候,就得搬到有工场的地方,否则就不能不放弃他所喜爱的工作,那可就荒谬可笑了。"

"我没有看到炉子在冒烟。"我说。

"烟?"迪克说,"你为什么会看到烟呢?"

我默然不语。他继续说:"那座房子的外表虽然那么平凡,里面倒是很精致的。讲到手艺,做陶器一定是很有趣的工作。吹玻璃是一种使人汗流浃背的工作,可是有些人非常喜欢它。对于这一点,我并不觉得奇怪。当你掌握了熟练的技术,处理火热的金属的时候,你就会产生一种力量强大的感觉。这种愉快的工作很有必要,"他微笑着说,"因为不管你对玻璃用品用起来多么当心,它们总有一天会打碎,所以工作总是很多的。"

我默然不语,堕入深思中。

刚在这时候,我们碰到一群工人在修路,这使我们耽搁了一会儿;可是我并不感到遗憾,因为到目前为止,我所看到的好像仅仅是暑假的生活;而我却想看一看这些人怎样从事一种真正必要的工作。他们已经休息过;当我们走近时,他们刚刚重新开始工作;他们的鹤嘴锄发出来的咔嗒咔嗒声使我从沉思中清醒过来。他们大约有十二人,都是壮健的年轻小伙子,看起来很像我记忆中过去时代在牛津举行划艇比赛的情景,而且他们对工作也同划艇一样,并不觉得厌烦。他们把外衣放在路旁,叠成整整齐齐的一堆,由一个六岁的男孩看管着。男孩伸着胳膊挽着一只大獒的颈项,这只狗露出快活的懒洋洋的样子,好像夏天是专门为它而存在似的。当我望着那堆衣服时,我看得见衣服上面的金色和丝的刺绣发射出来的光芒!我断定在这些工人当中,有些人的趣味同汉默史密斯的"金光灿烂的清洁工人"有点相像。那堆衣服的旁边放着一只结实的大篮子,看样子是装冷馅饼和酒类用的。五六个青年妇女站在旁边看工人干活,或者看那些工人——工人干活和工人都是值得一看的,因为工人大刀阔斧地干着,工作非常熟练，而且他们全是你在夏天所能碰到的最漂亮的、身体均匀的家伙。他们彼此又说又笑，也跟那些青年妇女说说笑笑，非常欢乐。可是过了一会儿，他们的工长抬起头来，看见我们去路被阻；于是他便放下鹤嘴锄，喊道："喂，大伙儿休息一下！有些邻居要走过去。"于是其他的工人也都停止工作，聚集在我们的周围，推动着我们的车轮，以帮助那匹老马走过那段尚未完工的公路。接着，他们像那些要完成称心如意的任务的人那样，连忙继续干活，只是停一停向我们微笑地打招呼。在灰马儿继续前进的时候，鹤嘴锄的声响再度迸发出来。迪克回过头去望着他们，说道：

"他们今天运气很好：试试看一个钟头能够用鹤嘴锄干多少活，那真是再好也没有的运动，我看得出这些邻居都很内行。这种工作要做得快，并不光是使劲的问题；对吗，客人？"

"对，我也是这么认为，"我说，"可是，老实说，我从来就没有干过这种工作。"

"真的吗？"他严肃地说，"那太可惜了；这是锻炼肌肉的很好的劳动，我很喜欢它；不过我认为干这种活的时候，第二个星期比第一个星期更舒服一些。我并不是说我在这方面有什么高超的技术。我记得有一次在干活的时候，大伙儿对我开玩笑地喊道'划得好，划尾桨的家伙！''加一把劲吧，划头桨的家伙！'"

"那不是什么笑话。"我说。

迪克说："当我们在干一段有趣的工作，而且周围全是一些快活的好伙伴的时候，一切的事情都好像是笑话；你知道，我们是觉得那么幸福。"我又一次默默地沉思着。

第八章
一个老朋友

我们现在转入一条景色宜人的小道,两旁的法国梧桐大树的树枝在上头几乎连成一片,在树的后面,低低的房屋鳞次栉比。

"这就是长噉街①,"迪克说,"从前在这儿肯定有一块麦田。有些地方已经发生那么巨大的变化,可是还保存着旧名字,这是多么奇怪的事情!你看看房屋造得多么密集!你瞧,他们还在继续造房子哩!"

"是啊,"那老人说,"可是我想那些麦田上的房子一定是在十九世纪中叶以前建造起来的。我听人家说过,这一带是城里最密集的一个地方。我要在这儿下车了,邻居们;我得去访问一个朋友,他就住在长噉街后面的花园里。再见,祝你顺利,客人!"

他跳下马车,像青年人一样踏着有力的步伐向前走去。

"你猜这位邻居多大岁数?"当我望不见他的时候,我问迪克说;因为我看出他已经年迈,可是却像一块老橡木那样地干燥而坚实。这种类型的老人我过去是很少见到的。

"呵,我猜想大概九十岁罢。"迪克说。

---

① 长噉街(Long Acre),伦敦街名。——译者

"你们这儿的人寿命多长啊！"我说。

"是的，"迪克说，"我们的确已经打破古老的犹太经书上'人生七十'的说法。可是话又说回来了，你知道那是根据叙利亚的情况写的，叙利亚是个炎热干燥的国家，那儿的人比我们在气候温和的地方生长得迅速一些。虽然如此，只要一个人**活着的时候**是健康的、快乐的，我想那也没有多大关系。客人，现在离我的老本家的住处很近了。我想你最好还是把想要提出的问题全都留下来问他吧。"

我点头表示同意。就在这时候，我们的车子向左转，经过一些美丽的玫瑰花园，走下一个不很陡的斜坡。这些花园的所在地，据我猜想，就是恩德尔街（Endell Street）的原址。我们继续前进。当我们经过一条两边疏疏落落有些房屋的、相当直的大道时，迪克勒紧了缰绳。他向左右两边挥动着手说，"那边是霍尔本①，那是牛津街。有一个时候，这儿曾经是罗马和中世纪城邑的古墙外热闹城市的重要区域：据说，中世纪的许多封建贵族在霍尔本两边都有很大的房屋。我想你记得莎士比亚（Shakespeare）的剧本《理查三世》（*King Richard III*）中提到伊里②的主教的房屋；这个建筑物的废墟有一部分还遗留下来。可是，古城和城墙等等既然已经不存在，这条路也就没有过去那么重要了。"

他继续驱车前进。这时我在想，人们对于十九世纪曾经说过那么夸大的话，可是在这个读过莎士比亚的作品而且没有忘掉中

---

① 霍尔本（Holborn），伦敦中部的一个市区。——译者
② 伊里（Ely），英国剑桥郡的一个城市，以古寺院和教堂闻名。——译者

世纪的人的记忆中,十九世纪是毫无价值的;想到这里,我轻轻地微笑着。

我们横过大道,走进那些花园之间一条又狭又短的小径,然后再走到一条宽阔的大路,路边有一座又大又长的建筑物,它的山墙背着大路;我立刻认出来这又是一批公用的房屋。这些房屋的对面是一大片长着绿树的广场,四周没有围墙或篱笆。我望过树木,看见树木的后面有一个圆柱廊,觉得十分熟悉——原来不是别的,正是老相识不列颠博物馆。在我所看见的这样一些奇怪的事物当中碰到它,真使我大吃一惊;可是我沉默不语,让迪克去说话。他说:

"那边就是我曾祖父消磨过大部分时光的不列颠博物馆;所以我不想多加介绍。那座建筑物的左边是博物馆市场,我想我们最好还是在那边停留几分钟;因为灰马儿需要休息一下,吃吃东西;同时,我想你一定会在我本家那儿消磨今天的大部分时间。老实说,我也很想在那儿跟一个人见见面,也许要跟他进行一次长时间的谈话。"

他红着脸,叹了一口气,看样子并不完全怀着愉快的心情,因此我当然一语不发。他把马儿驱进一个拱廊,我们从那儿走进一个铺着石块的很大的四方庭院,庭院的四个角落各种着一棵大枫树,正中有一个泉水飞溅的喷水池。近喷水池的地方有几个货摊,摊上悬挂着用华丽的条纹亚麻布制成的天幕。有些人,多数是妇女和儿童,在那里悄悄地走动着,观看那里陈列着的商品。四方庭院周围建筑物的下层有一排宽大的连环拱廊或回廊,其新奇而坚固的构造使我赞叹不已。这里也有一些人在漫步,或者坐在长椅上看书。

迪克用抱歉的语调对我说："这儿和别的地方一样，今天比较安静。每到星期五，你就会看见这儿拥挤着快活的人群；到了下午，通常在喷水池边总有音乐。不过我想我们在吃午饭的时候，人一定就会相当多。"

我们驱车通过四方庭院和一个拱廊，进入对面一个漂亮的大马厩；在那里，我们把那匹老马很快地安顿下来，使它心满意足地吃着草料，然后转身经过市场步行回来；这时我觉得迪克仿佛若有所思。

我注意到人们都情不自禁地盯着我看；想到我的衣服同他们的衣服的差别，我并不觉得奇怪；可是每当他们同我的视线互相接触时，他们总是对我表示非常友好的问候之意。

我一直走近博物馆的前庭，那里的栏杆已不存在，到处都有树木，树枝发出沙沙的响声，除此之外，似乎什么也都没有改变；还有那些鸽子，有的在房屋的四周盘旋地飞翔着，有的栖息在山墙的饰物上，和我以往看见的一样。

迪克仿佛有点心不在焉，可是他还禁不住向我说了一些关于建筑方面的话，他说：

"这是一座相当丑陋的老房子，可不是吗？许多人主张把它拆掉重建；如果真没有可以干的工作，那么，我们还是有可能这么做的。可是，我曾祖父也一定会告诉你，这不见得是一种简单的工作，因为博物馆里收藏着各式各样的古董，极为名贵；此外还有一个规模宏大的图书馆，收藏着许多非常美丽的书和许多非常有价值的书，例如真本的史籍，古代著作的原文之类。人们估计在搬动这一切东西的过程中一定会发生许多令人操心忧虑的事情，甚至会发生危险，因此这些建筑物终于保存了下来。况且，我们早已说过，把我们祖先认为是漂亮建筑物的证据保留起来，也并不是一桩坏事。因为这种建筑物也曾消耗了大量的劳动力和材料。"

"这一点我明白，"我说，"我完全同意你的意见。可是我们现在最好还是赶快去拜访你的曾祖父，你说是吗？"老实说，我不能不注意到他有点磨蹭，浪费时间。

他说："是的，我们马上就到屋里去。我这个本家在博物馆里保管图书已经好多年了，他年纪太大，干不了很多工作；不过，他还是在这儿消磨大量的时间。"他微笑着说："真的，我觉得他把自己当做图书的一部分，或者把图书当做他自己的一部分，我不知道怎么说才恰当。"

他犹豫了一会儿，然后涨红着脸，拉着我的手，一边说，"那么，走吧！"一边带我朝着一所古旧的公家房子的门前走去。

第九章
关于爱情

当我们走进那所颇为阴沉的古式房子时,我说:"看来你的本家不大想要什么美丽的建筑物。"这所房子虽然非常干净,而且粉饰一新,可是除了随处放着一些种着六月花儿的大花盆之外,屋里的确是简陋之极。

"呵,这很难说,"迪克有点心不在焉地说,"他的确很老了,他的年纪已经超过一百零五岁,无疑地他不想搬家。如果他愿意的话,他是可以住进一所更漂亮的房子的;他要住在什么地方,都不受任何限制。这边走吧,客人。"

他领先走上楼梯,推开一扇房门之后,我们就走进一间相当大的旧式房间;里面的陈设跟房屋的其他部分一样简陋,只有几件必需的家具。这些家具都很朴素,甚至粗糙,可是很结实,家具上的许多雕刻设计精巧,但刻得颇为草率。在房间最远的角落,近窗户的书桌边,有一个身材矮小的老人,坐在一只塞满垫子的宽大的橡木椅上。他穿着一件用蓝色哔叽制成的穿旧了的诺福克①式短上衣,短裤也是用同样的料子制成的,脚下是灰色的毛织长

---

① 诺福克(Norfolk),英国东部郡名。——译者

袜。他由椅子上跳起来,发出一种对于这么一个老人来说是过于巨大的声音;他叫着说:"欢迎,迪克,我的孩子;克拉娜在这儿,她一定会非常高兴和你见面;所以,鼓起勇气来吧。"

"克拉娜在这儿吗?"迪克说,"如果我早知道的话,我就不会带——至少,我的意思是说,我就会……"

他吞吞吐吐,露出狼狈惶惑的样子,显然是因为他生怕说出一些话来使我觉得自己是多余的第三者。可是那老人(他起初并没有看见我)把他救出了窘境。他走过来,用温和的声调对我说:

"请你原谅,因为我没有注意到迪克带来一位朋友,你知道他的身体高大到可以把人家隐藏起来。我对你表示最热烈的欢迎!尤其是我希望你会把海外的消息带给一个老头儿,使他开开心,我看得出你是渡过大海,从遥远的国家来的。"

他若有所思地,几乎是殷切地望着我,用另一种声调说:"我可以问你从哪儿来吗,因为你显然是个陌生人?"

我心不在焉地答道:"我曾经在英国居住过,现在我又回来了;昨天夜里我睡在汉默史密斯宾馆里。"

他严肃地点点头,可是我觉得他对我的答复仿佛有点失望。讲到我自己,我这时正在使劲地望着他,那样子也许已经超过了礼貌的范围;因为他那张干苹果似的脸在我看来的确非常熟悉,仿佛我以前曾经看见过——可能是在镜子里看见过,我对自己说。

老人说:"不管你从什么地方来,我们都是朋友。我看出我重孙子理查德·哈蒙德的样子,好像是把你带到这儿来,要我替你做些什么似的。对吗,迪克?"

迪克这时变得更加心不在焉,露出局促不安的样子,不断地望着房门。他勉强说:"哦,对啦,老爷子:我们的客人发现情况有很大的改变,不能理解;我也不能理解;所以我想把他带到你这儿来,因为对于最近二百年间所发生的一切事情,你比什么人都知道得多一些。——谁来了?"

他又把视线转向房门。我们听到门外的脚步声;房门推开了,一个非常美丽的年轻姑娘走了进来,她一看见迪克,便突然停下来,脸上涨得像玫瑰花那样红,但还是面向着他。迪克使劲地望着她,向她伸出手去,他的整个脸给感情激动得微微地颤动着。

老人并没有让他们这种羞赧不安的局面延长下去。他以老人家的欢乐态度微笑着说:"迪克,我的孩子,还有你,亲爱的克拉娜,我有点觉得我们这两个老头儿使你们感到很不方便;我想你们彼此一定有很多话要说。你们最好还是到楼上纳尔逊的房间去;我知道他出去了。他刚刚用中世纪的书籍堆满四壁,因此,那间房作为你们俩再度欢聚的地点,环境倒是够美的。"

姑娘向迪克伸手,拉着他的手,目不转睛地向前望着,带他走出房间。她之所以脸红,显然不是由于愤怒,而是由于快乐。在人类的心中,爱情的确比愤怒更加容易使一个人自己觉察到。

当他们走出去把门带上的时候,老人依然微笑着,转过身来对我说:

"老实说,我亲爱的客人,如果你的光临为的是使我的老舌头可以喋喋不休,那就是你对我很大的照顾了。我还保存着欢喜谈天的习惯,或者不如说,这种习惯在我身上已经根深蒂固了。这些年轻人那么庄重地在一起行动,在一起玩耍,好像整个世界是由他们的亲吻支配着似的(的确有点那个样子),看见这种情况虽然也令人愉快，可是我觉得我的关于过去时代的故事却不能引起他们很大的兴趣。最近的一次收成，最近出世的婴儿，和市场上最近雕刻出来的花结，对于他们就已经是过去的历史了。我想，我在少年时代，情况很不相同；在那个时候，我们和平的、永远富裕的生活还不像今天这样有保障——好吧！我不想盘问你，可是让我问你一句话：我应该把你当做一个对我们现代生活稍有认识的访问者呢，还是把你当做一个来自生活基础和我们大不相同的地方的人呢？——你对我们到底是有点认识，还是毫无认识呢？"

他以锐利的目光望着我，当他说话的时候，他的眼睛露着越来越强烈的惊异的表情。我低声答道：

"我从汉默史密斯到这儿沿途观察，并且跟理查德·哈蒙德提出了一些问题，这些问题他多数不能理解；我对于你们的现代生活所知道的就只有这么多。"

老人听见我这句话就微笑起来。他说："那么，我说话时就把你当做……"

"当做好像来自另一个星球上的生物。"我说。

老人（附带说一说，他的姓是哈蒙德，和他的本家一样）微笑着点点头，把他的椅子旋转到我的跟前，叫我坐在一只粗重的橡木椅上。当他看见我的眼睛盯住椅上的古怪雕刻时，他说：

"哦，你知道，我跟过去，**我的**过去，有着很密切的联系。这儿几件家具是我幼年时代以前的东西，是我父亲亲自制作的。它们如果是在最近五十年间制作出来的东西，一定会做得精巧得多，可是我想即使做得精巧得多，也不会使我更加喜欢它们。在那些日子里，我们几乎是重新开始生活：那是个活跃的、火热的时代。你看我是多么饶舌多话。你跟我提问题吧，跟我提出随便什么问题吧，亲爱的客人；既然我**必须**谈话，那么让我的谈话使你得到一些好处吧。"

我沉默了一会儿，然后有点紧张地说："如果我没有礼貌，请你原谅我；理查德对我这个素不相识的人这么亲切，因此我很关心他。我想跟你提出一个关于他的问题。"

老哈蒙德说："如果他对素不相识的人不（像你所说的）'亲切'的话，那么人家就会认为他是个奇怪的家伙，就会回避他。问下去吧，问下去吧，别怕，别怕提出问题来。"

我说："那个美丽的姑娘，他是不是要跟她结婚？"

他说："是的，他要跟她结婚。他已经跟她结过一次婚，现在我相信他显然会再跟她结婚。"

"真的吗？"我说，对他所说的话有点莫名其妙。

"全部的事实是这样的，"老哈蒙德说，"这是一个很短的故事，现在我希望这是一个幸福的故事：他们第一次同居两年；两人当时都很年轻；后来她以为自己爱上了另一个男人。于是她离开了可怜的迪克；我说**可怜的**迪克，因为他没有找到别的女人。可是这种情况持续得并不长久，只不过一年左右的时间。后来她跑来找我（她一碰到困难，总是跑来找我这老头儿的）；她问我，迪克情形怎么样，他快活不快活等等。于是我看清形势，对她说，迪克非常不快活，身体也不大好；最后这句话是骗她的。其余的情况你可以猜想得到。克拉娜今天跑来要和我长谈，可是迪克比我更能满足她的要求。老实说，如果他今天不是偶然到我这儿来的话,那么我明天就得派人去要他来。"

"哎呀,"我说,"他们有孩子吗?"

"有的,"他说,"两个;他们目前住在我的一个女儿家里,其实克拉娜大部分时间也住在那儿。我不愿意失掉同她的联系,因为我相信他们俩是会再团圆的。同时迪克(他是个再好也没有的好家伙)对这件事情的确是牵肠挂肚的。你瞧,他和她不一样,并没有其他寄托爱情的对象。我就这样进行了策划,正如我过去处理这类事情那样。"

"啊,"我说,"你无疑地不愿意使他们上离婚法庭;可是我猜想离婚法庭总得时常处理这类事情吧。"

"你的猜想是毫无根据的,"他说,"我知道以往曾经有过离婚法庭之类的丧心病狂的玩意儿;可是你想想看,上这种法庭去处理的案件全是有关财产纠纷的事情。我想,亲爱的客人,"他微笑着说,"虽然你来自另一个星球,可你只要看一看我们的世界的外表,也就会知道,关于私有财产的纠纷不可能在我们的时代继续下去。"

真的,我从汉默史密斯到布卢姆斯伯里的马车旅行,以及我所看到的恬静的幸福生活的许多表现(甚至无需提起我买东西的那段经历),已经足以使我相信:我们过去观念中的所谓"神圣的财产权"现在已经不存在了。于是我默然坐着,这时老人又把这场谈论继续下去说:

"这么说来,既然不再有财产纠纷,那么,法庭对于婚姻事件还有什么可以处理的呢?你想想看,如何能用法庭来强制执行男女爱情或者男女感情的契约!如果需要什么东西来证明强制执行契约是多么荒谬可笑,法院这玩意就再适当也没有了。"

他又沉默一会儿,然后说:"你应该知道我们已经改变了这种情况;或者应该说,正像我们在过去二百年里已经发生的变化那样,我们对这些事情的看法也已经改变了。老实说,我们并不欺骗自己,以为我们能够克服两性关系所造成的一切烦恼和困难,我们也不相信我们能够这么做。我们知道必须面对那种由于男女把情欲、感情和友谊之间的关系混淆起来而产生的不幸。在情况顺利的时候,友谊可以减轻从暂时的幻觉中清醒过来时的痛苦。可是我们不会为了生活、地位和取得管制儿童的权利(儿童是爱情或淫欲的产物)而进行卑鄙龌龊的争吵,因而在发生不幸事情的时候又做出品德败坏的行为来;我们不会疯狂到那种地步。"

他停了一停,又接着说:"童年的恋爱被误解为一种天长地久的英雄主义,可是很快就产生了失望。年纪比较大的男人有一种难于解释的愿望,要把爱情贯注在一个女人身上,把她所具有的普通人的慈爱和美丽加以理想化,认为是超人的十全十美,把她当做他的欲望所寄托的唯一对象。或者,最后一种,一个坚强的、有思想的男人产生了一种合理的渴望,要成为一个美丽而贤惠的女人的最亲密的朋友;这种女人的美丽而光辉的典型是我们所最喜爱的,——这种活动会产生欢乐和精神奋发,也常常会产生悲哀;正如我们由这种欢乐和精神奋发中获得喜悦一样,我们也会忍受悲哀。我记得古代的诗人写过这么两句诗(我现在根据十九世纪许多译本中的一种,凭记忆引用——大概是这样):

'为了这,神灵们安排了人类的悲哀和不幸的日子,

让人类的后代时常可以听到故事和歌谣。'

　　"好吧，无论如何，要使所有的故事全都讲完，或者要使所有的悲哀全都消失，那是不大可能的。"

　　他沉默了好一会儿，我不想打断他的话。后来他又开始说："可是你应该知道，我们这几代人的身体是健康而强壮的，生活也很安适；我们在同大自然进行合理的斗争中过日子，不但在一个方面发展，而且也在各个方面发展，我们对世界上的一切活动都有强烈的爱好。所以对我们来说，一个人没有自私自利的思想，乃是名誉攸关的问题；绝不要以为，因为有一个人感到悲哀，世界就得毁灭。所以，把这种有关感情和感觉的问题加以夸大，我们认为是愚蠢的甚至是犯罪的行为。我们不愿意增加我们多愁善感的悲哀，正如我们不愿意保留我们身体上的疼痛一样。我们知道除了恋爱之外，还有其他的欢乐。同时，你应该记住，我们的寿命很长，因此男人和女人的美并不像以往（那时候我们被自作自受的疾病重重压住）那么容易消失。于是，我们把这些悲哀的情绪排除开去；我们排除悲哀的方法，其他时代的感伤主义者也许会认为是可鄙的、怯懦的，而我们却认为是必要的，具有大丈夫气魄的。所以，在另一方面，正如在恋爱问题上我们不再有商业化的倾向一样，我们也不再做出一些**人为的**蠢事。对于由于天性所造成的蠢事，未成熟的男人的不明智的行为，或者年纪较大的男人不能自拔等现象，我们必须加以容忍，而且也不以为是十分可耻的事情——我的朋友，我老了，也许希望已经落空了，可是至少我认为我们已经抛弃了旧世界的**一部分蠢事**。"

他停下来,好像在期待我开口说话似的;可是我默然不语。于是他继续说:"至少,如果我们由于天性的专横和反复无常,或者由于我们自己缺乏经验而遭受痛苦,那么,我们既不为此而愁眉苦脸,也不为此而说谎话。如果那些存心永不分离的人终究必须分离的话,那么他们就分离吧。当男女结合的现实基础已经不存在的时候,提出任何结合的借口都是没有必要的。对于那些自知不可能有永久不变的感情的人,我们也不会勉强他们去表白一种他们所不能真正体验到的感情。这样,以金钱去购买淫欲的丑事既然不可能再存在下去,那么也就不再有需要了。你不要误会我的意思。我们并没有设立什么法庭去强制执行关于男女爱情或感情的契约。当我这样告诉你时,你看来并不觉得惊讶。可是人类就是这么一种奇怪的动物,我们并没有制定一套舆论的准则去取代这种法庭;这种舆论的准则如果存在的话,也许会和法庭一样地专制和不合理。当我这样告诉你的时候,你也许会感到惊讶。我并不是说,人们对他们邻居的行为所下的判断总是公平的,有时显然是不公平的。可是我要强调说,我们并没有一套固定不变的传统规则去做判断人们行为的标准;我们没有死板板的规矩和准绳去限制或束缚人们的思想和生活,我们没有'逐出教会'之类的伪善的措施,使人们在轻率的习俗的压制下或者在次要禁令的暗中威胁下(如果他们的伪善表现得不够有力的话)**不得不**去执行。你现在感到惊讶吗?"

"不——不,"我有点犹豫地说,"这一切是那么不同。"

他说:"无论如何,我想有一点我可以负责说明:不管人们有什么感情,那感情总是真实的——而且一般都有,并不限于特别高尚的人。我也相信，正如我刚才告诉你的那样，一般说来，当今的男女为了这一类的事情所产生的痛苦，并没有像过去时代那么强烈。可是请你原谅我谈到这个问题时这么唠叨！你知道是你要我把你当做来自另一个星球上的人看待的。"

"我的确非常感谢你，"我说，"现在让我问你，妇女在你们社会上的地位怎样呢？"

他一边纵声大笑（以他的年龄而论，他是笑得很厉害的），一边说："我享有精心研究历史的声誉，这并不是没有原因的。我相信我的确了解十九世纪的'妇女解放运动'。我怀疑今天是否还有别人了解这个问题。"

"讲下去吧。"我说，对他那欢笑的样子有点不痛快。

"好吧，"他说，"当然你会明白，这一切在今天已经是一种被人忘怀的争论了。男人再也没有机会去压制女人，女人再也没有机会去压制男人；这两种现象都发生在过去的时代。现在，女人做她们力所能及的事情，做她们最喜欢的事情，男人并不因此而妒忌或愤怒。这是极平常、不足道的事情，所以我几乎不好意思提起它。"

我说："哦，法律呢？法律在这方面有没有起什么作用？"

哈蒙德微笑着说："我想等到我们讲到法律问题的时候，你就可以得到有关这方面的答案。这个问题对你或许也是新鲜的东西。"

"很好，"我说，"可是关于妇女这个问题，我在宾馆里看见女人在服侍男人，似乎有点像复古的倾向，不是吗？"

"是吗？"老人说，"也许你认为管理家务是一种无关紧要的职业，不值得重视。我相信这是十九世纪的'进步'妇女以及支持她们的男人们的见解。如果这是你的见解，那么，我介绍你阅读挪威的一个古老的民间故事，叫做《男人是怎样处理家务的》，或者类似的题目。处理家务的结果是：经过了各种艰难困苦之后，那个男人和家里所养的母牛在一条绳子的两头相互保持着均衡，男人悬在烟囱下面的半空中，母牛从屋顶上挂下来（根据那个国家的建筑方式，屋顶上盖着草皮，而且向下倾斜，低得靠近地面）。我想那母牛真够倒霉的。当然，像你这样的上等人士是不可能遭遇到这种不幸事件的。"他笑着加上了这么一句。

这种干巴巴的讽刺使我感到有点不安。老实说，在他讲到这个问题的后面一部分时，他的态度在我看来有点不大庄重。

"你看，我的朋友，"他说，"一个聪明的女人把家务处理得井井有条，使得周围和她同屋居住的人都感到满意、都感激她，这对于她是莫大的快乐，这一点你难道不明白吗？再说，你知道所有的人都愿意接受一个漂亮的女人的使唤：不消说，这是男女调情的一种最有趣的方式。你还不老，总不至于忘掉这一点吧。我自己倒还记得清清楚楚的。"

老头儿又咯咯地笑起来，后来简直是纵声大笑了。

"对不起，"他过了一会儿说，"我不是在笑你心里可能想到的事情，我是笑在十九世纪那些所谓有教养的富人中间流行的愚蠢的风尚。他们不愿意过问他们的一日三餐是怎么来的，认为这种低下的事情不配去麻烦他们的尊贵的头脑。无用的白痴！你瞧，我是个'文人'（这就是我们这些古怪的动物过去的名称），可是我自己就是个相当不错的厨子哩。"

"我也是个相当不错的厨子。"我说。

"啊,"他说,"根据你所说的话和你的沉默的样子来看,我的确认为事实上你是很能明白我的意思的。"

我说:"也许。可是人们对于普通的生活事务表现了这么浓厚的兴趣,使我觉得很惊异。我等一会儿要问你一两个关于这方面的问题。可是现在我想回过头来谈一谈妇女在你们社会上的地位问题。你曾经研究过十九世纪的妇女解放运动,有些'上等'妇女想要把比较有智慧的妇女由生育子女的束缚中解放出来,你还记得吗?"

老人又变得十分严肃起来。他说:"**我的确**记得这桩极其荒谬的蠢事,这和那个时代的其他蠢事一样,是当时可恶的阶级专制的结果。你会问,我们现在对这个问题怎么看呢?我的朋友,这是一个不难答复的问题。在我们的社会里,做母亲的不消说是非常受人尊敬的。做母亲的所经历的自然的和不可避免的痛苦乃是男女互相结合的一个保证,同时也是促进他们之间的爱情和感情的一个特别的刺激,这是早已为大家所公认的。至于其他,你不要忘记,有关做母亲的一切**人为的**苦难现在已经完全没有了。做母亲的不必再为她的子女的前途怀着那种令人不快的顾虑了。他们结果可能好,也可能坏,他们也许不能达到她的最高的希望,这一类的忧虑是组成人生相互交织着的欢乐和痛苦的一部分。可是至少她可以免除这么一种忧虑(这在过去十之八九不是忧虑,而是必然会发生的事实),就是怕人为的摧残会使她的孩子们不能成为正常的人。她知道他们现在会依照他们自己的才能的限度去生活和行动。在过去的时代,当时的'上流社会'显然帮助它的

80

犹太族的上帝和当代的'科学家'使祖先的罪孽传到子孙身上。[①]怎样把这种程序倒转过来,怎样摆脱这种遗传的苦楚,乃是我们社会里有思想的人不断关心的一个问题。因此,你知道,一般健康的女人(我们的女人差不多都是健康的,而且至少都长得不难看)作为子女的养育者是受人尊敬的,作为女性是被人眷恋的,作为伴侣是被人爱慕的,她们对自己子女的前途是无忧无虑的。这种女人比过去时代的可怜的苦工和苦工的母亲具有更强烈的母性本能,也比她们的上层社会姊妹——比那种在对性知识假装无知的情况下生长起来、在假正经交织着好色的气氛中培养出来的女人——具有更强烈的母性本能。"

"你的话说得很激动,"我说,"但是我知道你的话是正确的。"

"是的,"他说,"我可以给你提出一个证据,来说明我们的自由给我们带来的一切利益。你对今天所碰到的人的容貌觉得怎样?"

我说:"我几乎不能相信在一个文明的国家里会有这么多好看的人。"

老家伙大叫了一声。"什么!难道我们还是过去的那种文明人吗?"他说,"啊,讲到我们的容貌,我们这儿的人大多是英吉利和朱特[②]血统,而这两种血统在过去所产生的美人并不多,可是

---

① 根据犹太人的宗教信仰,人类固有的罪恶是由人类的始祖亚当(Adam)和夏娃(Eve)堕落犯罪而遗传下来的,参看《旧约全书·创世记》,第2、3章。——译者

② 朱特人(Jute 名词;此处原文为 Jutish 形容词)是古代居住在日德兰半岛(Jutland Pen. 今丹麦境内)的一个日耳曼人的部落。公元五至六世纪日耳曼部落盎格鲁人、萨克逊人、朱特人渡海入侵并定居于不列颠。英吉利血统即盎格鲁-萨克逊(Anglo-Saxon)血统。——译者

我认为我们已经有了进步。我认识一个人，他收藏了大批由十九世纪的照片翻印出来的人像，看了这些相片，把它们同现在日常看到的面孔比较一下，就可以证明我们的容貌无疑已经大有进步。不少人认为，把这种美的增加和我们刚才谈到的自由以及合情合理的社会制度直接联系起来，这并不是牵强附会的想法。他们相信，由男女的自然而健康的（即使是暂时的）爱情结合所生的孩子，跟那种由体面的买卖婚姻所生的孩子比较起来，或者跟那种制度下的苦工在阴郁绝望之中所生的孩子比较起来，长大以后在各方面都要比较优越，特别是在身体的健美方面。人们说，快乐产生快乐，你以为怎样？"

"我非常同意这个看法。"我说。

第十章
问　　答

老人在椅上移动着身子说："客人，你必须继续提出问题来，我在第一个问题上已经花费了不少时间。"

我说："关于你们对教育的看法，我想再问一两句话。我听迪克说，你们让你们的孩子到处乱跑，而不给他们受什么教育，总之，你们把教育制度改了又改，结果是：你们现在完全没有教育了。"

"这么说，你是误会他的意思了，"他说，"我当然了解你对于教育的见解，那是过去时代的见解。在那个时代，人们所谓的'生活斗争'（这就是：一方面是奴隶为了每一天的口粮而进行的斗争，另一方面是奴隶主为了取得巨大特权而进行的斗争）决定了教育的内容，多数人所得到的仅仅是少得可怜的不很正确的知识。人们硬要把这种知识塞给刚刚知道生活艺术的人，不管他们喜欢不喜欢，也不管他们是否有这种要求。同时，这种知识还由那些对知识漠不关心的人再三加以咀嚼消化，以便灌输给别的对知识漠不关心的人。"

我笑了一声，来阻止老人的逐渐增强的愤慨，我说："啊，至少你并不是在这种教育方法下长大起来的，因此你尽可以不必这样愤慨。"

"对，对，"他微笑着说，"我感谢你纠正我的坏脾气，我总是把自己当成了生活在我们所谈论到的那个时代里的人。那么就让我们比较心平气和地谈吧：在你的心目中，儿童到了在传统上认为是适当年龄的时候，就应该关到学校里去，也不管他们的才能和性情彼此多么不相同。在学校里，也同样不考虑实际情况，硬要儿童学习一些传统的课程。我的朋友，这种办法意味着对身心**发展**的忽视，这一点你难道看不出来吗？由这么一个机构训练出来的人，没有一个能够不受损害的，只有那些具有坚强的反抗精神的人才不至于被它压碎。幸亏在过去所有的时代里，大多数儿童都具有这种反抗精神，否则我们怎么也不能达到我们今天的地步。你知道这种情况造成了什么结果。在过去这一切都是**贫困**所造成的。在十九世纪，由于社会是建立在有系统的掠夺的基础上，人们生活在极端贫困中，因此任何人都不可能获得真正的教育。他们所谓的教育的全部理论是：必须把一些知识灌输给儿童，即使用苦刑的方法来达到目的也在所不惜，同时要加上一些明知毫无用处的谎言，否则儿童就会一辈子愚昧无知。贫困的压迫只能产生这种结果。所有这一切已经一去不复返了；我们不再受压迫了，知识随处都有，一个人只要自己愿意去寻求，就可以很容易地得到知识。在这方面，正如在其他方面一样，我们已经富裕起来了：我们有充分的时间来教育自己。"

"是的，"我说，"可是假使一个儿童、青年或者成年人始终不要知识，始终不朝着你所期望的方向去发展，比方说，假使他拒绝学习算术或者数学；等他**长大**以后，你就无法再强迫他学习了。

可是在他成长的时候,你难道不可以强迫他吗,你难道不应该强迫他吗?"

他说:"你是在别人的强迫下学的算术和数学吗?"

"有点是。"我说。

"那么,你今年多大岁数了?"

"五十六岁。"我说。

"那么,你现在在算术和数学方面到底掌握了多少知识呢?"老人露着嘲弄的微笑说。

我说:"遗憾得很,一点也没有。"

哈蒙德轻轻地笑了,对我的坦白没有表示其他的意见;我看到在教育问题上跟他已经说不通了,便把这个题目搁在一边不提了。

我想了一想,开口说:"你刚才提到家庭,这在我听起来有点像过去时代的习俗,我原来还以为你们主要过的是集体生活呢。"

"法郎斯泰尔①吗?"他说,"啊,我们随意居住,一般地我们喜欢跟一些住惯了的同居者住在一起。而且,你应该记住,现在贫困已经消灭,而傅立叶式的法郎斯泰尔以及在当时出现是很自然的所有其他同类的组织只不过是逃避贫困的一种方式。只有那些生活在最可怕的贫困中的人,才会想得出这么一种生

---

① 法郎斯泰尔(Phalangstery,法文为Phalanstère),法国著名空想社会主义者傅立叶(F. M. C. Fourier,1772—1837)所提出的理想社会的基层单位——法郎吉(Phalanx,法文为Phalange)——的大厦。大厦计划容纳一千六百至二千人。大厦的中央部分是食堂、图书馆、教室等公共机关。一侧是工场,另一侧是集会用的大厅和法郎吉全体成员的宿舍。他们都在这座建筑物中一起过集体生活。——译者

活方式。同时你必须了解，虽然我们原则上一般都是各自分居的，虽然彼此生活习惯多少有些不同，可是没有一个家庭会拒绝接待那些愿意和其他同居者同样生活的和善的人。当然，如果一个人在进入一个家庭之后，硬要别人改变习惯来迎合他，那是不合理的；因为他尽可以到别处去居住，按照他自己喜欢的样子生活。不过关于这一切，我不需要多说什么，因为你就要跟迪克到泰晤士河上游去，在那儿你会亲眼看到人们是怎样处理这些问题的。"

过了一会儿，我说："你们的大都市现在怎么样呢？伦敦——在我所阅读的书里被称为现代文明的巴比伦[①]——好像已经消失不见了。"

"啊，啊，"老哈蒙德说，"也许它现在不大像十九世纪的'现代巴比伦'，倒比较像古代的巴比伦了。可是现在我们不谈这个问题。从这儿到汉默史密斯，各处的人口都相当多。同时，你也还没看到伦敦人烟最稠密的地方呢。"

"那么，请你告诉我，"我说，"伦敦东部现在的情形怎么样了？"

他说："在过去，如果你骑上一匹好马，由我的门口出发，跑一个半钟头，也许还没有跑出伦敦城里人口最稠密的区域，而这个区域的大部分当时被称为'贫民窟'；这就是说，是纯洁无辜的男女受苦受难的地方；或者说得更坏一些，是在极端屈辱的情况

[①] 巴比伦（Babylon），古代西亚巴比伦王国的首都，以奢侈繁华闻名于世。——译者

下养育男女的温室;这种屈辱已经使他们认为那种苦难简直是很自然的正常生活了。"

"这我知道,这我知道,"我有点不耐烦地说,"那是过去的情况;告诉我一点现在的情况。现在还有这种情况的残余迹象吗?"

"一点也没有了,"他说,"可是我们的脑海里还保存着一些记忆,我对这一点感到高兴。每年五月一日,伦敦东边的一些公社总要举行一次庄严的盛会,来纪念所谓'扫除贫困运动'。我们对贫民窟还保存着传统的记忆;在五月一日,我们在过去情况最恶劣的一个旧贫民窟的遗址上奏乐,唱歌,跳舞,快乐地游戏,举行欢乐的宴会。在这个节日里,我们的习俗是:在那些一天又一天地长期进行着阶级屠杀的滔天罪行的遗址上,由一些最漂亮的姑娘唱旧日的革命歌曲,以及表达那些身临绝境的不平者的呻吟的歌曲。我看到一个美丽的姑娘,穿得很雅致,头上戴着由邻近草地上采来的鲜花编成的花冠,在欢乐的人群中,站在一个小土丘上;在这块土地上以前曾经有过一个算作房屋的简陋到极点的建筑物,在这个穴洞里,男男女女在肮脏污浊的环境中生活,好像挤在一个木桶里的鲱鱼一样;我刚才已经说过,那种生活只有堕落到非人的境地的动物才能够忍受——我听到可怕的恫吓的词句和悲伤的话语由那姑娘的两片美丽可爱的嘴唇里唱出来,而她在歌唱的时候又不了解歌词的真正意义:比方说,听她唱胡德的《衬衫之歌》[①],同时想到她始终不了解这首诗歌的意义(这首诗歌

---

① 托马斯·胡德(Thomas Hood,1799—1845),英国宪章派诗人;《衬衫之歌》(*Song of the Shirt*)是描写裁缝工人的悲惨命运的一首诗。——译者

所包含的悲剧对于她和她的听众来说已经变得不可思议了)——像我这样曾经用心研究过旧时代的人看到而且听到这一切的时候,真是又惊奇又感动。你试想想这种情况,再想想今天生活已经变得多么光辉灿烂!"

"的确,"我说,"这种情况在我看来真是难以想象的。"

我坐在那里看见他的眼睛闪射着光芒,看见新生活似乎在他的脸上发出光辉来。像他这么大年纪的人居然还会想到世界的幸福,还会想到他的晚餐以外的事情,真使我觉得惊奇。

"请你详细告诉我,"我说,"布卢姆斯伯里以东现在是什么样子了?"

他说:"由这儿到旧城外边一带房屋很少,可是在城里人烟倒很稠密。我们的祖先在当初清除贫民窟的时候,并没有急着把在十九世纪末称为商业区而后来被人叫做'欺骗巢窟'的那一带的房子拆掉。你知道,那些房子虽然密密层层地挤在一起,倒建造得相当宽敞,相当坚固,而且很干净,因为它们不是当住宅,而是当做赌场用的。于是那些由拆除掉的贫民窟里迁移出来的穷人就把它们当做住宅,住在里边,直到当时的人有时间找到更好的地方让他们去住的时候才把它们拆掉。那些房子是逐步拆掉的,拆得那么慢,以致人们在那儿住得要比别处拥挤一些,所以它至今依然是伦敦人烟最稠密的区域,可能也是所有这些岛屿中人烟最稠密的区域。可是那儿很有意思,这在一定程度上是因为那儿的建筑物富丽堂皇的缘故(比你在其他地方看得到的建筑物还要富丽堂皇)。虽然如此,这种拥挤的情况(如果可以这么说的话)

过了那条叫做奥尔盖特①的大街以后就不存在了（这个街名你也许听见过）。过了这条大街，房屋分散地屹立在草地上，那些草地非常美丽，尤其是当你走到可爱的利亚河边②，靠近那个叫做斯特拉特福（Stratford）和奥尔德福（Old Ford）的地方——你知道，老艾萨克·沃尔顿③经常在利亚河边钓鱼，至于斯特拉特福和奥尔德福这两个名字，你当然不会听见过，不过从前罗马人在那边曾经忙过一阵。"

不会听见过！我心里想道。多么奇怪！我曾亲眼看见利亚河畔草地令人愉快的景象最后被破坏无遗，可是现在听来好像它们那些令人愉快的景象已经完全恢复了。

哈蒙德继续说："当你走到泰晤士河畔的时候，你就来到了码头，这是十九世纪完成的工程，到今天还在使用，虽然已经没有以往那么拥塞，因为我们尽可能防止集中的倾向，而且我们早就放弃成为世界市场的抱负了。在码头的周围有一些建筑，这些房子并不是准备让人永久居住的，我的意思是说，住户搬进搬出，变动很大，因为那个地带过于低洼潮湿，不是令人感到舒服的住处。过了码头往东，向陆地那一边，除了一些花园之外，全是平坦的牧场，过去曾经是沼泽地带，在那边永久性的住宅很少。除

---

① 奥尔盖特（Aldgate），伦敦的一条大街，意思是"老城门"，是中世纪时伦敦城的四大城门之一，诗人乔叟（G. Chaucer, 1340—1400）就曾住在这个城门的门楼上。——译者

② 利亚河（River Lea）是伦敦东北部的一条河。——译者

③ 艾萨克·沃尔顿（Izaak Walton, 1593—1683），英国诗人和散文家；著有《钓鱼大全》(*The Compleat Angler*, 1653) 一书。——译者

了几幢小房子和茅屋给那些前来看管大群牲口的人们居住之外，简直什么也没有。可是那边既有牲畜又有人，有疏疏落落的红瓦屋顶，也有大干草垛，因此骑上一匹驯良的小马，在一个阳光普照的秋天的下午到那边去漫游，眺望河流和来往的船只，接着到舒特丘（Shooters' Hill）和肯特高地（Kentish uplands）去，然后转到埃塞克斯沼泽地带的广阔绿色区域，穹隆苍天在远处和大地相接，太阳温和的光芒照射着辽阔的土地；在这种漫游中度过假日，确实很不坏。有一个地方叫做坎宁城，再过去就是银城①。在那边，那些可爱的草地现在真是再可爱也没有了。这些地方无疑地曾经是贫民窟，脏极了。"

这些名字使我听起来觉得很不顺耳，可是我不能够向他说明原因。于是我说："河南边的情况怎么样？"

他说："你会看到那里的情况和汉默史密斯一带大体上差不多。再向北，地势越来越高，那边有一个可爱的市镇，建造得很好，叫做汉普斯特德（Hampstead），正好做了伦敦那一面的边界。由这个市镇可以俯视你所经过的那个森林的西北端。"

我微笑了。"关于过去的伦敦的情况你已经谈得不少了，"我说，"现在请你告诉我一些关于这个国家其他市镇的情况吧。"

他说："讲到那些我们都知道的过去曾经是制造业中心的广大而阴郁的地方，它们像伦敦堆砖头和灰泥的荒野一样，已经没有了。不过，由于它们只是'制造业'中心，只是一种赌博的市场，

---

① 坎宁城（Canning's Town）和银城（Silvertown）是伦敦东部的两个地方，以前住着码头工人。——译者

因此它们留下的痕迹比伦敦城还要少些。当然，应用机械力的巨大变革使这种情况很容易实现。即使我们的习惯没有这么大的改变，它们作为制造业中心也会趋向崩溃的。可是它们既然是那样的地方，为了消灭这些所谓'工业制造区'，任何牺牲似乎都是值得的。此外，我们把所需要的煤或矿石运出坑外，然后运送到需要的地方去，在运输过程中我们尽量避免尘土飞扬，避免引起混乱，避免扰乱人们的安静生活。由我们所读到的关于十九世纪这些工业区的情况看来，我们不能不认为，那些统治工业区的人是邪恶地故意要使人们感到苦恼，受到玷污，堕落下去。可是事实并不是这样：正如我们刚才讲到的错误的教育一样，工业区的情况是由人们的可怕的贫困所造成的。他们对一切事物不得不抱着容忍的态度，甚至于装出喜欢的样子，而我们现在却能够用合理的方法来对待周围的事物，能够拒绝我们所不愿意接受的东西。"

我承认我并不懊悔用一个问题打断了他对当代生活的歌颂。我说："那些小市镇的情况怎样了？我想你们一定把它们完全消灭了吧？"

"不，不，"他说，"我们并没有消灭它们。相反地，在那些小市镇中，清除工作做得很少，虽然改建的工作做得很多。事实上，它们的郊区（如果原来有的话）已经和广大的乡间连成一片，而在市镇中心留出了人们可以自由活动的空地。可是这些市镇还保持着原来的街道、广场和市场。我们今天的人对旧世界的市镇——我指的是情况最好的市镇——的粗略概念就是通过这些保留下来的小市镇获得的。"

"拿牛津①来做个例子吧。"我说。

"好吧,"他说,"我想牛津甚至到十九世纪还是很美的。现在它仍然保存着许多商业繁荣以前的建筑物,因而引起人们的兴趣,同时它也是一个很美丽的地方,可是其他许多市镇也同样是美丽的。"

我说:"顺便问你一下,它现在是否还是一个学术中心?"

"还是?"他微笑着说,"啊,它已经恢复了它的一些最优秀的传统,所以你可以想象得到,它现在的情况和十九世纪多么不同。今天在牛津所研究的是真正的学问,所追求的是纯粹的知识——总之,是知识的艺术——而不是过去那种商业化的知识。也许你不知道,在十九世纪,牛津和地位仅次于它的姊妹学校剑桥都完全商业化了。这两个大学(尤其是牛津)当时曾经是一种自封为有教养的人士的特殊寄生阶级的训练所。他们这些人对人生抱着一种冷眼旁观的愤世嫉俗的态度,当时一般所谓受过教育的阶级全是这样的。可是他们有意夸大他们愤世嫉俗的态度,希望给人们一种印象,认为他们经验丰富,通晓世故。那些富有的中等阶级(它们和工人阶级没有关系)用轻蔑的容忍态度去对待这些寄生虫,好像中世纪的诸侯对待他们的弄臣一样。不过,应该承认,这些寄生虫远没有旧时代的弄臣那么讨人喜欢,事实上他们是社会上人人讨厌的家伙。他们受人嘲笑,受人轻蔑——并受人赏赐,这也就是他们的目的所在。"

---

① 牛津(Oxford),伦敦西北部的一个小城,为英国最古老和最有名的大学城。这里的学生多系贵族或富人的子弟。——译者

我心里想，我的天！历史和现代的观点是多么容易背道而驰啊。其实他们之中只有最坏的分子才那么糟糕。可是我应该承认他们大多是沾沾自喜、自命不凡的家伙，而且他们**的确是**满身铜臭气。我开口说道——虽然这句话主要是对自己说的，而不是说给哈蒙德听的——"他们怎么能够比产生他们的时代更好呢？"

"不错，"他说，"可是他们自以为是了不起的。"

"是吗？"我微笑着说。

"你真是一句也不放松啊，"他也微笑着说，"至少我可以这么说一句：他们是不很成功地继承了'野蛮的中世纪'的牛津的抱负。"

"你这么说是恰当的。"我说。

"不过，"哈蒙德说，"我刚才所说的关于他们的那些话，基本上也是正确的。你接着问下去吧。"

我说："我们已经谈了关于伦敦和工业区以及普通市镇的情况，那么，乡村里现在怎样了呢？"

哈蒙德说："你应该知道，接近十九世纪的末期，乡村差不多全部消灭了，除非它们成了制造业区域的附属地带，或者本身变成了一种较小的制造业中心。人们听任房屋损坏倾颓；为了粗劣的木柴所能换到的几个先令，人们肆意砍树。建筑物变得难以形容地丑陋难看。劳动力很缺乏，可是工资依然在下降。所有一切乡村生活的小技艺过去曾经使乡村居民得到一些小乐趣，这时都已失传了。农民所经营的农产品自己吃还不够。当时尽管耕种的方法很幼稚而粗糙，农业收获却很丰盛，可是农场和田野到处都是令人难以置信的贫困和艰苦的情况。你对这种情况一点不知道吗？"

"这种情况我听说过，"我说，"可是以后怎样了呢？"

哈蒙德说："在我们时代初期所发生的在这方面的变化，速度快得惊人。人们成群结队地涌向农村，简直像野兽捕食动物似的占有了那解放了的土地；在很短的时间内，英国乡村的居民比十四世纪以来的任何时期还要多，而且人数还在迅速增加。当然，如果人们还处在阶级垄断的束缚之下，这种涌入农村的潮流就很难对付，而且一定会造成很大的灾难。可是，当时的情况却能使一切不久就自然而然地上了轨道。人们找到了适合自己的工作，放弃了那些必然会遭到失败的职业。城市侵入农村；而那些侵略者和古代好战的侵略者一样，被他们周围的势力所同化，变成了乡村居民。当他们的人数超过城市居民的时候，他们又对城市的居民发生了影响。因此城市和乡村之间的差别变得越来越小，城市居民的思想和活泼的作风使乡村生气蓬勃起来，使得人们的生活变得快乐、悠闲而热烈，这种生活就是你初到此地的时候所见到的。我再说一遍，我们犯了许多错误，可是我们却有时间去纠正这些错误。我们前一代的人需要做的事情多得很。在二十世纪上半期，人们还为害怕贫困的情绪所压抑，对于普通日常生活的现有乐趣注意不够，他们的浅薄的思想大大破坏了商业化时代所遗留给我们的外表上的美。我承认，人们甚至在获得自由之后，还在自己折磨自己，经过很长时间他们才从这种自己加给自己的损害中复原过来。然而，尽管复原得很迟缓，他们**终究**复原了。你跟我们接触得越多，就会越清楚地看到我们是幸福的。你会看到，我们生活在美之中，可是不用担心我们会变得柔懦无丈夫气。我们有许多事情可做，而且一般说来，我们都能感觉到工作中的乐趣。我们对人生还能有什么更多的企求呢？"

他停了一停，好像正在寻找言语来表达他的思想似的。接着他说：

"这就是我们现在的情况。英国这个国家过去曾经遍地都是森林和荒野，只有稀稀落落很少一些市镇分布在各处，这些市镇是封建军队的堡垒、乡民的市集和工匠的聚集场所。后来它变成了一个由丑恶的大工厂和更加丑恶的大赌窟所组成的国家，这些工厂和赌窟周围的农场在工厂老板的掠夺之下，情况恶劣，穷困不堪。这个国家现在已经变成一个花园了。这里没有浪费，没有破坏，只有必要的住宅、小屋和工厂，所有的房子都是又整齐又干净又漂亮。因为，说实在的，如果我们让制造物品（即使是大规模的生产）的过程给凄凉和贫困笼罩着（哪怕是表面上有这种现象），那我们就会惭愧得无地自容。你知道，我的朋友，就是我们刚才谈到的那些家庭主妇都能告诉我们怎样可以搞得更好一些。"

我说："你们在这方面的确比以前改善了，虽然我不久就可以看到这些乡村，可是我还想请你简单地给我介绍一下，使我思想上有点准备。"

他说："你也许曾经看见过十九世纪末叶这些乡村的还算不错的画面吧。我们现在还有这样的乡村。"

"我见过许多幅这种图画。"我说。

哈蒙德说："我们的乡村有点像图画中的那些最好的乡村，村里主要建筑物是附近居民所用的教堂或者议会厅。不过你要注意，这儿没有一点贫困的痕迹，没有破败倾颓的房屋。老实告诉你，艺术家常常利用这些东西来掩饰他们描绘建筑物的笨拙技巧。这

95

种图画即使没有表现出贫困的情况,也不是我们所喜欢的。我们和中世纪的人一样,喜欢看见所有的东西都十分整齐清洁,井井有条,明朗轩敞;凡是对建筑艺术有一定了解的人都会有这种看法。因为人们知道他们现在能够随心所欲了,在和大自然打交道的时候,凡是不合理的,他们就要加以改变。"

"除了村子里的房屋之外,乡下还有没有零散的房屋呢?"我问。

"有,多得很,"哈蒙德说,"事实上,除了荒野、森林和沙丘(像萨里的后坡)之外,到处都可以看到房子。在房子稀少的地方,它们通常占有很大的面积,比较像旧式的学院,而不像普通常见的房子。这种建筑完全是为了便于社交而建造的,因为这种房子可以住许多人,而居住在里面的人不一定都是农民;不过他们有时候差不多全体出动去帮助农场工作。这些乡下大住宅里的生活是很愉快的,尤其是我们时代一些最好学的人也住在那儿;那儿有各式各样的思想和性格,使聚居在一起的人更加欢乐,更有生气。"

我说:"这一切使我大为惊异,因为在我看来,乡下的人烟一定是相当稠密的。"

"的确是这样,"他说,"人口和十九世纪末叶差不多,我们只不过使人口散居在比较辽阔的地方罢了。当然我们也曾经帮助过其他国家,到它们那儿去殖民——我这儿指的是那些需要我们而且要求我们去殖民的国家。"

我说:"在我看来,有一种情况和你所说的这个国家变成了一个'花园'的话是不相符的。你讲到荒野和森林,而我自己也看见了你们的米德尔塞克斯（Middlesex）和埃塞克斯森林的边区。你们为什么把这种森林还保留在'花园'里呢？这样做难道不是很大的浪费吗？"

"我的朋友，"他说，"我们喜欢这些天然的荒野，而且有能力把它们保留下来，因此就保存下来了。至于森林，那更不必多说了，因为我们需要大量的木材；我们相信我们的子孙也会这么做的。讲到这个国家是个花园的问题，我听说人们从前常常在花园里安置一些灌木和假山，虽然我不喜欢人造的假山，可是我告诉你，我们花园里有些天然的小山是值得一看的。你在今年夏天到北方去看一看坎伯兰和威斯特摩兰[①]的小山吧——顺便告诉你，在那儿你还可以看到牧羊场，因此这些荒野并不像你想象的那样是个浪费，**我**认为像你们划地建温室去种植过了季节的水果那才是**浪费**呢。你到因格尔博罗（Ingleborough）和宾尼圭脱（Pen-y-gwent）[②]之间的高坡上去看看那些牧羊场，然后再告诉我，你是否觉得我们没有在那边到处建立一些工厂，制造无人需要的物品（这就是十九世纪的主要工作），因此就认为是**浪费**了土地。"

"我一定要想办法到那儿去看看。"我说。

"这不需要想什么办法，因为这很容易办到。"他说。

[①] 坎伯兰（Cumberland）和威斯特摩兰（Westmoreland）在英格兰西北部。——译者

[②] 郡名。——译者

第十一章
关于政府

我说:"现在我要跟你提出一些问题了,我想这些问题在你回答起来是枯燥无味的,解释起来也是困难的;可是我早就看到,不管我愿意不愿意,我必须提出这些问题来。你们的政府是个什么样的政府?共和政体终于获得胜利了吗?还是说你们只不过建立了一种独裁制度?十九世纪就曾经有人预言民主主义的最后结果必然是独裁制度的建立。老实说,最后这个问题似乎并不是非常荒谬的,因为你们已经把你们的议会大厦变成了粪便市场。或者让我问一声,你们现在的议会占用的是什么建筑物呢?"

老人用一阵哈哈大笑来答复我的微笑,他说:"啊,啊,粪便并不是最腐败的东西,它可以促成农业的丰收,而过去议会所大力支持的另一种腐败的东西却只会产生贫困和饥荒。现在,亲爱的客人,让我告诉你,我们现在的议会不是一座房屋所能容纳得下的,因为我们的议会就是全体人民。"

"我不明白你的意思。"我说。

"是的,我想你是不会明白的,"他说,"我现在要告诉你一件叫你大吃一惊的事:作为另一个星球的居民,你叫做政府的那种东西,在我们这里已经不存在了。"

"我并没有像你所想象的那样感到吃惊，"我说，"因为我知道一些关于政府的知识。可是请你告诉我，你们怎样处理你们的国家事务呢？你们是怎样达到现在这种情况的呢？"

他说："对于我们的事务，我们必须作一些安排，这是事实（关于这方面的情况，你等一会儿可以提出问题来）。关于这些安排的细节，并不是每一个人都总是表示同意的，这也是事实。可是，进一步说，一个人不需要有一个配备着陆军、海军和警察的复杂严密的政府组织，来强迫他接受与他**同等地位**的大多数人的意见，正如他不需要有一个同样的机构来使他了解，他的脑袋和一道石墙不能同时占据同一空间一样，这也是事实。你还需要我作进一步的解释吗？"

"是的，我需要你作进一步的解释。"我说。

老哈蒙德安静地坐着，脸上那种怡然自得的表情使我有些惊讶，我怕他会进行一番科学的推论。于是我叹了一口气，等待着。他说：

"我想你对于政府在过去罪恶时代里的作用是相当熟悉的吧？"

"我应该说是熟悉的。"我说。

哈蒙德：当时的政府是什么样的呢？它真的是议会或者议会的任何一部分吗？

我：不是。

哈：议会一方面是一种保护上层阶级利益的看守委员会，另一方面是一种欺骗人民的幌子，使人们相信他们也参与处理他们自己的事务，难道不是这样吗？

我：历史似乎是这样告诉我们的。

哈：人民管理自己的事务到什么程度呢？

我：据我所知，他们有时候强迫议会制定一条法律，来使某种已经改变了的制度合法化。

哈：还有别的吗？

我：我想没有别的了。据说如果人民企图追究他们所遭受的痛苦的**原因**，法律便要出面干涉，说这是骚动、叛乱等等，并且杀害或拷问带头做这种事的人。

哈：如果说议会既不是政府，又不是人民，那么政府是什么呢？

我：你能告诉我吗？

哈：政府就是得到行政机构支持的法院，它拥有武力，它骗使人民让它用武力去达到其本身的目的；所谓武力，我指的是陆军、海军和警察——如果我们这样说，我想不会有很大差错。

我：明白事理的人一定会认为你是对的。

哈：至于那些法院，它们难道真的是根据当时的观念公平办事的机构吗？穷人在那儿难道有可能保障自己财产和身体的安全吗？

我：甚至有钱的人也把打官司当做一种可怕的灾难，即使他们胜诉，也是这样，这是尽人皆知的事情。至于穷人，啊，如果穷人落到法律的魔掌中而没有坐牢或者弄得倾家荡产，那就被认为是正义和慈善的奇迹了。

哈：那么，我的孩子，法院和警察局所组成的政治机构，作为十九世纪的真正政府，即使对当时的人民来说，似乎也不是什么值得夸耀的东西。在他们所生活的阶级社会中，不平等和贫困被认为是上帝的法律和维系整个世界的东西。

我：看起来确实是这样的。

哈：现在所有这一切都改变了。"财产权"——它意味着把攥紧的拳头放在一件财物上对着邻居们喊道："不许你们动！"——这种财产权已经完全消灭，现在就是要嘲笑它的荒谬也没有机会了；既然是这样，这样一种政府难道还有存在的可能吗？

我：没有可能。

哈：是啊，幸而没有可能。过去的政府除了保护富人反对穷人，保护强者欺凌弱者之外，还有其他的作用吗？

我：我听见别人说，政府的任务是保护本国的公民，使他们免受外国人的攻击。

哈：别人这么说过，可是难道有人真会相信这句话吗？比方说，英国政府曾经保护英国公民，使他们不受法国人的侵犯吗？

我：人们是这么说的。

哈：如果法国人侵略英国而征服了它，他们难道就不让英国工人过美好的生活吗？

我笑了起来：据我所了解，英国工人的老板们早就尽可能地剥削他们的工人以自肥了。

哈：可是如果法国人征服了英国，他们难道不会向英国工人榨取更多的东西吗？

我：我认为不会，因为如果法国人那样做的话，英国工人就一定要饿死；这么一来，法国人征服英国反而毁灭了自己，就好像英国的马匹和牛羊由于吃不饱而死亡一样。所以，归根结底来说，英国工人并不会由于被法国人征服了而生活得更坏一些：他们的法国老板由他们身上榨取的东西不可能比他们的英国老板所榨取的多。

哈：一点不错。我们应当承认，所谓政府保护穷人（就是有用的人），使他们免受外国侵犯的这种说法是毫无意义的。这原是很自然的事情，因为我们早就知道，政府的功用就是保护富人，压迫穷人。可是政府是不是保护了它的富人，使他们免受外国的侵犯呢？

我：我不记得听说过富人也需要受保护；因为据说，甚至在两国交战的时候，两国富人也照旧在进行赌博，和平常没有什么不同，他们甚至于互相买卖军火，去屠杀自己的同胞。

哈：总之，我们可以得出这样的结论：既然所谓政府通过法院来保护财产事实上就是损耗财富，那么所谓通过战争或者战争的威胁去保护本国的公民，使他们免受外国的侵犯，结果同样也是损耗财富。

我：这一点我不能否认。

哈：所以，政府事实上是为损耗财富而存在的，对吗？

我：看来似乎是这样。不过——

哈：不过什么？

我：当时还是有许多富人。

哈：这个事实的后果你看到了吗？

我：我想我看到了。可是请你把后果告诉我吧。

哈：如果一个政府习以为常地损耗财富，那么，这个国家一定是很穷困的。对不？

我：对，那是当然的。

哈：可是在这样的贫困中，有些人——就是政府为了他们的利益而存在的那些人——不管发生什么变化,仍然要坚决保持他们富有的地位,你说是不是?

我:是这样的。

哈:在一个贫困的国家里,如果有些人坚决要牺牲别人来保持他们的富有地位,那么,**必然**会有什么结果呢?

我:弄得别人都穷得不可开交。这么说来,这一切灾难都是我们刚才谈论过的那个破坏性的政府所造成的喽?

哈:不,这样说是不正确的。政府本身只不过是过去时代的冷酷无情、漫无目的的专制政治的必然结果;政府只不过是专制政治的机器。现在专制政治已经消灭,因此我们也就不再需要这种机器了。既然我们获得了自由,我们就不可能再用它。所以,像你所理解的那样的政府,我们是没有的。现在你明白了吗?

我:是的,我明白了。不过作为自由人,你们到底是怎样管理你们的事务的,关于这一方面,我还想问你几个问题。

哈:我愿意为你效劳。请问吧。

第十二章
关于生活的安排

我说:"关于你所谈到的代替政府的那些'安排',你能不能说明一下?"

"邻居,"他说,"虽然我们已经把过去的生活方式大大地简化了,而且已经废除了许多经常给我们祖先招来很多麻烦的习俗和虚假的需求,可是我们的生活还是相当复杂的,我很难用语言详细告诉你是怎样安排的。你必须和我们共同生活,才能够了解我们的生活方式。要我告诉你我们不做哪些事情,的确是比告诉你我们做哪些事情要容易些。"

"那么请你说下去吧。"我说。

"我应该这样告诉你,"他说,"大体上说我们按照目前的方式至少已经生活了一百五十年了,一种生活的传统或者说习惯已经在我们的社会中形成了。这种习惯总起来讲,就是人人向善。要我们在共同生活中不互相掠夺是没有什么困难的。我们也可能互相斗争、互相掠夺,可是要让我们这样做,倒比要我们不互相斗争、互相掠夺困难得多。总而言之,这就是我们的生活和我们的幸福的基础。"

我说:"在过去的年代,要在生活中避免互相斗争、互相掠夺是很困难的。这就是你把你们的美好生活的反面告诉我的意思,对不对?"

"对,"他说,"这在过去是十分困难的,因此那些习惯于以公正的态度对待邻居的人就被称为圣人和英雄,受到最崇高的尊敬。"

"在他们活着的时候吗?"我说。

"不,"他说,"是在他们死后。"

"可是讲到现在的情况,"我说,"难道今天就没有人违犯这种和睦友爱的习惯吗?"

"当然不是这样,"哈蒙德说,"可是当这种行为发生了的时候,每一个人,包括那个犯了这种过失的人在内,都知道这种行为的本质。这是朋友之间的过失,而不是那种被迫仇视社会的人的惯常行为。"

"我明白了,"我说,"你的意思是说,你们没有犯罪的阶层。"

他说:"既然没有富有的阶级利用政府的非正义的作为来培养反对国家的敌人,那我们怎么会有犯罪的阶层呢?"

我说:"由你刚才的话听起来,好像是说你们已经废除了民法。你们真的废除了民法了么?"

"我的朋友,它是自然消灭的,"他说,"我已经说过,民事法院是用来维护私有财产的,因为从来就没有人相信,用暴力可以使人们公平相待。私有财产既然废除了,那么,它所制造出来的一切法律和一切合法的'罪行'当然也就不存在了。'不可偷盗'①必须改变成：'你要劳动才能过幸福的生活。'难道实行这条诫命还需要使用暴力吗？"

我说："那是不言而喻的，我对这一点完全同意。可是对于凶暴的罪行呢？你承认凶暴的罪行是会发生的，发生这种罪行时，难道不需要刑法吗？"

他说："按你用这个词的意义来说，我们也没有所谓的刑法。让我们来更仔细地研究一下这个问题，看看凶暴的罪行是由什么地方产生的。在过去的时代，这种凶暴的罪行大多数是由有关私有财产的法律所造成的，因为关于私有财产的法律使所有的人都不能满足他们天生的欲望，只有少数特权分子是例外，同时这些法律也产生了一些明显的压力。**所有这些**造成凶暴的罪行的原因现在都已经不存在了。此外，有许多凶暴的行为是由于性欲的不正常的发展而造成的，这种不正常的发展产生了傲慢自负的妒忌和类似的痛苦。当你仔细研究这些情况的时候，你就会发现，最根本的原因主要在于女人是男人的财产这一观念（一种法律造成的观念），不管他是丈夫、父亲、兄弟或其他什么人。在私有财产制度消灭之后，这个观念当然也就消灭了，随之而消灭的还有其他一些愚蠢的观念，例如认为女人在合法的婚姻之外为情欲所支配就是'堕落'，这种传统的观念自然也是有关私有财产的法律所

---

① 根据《旧约全书·出埃及记》第20章的记载，在以色列人离开埃及之后，上帝通过摩西（Moses）对以色列人传授十诫，做他们行为的准则。"不可偷盗"是十诫中的第八诫。在西方一般所谓"基督教国家"（如英国）中，"十诫"之说流传甚广。——译者

造成的。

"造成凶暴的罪行的另一个同类的原因是家庭的专制主义,这是过去许多长篇小说和短篇故事的主题,也是私有财产所产生的结果。当然,这种情况今天已经不存在了,因为现在的家庭不是由法律的或者社会的强制性来维系的,而是由相互的喜悦和爱情来维系的,无论男女都有随意加入或者退出一个家庭的自由。再说,我们关于荣誉和社会声望的标准也与过去大不相同;通过制胜我们的邻居来猎取声望的道路今天已经行不通了,让我们希望这条道路永远行不通吧。每一个人都有尽量发挥他的特殊才能的自由,大家也都鼓励他这样做。因此,我们已经消除了那阴沉的妒忌情绪,诗人们把忌和恨联系起来,的确是很有道理的。妒忌产生许多痛苦和恶感,对于脾气暴躁和容易感情冲动的人——也就是说精力充沛和热情的人——妒忌常常酿成凶暴的行为。"

我笑着说:"那么你现在收回你方才说的在你们的社会中没有凶暴行为的话了?"

"不,"他说,"我什么话也没有收回,我告诉过你,这种事情是会发生的。血气旺盛有时是会造成过失的。一个人也许会动手打另一个人,而被打的人也举手还击,按最坏的情况来说,结果可能造成一场凶杀事件。那怎么办呢?我们这些邻居是不是要把事情弄得更糟呢?难道我们应当把我们的同胞看成这样心胸狭窄的人,认为死者要我们替他报仇吗?(事实上我们**知道**,如果他只是成了残废而没有丧命,当他平心静气、能够把全部情况考虑一下的时候,他就会宽恕那个残害他的人。)还是说,把杀人者处死就可以使被杀者复活同时消除他的死亡所造成的痛苦呢?"

"这话是对的，"我说，"可是，你要想一想，为了保证社会的安宁，难道不需要有一种刑罚吗？"

"啊，邻居！"一听这话，老人的精神来了，"你的话真是一语中的。关于所谓**刑罚**的问题，人们向来讲得那么聪明而又做得那么愚蠢；刑罚除了是人们的恐惧情绪的表现之外，还能是什么呢？而且他们必然要感到恐惧，因为**他们**——社会的统治者——好像是居留在敌对国家里的一支武装队伍。可是我们生活在朋友之间，既不需要恐惧，也不需要刑罚。如果我们为了害怕发生偶然的杀人事件，或者偶然的粗暴的殴打事件，就一本正经去依法杀人或者行凶，那么，我们就只能是一群凶残的懦夫了。你说对吗，邻居？"

"对，当我从这方面来考虑这个问题的时候，的确也觉得是这样。"我说。

老人说："不过，你必须了解，在发生了暴行的时候，我们期待犯了过失的人做出可能做到的赎罪行为，而他自己也有这种期望。可是，你想一想看，使一个被一时的愤怒情绪或者愚蠢的想法所支配的人死亡或遭受严重的损害，对国家来说这是否可以算作赎罪行为呢？事实上，对国家来说，这只能是又一次的损害。"

我说："可是假使那个人有行凶的习惯——比方说，一年杀死一个人，那又怎么办呢？"

"从来就不曾有过这样的事情，"他说，"在一个没有刑罚需要逃避、也没有法律压制的社会中，一个人在做错了事之后一定会对他所干下的事感到后悔。"

我说："在遇到情节较轻的暴行时，你们是怎样处理的呢？我想我们刚才所谈的只是重大的悲剧,对吗?"

哈蒙德说:"如果做错事的人没有病而且神经正常的话(在生病或者发疯的情况下,他就要受到约束,直到他的疾病或者疯狂治好为止),他在做错了事之后,显然一定会感到悲哀和耻辱的。如果他对自己的过失没有一定认识的话,那么社会舆论也会使他认识错误。同时,赎罪的举动也会随之而来——犯罪者至少会公开承认自己的悲哀和耻辱。说一句'我请求你宽恕我,邻居',难道真是那么困难吗?——啊,有时候是困难的——困难就让它困难吧。"

"你认为公开承认错误就够了吗?"我说。

"够了,"他说,"而且,我们也**只能**做到这样。如果除此之外我们再折磨他,那我们就会使他的悲哀变成愤怒,而他对**自己的**过失所感到的耻辱反倒被一种复仇的欲望——报复**我们**对他所犯的过失——所淹没。同时在他服刑之后,他又可以心安理得地'再去犯罪'了。难道我们要做这样的蠢事吗?你记得,耶稣是在免除了别人在法律上的刑罚之后,才说'去吧,从此不要再犯罪了'这句话的。[①]再说,在一个由彼此平等的人们所组成的社会中,你也找不到一个愿意做施刑者或者狱吏的人,倒可以找到许多愿意做护士或者医生的人。"

[①] 根据《新约全书·约翰福音》第8章的记载,文士和法利赛人要求耶稣依法惩罚一个被控行淫的妇人。耶稣说:"你们中间谁是没有罪的,谁就可以先拿石头打她。"他们听见这话,便一个个溜走了。耶稣对那妇人说:"没有人定你的罪吗?"她说:"没有。"耶稣说:"我也不定你的罪。去吧,从此不要再犯罪了。"——译者

我说:"那么你们认为犯罪只不过是一种突发性的疾病,无须乎用一套刑法去加以处理,是吗?"

"完全可以这么说,"他说,"我已经对你说过了,我们一般说来是一个健康的民族,因此我们不至于为**这种**疾病而十分担心。"

"你们没有民法,也没有刑法。可是难道你们也没有市场上的法律吗?——比方说,你们难道没有商品交易的规则吗?因为你们即使没有私有财产,也必须进行交易呀。"

他说:"我们没有正式的个人交易,这一点你今天早上到店铺里去的时候已经看到了。当然,我们有一些市场上的规则,它们根据不同情况而有所差异,同时以一般习惯为指导原则。不过,由于这些都是公众所认可的事情,所以没有人会去破坏它。因此我们也没有制定什么条文来保证它们的实施,所以也就不管它们叫做法律。讲到法律,不论是刑法还是民法,判决之后总是处刑,总是有人受苦。当你看见法官坐在审判席上的时候,你可以通过他,好像他的身体是玻璃做的那样,看到那些监禁人的警察和那些屠杀活人的士兵。这一类的愚蠢制度一定会把市场弄得乌烟瘴气的,对吗?"

"当然,"我说,"这就意味着把市场变成战场,在这一战场上许多人一定会和在枪林弹雨的战场上一样遭受到灾难。根据我所看到的来讲,我相信你们的交易,无论大小,都是当作一种愉快的活动来进行的。"

"你说得对,邻居,"他说,"我们之间有许多人,实际上大多数人都能制造出美好的物品,如果不真正从事点什么生产,就会觉得很不快活。虽然如此,也还有许多人,像我所提到的那些管理家务的人那样，喜欢从事——用两个庄重的字眼——'管理'和'组织'的工作，我的意思是指有些人喜欢做整理和收集东西的工作，避免浪费，不使东西搁置起来发挥不了作用。这些人在他们的工作中感到十分快乐，特别是因为他们所从事的是实际工作，而不光是巡视柜台、计算他们在特权者跟有用的人民所征收的赋税中可以分到多少，像旧时代的商人那样。好吧，你还有什么问题要问我吗？"

第十三章
关于政治

我说:"你们怎样处理政治问题呢?"

哈蒙德微笑着说:"幸亏你是跟**我**提出这个问题,我相信别人听到这个问题的时候,一定会要求你加以解释,或者试图要求你加以解释,使你对提出问题感到厌烦。老实说,我相信在英国只有我还能了解你的意思。既然我了解你的意思,我就简单地答复你的问题:我们在政治方面的情况很好——因为我们没有政治问题。如果你有一天要把这一场谈话写成一本书的话,你可以照老霍雷博① 论冰岛之蛇那样,把这一段谈话单独列为一章。"

"我会这样做的。"我说。

---

① 霍雷博(Horrebow),丹麦的一位学者,他写了一本科学著作,其中有一章专谈冰岛的蛇,题目叫做"冰岛无蛇"。——译者

第十四章
公众的事务是怎样处理的

我说:"你们和外国的关系怎么样?"

他说:"我不愿意假装不了解你的意思,可是我要马上告诉你:在文明世界的'政治'中,那种国家与国家互相敌对和竞争的整个体系起着很大的作用,可是现在它已经随着人与人在社会中的不平等的现象一起被消灭了。"

"这样世界不是显得太单调了吗?"我说。

"什么?"老人说。

"民族的多样性没有了。"我说。

"胡说,"他有点生气地说,"你横渡海峡去看看。你会看到很多多样性的例证:风景、建筑物、食品、娱乐,一切都是多样化的。男女在思想习惯上和外貌上都不相同,服装的多样化比在商业化时代更加显著。把某些往往是迥然不同的、互相倾轧的民族或者部落强迫结合成一些人为的、不自然的集团,而称它们为国家,激发他们的爱国思想——就是说,激发它们的愚蠢的、妒忌的偏见,这样就会增加多样性或者消除单调的气氛吗?"

"哦——我知道这是办不到的。"我说。

"这就对啦,"哈蒙德快活地说,"这很容易理解,我们现在既然已经摆脱了这种愚蠢的制度，那么，我们认为：正是因为有了这种差异，世界上不同血统的民族才可以互相帮助，愉快相处，丝毫也不需要互相掠夺。我们大家都专心致志于同样的事业，努力争取人生的最大幸福。我应该告诉你，无论是什么样的争吵或者误会，都很少发生在不同种族的人们之间；因此，由于他们不讲道理的情况比较少，彼此也就比较容易和解。"

"很好，"我说，"可是关于政治方面的问题，关于同一社会中的一般意见分歧呢，你能说这种情况完全不存在吗？"

"不，不能说完全不存在，"他有点激动地说，"可是我敢说，对于具体事物的意见分歧不一定使人——以我们来说，肯定地没有使我们结成永久互相敌对的党派，甚至各持一套关于宇宙的构成和时间的前进的学说。过去的所谓政治不就是这个意思吗？"

"哦，"我说，"我倒不敢这么肯定。"

他说："我了解你的意思，邻居。他们只不过**假装**有这种严重的意见分歧罢了。因为如果真的存在严重的意见分歧的话，他们在普通生活事务上就不可能和衷共济，就不可能在一起吃饭、在一起做买卖、在一起赌博、在一起欺骗别人，而一定会在他们相遇的时候互相斗争。这当然不符合他们的目的。政治家的把戏就是用花言巧语来诱骗或者强迫公众为几个野心家的集团负担奢侈的生活和刺激性的娱乐的费用；而这种严重的意见分歧的**伪装**就可以发生这个效用（政治家一生的每一个行动都暴露了这是一种伪装）。这一切和我们有什么关系呢？"

我说："我希望毫无关系。可是我怕——总而言之，据说政治上的钩心斗角是人类天性的一种必然结果。"

"人类天性！"那老头儿激动起来大声地说，"什么人类天性？是穷人的天性、奴隶的天性、奴隶主的天性，还是富有的自由民的天性？你指的是哪一种？来吧，请你告诉我！"

"啊，"我说，"根据人们对这些问题的行为来说，分歧的意见是有的。"

"当然分歧的意见是有的，"他说，"无论如何，经验也证明是这样。在我们之间，我们的意见分歧只是牵涉到业务方面的问题以及有关的临时性的事件，这种意见分歧不至于使人们永远陷于分裂。一般说来，关于某一个问题，直接产生的结果将会证明哪一种意见是正确的；这是以事实为依据，而不是以臆测为依据的。比方说，关于某某乡村晒干草的工作何时开始的问题，所有的人都同意最迟必须在下下星期开始，随便哪一个人又都可以亲自到田地里去看一看草籽是否已经完全成熟，可以进行收割了。在这种情况下，显然不会为了讨论晒干草的工作应该在本星期或者下星期开始有意见分歧而党同伐异。"

我说："我想你们对于分歧的意见，不管大小，都是根据多数人的主张来解决的吧？"

"当然，"他说，"除此而外还有什么别的办法呢？你知道，不影响社会福利的纯粹私人问题——比如一个人应当穿什么衣服，吃什么东西，饮什么酒，写作和阅读哪一类书籍等等——的意见分歧是不存在的，每个人都可以随意行动。可是当一个问题关系到整个社会的利益，当一件事的进行或者不进行对于每一个人都有影响的时候，就必须服从多数人的意见，除非少数人拿起武器，以暴力来表示他们是有效的真正多数。不过，这种情况在一个人人自由平等的社会里很少有发生的可能，因为在这种社会里，表面的多数**就是**真正的多数。其余的人（我以前已经说过）非常了解这一点，所以不至于仅仅因为固执而从中作梗，尤其是他们有过很多机会来发表他们对问题的意见。"

"这过程是怎样的呢？"我说。

他说："就拿我们的一个管理单位为例子吧，这种单位或称公社，或称分区，或称教区（我们有这三种名称，它们之间现在没有真正的差别，虽然在以往差别是很大的）。在这么一个所谓的区域里，有些邻居认为某一件事应该兴办或者废除，比如建造一个新市政厅，拆除一些不合适的房屋，或者建筑一座石桥来代替旧有的丑陋的铁桥——这是拆除跟兴建同时进行的例子。在邻居们下一次的常会上——根据官僚制度以前的古代语言，叫做区议会——一个邻居提议进行这个改革，当然，如果大家都同意，讨论就告一段落，以后需要谈的只是一些细节问题。另一方面，如果这个建议得不到'支持'——过去称之为'附议'——那么这件事就暂时搁置起来。可是这种情况在明白事理的人们之间是不可能发生的，因为提议人在区议会举行之前一定会跟其他的人谈论过这个问题。可是如果在这个问题已经有了建议者和附议者之后，有一些邻居提出了不同的意见，认为那座丑陋的铁桥还可以再使用一个短时期，他们暂且不愿操心来建造一座新桥，在这种情况之下，区议会就不计算赞成和反对的人数，而把正式讨论延到下一次的区议会来进行。在这个期间，赞成和反对的双方纷纷发表自己的意见，有些意见还在刊物上发表，因此大家都知道讨论的经过情况，到举行下一次区议会的时候，再进行一次正式讨论,然后举手表决。如果赞成和反对的票数相差不多,议案就再度搁置起来,以便作进一步的讨论。如果双方的票数相差很多,区议会就问少数人是否愿意服从多数,在这种情况之下,他们常常,不,往往总是表示接受大家的意见。如果他们不同意,议案就进行第三次讨论,到这时候,如果少数派的人数没有显著的增加,他们一般就放弃了他们的主张。不过我相信根据某种快要被遗忘的规矩,他们还可以继续讨论下去。可是,我告诉你,通常他们总是放弃自己的主张的,也许这并不是因为他们认为自己的意见是错误的,而是因为他们知道他们不能劝说或者强迫整个社会来采纳他们的意见。"

"很好,"我说,"可是如果双方的票数相差还是很少,那么,将会发生什么情况呢?"

他说:"根据原则和规定,在这种情况下,议案就必须搁置起来,多数派——如果和少数派的票数相差无几的话——就得服从**维持现状**的决定。可是我应该告诉你,事实上少数派很少引用这个规定,一般总是以友好的态度放弃自己的主张的。"

我说:"你可知道,这一切看起来很像民主制度,我本来以为民主制度在许多年前就被认为已经到了垂死阶段了。"

老头儿眨了眨眼说:"我承认我们的方法具有这种缺点,可是,那又有什么办法呢?在我们的社会里,没有**一个人**会因为自己不能无视整个社会、要干什么就干什么而怨天尤人,因为**大家**都知道不能那样为所欲为。你说应该**怎么办**呢?"

我说:"我不知道。"

他说:"除了我们的方法之外,我所能想得到的只有这么两种方法。第一,我们应该选出或者培养一群优秀的人,他们能够不和邻居们磋商而正确地决定一切问题,简单点说,就是我们应该为自己培育一个过去叫做智者的贵族阶级。第二个办法是,为了保障个人意志的自由,我们应该恢复私有财产制度,再一次产生奴隶和奴隶主。你觉得这两种办法怎么样?"

"啊,"我说,"还有第三种办法——就是,人人应当独立自主,也就是说,社会的专制制度应该废除。"

他盯住我看了一会儿,然后哄然大笑,我承认我也陪着他笑了。他笑完之后,向我点点头说:"对,对,我完全同意你的意见——我们全都同意你的意见。"

"而且,"我说,"这种办法对于少数派也没有什么压力;因为,就拿造桥的事为例吧,那些不赞成造桥的人,尽可以不必勉强参加造桥工作。至少我是这样想的。"

他微笑着说:"说得很妙,然而这毕竟是另一个星球的居民的观点。如果那个属于少数派的人为了这件事闹情绪,他无疑地可以用拒绝参加造桥工作的办法来减轻自己的苦恼。可是,亲爱的邻居,这对我们社会的'多数派专制'的创痛来说,并不是一贴很有效的止痛药;因为任何工作对社会的每个成员如果不是有利的,就是有害的。如果造桥的结果证明是良好的,那么,反对者就身受其益。如果造桥的结果证明是不好的,那么,他就身受其害,不管他自己是否参加了造桥工作。同时,不管他自己做的是什么工作,也总是帮助了造桥的人。事实上,如果造桥的结果证明是错误的,使他身受其害,那么,他也只能说句'我老早就告诉过你们了',心里痛快痛快。如果造桥的结果对他有利,那么,他就只有暗自感到痛苦。我们的共产主义是一种可怕的专制制度，是不是？过去常常有人就这种不愉快对大众发出警告，而事实上当时社会上有一个丰衣足食的人，就有一千个可怜的挨饿的人。现在我们在这种专制制度之下，都养得又肥又胖，红光满面，老实讲，这种专制是在任何显微镜下也看不到的。你别怕，我的朋友，我们不会自寻烦恼地用一些恶劣的字眼来称呼我们的和平、富足和幸福的生活，那些字眼的意义我们早已忘记了！"

他坐在那儿沉思了一会儿，然后移动了一下身子说："还有什么问题吗？亲爱的客人？我这么一唠叨不要紧，上午的时间快要过去了。"

第十五章
论共产主义社会中劳动缺乏推动力的问题

"时间的确过得很快,"我说,"我想迪克和克拉娜马上就要回来了;在他们回来之前,有没有时间再问一两个问题呢?"

"试试看吧,亲爱的邻居——试试看,"老哈蒙德说,"因为你问得越多,我越高兴。再说,就是他们真的回来了,看见我正在答复问题,他们也只好静静地坐着,装着倾听的样子,直到我说完为止。这对他们没有什么坏处,他们并肩坐着,偎依在一起,会觉得满有意思的。"

我忍不住笑了,说:"好吧;当他们进来的时候,我就继续谈话,不去注意他们。我要问的是这么一个问题,就是在劳动没有报酬的情况下,你们怎样鼓励人们去工作,特别是你们怎样鼓励他们去努力工作呢?"

"劳动没有报酬吗?"哈蒙德严肃地说,"劳动的报酬就是**生活**。这还不够吗?"

"可是你们对成绩特别优良的工作并没有额外的报酬。"我说。

"报酬是很丰富的,"他说,"是创造的报酬,正如人们过去所说的,这是上帝所得到的报酬。如果你有了创造的快乐(这就是工作优良的意义)还要求报酬,那么,接着一定会有人生了孩子也开出一份账单来要求报酬了。"

我说:"可是十九世纪的人会说,生儿育女是人类的自然欲望,不劳动也是人类的自然欲望。"

"是的,是的,"他说,"我知道这句陈词滥调——这种说法完全不对。老实说,这句话对我们来说是毫无意义的。被人们讥笑的傅立叶对这个问题有比较好的见解。①"

"为什么这句话对你们是毫无意义的呢?"我说。

他说:"因为这句话意味着一切劳动都是一种痛苦,而我们的想法完全不是这样。你也许已经注意到,我们虽然不缺少财富,却有一种日益增长的恐慌,那就是生怕有一天会没有工作可做。我们害怕失掉的不是一种痛苦,而是一种乐趣。"

"是的,"我说,"我注意到这一点,也正想在这方面给你提出问题呢。可是现在请你告诉我,你说在你们的社会里劳动是一种乐趣,这句话究竟是什么意思呢?"

"这就是:**一切**劳动现在都是快乐的。这可能是因为人们希望在工作之后得到荣誉和财富(即使工作本身并不愉快),这种希望使他们产生了一种快乐的兴奋情绪;或者是因为劳动已经变成一种愉快的**习惯**,比方说做一些你们可能称之为机械的工作;或者是因为在劳动中可以得到一种肉体上的快感,这就是说,这种工

---

① 傅立叶设想的未来社会制度的基层生产组织是协作社(法郎吉)。在协作社中,劳动是依照情欲的引力来进行的,它将由人的一种沉重负担而变成人的一种需要和享受。因此,劳动生产率将比在资本主义制度下大大提高,从而创造出能够满足全体居民需要的丰富的物质资料。——译者

作是由艺术家来完成的。我们的工作多数属于这一类。"

"我明白了,"我说,"你现在能够告诉我,你们是怎样达到这种幸福的境界的吗?因为,坦白地说,我认为这种与旧社会全然不同的变化比你方才对我说的关于犯罪、政治、私有财产和婚姻的变化更为伟大而且也更为重要。"

"你说得对,"他说,"真的,你还可以说,正因为有了这种变化,其他一切变化才有了实现的可能。什么是革命的目的?当然是使人们获得幸福。既然革命已经实现了它所预期的变革,那么如果你不能使人们获得幸福,又怎么能制止反革命的发生呢?怎么,难道我们能希望痛苦会给我们带来和平与安定吗?这样说来,荆棘上摘葡萄,蒺藜里摘无花果①倒是合乎情理的希望了!没有幸福的日常工作,幸福是不可能的。"

"完全正确,"我说,因为我觉得老头儿有点在进行说教了,"可是,请你答复我,你们是怎样获得这种幸福的呢?"

他说:"简单说来,是因为我们没有人为的强迫命令,每一个人都有发展他的才能的自由,同时我们也知道我们真正需要生产的是哪些东西。我应该承认,我们是经过一段缓慢而痛苦的过程,才知道我们真正需要生产的是哪些东西的。"

"请继续讲下去,"我说,"讲得再详细点,解释得更全面点,因为这个题目引起我很浓厚的兴趣。"

"好,我来告诉你,"他说,"可是这样做免不了要把过去的情况稍微提一提。为了便于说明问题,对比是必要的。你不反对吧?"

---

① 参看《新约全书·马太福音》,第7章,第16节。——译者

"不，我不反对。"我说。

他又在椅子上坐稳，准备长谈；他说："从我们所听到的和所读到的一切材料看来，在文明社会的最后阶段，人们显然已经陷入商品生产的恶性循环之中。他们在生产技术方面已经达到了极高的水平，为了尽量利用这种技术，他们逐渐创造了（或者应该说是听任其生长起来）一种非常复杂的商品贸易体系，叫做世界市场。这个世界市场一旦发生作用以后，就迫使他们去继续生产更多的商品，不管他们是否需要。因此，他们一方面当然不能免除生产真正必需品的劳动；另一方面，又不断地创造了许多虚假的或者人为的必需品，在世界市场的严酷统治之下，这些虚假的或者人为的必需品对于人们来说，变得和维持生活的真正必需品同样重要。人们就这样把大量的工作压在自己的身上，为的是使他们那祸害无穷的体系继续维持下去。"

"说得对，后来呢？"我说。

"后来，他们既然迫使自己在这种不必要的生产的可怕重压下踽踽前进，也就只能由这么一个观点来看待劳动及其结果了，这就是，不断地努力争取在任何一种物品的生产上花费尽可能少的劳动力，而同时又设法去生产尽可能多的物品。为了达到这种所谓'廉价生产'的目的，一切全都牺牲了：工人在劳动中的快乐，他的最起码的安适和必不可少的健康，他的衣、食、住、闲暇、娱乐、教育——总而言之，他的全部生活——和商品的'廉价生产'的可怕必要性比较起来是一文不值的，而事实上生产出来的物品大部分都是完全不值得生产的。而且，据说甚至于有钱有势的人，也就是我所说的那些可怜虫的主人们，也心甘情愿生活在这种为人类天性所厌恶而希望逃避的景象、声响和气味中，以便用他们的财富来支持这天大的蠢事；关于这方面的证据极多，使我们不能不这样相信，虽然我们社会中有许多人**几乎不能**相信。事实上，整个社会都被抛入了这个贪得无厌的怪物——世界市场所造成的'廉价生产'——的血盆大口中。"

"我的天！"我说，"可是以后的情况怎样了呢？他们在生产上的智慧和技术最后难道没有掌握住这种祸患的混乱局面吗？他们难道不能够赶上世界市场的需要，然后想办法把自己从这种额外劳动的可怕重压下解放出来吗？"

他苦笑了一下。"哼，"他说，"我不相信他们曾经作过这样的努力。你知道，常言说，蜣螂习惯生活在大粪中，这些人不管他们觉得大粪香不香，事实上是生活在大粪中的。"

他对于十九世纪生活的估价使我倒抽了一口冷气。我有气无力地说："他们那节省劳动力的机器呢？"

"天哪！"他说，"你说什么？节省劳动力的机器？不错，制造这种机器的目的是要在一种工作上'节省劳动力'（或者说得更坦白一些，节省人的生命），以便把它应用——应该说，是浪费——到另一种也许是毫无用处的工作上。朋友，他们所有的节省劳动力的发明结果只是增加了劳动力的负担。世界市场的胃口随着它所吞食到的商品而胀大了。那些在'文明'（也就是有组织的灾难）圈子里的国家，给市场上的过剩商品堵塞着，于是人们不惜使用武力和欺骗手段去'开拓'在这个圈子**之外**的国家。有些人只在书上看到了十九世纪的人的叙述，可是不了解他们的行动；在这些人看来，这种'开拓'的过程是很奇怪的。在这种

'开拓'中,我们可以看到十九世纪最丑恶的罪恶本质:人们用伪善和伪君子的口吻来规避残酷行为的责任。只要文明的世界市场垂涎一个尚未堕入它的掌握之中的国家,它就寻找一个显而易见的借口——推翻一种与商业奴隶制度不相同同时也没有那么残酷的奴隶制度;推行一种其提倡者早已不信仰的宗教;'拯救'一个因在'野蛮'的国家里胡作非为而与当地土人发生冲突的亡命徒或者杀人的疯子——总而言之,只要能达到目的,任何借口都行。然后,他们挑选了一个粗暴鲁莽、无所不为、愚昧无知的冒险家(这在竞争的时代,不是什么难事),收买他到那注定要倒霉的国家去'开辟市场',不管那边有什么样的传统社会,都加以破坏,不管那边的居民有什么样的闲暇或欢乐,都加以摧残。他强迫当地土人接受他们不需要的商品,而拿他们的天然产物作为'交换'(这种掠夺的方式就叫做'交换'),这么一来他'制造了新的需要'。为了供应这种新的需要(这就是说,当地土人被允许依靠他们的新主人而生活),那些无可奈何的不幸的人不得不出卖自己,在毫无希望的劳作中过着奴隶的生活,以便获得一点报酬来购买'文明'制造出来的毫无价值的东西。啊,"老人指着博物馆说,"我在这儿读过一些书和文献,它们叙述了许多关于文明(即有组织的灾难)和'非文明'互相往来的令人不可思议的故事。从英国政府故意把带有天花传染病毒的毯子当做贵重礼物送给不自由的红种人部落的那个时候起,到非洲被一个叫做斯坦利[1]的人所骚

---

[1] 斯坦利爵士(Sir Henry Morton Stanley, 1841—1904),英国著名探险家,是英帝国主义侵略非洲的急先锋。——译者

扰的时候为止,这个人——"

"对不起,"我说,"你知道,时间很短促,我希望我们的谈话不要离开正题。我想知道世界市场所制造出来的商品的情况——它们的质量怎么样。这些人制造商品的技术非常高,我想他们的东西一定做得不错吧?"

"质量!"老人恶狠狠地说,他因为谈话被打断而有点生气,"他们怎么可能注意到出售的商品的质量之类的琐事呢?最好的商品是一些普通的下等货,最坏的商品简直就是冒充货,人们如果能够得到别的商品,一定不会要这些东西。当时有一句流行的笑话,那就是,商品是做出来卖的,而不是做出来用的。这句笑话在你这个来自另一个星球的人看来也许能够理解,可是在我们看来却不可理解。"

我说:"什么!他们难道一样东西都没有做好吗?"

"哦,有的,"他说,"有一类商品他们做得很好,就是制造东西的机器。这些机器一般都做得十分精巧,完全适合需要。所以,我们可以说一句公平话:十九世纪的伟大成就是机器的制造,这些机器是发明、技巧和恒心所创造的奇迹,而正是这些机器被利用来生产无限量的没有价值的冒充货。老实说,拥有机器的人根本就没把他们所生产的东西当做商品,而是把它们当做发财的工具。当然,商品实用价值的唯一被公认的标准是能否找到顾客——不管这些顾客是聪明人还是傻瓜。"

"人们难道能够容忍这种情况吗?"我说。

"他们容忍了一个时期。"他说。

"以后呢?"

"以后就发生了翻天覆地的变化,"老人微笑着说,"十九世纪的结果好像是一个人在洗澡的时候被人偷去了衣服,只得赤身露体地走过市镇。"

"你说起那倒霉的十九世纪来总是那么刻薄。"我说。

"这是很自然的,"他说,"因为我对于十九世纪知道得太清楚了。"

他沉默了一会儿,然后说:"我们家里就有一些关于十九世纪的传说——不,是真实的历史:我祖父就是十九世纪的一个牺牲品。我告诉你,他在当时是一个真正的艺术家、天才和革命家。如果你对十九世纪的情况有些了解的话,那么你就会明白他曾经遭受了什么样的苦难。"

"这我能够理解,"我说,"看来你们现在已经把这一切都纠正过来了,对吧?"

"可以这样说,"他说,"我们所制造的物品是根据需要才制造的。人们像为自己生产那样去为邻居们的需要进行生产,而不是为一个他们所不知道的、而且无法控制的抽象的市场去制造商品。既然我们没有商品的买卖,那么只有疯子才会制造出商品去碰运气,看有没有人需要,因为世界上再也没有人会**被迫**去购买它们。所以制造出来的东西总是好的,总是完全适合需要的。不是真正有用的东西就**不可能**制造出来,因此我们没有质量低劣的产品。况且,正如我刚才所说的那样,我们现在已经知道我们需要什么东西,所以我们只制造我们所需要的东西。既然我们不至于被迫去生产大批毫无用处的东西,我们就有充分的时间和精力来考虑我们制造物品时的乐趣了。一切用手做起来觉得厌烦的工

127

作，就用大加改进的机器，一切用手力机械做起来有乐趣的工作就不使用机器。要寻找适合每一个人的特殊才能的工作并不困难，因此没有人会成为别人的需求的牺牲品。有时我们发现某种工作做起来太不愉快或者过于麻烦，我们就放弃这种工作，不再使用由这种工作生产出来的东西。现在，你一定能够了解到，在这种情况下，我们所做的工作都是一种有益身心的锻炼，做起工作来多少都是愉快的。因此，大家不但不逃避工作，反而都去寻求工作。由于人们一代又一代从事一种工作，技巧日益纯熟，因此工作起来就觉得非常容易，好像没有做多少工作似的，而事实上制造出来的东西也许倒更多了。我想这可以说明我刚才所提到的那种情况，就是人们担心工作可能会缺少（你也许已经注意到这种情况），这种忧虑，近一二十年来在不断增长。"

我说："可是你认为你们的社会真会发生没有工作可做的危险吗？"

"不，我认为没有这种危险，"他说，"我可以把理由告诉你。每一个人都想把自己的工作做得越愉快越好，这样，结果当然就会提高产品质量的标准，因为没有一个人愿意制造出使自己不光彩的东西，同时，他在制造东西的过程中也会更加细心慎重。世界上有许多东西可以当做艺术品来看待，光是这一点就可以使大批手艺精巧的人获得工作的机会。而且，如果说艺术是没有止境的，那么科学也是如此。过去人们认为科学事业是唯一值得有才智的人去花费时间的高尚工作。虽然现在已经不再有这种看法了，可是今天还有（我想以后也还会有）许多人由于在科学研究中克服了困难而感到振奋，他们特别喜欢从事这种工作。再说，当人们在工作中的乐趣越来越大的时候,我想我们就会重新从事一些生产工作,生产合意的商品,这些工作过去由于不能使人愉快已被我们放弃了。不但如此,我想只有在欧洲某一些比较进步的地区才能听到关于担心缺少工作的话。比方说,那些曾经是英国殖民地的地区,尤其是美洲——特别是过去被称为合众国的那一部分——在现在和今后的一个长时期内,对我们来说是一个巨大的资源。这是因为这些地方——我说的特别是美洲的北部——在文明末期的全部力量的冲击下遭受到极大的苦难,变成了令人难以过活的极可怕的地方,因此它们在使生活愉快的一切条件上都是很落后的。真的,我们可以说,北美洲的人民经过了将近一百年的时间才把一个臭气冲天的垃圾堆慢慢地改变成居住的处所。他们还有许多事情要做,特别是因为他们国家的幅员那么辽阔。"

我说:"想到你们有这么幸福的前景,真使我十分高兴。可是我还想问你几个问题,然后就可以结束今天的谈话了。"

第十六章
在布卢姆斯伯里市场大厅里的午餐

在我说话的时候,我听到走近门口的脚步声;门一推开,我们那一对情侣走了进来。他们十分漂亮,使人在看着他们那不大隐瞒的恋爱举动时,毫无不该看的感觉;因为说实在的,仿佛全世界的人都一定爱上了他们。至于老哈蒙德,他十分高兴地望着他们,好像一个艺术家刚才完成一幅差不多和原定计划一样美好的图画似的。他说:

"请坐,请坐,年轻人,别作出任何声音,我们的客人还有一些问题要问我哩。"

"嗯,我相信他还有一些问题要问你,"迪克说,"你们在一起只待了三个半钟头,要把两个世纪的历史在三个半钟头内讲完是不可能的。再说,我想你们又闲扯到地理和手工艺上头去了吧。"

"提到声音,我亲爱的老爷爷,"克拉娜说,"你一会儿就要听到午饭的钟声了。我想这声音在我们的客人听来一定是很悦耳的音乐。他今天似乎早饭吃得很早,昨天可能又劳累了一天。"

我说:"你这么一说,我开始感觉到确实是有点饿了。可是在过去这一段时间内,我饱餐了许多奇妙的事物。真的,的确是这样的。"我加了这么一句,因为我看见她在微笑,她笑得那么可爱!

就在这时候,从一座高耸入云的高塔上传来铿锵的钟声,那清脆美妙的调子在我这不常听到的耳朵听来,好像是春天的一只画眉的歌唱,使许多往事涌现在我的脑海中,有的是关于美好时代的,有的是关于恶劣时代的,但这一切往事现在都变成纯粹的欢乐了。

"午饭前不许再问问题了。"克拉娜说。她像一个亲热的孩子那样拉着我的手,把我领出房间,走到楼下博物馆的前院,让那两位哈蒙德先生在后边跟着。

我们走进我不久前经过的那个市场,一小群衣饰雅致[1]的人和我们走在一起。我们转身走进一排游廊,来到一个装饰华丽、雕刻精美的大门前,一个很漂亮的黑发姑娘在门口送给我们每人一束美丽的夏季鲜花。我们走进的那一个大厅比汉默史密斯宾馆的大厅要大得多,建筑更加精致,或者也更加美丽。我的眼睛不断被那些壁画所吸引(因为我觉得眼睛老盯着克拉娜不太礼貌,虽然她是很值得看的)。我一眼看出壁画的题材是取自旧世界的古怪神话和幻想,这类神话和幻想故事在过去的时代全国只有五六个人知道一些。两位哈蒙德先生在我们对面坐下以后,我指着墙上的画饰对那位老人说:

"在这儿看见这些图画多么奇怪啊!"

"为什么?"他说,"我不明白你为什么觉得奇怪。大家都知道这些故事,它们是一些令人赏心悦目的题材。人们常到这儿来

---

[1] 我说雅致,是指像波斯的服饰那样的淡雅,而不是指有钱人家的太太小姐早晨出门作客时的那种"雅致"。其实我应当用"素雅"这个字眼。——作者原注

宴饮和寻欢取乐,这儿的生活是丰富的,所以这些壁画放在这么一个地方不至于显得太惨淡。"

我微笑着说:"我真没想到会在这儿看见《七只天鹅》、《金山大王》、《忠实的亨利》等故事,以及雅各·格林[①]所搜集的人类最早时期的那些古怪和有趣的神话,这些神话甚至在当时也没有流传很广。我以为到现在你们该会把这些小孩子的玩意儿忘掉了。"

老人微笑不语,可是迪克气得满脸通红地大声说:

"你这话**到底**是什么意思,客人?我觉得它们很美,我指的不仅是这些图画,而且是这些故事本身。我们在幼年时代常常想象这些故事会发生在每一座森林的尽头和每一条河流的小湾处。田野里每一幢房子在我们看来都是神仙世界的皇宫。你还记得吗,克拉娜?"

"我记得。"克拉娜说,这时我觉得好像有一片薄云掠过她那秀丽的脸似的。我正想和她谈这个问题,几个漂亮的女侍者微笑着走过来了,像在河边婉转歌唱的苇滨雀那样地说着话,然后忙着给我们端来了午餐。这一顿午餐也好,我们的早餐也好,所有的菜肴都烧得美味可口,证明那些准备饭食的人对这种工作是很有兴趣的。可是在数量方面没有迎合饕餮者的倾向,在质量方面也没有迎合美食家过分讲究的倾向;每样食品都很简单,但又非常精美。很明显这并不是什么筵席,只不过是一顿普通的饭食。那些玻璃器皿、陶器和盘碟在我这个研究过中世纪艺术的人看来是十分美丽的;可是我敢说,一个十九世纪俱乐部的常客—

[①] 雅各·格林(Jacob Grimm, 1785—1863),德国著名童话作家。——译者

定会觉得这些器皿太粗糙，没有经过细细琢磨。陶器装饰得很美丽，但都是粗陶器。仅有的瓷器是散摆着的几件东方的古旧器皿。那些玻璃器皿虽说雅致而又古色古香，款式也多样化，可是玻璃中有一些气泡，其透明的程度比十九世纪出售的玻璃器皿要差一些。大厅里的家具和一般的陈设式样美观，装潢精巧，与桌上的用具相当协调，可是缺少我们时代的细木匠和家具制造工匠那种商业化的"细致修饰"。同时，这里完全没有十九世纪的所谓"舒适"——即房间里摆满了家具，起坐很不方便。因此，不要说我在这一天里所见到的那些令人兴奋的事情，光是这顿愉快的午餐也是我从来不曾享用过的。

我们饭后坐了一会儿，面前放着一瓶上好的波尔多[①]葡萄酒。这时克拉娜又把谈话引到壁画上去，好像她对这个问题感到有些困惑似的。

她抬头望着壁画说："虽然我们大体上对我们的生活很感兴趣，可是在人们写诗或者绘画的时候，他们都很少以我们的现代生活为题材。即使他们以现代生活为题材的话，也总是想方设法使他们的诗歌或者图画跟现代生活不一样，这到底是怎么回事呢？难道我们就没有资格来描绘自己的生活吗？我们为什么会觉得过去的苦难时代——在图画和诗歌中——对我们那么有趣呢？"

老哈蒙德微笑着。"过去一向就是这样的，我想将来也永远会是这样的，"他说，"这种现象可以加以说明。在十九世纪，艺术

[①] 波尔多（Bordeaux），法国西南部的一个城市，以出产葡萄酒著名。——译者

十分贫乏，而人们对艺术又谈论得很多，在那个时代出现一种理论，认为艺术和想象的文学应该以当代的生活为题材。可是他们从来就没有这样做过，因为，即使作家假装要这样做，他也总是想方设法（正如克拉娜刚才所说的那样）把现实加以粉饰、夸大或者理想化，设法使生活看起来很奇特。因此无论他表现得好像多么逼真，也总像是描绘古埃及的法老[①]时代。"

迪克说："人们喜欢奇特的东西，这是很自然的。我刚才说过，这正像我们在小时候总喜欢假装是某某人物在某某地方一样。这些图画和诗歌所表现的也正是这样，它们为什么不应该这样表现呢？"

"你说得很对，迪克，"老哈蒙德说，"正是我们那孩子般的天真才会产生富于想象力的作品。在我们童年时代，时间过得那么慢，因此我们好像要干什么都有工夫似的。"

他叹了一口气，然后微笑着说："至少让我们为现在又返回我们的童年时代而欢呼吧。我为今天的生活干杯！"

"嘿，第二个童年时代。"我低声说，说完我立刻就感到我这句话太冒失无礼了，我暗暗希望他没有听到我的话。可是他到底是听到了，他转过身来对我微笑着说："是的，第二个童年时代，这有什么不好呢？我个人倒希望第二个童年时代会持久下去，我也希望世界上的下一个明智而不幸的成年时代——如果一定要来的话——会很快地把我们带到第三个童年时代去，如果现在的确还不是我们的第三个童年时代的话。我的朋友，目前你应该知道，

---

① 法老，古埃及国王的通称。——译者

无论从个人来说,还是从集体来说,我们都是十分幸福的,因此我们根本想不到去为今后将要到来的时代担忧。"

克拉娜说:"我个人倒希望我们的生活充满了趣味,可以成为写作或者绘画的题材。"

迪克用一些难以用文字来记录的情人的言语答复了她,然后我们坐着沉默了一会儿。

第十七章
变革的经过

迪克终于打破沉默说:"客人,请你原谅我们午餐后这番无聊的谈话。你喜欢干什么?我们是套上灰马坐车回汉默史密斯呢,还是你跟我们一起到附近一个大厅里去听威尔士民歌呢?还是你愿意马上和我进城去参观某一座真正美丽的建筑物呢?还是——干什么好呢?"

"哦,"我说,"我既然是个外乡人,应该让你替我决定一下。"

老实说,我这时一点也不想去"寻欢作乐"。同时,我觉得一方面这位老人对旧时代有相当的认识,而且由于痛恨旧时代,甚至对它产生了一种反常的同情;另一方面,我的每一种惯常的思想和行为方式在这新世界的面前可以说已经被人剥夺净尽,因此老人仿佛成为我在这新世界中的御寒毛毯了;我不愿意很快地离开他。这时他立刻出来援救我了,他说:

"等一等,迪克。在这儿除了你跟这位客人之外,还应该征求另一个人的意见,这个人就是我。我现在不愿意失去跟他畅谈的乐趣,尤其是因为我知道他还有话要问我。所以,你尽管去找你们那些威尔士人吧。可是你得先替我们再拿一瓶酒来,然后只管走你的。回头你再陪我们这位朋友到西边去,可是你别来得太早。"

迪克微笑着点了点头，大厅里不久就只剩下老人和我两个人了。午后的阳光闪烁地照在我们盛着红酒的古色古香的高玻璃杯上。这时哈蒙德说：

"关于我们的生活方式，你已经听得很多了，也看到了一些，现在还有什么特别使你觉得疑惑不解的吗？"

我说："我认为最使我感到疑惑不解的是，这一变革是怎样发生的。"

他说："变革这么大，难怪你觉得疑惑不解。要我把全部情况都告诉你，的确是很困难的，也许是不可能的。对环境有了认识，感到不满，背叛它，失望，毁灭，苦难，绝望——那些眼光比较远大的人在为实现这种变革而斗争的时候，都经历过这些痛苦的阶段。在整个过程中，多数人无疑地只是袖手旁观，不知道是怎么一回事，以为这一切都是自然会发生的事情，跟太阳的升起和降落一样——事实上也的确是这样。"

"如果可能的话，请你告诉我一点，"我说，"这一变革——过去叫做'革命'——是通过和平方式实现的吗？"

"和平方式？"他说，"在十九世纪那些惶惑可怜、陷于绝境的人们之间还有什么和平可言呢？自始至终就是斗争：残酷的斗争，直到希望和欢乐出现的时候，斗争才告终止。"

"你的意思是指使用武器的真正战斗吗？"我说，"还是指我们听到过的工人罢工、雇主封闭工厂和饥饿？"

"两者都有，两者都有，"他说，"老实说，由商业奴隶制到自由时代的可怕过渡时期的历史可以这样总括。十九世纪末叶，人们已经产生了一种希望，就是全民实现公社性质的生活方式。在这个时期，中等阶级——即当时社会的专制魔王——的势力非常强大，势不可当，因此几乎所有的人——甚至包括那些可以说是不顾自己的安危、撇开自己的理智和判断而怀着这种希望的人——都认为这种变革的希望好像是梦想一样。情况的确是这样的，因此有些在当时被称为社会主义者的比较明白事理的人士虽然知道得很清楚，甚至公开宣称说，唯一合理的社会制度是纯粹共产主义的社会制度（像你现在所看见的这样），可是他们却不敢为一个幸福的理想的实现而进行宣传，因为他们认为这种宣传是徒劳无益的。现在回溯起来，我们可以看到，这种变革的巨大推动力乃是一种对于自由与平等的渴望，可以说是近似恋人的那种狂热情感：一种对当时富裕的知识分子所过的漫无目的的孤独生活的无比憎恶。我亲爱的朋友，这一类的词汇对于今天的我们来说，已经失掉了它们的意义，因为这些词汇所代表的可怕现实和我们离得真是太远了。

"这些人尽管有着这种情感，却不相信这种情感可以成为实现这种变革的条件。这也不足为奇，因为他们环顾四周，看到被压迫阶级的广大群众被自己的苦难生活压得抬不起头来、被由苦难的生活所产生的自私心理所控制，因此在他们的想象中，除了奴隶制度（他们就生活在这种制度下面）所规定的通常出路之外，他们找不到逃避苦难的其他出路。所谓奴隶制度所规定的通常出路不外是从被压迫阶级爬上压迫阶级，而这种机会是很少的。

"所以，虽然他们知道，对有志于改良世界的人们来说，唯一合理的目标就是建立人人平等的社会，可是他们在不耐烦和失望之余，使自己相信，如果他们能够想出一种什么办法来改变生产机构和财产管理制度，使'低等阶级'（那时用的就是这么一个可怕的名词）的奴隶生活获得一些改善，那么，他们就情愿去适应这个机构，同时利用它来使自己的生活得到越来越大的改善，最后达到一种实际上的平等（他们很喜欢用'实际上'这个词儿）。因为这么一来，'富人'就会被迫付出很高的代价来维持'穷人'的相当舒适的生活，终于使富裕的生活变得没有什么价值，从而逐渐归于消灭。你能领会我的意思吗？"

"多少领会一些，"我说，"请你继续说下去。"

老哈蒙德说："好吧，既然你能领会我的意思，那么你会看出，作为一种学说来看，这并不是完全不合理的。可是'实际上'这个计划结果失败了。"

"怎么会失败了呢？"我说。

"你难道不明白吗，"他说，"因为这儿牵涉到一个问题，这就是建立机构的人不知道自己要这些机构干什么。被压迫阶级的群众在推行这种改良计划的时候，目的是得到较好的奴隶口粮——口粮的份数也尽可能多。如果这些阶级的确不能被产生刚才所说的争取自由和平等的热情的那种本能所激动，那么，我想就会产生这么一种情况：工人阶级中一部分人的生活已经大为改善，接近于中等阶级的富人生活，可是在他们的下面却有一大群最穷困的奴隶，奴隶生活的绝望情况远远超过了老一辈的奴隶。"

"阻碍是什么呢？"我说。

他说："当然是我所说的争取自由的本能了。不错，奴隶阶级想象不到自由生活的幸福。然而他们会了解到（他们会很快了解到）他们遭受奴隶主的压迫；他们认为他们没有奴隶主也能生活下去（你看，这种想法是多么正当啊），虽然他们也许不知道怎样来达到这个目的。于是，结果是，虽然他们不能预见到自由人的幸福或者和平的生活，他们至少可以预见到战争的到来。他们怀着一种模糊的希望，希望这次战争会给他们带来和平的生活。"

"你能不能把实际发生的事情更明确地告诉我呢？"我说，因为我觉得他这段话说得很含糊。

"当然能够，"他说，"被人们运用而又不知其功用的那部生活机器，当时叫做国家社会主义。这种生活机器已经部分地在运转，虽然这种运转仅仅是一些十分零散而孤立的动作。可是这部机器的运转并不顺利，它当然随时随地受到资本家的抵抗。这也难怪，因为它越来越倾向于推翻我所告诉你的那种商业体系，而同时又提供不出一种真正有效的东西来代替它。结果在工人阶级之间造成了日益严重的混乱状态和极大的苦难，从而引起了很大的不满。这样经过了很长一个时期。上层阶级掌握财富的力量减少了，他们的势力也随之削弱，他们不能再像过去那样独断独行了。到了这个阶段，结果证明国家社会主义者的观点是正确的。在另一方面，工人阶级的组织很不健全，他们虽然从雇主那儿争取到一些利益（这些利益从长远看也是实在的），可是事实上倒变得更加贫困了。这么一来，就出现了双方势均力敌的局面。雇主不能迫使他们的奴隶完全屈服，虽然他们毫不费力地镇压了一些微弱的、局部的骚动。工人迫使他们的雇主实行了一些改善他们生活条件的措施（这些措施有的是真实的，有的是虚假的），可是不能从雇主那里争得自由。最后发生了一场大决裂。为了便于说明这种情况，你必须了解：工人这时已经有了很大的进步，虽然正像我刚才所说的那样,他们在生活改善这方面的进步很小。"

我装作不明白的样子说:"他们的进步如果不在生活方面,那么是在哪方面呢?"

他说:"在力量方面,这是实现一种易于获得富裕生活的社会制度的力量。在经过长时期的错误和灾难之后,他们终于学会怎样团结起来了。工人们这时有了一个正规的组织去跟雇主进行斗争,这种斗争在这以前半个多世纪以来已被公认为是近代劳动和生产制度的条件中必不可少的部分。这种团结当时已经形成一种全体或几乎是全体正式领工资的工人的联合会,而工人们就是通过这个联合会去迫使雇主实行那些改善生活的措施的。虽然他们常常参加当时所发生的骚动,特别是在他们组织起来以后的初期,可是骚动行为绝对不是他们的主要策略。老实说,在我现在谈到的这个时期,他们已经很有力量,往往只要提出'罢工'的威胁,就可以实现一些较低的要求;因为他们已经放弃了古代工会组织的那种愚蠢的策略:只宣布某一个产业部门的部分工人实行罢工,而以没有罢工的那部分工人的劳动所得去维持罢工工人的生活。他们这时已经拥有一笔相当大的基金来支持罢工运动,他们只要做出决定,就可以使某个产业部门全部停顿一个时期。"

我说:"这种基金没有被人滥用——没有被人从中舞弊和假公济私的重大危险吗?"

老哈蒙德在座位上不安地挪动了一下身子说:

"虽然这一切已经是很久以前的事了,可是我现在一提起它来还会因为感到耻辱而痛心;我不能不告诉你,这不只是一种危险而已。这种卑鄙的行为常常发生,的确有好几次使整个工人组织因此而陷入瘫痪状态。可是在我所讲到的这个时期，局势看起来那么严重，至少工人们十分清楚地意识到有必要去对付劳工斗争所造成的迅速增长的困难，因此当时的社会情况使所有明理的人都保持一种极端严肃的态度。大家都有决心要把一切非本质的东西搁在一边，这种决心在有思想的人看来，就是变革即将发生的先兆。这种情况对于叛徒和自私自利的人是很不利的，于是他们一个个被驱逐出去，多数参加了那些公开的反动集团。"

"那些改良措施呢？"我说，"它们有些什么内容，或者说属于什么性质？"

他说："有一些改良措施，也就是对工人的生活具有最实际的重要意义的改良措施，是雇主在工人的直接强迫之下同意实行的。这样取得的新劳动条件，固然只是当做惯例来实施，而不是根据法律去推行的，可是一旦实行之后，雇主面对着团结起来的工人日益增长的力量，是不敢企图加以取消的。还有一些措施是走上'国家社会主义'道路的步骤，其中最重要的几点可以简单地总括来说一说。在十九世纪末叶，社会有一种要求，就是迫使雇主减少工人每天的工作时间。这一要求很快就变得声势浩大起来，使雇主不得不接受。可是，事实很明显，如果不增加每小时的工资的话，减少工作时间的措施就变得毫无意义，而如果不对雇主施加压力的话，他们就一定会把减少工作时间的措施弄成毫无实际价值的东西。因此，经过了长时期的斗争之后，政府又通过了一项法令，确定了一些最重要的产业部门的最低工资标准。这项法令还得由另一项法令加以补充，就是规定当时认为工人生活所必需的主要商品的最高价格。"

我微笑着说："你们的这个办法非常接近于后期罗马人的贫民代役税[①]和给无产阶级分发少量面包的措施。"

"当时也有许多人这样说，"那老人冷冷地说，"老早就有这么一种普遍的看法，认为国家社会主义结果会陷入这个泥沼；如果国家社会主义发展到最后阶段的话，情况必然是这样的；可是你知道，我们的国家社会主义并没有发展到最后阶段。虽然如此，我们国家社会主义的发展也超过了制定有关刚才所说的最低工资标准和主要商品最高价格的法律的阶段，这在我们现在看来是必要的。政府当时认为必须对付雇主阶级由于商业就要崩溃而发出的叫嚣（他们当时还不知道，商业的崩溃和霍乱的消灭是同样有益的事情，幸而这在现在已经成为事实了）。为了对付这种叫嚣，政府不得不采取一项不利于雇主的措施：开设国营工厂来生产必需品，开辟国营市场来推销这些商品。总的说来，这些措施的确起了一定的作用：它们在性质上其实等于处于围城之中的司令官所颁布的紧急条例。可是在特权阶级看来，这些条例实施之日，仿佛就是世界末日到来之时。

"这种看法也不是毫无理由的。共产主义理论的传播和国家社会主义的部分实践最初扰乱了那个使旧世界得到疯狂发展的奇妙的商业体系，后来又几乎使那个体系陷于瘫痪。在旧世界里，少数人过着赌鬼的享乐生活，而许多人、也可以说多数人，可过着

[①] 罗马帝国后期（公元二到四世纪）向穷人征收的一种捐税，是一种剥削奴隶的新方式。——译者

苦难的生活。他们所谓的'坏日子'一而再，再而三地到来，这种日子对于工资奴隶们说来的确是坏透了。1952年是最坏的一年，工人遭受到很大的苦难，那些偏私的，没有效率的国营工厂被假公济私的人所操纵，几乎无法维持，大部分居民只好暂时依靠当时所谓的公开的'慈善'布施来过日子。

"工人联合会怀着希望和忧虑的心情注视着这种局势。他们已经拟订了他们的总要求。这时候联合会中所有的工人团体通过一次庄严的全体投票，坚决主张采取实现他们的要求的第一个步骤。这个步骤的直接结果将会是，把国内全部天然资源的管理权和管理机构移交给工人联合会，使特权阶级都变成由工人支配的接受年金的人员。这项所谓的'决议'普遍刊登在当时的报纸上，事实上等于是宣战书，而雇主阶级也的确认为这是对他们的宣战书。于是雇主阶级开始准备对他们所谓的'目前残酷凶恶的共产主义'采取坚决的立场。他们在许多方面还是很有力量或者看来是很有力量的，因此他们仍然希望使用暴力去重新争取到他们已经失去的东西，也许最后把全部失去的东西都收回来。他们一般都认为，各届政府内阁没有及早采取措施、加以抵制，是重大的错误。他们责怪那些自由主义分子和激进分子（比较倾向于民主的统治阶级分子就被叫做激进分子，这一点你或许已经知道），他们说这些人用不合时宜的腐论和愚蠢的温情主义把世界弄到了这个地步。在这方面十九世纪一位名叫格拉德斯通[①]或者格莱德斯

[①] 格拉德斯通（Gladstone，1809—1898），英国自由党领袖，在扩大普选权等方面实行过若干改良政策。——译者

坦（Gledstein）的著名政治家（从这个名字来看，他也许是斯堪的纳维亚人的后裔）特别受到指责。不用我说，你也会看出这一切是多么荒谬可笑。可是在反动政党分子龇牙作怪相的把戏背后却隐藏着可怕的悲剧。'低等阶级的永无餍足的贪欲必须加以制止'——'必须给人民一个教训'——这些就是当时流行在反动分子之间的神圣口号，这些口号的确是很不祥的。"

老人停下来，热切地望了望我那全神贯注的露着惊奇神情的面孔，又接着说：

"亲爱的客人，我知道我所用的一些词句如果不详加解释，在我们社会中就很少人会理解，甚至在详加解释之后，他们也许还是不能理解的。可是，既然你还没有打起瞌睡来，既然我和你谈话的时候把你当做另一个星球上的居民，那么，我才敢问你一句：你到现在为止，到底了解我的意思了吗？"

"啊，了解，"我说，"我完全了解你的意思，请你继续讲下去吧。你所说的对我们来说大都是老生常谈的话——当时——当时——"

"不错，"他严肃地说，"当时你们居住在另一个星球上。好吧，现在就谈一谈上面提到的那次决裂的情况。

"工人领袖们为了一个不太重要的纪念日在特拉法尔加广场召开了群众大会（关于工人是否有权利在这儿举行集会的问题，已经争论了许多年）。城市资产阶级的卫队（叫做警察）像过去一样，使用大头棒去攻打大会的群众。许多人在混战中受伤，其中有五个人死亡，有的是当场被踩死的，有的是被大头棒打死的。集会的群众被驱散了，大约有一百人被捕入狱。在这几天以前，在一个叫做曼彻斯特①的现在已经不存在的城市有一次类似的集会也遭到同样的对待。所谓'教训'就是这样开始的。这就使全国都沸腾起来了。人们纷纷召集会议,进行初步的组织工作,以便再举行一个大会,来给当权者一个反击。广大的人群聚集在特拉法尔加广场以及附近的地方(当时都是热闹的街道),人数十分多,使那些拿着大头棒的警察无法对付。当时发生了赤手空拳的搏斗,群众死了三四个人,警察在人群里被打死了十来个,其余的都逃掉了。到这时候为止,人民获得了胜利。第二天,整个伦敦(不要忘记当时伦敦是个什么地方)陷入了混乱状态。许多有钱人逃到乡下去了。政府召集了军队,可是不敢使用他们。警察不能集中在任何一个地方,因为到处都有暴动或者暴动的威胁。然而曼彻斯特的居民没有伦敦的居民那么勇敢,也没有那种背城一战的决心,在那儿,有几个群众领袖被捕了。在伦敦,工人联合会的领袖们采用了公安委员会这个革命时期的旧名称,召开了一次会议。可是由于他们手里没有受过训练的武装部队,因此他们没有采取进攻的步骤,只是在墙壁上张贴标语,用一些含糊的词句号召工人不要任人蹂躏。虽然如此,他们还在特拉法尔加广场召开大会,日期是在刚才所说的冲突的两星期以后。

"在这两星期内,城里并没有变得平静一些,商店差不多全部停止营业了。报纸在叫嚣——当时和过去时代一样,报纸几乎完全操纵在资本家的手里——要求政府采取镇压的手段。富有的市民组成了另一支警察部队,也和警察一样,以大头棒为武器;其

---

① 曼彻斯特(Manchester),英格兰的一个大工业城市。——译者

中有许多身体强壮、营养充足、精力旺盛的青年，他们颇有斗志。可是政府不敢使用他们，只是通过议会的决议取得了镇压叛乱的全部权力，把越来越多的军队调到伦敦来。这样，在刚才所说的群众大会之后，一个星期过去了。在星期日，又举行了一次差不多同样规模的大会，一般说来是平静无事的，因为大会没有遭到什么反对，人民群众再次为'胜利'而欢呼。可是人民群众在星期一早晨醒来的时候，发现他们饿着肚子。在过去几天内，曾经有一群群的人在街上游行，请求（说'要求'也可以）捐款给他们去购买粮食。比较富有的人为了表示友好，同时也由于恐惧，捐给他们很多钱。教区当局（我现在没有工夫来解释这个词儿的意义）也不得不把拿得出来的粮食送给游行的群众，政府通过它的力量薄弱的国营工厂，也供养了许多饥饿的人。除此之外，有几家面包店和其他食品商店在没有遇到很大骚扰的情况下被人们一抢而空。到这时为止，局势还算平静。可是到了我所说的那个星期一，公安委员会一方面恐怕会发生普遍的、无组织的抢掠行为，另一方面由于看见政府当局犹豫的举动也壮起胆来，便派出一个代表团，带着货车和一切必要的用具，把市中心两三家大食品商店的东西全部搬光，事后给商店经理留下字据，答应付款。同时，在市内他们势力最大的区域，他们占据了几家面包店，派人到那儿去为人民烘制面包。——这一切在进行的过程中只发生了很小的骚乱，或者说没有发生什么骚乱；在抢劫商店的时候，警察帮助维持秩序，就像在发生大火灾的时候那样。

"最后的这种举动使反动派大为惊慌，因此他们决心迫使政府采取行动。到了第二天，所有的报纸都充满那些恐慌的人们的愤怒；报纸对人民，对政府，对它们想得到的每一个人进行恫吓，要求'立刻恢复秩序'。商界领袖派出一个代表团向政府请愿，要求马上逮捕公安委员会的全体委员，否则他们自己就要组织一群人，武装起来，去攻击那些他们所谓的'纵火犯'。

"他们和一些报纸编辑共同与政府首脑和两三个国内军事技术最高超的军人进行了一次长时间的会谈。据当时一个目击者说，代表团从会议场所出来之后，脸上露着微笑和满意的神情，不再提组织什么反人民的军队了，只是在当天下午带着他们的家属离开伦敦，到他们的乡间别墅或其他地方去了。

"第二天早晨，政府在伦敦宣布戒严——这在欧洲大陆的专制国家中是司空见惯的事情，可是当时在英国却是闻所未闻的事。他们委派一位最年轻而又最机智的将军来负责宣布戒严的区域；这位将军曾在英国长期间经常进行的可耻战争中获得过某种声誉。报纸编辑大喜过望，一切最狂热的反动分子现在也都露面了。这些人物平日不得不隐藏起自己的意见，或者只向他们所接近的人表示自己的意见。他们这时开始盼望把一切社会主义倾向，甚至于一切民主倾向一举而全部消灭；因为根据他们的见解，在过去六十年间，社会是用一种愚蠢的纵容态度来对待这些倾向的。

"那个机智的将军并没有采取什么明显的行动；虽然如此，只有几份规模较小的报纸詈骂他；有头脑的人根据这种情况推断：必定有一个阴谋在酝酿中。至于公安委员会，不管他们对自己的处境有着怎样的看法，他们现在已经向前走得很远，无法后退了；他们中间有许多人仿佛觉得政府不会采取什么行动。他们悄悄地继续组织他们的粮食供应，其实这种供应说起来是少得可怜的。

同时，为了对付戒严状态，他们在他们势力最大的区域把尽可能多的群众武装起来，可是他们并没有想办法去训练或者组织这些武装人员。也许他们认为，在获得一些喘息时间之前，要把这些人员培养成为有训练的士兵，无论如何是不可能的。那位机智的将军，他的士兵，以及警察对于这一切活动丝毫也没有加以干涉。在那一个周末，伦敦的情况比较安定；而在外省许多地方却发生了骚乱，可是都被当局不费力地镇压下去了。最严重的骚乱发生在格拉斯哥（Glasgow）和布里斯托尔（Bristol）。

"到了举行大会的那个星期日，广大的群众排成队伍走到特拉法尔加广场，公安委员会的大多数委员也在行列之中，由他们的武装人员卫护着。街道上很安定，有许多观众在观看游行队伍走过。特拉法尔加广场里一个警察也没有，人民群众悄悄地占据了广场，大会开始了。武装人员围绕着那个主要的讲台站立着，人民群众之中也有一些人带着武器，可是绝大多数的群众是手无寸铁的。

"大部分人以为这次大会会太平无事地过去；可是公安委员会的委员们由许多方面得到消息，知道可能会有一些对付他们的举动。不过这些谣言都很含糊，而且他们也想不出会受到什么威胁。可是，不久他们就明白是怎么一回事了。

"就在广场附近的街道还没有挤满人群的时候，一队士兵由西北角拥进了广场，在西边的房屋前面列开队伍。人民群众看见那些红衣兵[①]的时候，都叽叽咕咕地表示不满。公安委员会的武装人

[①] 红衣兵，过去英国士兵都穿红色制服。——译者

员站在那里犹豫不决,不知道如何是好。事实上,刚刚拥进来的士兵使在场的人群挤得更紧了,因此以武装人员那种没有组织的情况来说,要他们在人群中走过去是不大可能的。他们刚意识到敌人已经来临时,由通向议会大厦(今天还存在,叫做粪便市场)的南大马路所连接的几条街道上,又涌现出一队士兵来,由泰晤士河边的堤岸上也涌现出了另一队士兵。他们大踏步地走过来,迫使人群越挤越紧,然后在广场的南边排列开来。到这个时候,那些看到这些活动的人马上就知道,他们已经陷入了圈套,只是不晓得自己会有什么遭遇。

"那挤得紧紧的人群不愿意动弹,而且也不可能动弹,除非遇到极度恐怖的事情,而他们很快就遇到极度恐怖的事情了。有一些武装人员使劲挤到前面,有的爬到当时还屹立在那里的纪念碑的石基上,以便面向前面隐藏着的火力网。在多数人(其中有许多是妇女)看来,仿佛世界的末日已经到来,今天的情况和昨天的情况比起来,似乎大不相同。据一个目击者说,当士兵像上边所说的那样排列开来之后,立刻就有'一个军官穿着金光闪闪的制服骑着马由南边的队伍中跑出来,宣读手里拿着的文件。他所宣读的文件的内容听到的人很少,可是后来有人对我说,那个文件的内容是命令我们散开,同时警告说,如果不散开的话,他就有对群众开枪的合法权利,而且他会这样干。群众把他的话当做一种挑战,人群中发出了一阵粗哑的威吓的吼声,随后是一阵沉默,那个军官又回到队伍里去了。我当时站在紧靠人群的边上,面对着那些士兵,'这个目击者说,'我看见三架带轮的小机械被推到队伍前面来,我知道那就是机关枪。我喊道,"赶快趴下吧,他们要开枪了！"可是群众挤得那么紧密，没有一个人能够趴下。我听见有人发出一声严厉的命令，我真不知道我下一分钟会在什么地方。接着——好像大地裂开，整个地狱浮现到人间来了似的。要想描述当时的景象是难以办到的。在密密层层的人群中，一排排的人被机关枪射倒了，遍地是尸体和垂死的人们，到处是尖叫嚎哭和恐怖的呼喊声，看来仿佛世界上所有的只是屠杀和死亡。在我们的武装人员中，那些还没有受伤的狂呼喊叫，对士兵们开了几枪。一两名士兵倒下去了，我看见那些军官在队伍中跑来跑去，命令士兵再次进行射击。可是士兵们听到命令以后，绷着脸一声不响地把枪放下了。只有一个军曹跑到一架机关枪后面，开起枪来，可是这时有一个身材高大的青年，也是军官，由队伍里跑了出来，拉住他的衣领，把他拖了回去。士兵们一动不动地站在那里，惊惶失措的几乎完全没有武装的群众纷纷逃出广场，武装人员大多数在第一次射击时就都倒下去了。后来有人告诉我说，站在西边的士兵也开了枪，完成了他们的屠杀任务。我不知道我是怎样逃出广场的，我的心中充满了愤怒、恐怖和绝望，只是糊里糊涂地跑了出来。'

"这就是我们那个目击者所说的情况。在那次前后只有一分钟的射击中，人民被屠杀的数目极大；可是要得到准确的数字是不容易的，也许是在一两千人之间吧。士兵当场死了六名，受伤的十二名。"

我倾听着，激动得直发抖。老人说话的时候眼睛闪烁着光芒，面孔涨得通红。他所告诉我的正是我过去常常觉得可能发生的事情。可是他谈到这次屠杀时那么兴高采烈，使我觉得十分奇怪，我说：

"太可怕了！我想这次屠杀该会使当时的整个革命运动停止了吧？"

"没有，没有，"老哈蒙德说，"这次屠杀使革命运动开始了！"

他在他和我的玻璃杯中斟满了酒，站起来大声说道："为纪念那些在广场上死难的人干杯，因为我们从他们身上所得到的恩惠真是一言难尽。"

我喝完了酒，他又坐下来继续说下去。

"特拉法尔加广场的屠杀使内战开始了，虽然这次内战和所有类似的事变一样，是慢慢酝酿成熟的，人们简直不知道他们处在什么样的一种危机当中。

"那场屠杀非常残酷，最初的恐怖非常可怕，使人手足无措，可是人民一旦有时间来思考，他们的情绪就不是恐惧而是愤怒了。这时候戒严状态的军事组织工作已经由那位机智年轻的将军毫不畏缩地加以执行了。统治阶级看到第二天早晨的报纸的时候，吓了一跳，甚至感到恐惧，可是政府和政府的最密切的支持者觉得现在是势成骑虎、欲罢不能了。尽管如此，甚至最反动的资产阶级报纸也被这惊人的消息吓得目瞪口呆，只是报道了事件发生的经过，而没加任何评论。在这些反动报纸之中，只有两家是例外。其中一家所谓'自由派'的报纸（当时的政府就属于这一派）在社论中开头宣称它对工人阶级的事业怀着正确的同情，然后指出在革命骚乱的时代，政府的态度应该公正而坚决，而对付那些攻击社会基础的可怜的疯子（正是这个社会使他们变成了疯子和穷人）最仁慈的办法，就是马上把他们枪毙，以免使别人也堕落到被枪毙的地步。总而言之，这家报纸赞扬政府的坚决行动，认为这是人类的智慧和慈悲的最高表现，并且为一个不受社会主义的专制怪论所影响的理性民主主义时代的开始而欢呼。

"还有一家报纸一向被认为是民主主义的一个最凶狠的敌人，事实上也确实是这样。可是这家报纸的编辑鼓起勇气发表了一些不是代表报社的个人意见。他用简单的、愤激的言辞，要人民考虑一个以屠杀非武装的公民来维持其存在的社会，到底有什么价值，他请求政府取消戒严令，以杀人罪把那个对人民开枪的将军和他的军官交给法庭审判。他进一步宣称，不管他对于社会主义学说的意见如何，他个人已经决定和人民共命运，直到政府表示愿意听取人民的要求，决心为自己所犯下的暴行赎罪为止。他认为人民所提出的要求是有关自己切身利益的要求，而且是社会的腐朽状况迫使他们提出的。

"当然，这个编辑马上就被军事当局逮捕了；可是他的大胆言论已经在社会大众之间散播开来，发生了很大的影响，使政府在犹豫了一阵之后，终于取消了戒严令。不过同时政府又加强了军事组织，使它更加严密。公安委员会里有三个委员已经在特拉法尔加广场被杀了，其他的委员大都回到他们举行会议的老地方，在那儿镇静地等候事态的发展。他们在星期一早晨在那儿被捕，如果不是由于政府不敢负担不经审讯即判处死刑的责任，他们会马上被那个将军（他仅仅是个军事机器）处死的。起初有人建议把他们交给一个由法官组成的所谓特别委员会去审判，这就是说，把他们的命运交给一群必然会判处他们有罪的人去审判，这些人的工作就是干这个的。可是政府在发了一阵狂热之后，已经冷了下来，因此这批犯人还是被送到有陪审裁判制的法庭去审讯了。在那儿，政府又遭到了一次新的打击，因为尽管法官对犯人提出了控诉，明白地要求陪审团证明犯人有罪，可是犯人终于被法庭宣告无罪。同时陪审官还在他们的判决词上加了一段声明来谴责军队，声明中应用了当时的古怪词汇，说士兵的行动是'轻率的，不幸的和不必要的'。公安委员会重新进行它的工作，它从这时候起就成了人民反对议会的核心。政府这时候在各方面都作了让步，表示接受人民的要求，虽然议会党派斗争中的两个所谓对立的党的领袖们正在开始策划一个发动政变的大阴谋。群众当中那些善良的人不胜欢喜，以为一切内战危险已经过去了。群众在公园和其他地方举行盛大的集会来庆祝人民的胜利，和纪念大屠杀中的死难者。

"可是政府所通过的那些救济工人的措施，尽管在上层阶级看来过于偏激，起了破坏作用，而事实上却还不够彻底，不能使人民得到粮食和舒适的生活，同时这些措施必须由一些没有法律效力的不成文法来加以补充。虽然政府和议会得到法院、军队和'上流社会'的支持，可是公安委员会已经成为国内的一种力量，真正代表生产阶级的利益。这个委员会在它的委员们被判无罪之后，势力大增。它的旧委员们没有什么行政才干，虽然除了几个自私自利者和叛徒之外，他们都是诚实、勇敢的人，其中有许多人还具有其他各方面的才能。这时候由于环境的关系，需要立刻采取行动，因此出现了一些能够推动工作的领袖。新的工人组织到处发展得很快，它们所提出的唯一目标就是要把社会改造成为共产主义的朴素的社会。这些组织事实上也在指挥着劳工阵线上的一般斗争，因此它们不久就成了整个工人阶级的喉舌和中间组织。那些榨取利润的工厂老板现在面对着这个形势，觉得自己毫无力量；除非**他们**自己的委员会——议会——鼓起勇气来再一次发动内战，向各方面进攻，他们就免不了要接受他们所雇用的工人的要求，对越来越短的工作日支付越来越高的工资。可是，他们有一个同盟者，那就是建立在世界市场和市场供应的基础上的整个经济体系迅速趋于崩溃的局面。对于这种局面，全体人民现在都看得很清楚，因此中等阶级在一时震惊之余，谴责政府不该进行那次大屠杀之后，几乎一致向后转，要求政府注意事态的发展，制止社会主义领袖们的专横行为。

"受到这么一种刺激之后，反动派的阴谋可能还没有酝酿成熟就暴露出来了。可是这一次人民和人民的领袖们已经预先得到警告，在反动派还来不及动手之前，就采取了他们认为必要的步骤。

"自由党政府被保守党击败了，尽管后者在名义上占少数（这显然是串通好的阴谋）。下院代表人民大众的议员很了解这种变动的意义，他们企图在下院采取分组表决的办法来进行斗争，结果未能成功，于是他们在提出抗议之后，离开了下院，全体来到公安委员会：于是再一次爆发了剧烈的内战。

"然而，内战的第一个行动并不是单纯的战斗。保守党的新政府决定采取行动，可是不敢再宣布戒严，只是派遣一队士兵和警察去逮捕公安委员会的全体委员。委员们没有进行抵抗，虽然他们尽可以这样做，因为他们现在已经集合了相当大的一支队伍，随时可以应付非常的事变。可是他们决定首先试用一种他们认为比巷战更有力量的武器。

"公安委员会的委员们泰然自若地走进监狱,可是他们把他们的斗争精神和组织留在监狱之外。这是因为他们所依靠的不是一种组织严密的、各部分互相牵制的机构,而是完全同情工人运动的广大人民群众,这些人民群众是由许多小中心组织通过简单的指示团结起来的。这些指示这时候已经被人民群众执行了。

"第二天早晨,当反动派的领袖们正微笑地注视着报纸上的消息可能对公众产生什么影响的时候,却发现报纸全部没有出版。只是在近中午的时候才有一些跟十七世纪官报一样大小的零散报纸出现在街头,这些都是由警察、士兵、报馆经理和新闻记者亲自动手印出来的。人们贪婪地抢着这些报纸来阅读。可是报纸上所报道的重要消息到这个时候都已经过时了,人们早就知道**大罢工**已经开始。火车停驶,电报无人收发,运到市场的鱼肉和青菜放在那里原封不动,逐渐腐烂。三餐供应完全依靠工人劳动的成千上万的中等阶级家庭,通过他们那些比较有才能的亲人的努力,想尽办法才张罗到一天所需要的东西。那些能够把未来变化的恐惧置诸脑后的人们,据说,对这次意外的野餐颇感满意——他们预见到未来的一切劳动都会变成愉快的活动。

"第一天就这样过去了;到傍晚的时分,政府气得几乎要发疯了。他们只有一个办法可以镇压群众运动,那就是使用武力。可是他们找不到使用军队和警察的对象,街上没有出现什么武装的队伍,工人联合会的办事处现在已经——至少在外表上——改为失业者的救济机构,在这种情况下,他们不敢逮捕那些从事这类工作的人。不但如此,甚至在当天夜里还有许多相当体面的人士来到这些办事处申请救济,把革命者的布施和自己的晚餐一起吞进肚里。于是，政府到处集中了一些军队和警察——静待一夜，满以为那些'叛乱分子'（从这时候起社会主义者被称为叛乱分子）到第二天早晨一定会发表宣言，这样就可以使他们有机会采取相应的行动了。可是他们的希望落空了。一般的报纸第二天早晨就放弃了斗争，只有一家极端反动的报纸（叫做《每日电讯报》[①]）还试图出版，以惯用的语句痛骂'叛乱分子'愚蠢而且忘恩负义，说他们为了少数贪婪的、被人收买的煽动分子的利益，为了他们所欺骗的一些傻瓜的利益而甘于把他们'共同的母亲'——英国——破腹挖心。在另一方面，当天刊行的社会主义报纸（其中只有三种在伦敦出版，它们代表不同学派的意见）载满了印刷精美的文章。各界人士全都争先恐后地抢购这些报纸，他们当然和政府官员一样，希望在报上读到一篇宣言。可是他们看见这些报纸完全没有提到这个大问题。看来报纸的编辑先生们似乎搜索过他们的抽屉，把四十年前属于教育专题的文章搬了出来。这些文章大部分是关于社会主义的学说和实践的精彩而坦率的论述，写得从容不迫，没有一点火气，也没有一句苛刻的话，给生活在当前烦恼和恐怖气氛中的人民群众带来了一种五月节日的清新空气。熟悉内幕的人完全了解：这一举动纯粹是一种挑战，是对当时的统治阶级抱着不可调和的敌视态度的一种标志；同时，'叛乱分子'发表这些文章的原意也不外如此，可是这些文章作为'教育学论文'来说，的确有其功用。不过，另一种'教育'也正以

[①] 《每日电讯报》（*Daily Telegraph*）是英国资产阶级亲保守党的报纸。——译者

势不可当的力量在对人民群众发生影响，也许使他们的头脑清醒了一些。

"至于政府，他们被这种'抵制'行为弄得惊惶失措了（'抵制'是当时流行的俗语，指的是我所说的回避举动）。他们的意见极端混乱，极端游移不定：他们一会儿主张暂时让步，且到他们能够策划出另一个阴谋来的时候再说；一会儿他们又几乎想下令把所有工人委员会的委员一股脑儿逮捕起来；再过一会儿，他们几乎又要命令他们那位生龙活虎般的将军寻找借口，再来一次大屠杀。可是他们知道，军队在特拉法尔加广场那次'战斗'中给自己的杀人罪行吓坏了，再也不能进行第二次射击。当他们想到这种情况时，他们又畏缩了，再也鼓不起那种可怕的勇气去进行第二次大屠杀。这时候，那些犯人在大队士兵守卫之下再一次受审之后，又再一次还押了。

"这一天工人继续罢工。工人委员会扩大组织，对大批的人进行救济，因为他们已经调动可靠的工人去生产大量的食品了。相当多的有钱人家现在也不得不向他们申请救济了。当时还发生了另一桩奇怪的事情：一群上层阶级的青年带着武器，旁若无人地在街上抢劫，把冒险开门营业的商店里的适合他们需要的能够吃的和能够拿走的东西全部弄走了。他们在牛津街——当时一条商店林立的繁华街道——进行这种活动。政府在那个时刻恰好有让步的意图，认为这是一个良好的机会来表示他们在维持'社会秩序'方面是不偏不倚的，因此便派出警察去逮捕这些饥饿的富家子弟。可是出乎警察意料之外，这些富家子弟居然奋力抵抗，结果只有三人被捕，其余全部逃掉了。政府本来期望用这个行动来博得态度公正的声誉，但这个打算落了空，因为他们忘记现在已经没有晚报了。关于这次小战斗的消息传得的确很广，可是与事实不尽符合，因为人们大都把这件事说成是伦敦东区①的饥饿居民干的，大家认为政府自然会随时随地镇压穷人的这种行动。

"那天晚上，一些**很有礼貌和富有同情心**的人士，来到监狱里探望那些被拘禁的'叛乱分子'，指出他们所走的是自取灭亡的道路，同时指出这种激烈的手段对于群众事业具有多么大的危害性。这些被关押的人当中有一个后来对人说：'政府企图在监狱里把我们"各个击破"，我们答复了那些为诱探我们而来的非常"聪明而高雅"的人士的甜言蜜语。我们中间有一个人纵声大笑；另一个对来访的使节说了一些荒诞不经的故事；第三个拉长了脸，一语不发；第四个把那有礼貌的奸细痛骂了一顿，叫他别废话——这就是他们从我们这儿得到的回答。在我们出狱之后，大家把这些经验交流一下，真是觉得怪有意思的。'

"大罢工的第二天就这样过去了。一切有见识的人都认为到了第三天一定会发生危机，因为当前悬而未决的局面和掩盖不了的恐怖气氛显然不能持久下去。统治阶级和作为统治阶级的真正支持力量的中等阶级非政界人士都感到群龙无首，他们简直不晓得应该怎么办才好。

"他们觉得他们必须做一件事：就是设法使'叛乱分子'采取行动。于是在第二天上午，也就是罢工的第三天上午，当公安委员会的委员们再度出庭受审的时候，他们被待以上宾之礼——老

---

① 伦敦东区，穷人居住的区域。——译者

实说，那样子好像他们是使节或大使似的，而不像是囚犯。总而言之，审判官接到了上司的训令，他在法庭上发表了一篇冗长而愚笨的演说（这篇演说倒很像是狄更斯笔下的讽刺作品），然后便把犯人释放了。委员们回到办事处以后就马上举行会议。他们可以说是回来得正是时候，因为到了罢工的第三天，群众的情绪已经十分激昂。当然，还有大批工人完全没有组织起来，这些工人过去习惯于在雇主的驱使之下，或者应该说在制度的驱使之下进行工作，他们的雇主就是这制度的一部分。这种制度当时已经开始崩溃了，而这些可怜的工人一旦摆脱掉雇主原有的压力之后，仿佛就只能为纯粹属于动物本能的人类需求和欲望所支配了，结果他们就会要推翻一切。幸而广大群众一来已经受到社会主义理论的影响，二来和公开的社会主义有着实际接触（许多社会主义者、其实多数社会主义者都是上述工人团体的成员），如果不是这样的话，无疑是会发生大骚乱的。

"早些年，工人的雇主还被看成是人民的当然统治者，甚至最穷苦的人和最愚昧的人也在被剥削的情况下，依靠他们来维持生存。如果在那个时候发生这种事情，那么社会的总崩溃一定不可避免。可是，在相当长的年代里，工人们已经学会蔑视他们的统治者，已经不再依靠他们了，他们这时开始信赖那些在事变中涌现出来的、尚未取得合法地位的领袖（事实证明这样信赖是有点冒险的）。这些领袖这时多数变成了十足的傀儡，可是他们的名字和声望在这个紧急的时刻还可以起一些约束的作用。

"这样，公安委员会的委员获得释放的消息所产生的影响使政府得到一个喘息的机会：因为工人以欢欣鼓舞的心情来迎接这个消息，甚至富裕的人也认为他们所畏惧的毁灭可以暂时往后推延了，他们大都把他们的这种恐惧的由来归之于政府的软弱。就当时的情况来看，他们的看法也许是正确的。"

"你这话是什么意思？"我说，"政府有什么办法呢？我常常想政府在这么一种危机中是束手无策的。"

老哈蒙德说："当然我不怀疑事态的变化终归会像当时所发生的那样。可是如果政府能把他们的军队当做真正的军队看待，像一位将军那样地依照战略上的要求来用兵，把人民完全当做公开的敌人，不管他们在什么地方出现就加以射击，把他们驱散，那么，他们当时也许可以取得胜利。"

"可是士兵们肯像这样来对待人民吗？"我说。

他说："根据我所听到的材料来说，我想不管他们遇到的群众武装如何简陋，组织如何松懈，他们都会这样做的。同时，尽管他们受过社会主义思想的影响，可是看起来在特拉法尔加广场屠杀事件发生之前，政府一般地还可以依靠他们去对手无寸铁的群众开火。原因是他们害怕那些外表上没有武装的人会使用一种叫做炸药的爆炸物。关于这种炸药，工人们在发生事变的前夕曾经大吹大擂地宣传过，可是事实上作为战斗的武器，它的作用很小。当然部队里的军官竭力煽动这种恐惧情绪，因此士兵们遇到那种场合也许认为他们不得不对一些真正武装起来的敌人背城一战，而对方的武器由于是隐藏起来的，因此就更加可怕。可是，在那次大屠杀之后，正规军队是否还会对没有武装或者半武装的群众开火射击，那就永远是个疑问了。"

我说："正规军队？这么说来，当时还有其他镇压人民的军队吗?"

"有的,"他说,"我们一会儿就要谈到这一点。"

"好吧,"我说,"你最好还是一直讲下去。我看时间已经不早了。"

哈蒙德说:"政府连忙向公安委员会妥协,因为他们除了当时的危险局势之外,简直什么也顾不上了。他们派遣了一个全权代表去和这些委员们进行谈判,委员们已经控制了人民的思想,而这些形式上的统治者则只能支配人民的身体。关于缔约双方停战协定(的确是停战协定)的细节,现在没有叙述的必要。所谓缔约双方,一边是大英帝国政府,另一边是'一小撮工人'(这是他们当时所得到的轻蔑称呼),在这批工人当中的确有一些很有才干和斗志坚强的人物,虽然像前面所说的那样,比较能干的工人当时还不是被公认的领袖。妥协的结果是:人民的一切具体要求都必须予以接受。我们现在可以看到,这些要求本身大都是不值得提出,也不值得反对的。可是在当时,这些要求却被认为是极重要的东西,它们对那个已经开始崩溃的悲惨生活制度来说,至少是一种反抗的标志。可是其中有一个要求是极端重要的,具有直接的利害关系,政府想尽办法要规避它,可是对方并不是傻瓜,因此最后只好接受了。这个要求就是正式承认公安委员会和它所支持的一切组织的合法地位。这个要求显然包含着两重意义:第一,使大小'叛乱分子'得到赦免,此后他们只要没有参加内战的明显行动,就不能再受到侵犯;第二,继续进行有组织的革命变革。政府只在一点上取得了胜利,那就是使对方改变了名称。这个工人组织取消了可怕的革命的称号,以后它和它的支部改用一个文雅的名称,叫做'调解委员会及其地方办事处'。这个改用新名称的组织在不久以后发生的内战中成了人民群众的领导机构。"

"啊,"我有点惊愕地说,"尽管发生了这些事情,内战终究还是打起来了吗?"

"打起来了,"他说,"老实说,正是由于政府承认了工人组织的合法地位,因此在一般意义上所谓的内战才有了发生的可能。这使得这场斗争不至于一方可以肆无忌惮地进行屠杀,另一方唯有忍耐和举行罢工。"

"你可以告诉我这场战争是怎样进行的吗?"我说。

"可以,"他说,"我们有记录和其他许多有关的资料;我可以用几句话把要点告诉你。我已经对你说过,军队里的士兵不是反动分子可以依靠的力量,可是军官们一般都准备对付一切事变,因为他们大都是国内最愚蠢的家伙。不管政府采取什么行动,上层阶级和中等阶级的相当大一部分人都决心要发动一次反革命的斗争,因为渐露头角的共产主义在他们的心目中是不能容忍的。一群群的青年男子,像我刚才告诉你的在大罢工的时候动手抢东西的那些人一样,武装起来了,经过一番训练之后,就开始在街上跟人民挑衅,进行小规模的战斗。政府既不帮助他们,也不加以制止,而是采取旁观的态度,希望这种街头上的小冲突会产生一些结果。这些'秩序捍卫者'(当时他们叫做'秩序捍卫者')起初得到了一些成功,因此就胆大妄为起来;他们得到了正规军里许多军官的帮助,而且通过他们得到了各种武器弹药。他们的一部分战术就是保护当时的大工厂,甚至派武装人员去守卫。比方说，有一个时期他们控制了我刚才提到的曼彻斯特全境。他们在全国各地进行一种非正式的战争，得到了不同程度的成功。政府起初假装没有看到这场斗争，或者仅仅把它当做骚乱，最后竟对'秩序捍卫者'公开表示支持，尽可能集合正规军和他们联合起来，企图做最后的努力，来镇压那些'叛乱分子'（工人领袖们这时又被叫做'叛乱分子'，事实上他们也自称为'叛乱分子'）。

"太迟了。双方都已经放弃在妥协的基础上维持和平的想法。大家已经看得很清楚：结果要么出现一个除了特权阶级以外全国人民都沦为奴隶的专制社会，要么实现一个建立在平等和共产主义的基础上的社会制度。前一世纪的懒惰、绝望和（请容许我这样说）懦怯已经消失了，代之而起的是一个公开革命时期的热情激昂的英雄气概。我不是说当时的人民已经预见到我们现在所过的生活，可是他们对我们生活的主要特点已经有了一种直觉，许多人清楚地看到当时的决斗终究会带来和平。我想当时站在自由这一边的人并不是不快乐的，虽然他们被种种希望和恐惧所搅扰，有时也给疑惑和难以两全的义务的矛盾弄得心神不安。"

"可是人民，那些革命志士，他们是怎样战斗的呢？他们有哪些取得胜利的条件呢？"

我提出这个问题来，是想使老人言归正传，免得他陷入年老人必然会有的那种沉思默想中。

他答道："啊，他们并不缺少组织者；我对你说过，为了进行斗争，当时有思想的人不再去考虑一般生活问题，而是致力于培养必要的人才。根据我所读到和听到的材料来看，老实说，如果不是发生这一场看上去很可怕的内战，我十分怀疑能在工人之中培养出有相当才干的行政干部来。无论怎样,这种人才终于培养出来了,工人很快就有了比反动派最优秀的人物还要能干得多的领袖。此外,他们在征募士兵方面也没有碰到什么困难,因为军队里的普通士兵都受到革命思想的很大影响,结果大多数士兵、也就是最优秀的士兵,都站到人民这一边来了。可是他们成功的主要因素是:劳动人民只要不受威迫,总是为'叛乱分子'工作,而不为反动派工作。反动派离开他们势力最强大的区域,就找不到人来给他们工作,甚至在他们势力最强大的区域里,他们也不断受到叛乱的骚扰。无论在什么情况下,也无论在什么地方,反动派要人家做些工作的时候,总要遇到阻碍,遇到愤怒的表情和悻悻然的态度。因此,不但他们的军队给碰到的困难弄得筋疲力尽,就是在他们那一边工作的非战斗人员也给怨恨和千百种小麻烦以及令人讨厌的琐事纠缠着、苦恼着,使他们觉得在这种情况下,生活不下去了。他们有不少人真是由于忧虑过度而死;许多人自杀了。当然,也还有大批的人积极为反动事业效劳,在斗争的狂热中给他们那痛苦的心灵寻找一点安慰。最后,成千上万的人对'叛乱分子'让步了,屈服了。当'叛乱分子'人数越来越多的时候,人们终于认清:过去认为毫无希望的事业现在获得了胜利,而现在看来毫无希望的倒是奴隶制度和特权制度了。"

第十八章
新生活的开始

我说:"你们就这样摆脱了你们的一切困难。当新的社会秩序建立起来的时候,人民感到满意吗?"

"人民么?"他说,"当和平来临的时候,大家的确都很高兴,尤其是当他们发现(这是一定会发现的)他们——甚至过去有钱的人——的生活过得并不坏的时候。至于那些过去贫穷的人,在差不多两年的战争时期中,尽管发生战斗,他们的生活情况也一直在改善。当和平终于实现的时候,他们在很短的时期内就向美好的生活大踏步前进。这里有一个很大的困难,就是:过去贫穷的人对于什么是人生的真正乐趣只有肤浅的认识,就是说,他们对新社会没有什么要求,也不知道应当有什么要求。在战争中被破坏掉的财富必须恢复,这种情况使他们在和平的初期不得不像在革命以前那样拼命工作,这也许不是坏事,而是好事。因为所有的历史学家都承认:在人类历史上,从来还没有一次战争像这次内战把物品和制造物品的工具破坏得那么厉害。"

"这一点使我感到惊异。"我说。

"你感到惊异吗?我不明白这有什么可惊异的。"哈蒙德说。

我说:"因为统治阶级假使获得胜利的话,一定要把一切财富当做他们的私有财产，不到万不得已，绝不会把一部分财富分给他们的奴隶。在另一方面，'叛乱分子'作战的目的恰恰就是要占有一切财富。我认为，他们，尤其是当他们看见自己节节胜利的时候，一定会小心谨慎，尽可能使他们不久就可以得到的东西少受破坏。"

"可是，情况正像我告诉你的那样，"他说，"统治阶级最初由于受惊而感到懦怯。当他们从懦怯的心情中恢复过来的时候——或者应该说，当他们看清楚不管发生什么情况他们都将遭到毁灭的时候——他们怀着刻骨的仇恨去进行战斗，只要能够伤害那些破坏了他们的生活享受的敌人，他们就不择手段。至于'叛乱分子'，我已经对你说过，在战争爆发之后，他们对自己原有的一点少得可怜的零碎财产也不大留意加以保存了。他们有一句流行的话，就是：为了使我们不再过奴隶生活，我们宁愿把国内的一切清除干净，只留下英勇的活人！"

他默然地坐着思索了一会儿，然后说：

"战斗一旦真正开始以后，人们就会看到在奴役和不平等的旧世界里，有价值的东西是多么少啊。你不明白这句话的意义吗？在你正在想到的那个时代里，在你似乎对它很熟悉的那个时代里，人们没有希望，只有像磨坊的马在轭的束缚下和皮鞭的威迫下所过的那种黯淡无味的奴役生活。可是在紧接着的斗争时代里，一切都是希望。'叛乱分子'至少觉得他们自己有足够的力量把世界从灰烬瓦砾中重新建造起来——他们的确也这样做了！"老人说，他的眼睛在凸出的前额下闪烁发光。他接着说道："通过这次斗争，他们的敌人——我的意思是作为一个阶级来说——终于对过去毫无认识的生活的现实及其苦难至少有了一些认识。一句话，作战的双方，工人和绅士，他们一起——"

"他们一起把商业主义摧毁了！"我赶忙接口说。

"对，对，完全对，"他说，"就是这样。商业主义也不可能用别的方式摧毁；除非整个社会逐渐降落到很低的水平，最后达到和野蛮人一样粗野的境界，可是并没有野蛮人所有的希望和欢乐。当然，比较剧烈和比较直截了当的办法是最好的办法。"

"完全正确。"我说。

"是的，"老人说，"世界获得了重生：这种变化如果不通过一场悲剧，怎么能够实现呢？再说，请你想一想，新时代的精神，我们时代的精神，就是热爱尘世生活，强烈地、充满了骄傲地爱人类所居住的这个地球的外壳和表面，正如情人对他所爱恋的女子的美好肉体所发生的那种爱一样。这就是时代的新精神。除此之外，其他的心情都已经不存在了：那种对人类的行为和思想的无尽无休的批评和无限的好奇心已经一去不复返了。那是古代希腊人的心情，在他们看来，人类的行为和思想与其说是手段，不如说是目的。在所谓十九世纪的科学中，也的确找不到这种心情的影子；你该知道，十九世纪的科学基本上是商业制度的一种附属物，不，经常还是商业制度的警察的一种附属物。十九世纪的科学尽管表面上好像很有成就，其实是有局限性的、懦怯的，因为它事实上并没有自信心。它是时代的不幸的产物，也是时代的不幸的唯一安慰，这种时代的不幸使人们觉得生活苦不堪言，甚至有钱的人也是如此。你现在亲眼看到：这种时代的不幸已经被大变革一扫而光了。我们的人生观比较接近于中世纪的精神，在中世纪的人的心目中,天堂和来世是一种非常现实的东西,因此他们把天堂和来世看成是尘世生活的一部分。尽管他们的宗教信仰的禁欲主义要他们蔑视尘世生活,他们还是喜爱尘世生活。

"可是这种观点,包括把天堂和地狱当做两个可以在其中生活的国家的坚定信仰,也已经成为过去了。现在无论在言论上或行动上,我们所相信的是人类世界的连续不断的生活的巨流,我们个人经历的有限的日子,仿佛都由于人类共同生活的体验而慢慢丰富起来,因此我们是快乐的。你对这一点觉得奇怪吗?在过去的时代,人们的确也听到一些说教,劝他们要爱人类,要相信人道主义的宗教等等。可是,请你注意,一方面,一个人提高了自己的思想和教养,能够重视这种观念;另一方面,组成他所要崇拜的人类整体的许多个人,却有一些显而易见的缺点使他感到厌恶。因此,为了逃避这种厌恶的心情,他只得采用传统的方法,把人类当做一种跟人类很少实际关系或历史关系的抽象观念了。在他的心目中,人分成两类:一类是盲目无知的专制者,另一类是麻木迟钝的卑贱的奴隶。可是现在组成人类的男女至少都是自由幸福的、生气勃勃的,往往身体也很健美,周围全是他们自己所创造的美好的东西,大自然跟人类接触以后变得更好,而不是变得更坏了:在这种情况之下,要接受人道主义的宗教有什么困难呢?这就是现代的世界所保留给我们的东西。"

我说:"如果我亲眼看到的情况是你们一般生活的典型情况,那么,你说的话看来是真实的,或者应该是真实的。现在你可以把你们在斗争的年代之后所获得的进步告诉我吗?"

他说:"我可以告诉你许多东西,只怕你没有工夫听。但我至少可以和你谈一谈我们当时所必须克服的一个困难,那就是:人们在战后开始安顿下来,他们的劳动已经把战争的破坏所造成的财富方面的缺口大体上填补起来;在这时候,我们似乎产生了一种失望的情绪,过去时代某些反动分子的预言看来要成为事实了,我们的愿望和成就看来只不过是达到了一种无聊的舒适的物质生活。鼓舞人努力工作、互相竞争的刺激已经消失了,这种情况对于社会必需品的生产倒确实没有发生什么影响,可是如果人们因此用过多的时间去思索或者从事无谓的沉思默想,以致精神不振,那怎么办呢?然而,这种沉闷无聊的乌云只威胁了我们一下,就消散了。根据我过去对你说过的话,你也许可以猜到,对于这种不幸的情况我们采取了什么补救的办法。你应该记住:过去所生产的许多东西——供穷人应用的奴隶物品和供富人使用的纯粹浪费财富的物品——现在已经停止生产了。一句话,我们所采取的补救办法就是进行过去所谓艺术品的生产,可是我们现在没有艺术品这个名称,因为艺术已经成为每一个生产者的劳动的必然组成部分了。"

我说:"什么!在你告诉我的那种争取生存和自由的剧烈斗争中,人们难道还有时间或者机会去研究艺术吗?"

哈蒙德说:"你不要以为我们的新艺术形式主要是建立在对过去的艺术的回忆上,虽然,说也奇怪,那次内战对艺术的破坏比对其他东西的破坏要小得多,而且旧形式的艺术,特别是在音乐和诗歌方面,在斗争的后期再度蓬勃地发展起来。我现在所谈到的这种艺术,或者应该称为工作的乐趣,看来几乎是从人们的本能中自发地产生出来的(这时人们已经不再被逼得走投无路,在过度的工作中过着痛苦悲惨的生活了)。这种本能就是希望把自己手里正在做的工作尽量做好,希望能够做出优良的产品。人们这样工作了一个时期之后,心中似乎就产生了一种对于美的渴望,他们开始把自己所制造的物品加以粗糙而拙劣的装饰;他们一旦开始了这方面的活动,艺术便开始发展起来了。我们最近的祖先默然忍受的那种污浊的环境已经消灭了,同时在我们的社会中,悠闲而不乏味的乡间生活越来越受人欢迎(这点我早已对你说过了);这两种情况对于艺术的发展大有帮助。这样,我们终于慢慢地使我们的工作有了乐趣;然后,我们意识到这种乐趣,加以培养,而且尽量享受这种乐趣;我们克服了一切困难,我们获得了幸福。但愿我们能永远像现在这样!"

　　老人堕入沉思之中,我觉得他这种沉思不是完全没有忧郁成分的,可是我不想打断它。最后他突然站起来说:"啊,亲爱的客人,迪克和克拉娜来带你走了,我的谈话也告一段落了,我相信你不会对这一点感到遗憾。漫长的一天将近结束,你要乘车回汉默史密斯去了,祝你一路愉快。"

第十九章
驱车回汉默史密斯

我没有说什么，因为在这次很严肃的谈话之后，我不愿意向他表示纯粹外表的礼貌。老实说，我很愿意继续和这位年纪较大的人谈话，至少他能够了解我对人生的习惯看法。至于那些年轻人，尽管他们对我非常客气，在他们的心目中我总是来自另一个星球的人。虽然如此，我还是尽量用最和蔼的态度对着那对青年男女微笑。迪克对我微笑着说："客人，我再一次跟你在一起，看见你和我的亲戚还没有谈到另一个世界里去，真是觉得高兴。我在那边听那些威尔士人说话的时候，我一直在担心你会突然消失不见，我开始想象我的亲戚坐在大厅里凝视着空间，发觉自己对着空气说了半天话。"

我听了这话，觉得很不舒服，因为那卑鄙可耻的互相争吵的景象，那肮脏而惨痛的人生悲剧（我离开那人生悲剧已经有好一会儿了），突然又浮现在我的眼前。我仿佛看到我过去所渴求的安静与和平的生活的幻景，我很不愿意再回到我的旧社会里去。可是老人笑着说：

"不要怕，迪克。反正我没有对着空气说话，同时我也不只是对我们这位新朋友一个人说话。谁敢说我不是在对许多人讲话呢？因为我们的客人也许有一天会回到他所离开的地方去，也许会由我们这里带去一个信息，这个信息会为他们结出果实来，因此也会为我们结出果实来。"

迪克带着迷惑不解的神情说："老人家，我不完全了解你的意思。我只想说，我希望他不会离开我们；因为你难道看不出来他和我们经常所接触到的人完全不同。他至少使我们想起各式各样的事情。我现在已经觉得在跟他谈过话之后，我好像对狄更斯有了进一步的了解。"

"是的，"克拉娜说，"我想我们用不了几个月就可以使他变得更年轻一些。我很想看一看他脸上的皱纹平复之后到底是个什么样子。你难道不以为他和我们同住一个短时期之后会变得年轻一些吗？"

老人摇了摇头，恳切地望着我，但没有答复她；有半天工夫，我们谁也没说话。最后克拉娜打破了沉默：

"老爷爷，我不喜欢这种气氛，我感到很不舒服，好像有什么不如意的事情要发生似的。你跟这位客人谈了过去的苦难，回忆了过去的不幸时代，我们的周围充满着这种气氛，使我们觉得好像我们在渴望一种得不到的东西。"

老人慈祥地对她微笑着说："我的孩子，如果真是这样的话，那么，去吧，到现实世界中去生活吧，不久你就会摆脱这种感觉。"接着，他转过头来对我说："客人，你记得在你所来的国家里也有过类似的感觉吗？"

那对情侣现在已转到一边，轻声交谈着，不再注意我们。于是我开口说，可是声音很低："有过，当我还是一个过着晴朗的假日的快乐小孩,想要什么就有什么的时候,曾经有过类似的感觉。"

"一点也不错,"他说,"关于生活在世界上的第二个童年时代的问题,你记得你刚才还讽刺过我。你会发现这是一个幸福的世界,你在这里待一阵会感到幸福的。"

我再一次不喜欢他这种咄咄逼人的话,我开始试图回想我是怎样来到这群古怪的人们当中的。就在这时候,老人用一种欢乐的声调喊道:"我的孩子们,陪你们的客人走吧,好好招待他,因为你们有责任使他皮肤滑润,心境宁静:他的运气没有你们那么好。再见,客人!"他热情地和我握手。

"再见,"我说,"多谢你告诉我的一切。等我回到伦敦以后,我马上就来看你。可以吗?"

"当然,"他说,"只要你能来,尽管来,我欢迎你。"

"他一时是回不来的,"迪克用他那欢乐的声调说,"因为在泰晤士河上游干草上市的时候,我准备在干草收获和小麦收获的季节之间,陪他去漫游乡间,看一看我们北方的朋友们怎样生活。随后,在小麦收获的时候,我们打算好好地工作一个时期,我希望这样做——最好是在威尔特郡[①]。因为他这样过一过户外生活,身体会好一些,我的身体也可以更加健壮。"

"你带我一起走,好吗,迪克?"克拉娜说,把她那只漂亮的手放在他的肩上。

"我怎么能不带你一起去呢?"迪克兴高采烈地说,"我们要让你每天夜里都拖着十分疲倦的身子上床。你的脖子和双手都会

[①] 威尔特郡(Wiltshire),在英格兰南部。——译者

晒得漆黑，而你那被长外衣掩蔽起来的皮肤却跟水蜡树的花一样白，可漂亮啦，你脑子里那些不满意的怪念头也就可以清除一部分了，亲爱的。我们只要干上一星期晒干草的活儿，就可以把你变成这个样子。"

姑娘脸涨得绯红，显得很漂亮，这倒不是因为羞惭，而是因为快乐；老人笑着说：

"客人，我知道你的日子一定会过得非常舒服，因为你用不着担心这两个人会多事地老缠住你。我相信他们会忙着他们俩自己的事情，不会老打扰你，这对于客人来说是真正的优待。呵，你也用不着害怕会成为多余的人：这一对情侣恰恰喜欢有一个近在身边的好朋友可以谈谈天，好用实在和普通的友情来调剂调剂他们狂热的爱情。况且，迪克和克拉娜，特别是克拉娜，有时也喜欢跟人聊聊天，你知道，情人们只会喋喋不休地谈情说爱，他们只有在碰到困难的时候才会彼此谈心聊天。再见，客人，愿你快乐！"

克拉娜走近老哈蒙德，伸出手臂挽着他的脖子热情地吻着他说："可爱的老爷子，你跟我开多少玩笑都行，我们不久就会和你再见面的；你放心好了，我们一定会使我们的客人快乐。说真的，你的话也有一点道理。"

于是我再一次和老哈蒙德握手告别。我们出了大厅，走进走廊，来到街上，看见灰马已经套在车前等候我们了。灰马得到了很好的照顾，一个约莫七岁的小男孩拉着缰绳，正在很严肃地抬头望着它的脸，同时，一个十四岁的姑娘骑在它的背上，跟前还抱着一个三岁的小妹妹，另外又有一个比那男孩大一岁多的女孩骑在马背的后部。三人一边吃着樱桃,一边在灰马身上拍拍打打。灰马很驯顺地接受他们的全部爱抚,可是它一看见迪克,便竖起了耳朵。那些女孩子悄悄地下了马,走到克拉娜跟前,十分亲热地在她身边转。我们坐上马车以后,迪克拉了拉缰绳,我们立刻就启程了。灰马在伦敦街道上踏着稳重的步子前进,街道两边的可爱的树木正把阵阵的香气放送到傍晚的凉爽空气中,这时已经是接近太阳西沉的时分了。

我们沿途只能缓慢地、不慌不忙地驱车前进,因为在那凉爽的时刻,许多人都到户外来散步。我看见有这么多人,便进一步观察他们的外貌;应该说,以我那种在十九世纪阴郁的灰色(更确切些说是褐色的)气氛中培养起来的趣味来讲,我不大喜欢那些华丽的颜色鲜明的服装,我甚至冒昧地向克拉娜表示这种意见。她似乎觉得很惊讶,甚至有点愤激地说:"哎哟,这有什么呢?他们并不是在干什么不干净的活儿,他们只是在美好的傍晚出来散散步,不会弄脏他们的衣服。你瞧,他们的服装不是全都很漂亮吗?你知道,他们穿得并不俗气。"

这话倒是真的,因为许多人的服装颜色虽然美丽,但很素净,色泽调和,十分悦目。

我说:"是的,的确是这样。可是大家怎么都做得起这种昂贵的衣服呢?瞧!那儿走过去一个穿着朴素的灰衣服的中年人,可是我从这儿能够看得出那是用很精细的毛料做成的,上面满是刺绣哩。"

克拉娜说:"他愿意穿得破破烂烂当然也可以——这就是说,如果他认为这样做不会使人家觉得不舒服的话。"

我说:"可是请你告诉我,他们怎么会做得起那样的衣服呢?"

我脱口说出这句话以后,马上发觉我又犯了一次错误,因为我看见迪克呵呵大笑起来,可是他一语不发,只是让我承受克拉娜的严厉的斥责。克拉娜说:

"我不明白你的意思。我们当然做得起这种衣服,要不然我们就不这样做了。要我们只把我们的劳动用在缝制舒适的衣服上,那是再容易不过的事,可是我们不以此为满足。你干吗对我们吹毛求疵呢?你难道以为我们是饿着肚子省下吃的去做好衣服的吗?还是说,你看见我们的衣服和我们的身体一样美丽——像小鹿或者水獭的皮天生就是美丽的那样——觉得有什么不对吗?你说,你到底是怎么一回事呀?"

我在这阵暴风雨下屈服了,含糊地说了一些辩解的话。我不能不说,我早就应该想到,这些人既然一般都那么喜爱建筑物,在自身的装饰方面当然不会落后。特别是他们的服装,除了颜色漂亮之外,不仅样式美观,而且设计合理——在遮蔽身体的时候,既不把全身包裹起来,也不像讽刺画似的突出地表现身体的特点。

克拉娜的情绪不久就缓和下来了。当我们朝着上次说过的那片树林驶去时,她对迪克说:

"我有一个意见,迪克:既然哈蒙德老爷子已经和我们这位客人见过面了,那么,我想我们应该替他找一件合适的衣服,明天我们旅行的时候好让他把他这身古里古怪的衣服替换下来。要不然我们就得准备答复人家关于他的衣服和衣服的来源等等各式各样的问题。"她调皮地接着说,"再说,在他穿上漂亮衣服以后,他就不会那么轻易地责备我们,说什么我们太孩子气了,不该浪费时间把自己打扮得漂亮一点,使别人看着舒服。"

"好吧,克拉娜,"迪克说,"你要给他穿——不,他要穿什么样的衣服,我都可以给他找到。在他明天起床以前,我一定给他准备好。"

第二十章
回到汉默史密斯宾馆

我们这样说着话,在香气扑鼻的傍晚驱车回到了汉默史密斯,受到那边朋友们的热烈欢迎。博芬穿了一身新衣服用庄严的礼仪迎接我。纺织工人鲍勃想拉住我细谈,要我告诉他,老哈蒙德跟我说了些什么,不过当迪克阻止他的时候,他还是很和善很高兴的样子。安妮和我握手,希望我这一天过得很愉快——她的态度是那么亲切,使我在我们放开手以后,觉得有一种惘然若失的感觉。因为老实说,在她和克拉娜之间,我比较喜欢她;克拉娜总好像是有点采取防卫的姿势似的,而安妮则十分坦率,仿佛她处在周围一切事物和一切人中都能毫不费力地获得真诚的快乐。

那天晚上举行了一次相当不错的小宴会,一方面是欢迎我,另一方面我认为(虽然谁也没有这么说)是庆祝迪克和克拉娜的破镜重圆。我们喝的是最好的酒;大厅里弥漫着盛开的夏季花儿的芳香;晚餐后,我们不仅有音乐(在我看来,以歌声的美妙和嘹亮以及歌声所表达的感情和意味而论,在座没有一个人能及得上安妮),而且最后甚至讲起故事来。我们坐在那里倾听着,室内没有灯光,只有夏夜的月光穿过美丽的窗格子照射进来,好像我们生活在书籍稀少、读书习惯不很普遍的遥远的过去的时代似的。

老实说，我可以在这里提一下，虽然我的朋友们多数能讲两句有关书籍的话（这一点你们一定已经注意到了），尽管他们有温文尔雅的风度，而且显然有那么多的闲暇，他们读过的书却不太多。事实上，特别是迪克，当他提到一本书时，他那神气就好像他做了什么了不起的事情似的，仿佛在对人宣扬："喏，你瞧，这本书我都读过了！"

那天晚上对我来说真是过得太快了；因为那一天，我生平第一次可以毫无牵挂地饱我眼福，不至于产生以往那种不调和的感觉。以往，每当我置身于过去时代的美丽艺术品之中的时候，我对现实的热爱总掺和着毁灭即将来临的恐惧，这种感觉和这种恐惧事实上是许多世纪的传统的产物——这种传统曾经迫使人们去创造艺术，也迫使大自然具有时代的特征。在这里，我可以享受一切，而事后不会想到使我能获得闲暇的那些不正义的行为和悲惨的苦役，不会想到促使我对历史怀有浓厚兴趣的那种愚昧和乏味的生活，以及促成我的浪漫经历的充满着恐惧和灾难的那种专制制度和斗争。我唯一的心事就是，在临近就寝的时候，我产生了一种模模糊糊的恐惧，不知道第二天醒来会在什么地方。可是我压下了这种思想，快快活活地上了床，很快就沉入了无梦的睡乡。

第二十一章
朝着泰晤士河上游前进

我在一个阳光普照的美丽的早晨醒来以后，跳下床来，心中还怀着隔夜的恐惧。可是当我环顾我的小卧室，看见灰泥墙壁上画着一些颜色又淡又纯的人像，人像下面写着一些我非常熟悉的诗句时，我的恐惧就立刻在愉快的心情中消失了。我连忙穿上一套为我准备好的蓝衣服，这套衣服非常漂亮，我穿上它不由得脸红了。我一边穿，一边憧憬着假日生活而感到兴奋愉快。这种刚回家过暑假时的心情，我虽然记得很清楚，却是童年以后从来不曾有过的。

这天清晨看来还很早，当我由卧室穿过甬道来到大厅时，我原以为大厅里不会有别人。可是我在那里碰见了安妮；她放下扫帚，给我一个亲吻。我猜想她这种举动除了表示友谊之外，没有什么意义；虽然她吻我时脸红起来，但这并不是由于害羞，而是由于友情和欢乐。然后她又拿起扫帚，继续扫地，她向我点点头，好像要我站到一边去看她工作似的。说实话，我觉得她这种打扫工作非常有趣，因为另外还有五个姑娘帮助她，她们在从事这种悠闲的工作时所表现的优雅的体态是值得一看的，她们打扫时的欢乐的谈笑声也是值得一听的（她们扫地的方法是相当科学的）。

安妮一边向大厅的另一端走去,一边对我说:"客人,你起得这么早,我很高兴,虽然我们不想打扰你的睡眠。我们的泰晤士河在六月清晨六点半钟的时候显得十分可爱,错过了机会很可惜,因此他们刚刚嘱咐我在那边给你一杯牛奶和一点面包,然后把你送上小船:迪克和克拉娜现在都准备好了。你等一等,让我扫完这一行。"

不一会儿她放下扫帚,走过来,拉着我的手把我带到河边台地上,在树下一张小桌上放着他们替我预备好的面包和牛奶。这份早餐精致可口,无以复加;我吃早餐的时候,她就坐在我的身边。过了一会儿,迪克和克拉娜跑来找我。克拉娜穿着一件绣花的丝织薄外衣,看起来非常清新美丽,那件外衣在我不习惯的眼中是极度华丽鲜艳的。迪克穿了一套带有美丽刺绣的白色法兰绒衣服,也很漂亮。克拉娜双手把长外衣提高一些,向我行礼问安,笑着说:"你瞧,客人!我们至少跟你昨天晚上在路上想要咒骂的那些人一样好看;你知道,我们不愿意让明朗的天和花儿感到羞惭。现在请你骂我吧!"

我说:"不骂了,你们这一对好像是由夏天里生出来似的,等我骂夏天的时候,再骂你们吧。"

迪克说:"你知道这是一个特别的日子——我的意思是说,这些日子都是特别的日子。天气晴朗,所以干草的收获由某些方面看起来比小麦的收获更好。说真的,如果你没在天气晴朗的干草场上干过活,你就体会不出这种工作的乐趣。而且,妇女干活的时候,也是非常好看的,"他不好意思地说,"所以,在考虑各方面的情况之后,我们认为应该把自己朴素地打扮一下。"

"妇女在干活的时候难道也穿绸衣服吗？"我微笑着说。

迪克刚要一本正经地答复我，克拉娜伸手捂住了他的嘴说："不，不，迪克，别告诉他太多，要不然我就会认为你和老爷子一模一样了。让他自己去看吧。他不久就可以知道了。"

"对，"安妮说，"不要把图画形容得太美，要不然等幕拉起之后他就该感到失望了。我不愿意使他失望。你们现在该走了，如果你们希望赶上涨潮，希望享受明朗的早晨最好的时刻的话。再会，客人。"

她用她那种坦率而友好的样子吻了我一下，差点儿使我想打消出游的计划。可是我必须克制自己的情感，因为这样一个可爱的女人显然不会没有一个和她年纪相当的情人的。我们走下河边台阶，踏上了一只漂亮的小船，小船装载我们和我们随身携带的东西毫无问题，船上的装饰也很好看。我们刚上船，博芬和那个纺织工人便跑来欢送我们。博芬这时身上穿了一套工作服，罩住了他那金光灿烂的外衣，头上戴着一顶扇形帽。他脱下帽子，用他那庄重的古西班牙式的礼节对我们挥手告别。接着迪克把船撑开，专心一致地划着，汉默史密斯和它的宏伟的树木以及屹立在岸边的美丽的房屋开始逐渐在我们眼前消失了。

在航行中，我不禁把迪克所描绘的干草场的图画和我记忆中的干草场的情景比较了一下。在我的记忆中，那些从事劳动的女人的形象特别清晰地浮现在我的眼前：一排排消瘦憔悴的女人，胸部平坦，丑陋，体态和容貌没有一点儿妩媚的样子，身上穿着粗劣简陋的印花布衣服，戴着很难看的、帽缘低垂的遮阳帽，以呆板的动作无精打采地挥动着草耙。这种场面时常破坏六月天的可爱景象；过去，我多么渴望看到在干草场上工作的男女无愧于仲夏可爱的丰盛景象，无愧于仲夏无穷无尽的美丽景色、悦耳的声音和芬芳的气息啊！现在，人类的世界已经变得比过去老成、比过去聪明了，我将要看到我的希望终于实现了！

第二十二章
汉普顿宫①和一个旧时代的歌颂者

我们继续前进。迪克从容不迫地、毫无倦容地划着桨，克拉娜坐在我的旁边，欣赏着他那健美、诚恳而温厚的脸，我以为，她心中所想的也不会有别的东西。我们的船越向上游划去，当时的泰晤士河的面貌和我记忆中的泰晤士河的面貌两者之间的差别也就越小，因为那些富豪、股票掮客之类的庸俗不堪的伦敦别墅，那些过去曾经破坏了枝干低垂的岸边美景的别墅，这时已经不存在了，而在泰晤士河开始流过乡村的地区，景色总是很美丽的。当我们置身于夹岸的可爱的夏季绿荫之间时，我几乎觉得又回到了青春时代，仿佛我正在做一次从前年轻时一向酷爱的水上旅行，那时候，我的心情是那么轻松愉快，根本没想到人间会有什么不如意的事情。

最后我们来到一段地区，左边是一个很美丽的小村庄，其中有些古老的房屋屹立在水边，附近有一个渡口；在这些房屋后面，在那些点缀着榆树的草场的尽头出现了一排高耸的柳树。右边是

---

① 汉普顿宫（Hampton Court）在伦敦，为英国著名王宫，于十六世纪建成。现在一部分为落魄贵族所居，一部分开放供人游览。——译者

一条纤夫山道和一片空地，空地后面屹立着一排作为大公园装饰品的参天古树。河区的尽头是一个小镇，在那里有一些古色古香的漂亮房子，新旧都有。主要的建筑物是一座用红砖砌成的大房子，墙壁很长，山墙很尖，一部分是最晚的哥特式的，一部分是荷兰威廉（Dutch William）时代的宫廷式的建筑，但在灿烂的阳光照耀下和包括蔚蓝色的河流在内的优美环境的衬托下，看来非常协调；这所房子甚至在当时的幸福新社会的美丽房屋之间，也别具魅力。一股香气由那些看不见的花园里向我们飘来，其中可以辨别出菩提树的花香。这时克拉娜坐直了身子说：

"啊，迪克，亲爱的，我们今天就在汉普顿宫停留一天，陪客人在公园里玩一玩，带他去参观那些可爱的古老房子，好不好？我想大概因为你住得离它这么近，所以你总很少陪我到汉普顿宫来玩。"

迪克收住桨，停了一会儿说："好吧，克拉娜，你今天可真懒。我本来打算今天晚上在谢泼顿①过夜。我们上岸玩一会儿，在汉普顿宫吃午饭，下午五点多钟再继续前进，好吗？"

她说："好，就依你吧。可是我希望客人能在公园里玩上一两个钟头。"

"公园！"迪克说，"每年到这个季节，整个泰晤士河沿岸就是一个大公园。以我个人来说，我宁愿躺在麦田边上的榆树底下，四周蜜蜂嗡嗡歌唱，秧鸡在垄沟间争鸣，这比英国的任何公园都强。况且……"

---

① 谢泼顿（Shepperton），村名，在萨里郡。——译者

"况且,"她说,"你想赶到你最喜爱的泰晤士河上游,在干草场上一排排割下来的草堆之间夸耀你的好本领。"

她温柔地望着他,我看得出,她是在想他露着健美的身体、有节奏地挥动大镰刀时的样子。接着她轻轻地叹了一口气,低头望了望自己那双漂亮的脚,好像在比较她自己纤弱的女性美和他的男性美似的。凡是真正坠入了情网而不受传统的感情影响的女人都会这样的。

至于迪克,他眷恋地对她望了一会儿,然后说:"克拉娜,但愿我们现在就到那儿!哎哟!我们的船向后退了。"他连忙又划起桨来,两分钟以后,我们大家都站在桥下铺着小石子的岸边了。你可以想象得到,这座桥不是过去那座丑陋的畸形旧铁桥,而是一座用很结实的橡木建成的漂亮的大桥了。

我们走进汉普顿宫,一直进到大厅,在这远近闻名的大厅里,午餐的桌子已经摆好,一切的布置和汉默史密斯宾馆的大厅差不多一样。午餐后我们漫步走过那些古老的房间,房间里原有的图画和挂毡还保存着,一切都没有很大的改变,所不同的就是我们在那儿所碰到的人的样子;他们显得逍遥自在、怡然自得,这种心情也传染到我的身上,使我觉得这个美丽的古迹真正是属于我的。我过去所感受到的欢乐似乎和这一天的欢乐融合起来,使我感到心满意足。

迪克(尽管克拉娜说了一些嘲笑他的话,其实他对这地方是很熟悉的)告诉我说,都铎王朝[①]的那些美丽的古老房舍——我记

---

① 都铎(Tudor)王朝,1485到1603年统治英国的王朝。——译者

得这里曾经是低级宫廷侍从的寓所——现在成为来往游客的下榻处了;因为虽然现在的建筑物都很漂亮,虽然乡间的面貌已经恢复了它原来的美,可是这一群建筑物依然保持着一种欢乐和美丽的传统;和过去伦敦还是乌烟瘴气一团糟的时候一样,人们仍然认为夏天到郊外旅行时汉普顿宫是非去不可的。我们走进一些面向古老花园的房间,受到房里人们的热烈欢迎,他们很快就和我们交谈起来,而且用彬彬有礼和掩饰不住的惊奇的眼光望着我的陌生的面孔。除了这些夏天的游客和几个常住户之外,我们还看见靠近花园的草地上,在过去所谓"长川"那一带搭了许多漂亮的帐篷,附近有很多男人、女人和小孩。这些寻欢作乐的人很喜爱帐篷生活,包括它的一切不便,事实上,他们把这种不方便也当成了一种乐趣。

我们按照规定的时间离开了这个我们大家熟悉的地方。上船之后,我略做了个伸手去拿桨的姿势,就被迪克推开了;应当说,我一点也不感到惋惜,因为我发现我一边要欣赏当前的美景,一边要玩味我自己杂乱的思想,已经够我忙的了。

至于迪克,让他划桨是完全对的,因为他跟马一样健壮,而且不管什么体育运动他都非常爱好。当黄昏已过,暮色四合的时候,我们费了好大劲才说服他把船停下来;我们到伦尼米德[①]的岸边时,月亮已经出来了。我们就在那里上岸。我们正在寻找可以搭帐篷(我们带了两个帐篷)的地方时,有一个老人走到我们跟前来祝我们晚安,问我们安排好过夜的地方没有。他一听说我

---

① 伦尼米德(Runnymede)草地,在泰晤士河南岸,属萨里郡。——译者

们还没有做出安排,便请我们到他的家里去住。我们欣然接受了他的邀请,跟他走了。克拉娜露出讨好的样子,拉着他的手,我注意到她对老人总是这样的。在路上,她说了一些普通的应酬话,赞美当日的好天气,那老人突然停下来,望着她说:"那么,你真的喜欢这样的天气吗?"

"喜欢呀,"她显得很惊讶地说,"难道你不喜欢吗?"

"哦,也许我也喜欢,"他说,"无论如何,我年轻的时候是喜欢这种天气的,可是现在我觉得我比较喜欢凉爽的天气。"

她默然不语,继续前进,这时天已经越来越黑了。在走到一个小丘的脚下时,我们来到一个有门的围篱,老人推开大门,带着我们走进一个花园,我们看见花园的尽头有一所小房子,蜡烛的黄光由小窗户照射出来。借着朦胧的月光,和西天最后的一道晚霞,我们看见花园里种满了花卉。在逐渐凉爽的天气里,花香异常美妙,它好像就是使人心旷神怡的六月黄昏的象征;由于这个缘故,我们三个人都本能地停下来,克拉娜轻轻地叫了一声"啊",音调悦耳,好像小鸟鸣啭。

"你为什么不走啊?"老人有点不高兴地说,拉了拉她的手,"这里又没有狗,难道你踏着荆棘,脚给刺伤了吗?"

"没有,没有,邻居,"她说,"这儿多美啊,多美啊!"

"这儿的确很美,"他说,"你真的这么喜欢吗?"

她用音乐般优美的声调笑了,我们也用比较粗哑的声音跟着笑起来。后来她说:"我当然喜欢,邻居;你难道不喜欢吗?"

"啊,我不知道,"那老头儿说,接着他加上一句,仿佛有点感到惭愧似的,"再说,你知道,当河水上涨,整个伦尼米德成为一片汪洋的时候,这儿并不那么有趣。"

"我倒喜欢这种情况,"迪克说,"在一个寒冷的一月的明朗的早晨,在泛滥的河上航行是多么有意思啊!"

"你**真的**喜欢这样?"我们的主人说,"我不想跟你争辩,邻居,因为这不值得争辩。进来用晚餐吧!"

我们经过一条两边长着玫瑰花的石子小路,一直走进一间很漂亮的房间,壁上饰着雕刻的嵌板,干净无比。可是房中主要的装饰却是一个年轻的女人,她有着浅色的头发和灰色的眼睛,但她的面孔、双手和赤裸的双脚却给太阳晒成褐色。她的衣服穿得很少,可是显然她是有意那样做的,而不是由于贫穷;尽管这是我第一次拜访茅屋住户,我从她身上穿的丝绸外衣和腕上戴的非常贵重的手镯,可以看出这一点。她躺在靠近窗口的一张羊皮地毯上,我们一进门,她就立刻跳了起来;当她看见老人背后的客人时,她拍着手高兴得叫了起来。她招呼我们走到房间的中央,由于我们的来临简直乐得在我们周围手舞足蹈了。

"什么!"老人说,"你真的高兴吗,爱伦?"

那个姑娘踏着轻快的脚步走到他跟前,伸出双手拥抱着他说:"是的,我高兴,爷爷,你也应该高兴啊。"

"哦,哦,我已经尽我可能地在高兴了,"他说,"客人们,请坐。"

这种表示在我们看来似乎有点奇怪,我猜想,我的朋友们一定会比我更觉得奇怪。可是迪克乘着主人和他的孙女都不在房里的机会,轻轻地对我说:"一个爱发牢骚的家伙,这种人今天还有一些。据说他们在过去是非常讨人嫌的。"

就在迪克跟我说话的时候,老人走了进来,他叹了口气,在我们旁边坐下来,这声叹息仿佛故意放大声音,以便引起我们的注意似的。就在这时候,那姑娘端着食物走了进来,这老家伙没有达到目的,因为一方面我们大家肚子都饿了,另一方面我正在忙于注视他的孙女婀娜动人地在房间里走来走去。

所有的食物和饮料尽管和我们在伦敦所享受到的有点不同,却是十分美味可口的,可是老人郁郁不乐地望着桌上的主要一道菜——放在盘里的三条新鲜鲈鱼——开口说:

"哼,鲈鱼!客人们,我很抱歉我拿不出更好的东西来招待你们。过去我们还可以从伦敦弄到一条上好的沙门鱼来招待你们,可是时代变得越来越不成样子了。"

那姑娘吃吃地笑着说:"如果你事先知道他们要来的话,你还是弄得到沙门鱼的。"

"邻居们,我们自己没有带沙门鱼来,这是我们的过错,"迪克好脾气地说,"如果时代变坏了,无论如何,鲈鱼并不坏。你们看盘中央那条鲈鱼,当它在河里向鰷鱼显示自己身上的黑条纹和红鳍时,称起来一定足足有两磅重。讲到沙门鱼,邻居,我这位由外地来的朋友昨天早晨听见我说我们在汉默史密斯有很多沙门鱼,觉得非常惊讶。我敢说我没听到他说我们的时代变坏了的话。"

他看来有点不大高兴了。老人转过头来,很有礼貌地对我说:"先生,我很高兴看见一个来自海外的人,可是,我一定要请你答复我一个问题:总的来说,在你们的国家里,你们的生活是不是比我们更美好。根据我们的客人的话,我想你们在那边一定更活跃、更有生气,因为你们还没有完全取消竞争。你知道,我读过不少过去时代所出版的书,**那些书**的确比现在的作品有生气得多。它们是在良好的、健康的、无限制的竞争的情况之下写出来的——对于这些，我们如果不能由历史的记载去了解，就应该由书籍本身去了解。这些书有一种冒险精神，显示出一种由罪恶中吸取善良的力量，这些东西在我们今天的文献中完全找不到。我免不了有这么一种感觉，就是我们的道德家和历史家过分夸大了过去时代的不幸，要知道这些富于想象力和智力的佳作就是过去时代产生出来的啊。"

克拉娜听着他说话，不停地眨着眼睛，仿佛她很感兴趣似的。迪克蹙着眉头，看来比刚才更不愉快了，可是他没有说什么。老人越谈越起劲，他那讥消的态度逐渐消失了，说话和表情都很严肃。可是我还没来得及把准备好的答复说出来，那姑娘已经叫了起来：

"书，书！老是书，爷爷！最使我们感到兴趣的还是我们在其中生活的这个世界，我们是这个世界的一部分，我们应该全力热爱它：这一点你到底要到什么时候才能了解呢？你看！"她一边说，一边把窗户推得大敞开，把外面的景色指给我们看，那白色的光芒在月亮照耀下的花园里的黑影之间闪烁着，夏夜的风吹过花园，有点凉意，"你看！这些就是我们这个时代的书！——这些也是，"她一边说，一边轻盈地走到那一对情侣的跟前，把两只手分别搭在他们俩的肩头上，"还有那边那位客人，以及他的海外知识和经验——是的，甚至还有你，爷爷，"在她说这话的时候她的脸上掠过一丝笑意，"还有你的一切牢骚和你希望再回到美好的旧时代的心愿——据我所了解，在那个旧时代里，像你这么一个没心眼的、懒惰的老头子要么就被饿得半死，要么就得出钱去供养一些士兵什么的,让他们使用暴力去夺取别人的食物、衣服和房屋。是的,这些就是我们的书,如果我们还有更大的需要,难道我们不能在遍于全国各地的美丽的建筑物的建造中寻找一点事情做么(我知道过去的时代不曾有过这样漂亮的建筑物)?在这种工作中,一个人可以把他的才能全部发挥出来,用他的双手表现他的心智和他的灵魂。"

她停了一停,我禁不住凝视着她,心里想道,如果她真是一本书的话,书里的图画一定是非常美丽可爱的。她那被太阳晒黑了的娇嫩的双颊泛起了红晕;在她说话的时候,她那灰色的眼睛——在她那褐色的脸上显得颜色更浅了——很和蔼地望着我们。她停了一会儿,然后继续说:"说到你的书,只有在聪明人找不到别的东西可以娱乐的时候,在他们需要用别人生活的想象来抵偿自己生活的痛苦的时候,你那些书才有一点用处。可是我要坦白地说:尽管那些书表现了机智、蓬勃的生气和讲故事的才能,它们总有一种令人讨厌的地方。有些书的确偶尔也对历史书上的那些所谓'穷人'表示一点同情,对那些我们略有所知的人的生活苦难表示一点同情,可是这种同情一会儿就无影无踪了,到故事接近结局的时候,我们只能满足于这么一种情节:男主人公和女主人公在以别人的苦难为基础的幸福的岛上过着快乐的生活。在这之前,他们当然也经历了一连串自己造成的、虚假的(或者多数是虚假的)困难,加上一些关于他们的感觉和愿望的无聊的独白或胡说以为衬托;而在这个时候,人类还得继续前进,在这些无用的动物的周围种田地、做衣服、烘面包、造房子、做木器。"

"你们瞧!"老人重新露着他那种冷漠的、悒郁不乐的样子说,"多好的口才!我想你们是喜欢这一套的吧?"

"对啦。"我口气坚决地说。

他说:"现在雄辩的风暴已经稍微平息了一些,请你答复我的问题,好吗?——这就是说,如果你愿意的话,"他突然彬彬有礼地说。

"什么问题?"我说,我应该承认,爱伦的别具一格的、几乎是野性的美使我心不在焉了。

他说:"第一(请原谅我采用这种老师对学生的问答方式),在你所来的国家里有没有和旧时代相同的那种生活的竞争?"

"有,"我说,"竞争在那边是一种普遍存在的现象。"当我说这句话时,我暗自思忖,不知道这个答复会把我扯到什么新的问题上去。

"我的第二个问题是,"老家伙说,"一般地来说,因为有了竞争,你们难道不是更加自由、更有生气——总而言之,更加健康、更加幸福吗?"

我微笑着说:"如果你对我们的生活稍有了解的话,你就不会说这样的话。在我看来,和我所来的国家比较起来,你们在这儿好像生活在天堂里。"

"天堂?"他说,"你喜欢天堂吗?"

"喜欢。"我说——我怕我的语气有点显得不耐烦,因为我对他所提出的问题开始感到反感。

"啊,我不敢说我喜欢天堂,"他说,"我想人的一生除了坐在一片潮湿的云上唱赞美诗之外,应该做出更大的贡献。"

我听到这句牛头不对马嘴的话,有点发火说:"邻居,简单地说,直截了当地说,在我所来的国家里,竞争仍然是一种普遍存在的现象,这种竞争产生了你所大加赞赏的文艺作品。在那儿,大多数人是非常不幸的,而在这儿,至少在我看来,大多数人是十分幸福的。"

"你别生气,客人——别生气,"他说,"可是让我问你一句话,你喜欢天堂吗?"

他这么顽固地坚持他的看法使我们大家都纵声大笑起来,甚至老人也暗暗地笑了。然而,他并没有被打败,马上又开口说:

"据我所知,我认为像我亲爱的爱伦这样美丽的年轻姑娘应该成为旧时代所谓贵妇淑女,而不应当像她现在这样,不得不穿上几件破烂的丝绸衣服,也不应当像她现在这样,把皮肤晒得这样黑。你们的意见怎么样?"

一直没有开口的克拉娜这时突然插嘴说:"老实说,我认为你这些话一点也改变不了现成的事实,而且我认为也没有改变的必要。你难道没有看见她在这美好的天气里穿的衣服是多么漂亮吗?讲到在干草场上皮肤被太阳晒黑的问题,当我们到达上游的时候,我自己还希望被太阳晒黑一些呢。你们瞧,我这苍白的皮肤不需要一点阳光吗!"

她卷起袖子,把胳膊搁在爱伦的胳膊旁边(这时爱伦已经坐在她的身边)。说实话,看见克拉娜把自己当做一个在城市中长大的风雅淑女,真使我觉得有趣,因为她是一个身体再结实也没有、皮肤再光洁也没有的姑娘。迪克有些不好意思地抚摸着她的美丽的胳膊,然后把她的袖子拉下来,克拉娜在他的接触下也涨红了脸。老人笑着说:"我猜你也是喜欢把自己晒黑的吧?"

爱伦吻了她的新朋友。我们大家静坐了一会儿之后，她开始唱起一首清脆悦耳的歌曲来，她那嘹亮美妙的声音简直把我们都迷住了；那爱发牢骚的老头子也坐在那里用抚爱的眼光望着她。另外两个年轻人过了一会儿也都唱起歌来，后来爱伦把我们带到茅屋的卧室里去就寝，这些小卧室和古代田园诗人理想中的住处一样地芬芳干净。今天晚上的欢乐已经把我昨夜的恐惧驱除无余，我再也不怕清晨醒来时会回到苦难重重的旧世界里去，在那里，欢乐是无聊乏味的，希望是夹杂着忧虑的。

第二十三章
伦尼米德的清晨

第二天早晨,虽然没有聒耳的声音来吵醒我,可是我再也不能在床上久躺了;在这里,整个世界看来是那么清醒,而且——尽管有一个爱发牢骚的老头子——是那么快乐,因此我就起来了。我发现虽然时间还早,已经有人起来,小客厅已经收拾得干干净净、整整齐齐,早餐的桌子也摆好了。不过,这时屋里一个人也没有。于是我走到户外,在那花木极其茂盛的花园里转了一圈之后,漫步经过草地来到河边,在那里停泊着我们的小船,看起来是那么熟悉,那么亲切。我朝着上游的方向走了一段路,瞧着薄雾由河面袅袅上升,到阳光强烈起来才完全消失。我看见鲤鱼在杨柳枝下的水中游泳,无数小飞虫纷纷跌进水里成为它们的食品。我听见大鲦鱼为了想吞食迟迟未离开的飞蛾或其他的生物而在水中到处泼剌做响,这种情景使我觉得仿佛又回到了幼年时代。后来我再走到船边,在那里徘徊了一会儿,然后慢慢地经过草地,朝着那所小房子走去。这时我注意到在离开河岸的斜坡上还有四所房子,大小都差不多。我走过的这片草地还没有到晒干草的时候,可是在离我不远的斜坡上,两边都有一排用树枝编成的篱笆,在给篱笆隔开来的左边田地里,人们这时正忙于晒干草,所用的方法和我幼年时代所看见的一样简单。我本能地朝着那个方向走过去，因为我想看一看在这美好的新时代里晒干草的工人是个什么样子，同时我也希望能在那里看到爱伦。我走到篱笆边，站在那里朝着干草场望过去，晒干草的工人正在把堆得不很高的草铺展开来，使夜来的露水蒸发掉，这一长排劳动者的尾端离我所站的地方很近。晒干草的工人多数是年轻姑娘，和昨晚爱伦的打扮差不多，不过衣服料子大都不是丝织品，而是装饰着华丽刺绣的薄毛料，男人穿的都是装饰着颜色鲜艳的刺绣的白法兰绒衣服。因此，整个草地看来好像一个巨大的郁金香的花坛似的。所有的工人都在从容不迫地劳动着，把工作做得又好又稳妥，虽然他们欢乐谈笑，和秋天丛林中的燕八哥一样的嘈杂。五六个男女工人走到我的跟前和我握手，祝我早安，问我从哪里来，要到哪里去，祝我好运道，然后又走回去继续工作。爱伦并没有和他们在一起，这使我感到失望，可是不一会儿，我就看见一个体态轻盈的姑娘从斜坡更高处的干草场中出现，朝着我们的房子走去；她就是爱伦，手里还拿着一只篮子呢。在她还没走到花园大门的时候，迪克和克拉娜已经由花园里走出来，他们停了一下，便向我跑过来，留下爱伦一个人在花园里。我们三人一边闲谈着，一边走到船上。我们在船上待了一会儿，等着迪克把船上用的东西安置好——我们昨夜只把一些怕被露水打坏的东西搬到了屋里。然后我们又朝着那所小房子走去，当我们走到离花园不远的地方时，迪克停下来，伸手拉住我的胳膊说：

"你瞧。"

我睁眼看去，视线越过矮矮的围篱，看见爱伦把手放在眼睛上遮住阳光,凝视着干草场,微风轻轻地吹拂着她那褐色的头发,在她那仿佛还保存着阳光的温暖的被太阳晒黑的脸上,她的眼睛好像两颗浅色的宝石。

"你瞧,客人,"迪克说,"这种景象难道不像我们在布卢姆斯伯里的时候所谈到的格林童话中的一篇故事吗?在这儿,我们也是一对漫游世界的情侣,我们来到了一座神仙的花园,而在花园里的那位就是仙子:我不知道她会给我们做些什么事情。"

克拉娜仿佛有点不好意思地但并不显得生硬地说:"迪克,她是一个好仙子吗?"

"是啊,"他说,"要不是因为出现了那个地神或者树精——我们昨夜那个爱发牢骚的朋友——那么,根据角色的性格特点,她还会做得更好些。"

我们听见这话笑了起来,我说:"我希望你注意一点,你没有把我包括在故事里。"

"啊,"他说,"不错。你最好认为自己戴上了隐身帽,别人看不见你,可是你什么都看得见。"

这句话正击中了我的痛处,因为我一直感觉到我在这美好的新国家里的地位不很稳固;于是,我默然不语,以免把事情弄得更糟。我们大家一起走进花园,到屋里去。我这时注意到,克拉娜一定已经觉察到她自己作为一个城市姑娘和我们所欣赏的这片夏天乡村景色不相称,因为她这天早上所穿的衣服和爱伦一样,又薄又少,而且也赤着脚,只穿了一双便鞋。

那老人在客厅里和蔼地欢迎我们说:"客人们,原来你们在到处观察,调查研究这块土地的真面目。我想在晨光照耀下,你们昨天晚上的幻觉一定已经消失一些了吧？你们现在还喜欢这个地方吗？"

"非常喜欢，"我固执地说，"这是泰晤士河下游最美丽的地方之一。"

"啊哈！"他说，"原来你对泰晤士河是很熟悉的，对吗？"

我脸红了，因为我看见迪克和克拉娜都在望着我，我不知道说什么才好。可是既然我在过去和这些汉默史密斯的朋友交谈时，曾经说过我熟悉埃平森林的情况，那么，我认为，为了免得纠缠不清，简括地谈两句也许比彻头彻尾地撒谎更好一些，因此我说：

"我以前来过这个国家，我当时到过泰晤士河。"

"啊，"老人很感兴趣地说，"原来你以前到过这个国家。说真话，我们且不谈理论，你难道没有**发现**这个地方变得坏多了吗？"

"一点也没有，"我说，"我发现这个地方变得好多了。"

"啊，"他说，"我怕你一定是受了什么理论的影响，有了偏见。当然，你上次到这儿的时间离我们的时代一定不远，因此变坏的情况还不很显著，我们当时的风俗当然和现在是一样的。我所想到的是比这更早的时期。"

"总而言之，"克拉娜说，"关于已经发生的变化你有一套自己的**理论**。"

"我同时也有事实，"他说，"你们瞧！从这个山丘望过去，连我们这一所一共只有四所小房子。我很清楚，从前甚至在树叶最茂密的夏季，由同一个地方你们看得见六所又大又好的房子。朝着上游再走一段路，在那儿，花园一个接一个，一直连到温泽，而且所有的花园里都有大房子。啊！英国在那时候是个重要的国家。"

我当时真有些生气,说道:"你的意思只不过是表明:你们扫除了这个地方的旧伦敦的恶习,撵走了那些该死的趋炎附势之徒,使大家都可以过舒适和幸福的生活了。你们还撵走了许多该死的窃贼,这些家伙不管到什么地方,都要把那儿变成庸俗和腐败的中心。对这条可爱的河流来说,当这些家伙被撵走的时候,他们已经在精神上破坏了它的美,几乎把它完全给毁掉了。"

在我这一通发泄之后,大家都沉默了一会儿;我想起过去在泰晤士河这个区域旧伦敦的恶习及其势力所给我带来的痛苦,我忍不住这样发泄一下。老人最后很冷静地说:

"我亲爱的客人,你说什么伦敦恶习,什么趋炎附势之徒,什么窃贼,什么该死,我的确不了解你的意思;你说什么只有少数人能够在这个国家里过着幸福和舒适的生活,我也不了解。我只看到一点,就是你生气了,而且恐怕还是生我的气。所以,如果你愿意的话,我们换个题目谈谈吧。"

他对于自己的理论一向抱着那么顽固的态度,而现在居然说出这种话来,使我觉得他是和蔼而好客的;我连忙表示,我并没有生气,只是着重强调我的意见罢了。他庄重地向我鞠了一个躬,我以为暴风雨已经过去了,这时爱伦突然插嘴说:

"爷爷,我们的客人是由于礼貌才沉默的,他心里想说的话应该让他说出来才对。我知道他想要说的是什么,还是由我来替他说吧。你们知道,关于这一类的问题,曾经有人给我讲过,他们……"

"我知道,"老人说,"你的老师是那个布卢姆斯伯里的圣人,还有其他的人。"

"啊,"迪克说,"你认识我的老爷子哈蒙德吗?"

"不错,"她说,"正像我爷爷所说的,我认识他,还有另外一些人,他们教我懂得了许多事情,这是实情。我们目前住在这个小房子里,并不是因为我们除了在地里劳动之外找不到更重大的事情可做,而是因为我们喜欢这样。如果我们愿意的话,我们可以搬到大房子里去住,和一些有趣的人住在一起。"

老人牢骚满腹地说:"不错!谁愿意跟那些自高自大的人住在一起:他们全都看不起我!"

她亲切地对着他微笑,可是继续说下去,好像没听见他的话似的。"在过去的时代,在我爷爷所提到的那种到处都是大房子的时候,我们不管愿意不愿意,总得住在一个小茅屋里。小茅屋虽光秃秃的什么也没有,我们所需要的东西都得不到。我们吃不饱,穿得又邋遢,又难看。现在呢,爷爷,你已经有许多年没有做过什么重活了,整天只是逛来逛去,读你的书,无忧无虑。至于我自己,我高兴的时候就去干点粗活,因为我喜欢这种工作,认为它对我有好处,能使我的肌肉更结实,使我看起来更漂亮、更健康、更快乐。可是在过去的时代,爷爷,你上了年纪之后还得拼命工作,你会始终怀着一种恐惧,怕会被人家关进一所监牢一样的房子里去,在那儿和其他的老年人一起生活,饿得半死,一点娱乐消遣都没有。而我呢,我今年二十岁。在过去,二十岁就是我中年生活的开始,只要几年工夫,我就会被烦恼和穷困弄得面容瘦削,憔悴不堪,再也没有人会相信我过去曾经是一个美丽的姑娘。

"客人,这是不是你心里想说的话?"她说,她想起跟她一样的人在过去所受的苦难,两眼不禁含着泪水。

"是的,"我颇为激动地说,"除了这些话之外,还有更多的话。在我的国家里,我常常看见你所提到的那种悲惨的变化,年轻漂亮的农村姑娘变成了可怜的、肮脏的乡下婆子。"

老人坐在那里半天没有做声,但过了一会儿他又恢复了老样子,说了一句他所喜欢说的口头语:"啊,你喜欢这种生活,是吗?"

"是的,"爱伦说,"我爱生活,不爱死亡。"

"啊,你喜欢生活,对不对?"他说,"以我自己来说,我倒喜欢读一本从前出版的、有趣味的、像萨克雷的《名利场》[①]那样的好书。你们现在为什么不写像那样的书了呢?你拿这个问题去请教请教你的布卢姆斯伯里的圣人去吧。"

我看见迪克听见这句反击的话之后,脸有点红起来,接着是一阵沉默,因此我觉得我最好是说点什么。于是我开口说:"朋友们,我是你们的客人,我知道你们想带我去欣赏泰晤士河最美丽的景色。我看我们最好现在就动身,看起来今天的天气一定很热,你们的意见怎么样?"

[①] 萨克雷(W. M. Thackeray,1811—1863),英国著名小说家,《名利场》(*Vanity Fair*)是他的代表作。——译者

第二十四章
朝着泰晤士河上游前进的第二天

他们马上接受了我的暗示。其实按时间来说，我们也是最好立刻动身，因为这时已经七点多钟，而看来这一天一定热得要命。于是我们站起身来，走到我们的船边——爱伦似乎有点若有所思、心不在焉的样子；老人很慈祥、很有礼貌，好像要以这种表示来补偿他的固执己见的态度似的。克拉娜高高兴兴，谈笑自若；可是我觉得她有点不大得劲儿。至少她对于离开这个地方并不感到遗憾，她不时地用羞涩和胆怯的眼光去瞅爱伦和她那别具一格的野性的美。我们上了船，迪克坐下去的时候说："啊，**的确是**好天气！"于是老人又说了一次："你喜欢这种天气，是吗？"迪克立刻把船迅速地划进那被水草阻塞得水流缓慢的河流。当我们到达河中间的时候，我转过头去，向我们的主人们挥手告别，看见爱伦偎依在老人的肩膀上，抚摸着他那健康的、红如苹果的面颊。当我想到我再也不能和这个美丽的姑娘见面了时，不由得感到一阵心痛。接着我坚决要划桨，那一天我划了很久，无疑正是因为这个缘故，弄得我们的船很迟才到达迪克计划要到达的地方。我坐在那里划桨时注意到，克拉娜对迪克显得特别温存，但他还是那副坦率和蔼而快乐的样子。我看见这种情况很是高兴，因为像他这种脾性的男人，要是果真被我们昨夜那位仙子迷住的话，一定不能欢欢喜喜，毫无窘色地去接受克拉娜的温存。

关于这一带河区的景色，我无须详细描述。我注意到使那老人感到惋惜的那些俗不可耐的别墅已经不存在了。我很高兴地看到，我素来讨厌的那些"哥特式"的铁桥现在已经被一些漂亮的橡木桥和石桥所代替。同时，我们所经过的森林的边缘已经改变了过去猎场管理人所经营的那种规规矩矩、整整齐齐的样子，变得又自然又美丽了，那些树林显然也得到了很好的照顾。为了听听当地人的话，我觉得最好还是装作对伊顿①和温泽毫无所知的样子；当我们的船停泊在达彻特（Datchet）水闸边的时候，迪克自告奋勇地把他所知道的关于伊顿的情况告诉了我。他说：

"那边有一些美丽的古老建筑物，是中世纪的一个国王——我想是爱德华六世——为一个很大的学院或教育机关所建造的。"（对他这个很自然的错误②，我不禁暗自觉得好笑。）"他原来的意思是要穷人子弟能够在那儿受到当时的教育；可是后来人们违背了创办人的意志，在你所熟悉的那个时代，这好像是必然的事情。我的老爷爷说，他们对付创办人的意见的方法很简单，他们不去教育穷人的子弟，使他们获得一点知识；反而去教育富家子弟，使他们一无所知。听他说那地方仿佛成了'贵族阶级'安置他们

---

① 伊顿（Eton），英国伯克郡（Berkshire）的一个城镇，以贵族子弟学校伊顿学院闻名。——译者

② 伊顿学院是1440年英王亨利六世（Henry VI, 1422—1461年在位），而不是爱德华六世（Edward VI, 1547—1553年在位）所建。——译者

的子弟的地方，以便在一年的大部分时间内可以摆脱他们的纠缠。你知道'贵族阶级'这个词儿的意义吧；经过解释之后，我已经了解它的意义了。我相信老哈蒙德在这方面一定可以供给你详细的材料。"

"那个地方现在做什么用了？"我说。

他说："那些房子已经被最后几代的贵族破坏得差不多了。他们对于美丽的古老建筑物以及过去历史上的一切古迹，仿佛都怀着强烈的仇恨；可是那儿仍然是一个令人心旷神怡的地方。当然我们不能够完全按照创建人的意志来使用它，因为我们对于教育青年的观点和他那个时代的观点已经大不相同。现在我们把它当做研究学问的场所；左近的人都到那儿追求他们所需要的知识；那儿有一个大图书馆，藏着最好的书籍。因此，我想假使那位已故的老国王今天复活，看见我们在那儿的活动，他心里也不会觉得不痛快的。"

克拉娜笑着说："我想他看不见那些男孩子，一定很想念他们。"

"那倒不会，亲爱的，"迪克说，"因为常常有许多男孩子到那儿去读书，"他微笑着继续说，"同时也学划船和游泳。我很希望我们能够在那儿停留一会儿，可是等我们从上游回来的时候再去，也许更好一些。"

就在他说话的时候，闸门开了，我们的船驶出水闸，继续前进。关于温泽，他什么也没说，直到我们的船到达克留威尔（Clewer）河区时，我才停住桨（那时正是由我划桨），抬起头来说："上边那一片是什么建筑物？"

他说:"你瞧,我想等你自己来问我的时候再说。那就是温泽城堡,我打算等到我们从上游回来的时候,再陪你去参观。那城堡从这儿看起来很漂亮,是不是?可是这座城堡很大一部分是在堕落时期建筑起来或者说乱堆起来的,既然它们已经在那儿,我们也就不打算把它们拆掉,就像我们对待粪便市场的建筑物那样。你当然知道那是我们古老的中世纪国王的宫殿,后来议会里那些搞商业的冒牌的君王们——这是我的老爷爷所用的字眼——也把它当作了他们的宫殿。"

"是的,"我说,"这些我全知道。这座城堡现在做什么用了呢?"

"有许多人住在那儿,"他说,"因为尽管它有许多缺点,倒是一个可爱的地方。那儿也井井有条地陈列着各式各样似乎值得保存的古物——在你所熟悉的那个时代,这种地方就叫做博物馆。"

我听到了最后这句话,便把桨放进水中,使劲地划起来,好像我要从我所熟悉的时代逃开似的。不久我们就来到了梅登黑德(Maidenhead)附近一带的河面,这里有一个时期被弄得恶俗不堪,现在看起来却和上游的河区一样风雅宜人。

早晨已经过了一段时间,这真是夏天的一个美丽可爱的早晨;这种日子如果在这些岛屿上比较常见的话,一定可以使我们的气候无可争辩地成为世界上最好的气候。微风由西方吹来,差不多在我们进早餐时出现的片片白云,在空中仿佛越升越高。虽然烈日当空,我们并不希望下雨,当然也不怕下雨。尽管太阳那么炎热,空气却很清新,几乎使我们渴望在炎热的下午休息一下,渴望在树荫下欣赏一片成熟的麦田。凡是心中没有牵挂的人在这天早晨是不可能不感到快乐的；必须指出，不管在事物的内部蕴藏有什么值得忧虑的事情，我们似乎都没有接触到。

我们经过几处正在晒干草的农场，可是迪克，尤其是克拉娜，非常重视我们即将在上游参加的节日活动，因此他们不愿意给我机会和这些农场多作接触。我只是看到，农场上的人们，无论男女，看上去都很结实、很漂亮，他们的服装不仅毫无褴褛的样子，而且似乎都是特地为这种场合挑选的——他们所穿的衣服当然很薄，可是颜色鲜艳，而且有着许多装饰。

你们可以想象得到，我们昨天和今天在河上看到和遇到许多各式各样的船只。大多数的船只都和我们一样是人划的，或者是像泰晤士河上游一带的帆船那样张帆航行的。可是我们偶尔也遇到一些驳船，装载着干草或其他农产品，或是砖头、石灰、木材之类的东西，在驳船行驶时，我没有看见它们使用什么推进的工具——只看见一个人在掌舵，常常有一两个朋友在旁边和他谈笑。迪克这天有一次看见我在仔细打量着一只驳船，便说："那是我们的一只动力驳船；利用动力使船在水上前进，跟利用动力使车辆在陆地上前进，是同样容易的。"

我知道得很清楚，这些"动力交通工具"已经代替了我们那用蒸汽推动的古老的交通工具。可是我采取小心谨慎的态度，不提出任何有关的问题，因为我知道，一来我永远也不会弄明白这些动力交通工具是怎样运行的，二来如果我问东问西的话，我就会露出马脚来，或者纠缠到一些无法解释的问题中去；因此我只说了声，"是的，当然，我知道。"

我们在比士汉（Bisham）上岸，在那里，古老的寺院以及后来在伊丽莎白时代增建的房屋还保存着，这些建筑物虽然许多年来都有人居住，可是住户对它们爱护得比较好，所以没有受到什么损坏。当地的居民，无论男女，那天大部分都下地劳动去了；因此我们只碰到两个年老的男人和一个在家里从事文艺工作的比较年轻的男人。我猜想我们那天的访问大大妨碍了他的文艺工作，然而，我觉得接见我们的那个辛勤劳动的男人并没有因为文艺工作被打断而感到懊丧。至少他一次又一次地不断挽留我们再玩一会儿，弄得我们最后一直到傍晚凉快的时候才离开那个地方。

虽然如此，这对我们也没有多大关系。在这个季节里，夜晚是明亮的，因为月望刚过，而且对于迪克来说，划船也好，安静地坐在船上也好，都是一样，于是我们又向前走了一程。黄昏的太阳光辉照耀着梅德门汉（Medmenham）的古老建筑物的遗迹。在它的近旁有一堆不整齐的房子，迪克告诉我们说，那是一个很有意思的公寓。在山丘下，在对面辽阔的草地上也有许多公寓，因为赫利（Hurley）的美景吸引人们到这里来建造房屋，经常到这里来居住。在太阳快要西沉的时分，我们看见了汉利[①]，它在外表上和我记忆中的没有什么不同。当我们经过瓦格雷夫（Wargrave）和希普莱克（Shiplake）一带美丽的河区时，太阳已经完全落下去了，可是月亮马上就在我们背后升了起来。我真想亲眼看一看新社会怎样有效地把商业主义在雷丁（Reading）和喀佛沙姆（Caversham）附近的宽阔河面的两岸到处乱七八糟建造起来的房子一扫而空。在这夜晚来临的时刻，一切东西都散发出宜人的香

[①] 汉利（Henley），牛津郡的一个市镇，以举行划船比赛闻名。——译者

味，完全没有过去所谓制造业那种粗俗的肮脏气；当我问起雷丁是怎样一种地方时，迪克答道：

"啊，一个相当好的市镇，大部分是在最近一百年内重建起来的。公寓很多，你望一望那边山脚下的灯光就知道了。事实上，它是这一带泰晤士河流域人烟最稠密的一个地方。振作起精神来，客人！我们今天的旅程快要告一段落，马上就要休息了。我们不在这儿或者更上游一些地方的公寓里休息，应该向你道歉，因为我有一个朋友住在梅普尔－达勒姆（Maple-Durham）草场上一个很好的公寓里，他特地邀请我和克拉娜到泰晤士河上游的时候去看看他。我想你对于这一段夜间旅行总不至于感到讨厌吧。"

他用不着要求我振作起精神来，因为我的精神已经十分焕发。在我的周围随处可以看到的幸福和安静的生活，使我感到惊奇和兴奋，虽然这种感觉这时开始消失了一些，可是一种深刻的满足、一种和勉强同意完全不相同的深刻的满足的感觉，在代之而起，我仿佛真正地获得了新的生命。

我记得泰晤士河有一个地方突然曲折，朝着北面布伦特（Blunt）家族的一座古老的建筑流去；右岸伸展着辽阔的草地，左岸有一长排美丽的古树耸立在水边。我们不久就在这个地方登陆。当我们离开船的时候，我对迪克说：

"我们是不是要到那古老的房子里去？"

"不是，"他说，"虽然那座房子还是挺坚固地屹立着，而且住满了人。顺便说一声，我看你对泰晤士河是很熟悉的。请我到这儿来的我的朋友沃尔特·艾伦住在一座新建成的不很大的公寓里。人们非常喜欢这些草地，尤其是在夏天，因此空旷的场地上到处都搭起了帐篷；附近乡镇的居民很不赞同这种行为，就在这儿和喀佛沙姆之间建造了三座公寓，又在更上游一些的巴锡尔顿（Basildon）建造了一个大公寓。你瞧，那就是沃尔特·艾伦的公寓的灯光！"

于是，我们在皎洁的月光下走过草地，不一会儿就到达了目的地。这座公寓造得很低，当中有一个相当大的四方院，在四方院里可以享受到充足的阳光。迪克的朋友沃尔特·艾伦正倚在大门口的侧柱上，迎接我们，他没有说什么便带我们走到大厅里。公寓里的人不很多，因为有些人到附近的地方去参加晒干草工作去了，还有些人——沃尔特告诉我们说——正在草地上散步，欣赏月明之夜的美景。迪克的朋友看来是个约莫四十岁的男人，高个子，黑头发，看来人很和蔼、很稳重；可是使我颇为惊奇的是他的脸上有一层忧郁的阴影，在我们交谈的时候，他尽管做出努力倾听的样子，看来仿佛有点心不在焉，注意力不能集中。

迪克瞅了他好几次，似乎感到纳闷，最后终于说："喂，老家伙，如果在你写信给我之后，这儿发生了我们还不知道的事情，那么，你现在立刻告诉我们不好吗？要不然我们会以为我们来得不是时候，是不受欢迎的客人。"

沃尔特脸红了，他似乎费了很大力气才忍住他的眼泪，可是终于说道："迪克，大家看见你和你的朋友们到这儿来，当然都很高兴；可是尽管天气这样晴朗，干草丰收，但我们出了一桩不幸的事情。我们这儿死了一个人。"

迪克说："你们应该看得开一些，邻居：这种事情总是免不了会有的。"

"话是不错,"沃尔特说,"可是这次死亡是由于暴行造成的,看来可能至少还要死一个人。这件不幸的事使我们彼此互相回避;老实说,这也是今天晚上公寓里人这么少的一个原因。"

"把这件事情告诉我们,沃尔特,"迪克说,"也许说出来会使你心里痛快一些。"

沃尔特说:"好吧,我来说吧。我把这件事简单叙述一下,虽然我相信它可以编成一个长篇故事,像以往的小说处理这类题材时那样。我们这儿有一个很漂亮的姑娘,大家都喜欢她,有些人对她的感情还超过了喜欢的程度。她最喜欢我们当中一个男人,这当然是很自然的事情。可是我们当中另一个男人(我不愿说出他的名字)疯狂地爱上了她,老是闹得非常讨人厌——当然他并不是存心要这样的。那个姑娘虽然不爱他,起初倒也还喜欢他,后来开始讨厌他了。当然,我们当中最了解他的人——包括我自己在内——认为他这样下去会把事情弄得越来越糟,就劝他离开这儿。可是他不肯接受我们的劝告(这我想也是当然的事情),我们迫不得已,只好对他说,他**必须**离开,要不然,他就会被整个社会所摈弃;因为他被个人的烦恼压得那么厉害,我们觉得如果他不走的话,那**我们**就非走不可了。

"他对我们这番劝告的反应比我们意料中的要好一些,可是就在这时候出了一件事情——我想是他和那个姑娘谈了一次话,紧接着和他的情敌吵起架来——结果他控制不住自己的感情了。当时旁边没有别人,他抄起一把斧头,向他的情敌扑过去,在搏斗中,那个受到攻击的男人失手一下子把他打死了。现在那个杀人者感到非常难过,很可能自杀。如果他真的自杀的话,我担心那个姑娘也会自杀。我们对这一切跟对两年前的大地震一样，一点办法也没有。"

"这的确是一件很不幸的事情，"迪克说，"可是既然人死不能复生，既然杀人者并不是预谋杀人，那么，我真不明白他为什么不能在短期内把这桩事情忘掉。再说，被杀者是那个应该死的人而不是那个不应该死的人。一个人为什么要把一桩意外事情一辈子记在心里呢？那位姑娘呢？"

"至于那个姑娘，"沃尔特说，"整个事件似乎只是使她恐怖而不是使她悲哀。你所说的关于那个男人的话是对的，或者说应该是对的。可是，你知道，造成这个惨剧的激动和妒忌使这个不幸的杀人者陷入一种罪恶和热狂的境地，似乎无力自拔。虽然如此，我们在想方设法劝他离开这儿——事实上是劝他到海外去。可是以他目前的精神状态来说，我觉得如果没有人**陪着他**的话，他自己是**不能**出国的。我估计陪伴他出国的差使多半会落到我身上，这在我看来并不是一件愉快的事情。"

"啊，你对这件事会感到某种兴趣的，"迪克说，"当然他早晚**一定**会采取一种合理的观点来看待这件事情。"

沃尔特说："好啦，我排遣了我的忧愁，可是使你感到了不愉快，现在，让我们暂时结束这个题目吧。你们要陪你们的客人到牛津去吗？"

"我们当然必须经过牛津，"迪克微笑着说，"因为我们要到上游去。可是我们不打算在那儿停留，要不然我们就赶不上晒干草的季节了。所以牛津之游和我关于牛津的博学的介绍——其实全是由我那位年老的本家那儿得到的第二手材料——必须等到我们两星期后由上游下来的时候才能够实现。"

  我以十分惊讶的心情倾听了这个故事,起初不免觉得奇怪,这个杀人者在证明自己仅仅出于自卫才杀死对方之前,为什么没有被监禁起来。可是,我心里逐渐明白:除了两个情敌之间的恶感以外,证人们什么也没有亲眼看到,因此不管怎样进行调查,也不能有助于查明案件的真相。同时,我不禁想到,杀人者的悔恨证实了老哈蒙德对我说的关于这些奇怪的当地人对待我们过去所谓"犯罪行为"的态度。杀人者对自己所做的事情悔恨得要自杀,固然有些过火,可是他自己显然担起这件事的全部责任,而没有要社会通过刑罚去洗刷他的罪行。我现在不再担心在我这些朋友中"人类生命的神圣性"会因为没有绞架和监狱而受到侵犯了。

第二十五章
在泰晤士河上的第三天

次日早晨在我们走向河边去上船的途中,沃尔特不免又谈起昨天晚上所谈到的题目;不过他今天不像昨天晚上那么绝望了,仿佛认为如果那个不幸的杀人者不能到海外去的话,他至少可以在附近找个地方,一个人住些时候,无论如何,这是他自己提出来的建议。在迪克看来,应该说在我看来也是如此,这似乎是一种很奇怪的善后办法。迪克在谈话中表示了这种意见。他说:

"沃尔特,别让那个男人一个人住,免得他总想着这个悲剧。这种办法只会加深他曾经犯罪的感觉,这样他可能真的会自杀。"

克拉娜说:"我的看法和你不同。如果我可以发表我的意见的话,我认为他现在最好还是尽情悲伤一番,这样他不久就会发觉为这件事悲伤是没有必要的,以后他就会快快活活地生活下去。至于自杀的问题,你们用不着害怕,因为,根据你告诉我们的话来看,他事实上是很爱那个姑娘的。老实说,在他的爱情还没有得到满足之前,他不但会坚决地活下去,而且会从他一生中的每一件大事获得最大的益处——也就是说,沉醉在里面;我想这就是他所以对这个惨剧这样悲伤的真正原因。"

沃尔特带着一种沉思的样子说:"哦,你也许是对的,也许我们应该用比较无所谓的态度来对待这件事情。可是，客人，"他转过头来对我说，"你知道，这种事情很少发生，因此一旦发生之后，我们就免不了忧心忡忡。此外，虽然我们那位可怜的朋友把我们大家弄得那么不快活，可是我们都愿意原谅他。理由是：他是因为过分尊重人的生命和幸福，才这样的。关于这件事情我不愿再说什么了，我只提出一个要求：请你们带我到上游去，因为我打算替那可怜的家伙寻找一个僻静的住处，他自己愿意这样，而我听说在斯特里特莱（Streatley）后面的小山丘上有一个很合适的地方。如果你们让我在那儿上岸，我就可以走上山去看一下。"

"你打算找的那所房子没有人住吗？"我说。

"有人住，"沃尔特说，"不过住在那儿的人听说我们需要那所房子，一定会让给我们的。你知道我们认为小山上的新鲜空气和一片开阔的景色对我们的朋友是有益处的。"

"是啊，"克拉娜微笑着说，"而且离开他的情人也不太远，因此他们俩如果愿意的话，随时都能见面——他们俩一定会见面的。"

我们这样一边谈着，一边来到船上，不久我们就荡漾在那美丽宽阔的河面上了。迪克把我们的小船迅速地划过那夏日清晨的无风水面，这时还不到六点钟。不一会儿，我们就来到水闸边；当我们的船在水流入闸逐渐高升的时候，我不禁觉得奇怪：这座我所熟悉的储水水闸，这种极简单、极土气的储水水闸，今天居然还保留着，于是我说：

"当我们经过一闸又一闸的时候，我心里在想：你们那么繁荣，同时又那么喜欢愉快的工作，为什么你们没有发明一种东西来代替这种'爬楼梯'的拙笨方法呢?"

迪克大笑。"我亲爱的朋友,"他说,"既然水还保持着向下流的笨习惯,那么当我们背对着大海航行的时候,我想我们也就只好用'爬楼梯'的办法去将就它了。而且,老实说,我不明白你为什么要攻击梅普尔-达勒姆水闸;我认为这是个很美的地方。"

我抬头望了望那些垂在水上的大树枝条,闪烁的阳光透过树叶射下来,夏天画眉的歌声和我们附近流水入闸的声响混成一片,我同意迪克最后的这句话。这的确是个美妙的地方。我既然提不出取消水闸的理由——其实,我并没有取消水闸的意思——只好不说话了。可是沃尔特说:

"客人,你知道这不是发明的时代。刚刚过去的那个时代已经替我们把东西全发明出来了,我们现在满足于采用那些我们认为便利的发明,而把那些我们所不需要的发明搁在一边。事实上,我知道水闸上过去一度(日期我说不出来)使用过一种复杂的机器,虽然人们并没有要使河水倒流的意思。但是我猜想那种机器使用起来一定很麻烦,而这些用一根杠杆操纵的简单的大小闸门倒比较方便,而且需要修理的时候,材料随处都有,容易办到。所以,你瞧,这些水闸就保留了下来。"

迪克说:"不但如此,你可以看到,这种水闸是很漂亮的。我总觉得你们那种用绞盘绞起(像给钟表上弦那样)的机器水闸,一定很难看,一定会破坏河流的面貌。就凭这一点,这些水闸也应该保留下来。"迪克一边用钩篙使劲一撑,将我们的船撑过洞开的闸门,一边对水闸说,"再会吧,老家伙!祝你长命百岁,祝你永远老当益壮!"

我们继续前进,河流两岸又恢复了在潘博恩(Pangbourne)还没有完全被伦敦的恶劣风尚破坏之前的我所熟悉的面貌。它(潘博恩)显然还是一个村庄,这就是说,一群房屋集中在一处,造得极为漂亮。巴锡尔顿背后的山丘上依旧密密层层地长着山毛榉。可是下面那些平坦的田野却比我记忆中的人烟要稠密得多,那里有五所大公寓,这些房子为了避免破坏乡村特色,曾在设计上费了一番心思。在水流开始转向戈林(Goring)和斯特里特雷河区的地方,有六个姑娘正在青翠的草地上玩耍。她们发觉我们是旅行者,所以当我们的小船驶过她们身边时,就向我们打招呼,我们也停下来和她们攀谈了一会儿。她们刚刚游泳完毕,衣服穿得很少,赤着脚,这时正准备到伯克郡(Berkshire)草地去——在那边,晒干草的工作已经开始。她们在这里快快活活地玩耍,等待伯克郡的居民乘平底船来接她们。起初她们坚持要我们一起到干草场去,和她们共进早餐,可是迪克提出他的意见,主张到更上游的地方参加晒干草的工作;他说让我预先在别的地方尝到晒干草的滋味,会破坏我的乐趣。她们只好勉强地让步了。她们为了报复起见,对我提出许许多多的问题,问我从什么地方来,问我的国家的风俗习惯如何等等,弄得我不知怎样回答才好。不消说,我所作的答复也使她们迷惑不解。我注意到这些漂亮的姑娘和我们所碰到的其他人一样,由于没有什么重要新闻——像我们在梅普尔-拉勒姆听到的那种新闻——可谈,她们都热心地讨论着一些生活琐事:天气啦,干草的收获啦,最近落成的房子啦,某种鸟儿太多、某种鸟儿太少啦等等。而且她们在讨论这些东西的时候,不是空泛地、依照惯例地随便谈谈,而是具有——我敢说——真正的兴趣。不但如此,我还发现那些女人对这些事物所掌握的知识和男人一样丰富,她们能够说出花儿的名字,知道它的特性;她们能够告诉你某些鸟和某些鱼栖息的地方等等。

说也奇怪,这种情况使我对当日的乡村生活有了完全不同的认识,因为在过去的时代,人们总是说——这种说法大体上是正确的——乡下人除了他们日常生活之外,对乡村知道得很少,至少不能够告诉你关于乡村的任何情况。但这里这些乡村居民对于在田野里、树林里和高地上的一切活动都非常有兴趣,好像他们是刚由砖头和灰泥的压迫下逃出来的伦敦人似的。

我可以举出一件值得注意的小事:在这一带的乡村,不但性格温驯的鸟类似乎比别处多得多,就是它们的仇敌——猛禽——也比较常见。昨天当我们经过梅德门汉时,一只鹞鹰在我们头上翱翔;同时在那些做围篱之用的一排排小树上栖息着许多喜鹊。我看见几只食雀鹰,我相信我还看见一只灰背隼。现在,当我们经过那座代替巴锡尔顿铁道桥的漂亮桥梁的时候,两只乌鸦在我们小船的上空嘎嘎叫着,朝丘冈的高地飞去。这种情况使我得出一个结论,就是:猎场看守人的时代已经过去了,这是不用问迪克也看得出来的。

第二十六章
顽固的人

在我们离开这些姑娘之前,我们看见两个身体结实的小伙子和一个女人乘船离开伯克郡的岸边,于是迪克和姑娘们开玩笑,问她们:为什么没有男人陪她们过河,她们的船到底开到哪里去了。最年轻的一个姑娘说:"啊,他们把那大平底船撑到上游装运石头去了。"

"你说的'他们'指的是谁呢,亲爱的孩子?"迪克说。

一个年纪较大的姑娘笑着说:"你最好还是到那边去看看他们。你望一望那边,"她指着西北方向说,"你没有看见那儿正在搞建筑吗?"

"哦,我看见了,"迪克说,"在这个时候进行建筑工程,我觉得很奇怪。他们为什么不跟你们一起去晒干草呢?"

姑娘们一听这话,全都哈哈大笑起来,她们的笑声还没有停止,那只伯克郡的船已经驶到长满青草的岸边,姑娘们轻盈地踏上船去,依旧吃吃地笑个不停,这时那些新来的人向我们打招呼。在他们开船之前,那个身材高大的姑娘说:"请原谅我们发笑,亲爱的邻居们,我们和那边那些建筑房屋的人曾经有过一番友好的争论,我们没有工夫把经过的情况告诉你们,因此你们最好去问他们。只要不妨碍他们的工作的话,他们会很高兴接见你们的。"

说完她们又哄笑起来,接着,她们很亲切地和我们挥手告别,这时她们的平底船朝着对岸驶去,留下我们站在我们的小船旁边的岸上。

"我们到那儿去看看他们吧,"克拉娜说,"如果你不着急要赶到斯特里特莱的话,沃尔特。"

"啊,不忙,"沃尔特说,"我很高兴有这个借口,可以多陪你们一会儿。"

于是我们离开了小船,走上微微陡斜的小山坡。我觉得有点莫名其妙,在路上问迪克道:"她们在笑什么?到底有什么可笑的事情?"

"我已经猜出来了,"迪克说,"那儿有些人找到一种他们感到兴趣的工作,不愿意去晒干草,这一点没有关系,因为干这种又轻快又吃力的工作的人很多。不过晒干草的工作既然是一种正规的节期活动,邻居们觉得对这些不去晒干草的人善意地嘲笑一番,是满有意思的。"

"原来如此,"我说,"这倒跟狄更斯时代有些青年一心埋头在他们自己的工作里,因此不愿过圣诞节的情况差不多。"

"一点不错,"迪克说,"不过这些人倒不一定是青年。"

"可是你说又轻快又吃力的工作,是什么意思?"我说。

迪克说:"我说了吗?我的意思是说,这种工作可以锻炼肌肉,使肌肉结实,使你在上床的时候感到一种舒适的疲倦。除此以外,这种工作是很轻松的,总而言之,不会使你觉得苦恼。这种工作你如果做得不过度的话,总是很愉快的。不过,你要注意,割草要割得好，也需要一点技巧。我是一个相当不错的割草手。"

说话之间，我们来到了建筑工地，正在建造的房子并不大，坐落在一个围着古石墙的美丽果园的尽头。"啊，对啦，我明白了，"迪克说，"我记起来了，这是建造房子的好地方。从前这儿有过一所在十九世纪建成的、小得可怜的房子，我很高兴他们现在把它加以重建。这所房子还是全部用石头建筑的呢，虽然在这一带的乡间并没有这种必要。啊，他们的工作的确做得很出色，不过，我认为不必全部用方石来建造。"

沃尔特和克拉娜这时已经跟一个穿石匠工作服的、身材高大的男人谈了起来。这个男人看起来约莫四十岁，可是我相信他的实在年纪还要大一些，他手里拿着锤子和凿子。五六个男人和两个女人正在小屋里和脚手架上工作着，他们所穿的工作服和乡下人一样。另外有一个很漂亮的女人，穿着一套雅致的蓝色亚麻布衣服，没有参加建筑工作，她手里拿着毛线活儿，漫步走到我们身边。她表示欢迎我们，并微笑着说："那么你们是从河下面上来访问这些'顽固的人'来的了。你们打算到哪儿去晒干草呢，邻居们？"

"啊，就在牛津的上游一带，"迪克说，"那儿晒干草的工作开始得比较晚。你在'顽固的人'中间担任什么工作呢，漂亮的邻居？"

她笑着说："啊，我是一个不愿意工作的幸运儿，不过我有时候也参加工作，因为我们的女艺术家菲莉芭有时候需要我给她当模特儿。她是我们主要的雕刻师，你们可以去见见她。"

她带我们走到那所尚未完工的房子的门口，一个身材细小的女人手里拿着锤子和凿子正在旁边一堵墙脚下工作。她似乎全神贯注在她的雕刻上,当我们走过她的时候,她都没有转过身来。可是另外一个身材比较高大的女人,看来好像是一个小姑娘,已经结束了在附近进行的工作。她站在那里,以愉快的眼光一会儿瞅瞅克拉娜,一会儿瞅瞅迪克。其他的人都不大注意我们。

穿着蓝色衣服的姑娘把手放在那位雕刻师的肩膀上说:"菲莉芭,如果你把你的工作做得那么快,你不久又会没有活儿干了,那时候你怎么办呢?"

这位雕刻师急忙转过身来,我们看到的是一个四十岁(至少她看上去是那个年纪)的女人的面孔,她仿佛有点生气的样子,可是用温柔的声音说:

"别胡说,凯特,如果办得到的话,请你别打断我的工作。"她看见了我们,便突然停住,然后露出了我们到处都看到的表示欢迎的亲切微笑。"谢谢你们来看望我们,邻居们。我相信如果我继续工作,你们是不会认为我不礼貌的,特别是,我告诉你们吧,我生了一场病,四月和五月整整两个月什么工作都不能做。户外的环境,阳光和工作,以及我恢复身体健康的感觉,这一切使我觉得每一个钟头都充满了幸福。对不起,我必须继续工作。"

于是她又开始在一块花卉人物的浮雕上工作起来。但她一边使用锤子,一边和我们说话:"你们知道,我们大家都认为这一带河区是建造房子的最理想的地方。这个地点过去长期被一个很不像样的房子占据着,现在我们这些石匠决心改变这种局面,要在这里建造一座最漂亮的房子……这样……这样……"

她不说话了,一心忙着她的雕刻,这时那个身材高大的工长走过来说："是的，邻居们，这话不错。这个房子全部要用方石来建造，因为我们打算围绕着整个房子雕刻一圈花卉人物。我们的工作一再耽搁，不是出了这件事，就是发生了那件事——其中之一就是菲莉芭的病——虽然我们没有她也能够完成我们计划中的雕刻工作……"

"你们没有我真的也能完成任务吗？"菲莉芭对着墙壁不高兴地说。

"无论怎么说，她是我们最优秀的雕刻师，不等她病好我们就开始雕刻工程是不合适的。所以，邻居们，"他瞅着迪克和我说，"我们实在无法再去参加晒干草的工作了。可是，你们瞧，由于天气晴朗，我们的工作现在进行得非常迅速，因此我想我们可以抽出一个星期或者十天的时间去参加小麦收获工作。到那时候，你们看我们去不去参加收麦子！邻居们，到那时候，你们到我们后面北边和西边的那一片麦田里来，你们就会看到我们都是出色的收获者。"

"哎呀，真会吹牛！"有人在我们上面的脚手架上喊着说，"我们的工长以为收割小麦比堆砌石头要容易哩！"

这句俏皮话引起了大家的哄笑，身材高大的工长也跟大家一起笑了。这时我们看见一个少年搬出一张小桌子，放在石头小屋的阴影里，第二次又拿出一只外面包着藤壳子的长颈大玻璃瓶和几只高玻璃杯（这些是这新社会的人们所不可少的东西）。于是工长让我们坐在石块上，开口说道：

"邻居们，为我的吹牛实现而干杯，要不然我就会认为你们不相信我了！喂，在上边的家伙，"他对着脚手架喊道，"要不要下来喝一杯啊？"三个工人由梯子上飞快地爬下来，其手脚的灵巧不亚于从前所谓的"建筑工人"。可是其他的工人都没有答腔，只有那个滑稽家（如果可以这样称呼他的话）转过身来喊道："邻居们，请原谅我不下去了。我非继续工作不可，我的工作不像那边那个工长是监督人家干活。喂，你们几个家伙，把酒送上来，好让我们为去参加晒干草的客人的健康干一杯。"当然，菲莉芭也不愿意离开她所热爱的工作；可是另一个女雕刻师走了过来，原来她是菲莉芭的女儿。她是个身材高大、体格强壮的姑娘，黑头发，有着一张像吉卜赛人的脸，样子非常严肃。其他的人聚拢在我们的周围，互相碰杯，脚手架上的工人也转过身来为我们的健康干杯。可是那个在门边工作的女人却完全不理睬，当她的女儿跑到她的跟前推推她的时候，她只耸了耸肩头。

于是我们和那些"顽固的人"握手告别，转身走下斜坡，向我们的小船走去。我们还没有走多远，就听见建筑工人使用泥铲的叮当声，蜜蜂的嗡嗡声和云雀的歌声，在巴锡尔顿的小平原上交织成一个大合唱。

第二十七章
上游地带

四周斯特里特利的美景如画，我们让沃尔特在伯克郡的岸边登陆。接着我们继续我们的旅程，进入那过去曾经是白马山[①]山麓的深谷。虽然乡间半伦敦化的景象和天然的景象之间的对比已经不复存在，可是当我看见伯克郡山脉那些熟悉的、依然没有变样的山峰时，我的心中（和以往一样）充满了喜悦。

我们在沃林福（Wallingford）停下来进午餐。当然，这个古老市镇的街道上的一切污浊和贫穷的痕迹已经一扫而光，许多丑陋的房屋已经被拆掉，换上了漂亮的新屋。可是使我觉得奇怪的是：这个市镇看起来依旧很像我记忆中的那个古老的地方，因为它看起来的确很像理想中的样子。

在进午餐的时候，我们碰到一个很聪明、很有智慧的老人，他仿佛就是老哈蒙德在乡间的化身。他对乡间的古代史，由阿尔

[①] 白马山（White Horse）是泰晤士河岸伯克郡旺蒂奇（Wantage）附近的一座白垩土的小山，一面山坡上的草皮被挖去，成马形，长达374英尺，据说是纪念阿尔弗雷德大王（Alfred the Great, 849—899，不列颠威塞克斯王国国王，生于旺蒂奇）于871年击败丹麦人的阿什当之役（Battle of Ashdown）。该山坡上的马形从1736年后就被毁坏了，但此山仍叫白马山。——译者

弗雷德大王时代到议会战争时期①的情况，有着非常丰富的知识，你们也许知道，其中有许多大事件是发生在沃林福附近的。可是，使我们更感兴趣的是，他对于从变革时期到现在的社会情况保存着详细的记录。他给我们讲了很多事情，特别是关于居民离开市镇迁居乡村的情况，关于那些生长于市镇和生长于乡村的居民逐渐恢复了他们各自失掉的生活技术的情况。他告诉我们说，放弃技术的情况有一个时期达到很严重的程度，不但在乡村或小镇里找不到一个木匠或铁匠，这些地方的居民甚至忘记了怎样烘制面包，比方说，在沃林福，面包是和报纸由伦敦的早车一起运来的。这种办法当然也能解决问题，但我不能了解怎么会变成这样的。他还告诉我们说，到乡间来的市镇居民经常通过细心观察机器运转的情况，由机器学习到手工艺方面的窍门，从而掌握了农业的技术；因为当时农场上和农场附近的一切工作差不多都用精巧的机器去完成，可是工人们对使用这些机器是相当缺乏知识的。另一方面，年老的工人慢慢地把手工技术传授给比较年轻的工人，例如，使用锯和刨子的方法啦，打铁的方法啦，等等；因为，那时候又出现了这么一种情况：一个工人只会用手工把一杆梣木的木柄装在耙子上——甚至一个工人用手工还不能完全做到，因此，为了完成价值五先令的工作，就得使用价值一千镑的机器，发动一大群工人经过半天的旅程去做。他给我们看了一些文件，其中有一个是某村参议会的记录，这个村参议会的先生们在这类事务上花费了很大气力。他们热心地认真地研究一些在过去被认为是

---

① 指十七世纪四十年代英国资产阶级革命时期的内战。——译者

十分琐碎的问题，例如，乡村洗衣服的肥皂中所包含的碱质和油脂的适当比例，或者一只羊腿应该在热水达到多少温度时才可以放进去煮——这一切和完全没有党派情绪的现象（在早先，党派情绪就是在村参议会中也是不能避免的）结合起来看，是很有趣味的，同时也是很有教育意义的。

在我们吃过午餐休息一会儿之后，这个叫做亨利·莫森的老人把我们带到一个相当大的厅堂，里面陈列着大批由机器时代的末期到当代的工业品和艺术品。他陪我们观看这些展览品，并向我们作了详尽的解释。这些物品标志着由机器的粗制滥造（这在上述的内战开始不久达到了最糟糕的地步）时期到新的手工业时代初期的过渡，看起来很有趣味。当然两个时代之间有许多重叠的地方，新的手工业在初期的发展是很迟缓的。

这个年老的考古学家说："你们应该知道，手工业并不是过去所谓物质需要的结果。反之，到那个时候，机器已经有了很大的改进，差不多可以负担起一切必要的工作。老实说，当时，甚至在更早的时候，许多人曾经有一种想法，认为机器将完全替代手工业。从表面上看来，这的确很有可能。可是，另外也有一种比这还更不合于逻辑的看法，在自由时代以前流行于富人之间，到自由时代初期并没有马上消失。这种看法就是认为世界上的日常工作可以完全由自动机器去做，这样就可以把那些比较有智慧的人的精力解放出来，去从事科学和历史的研究以及高级形式的艺术活动。据我所知，这种见解现在看来似乎荒谬可笑，可是当时看来倒似乎是非常自然的。我们现在认为完全平等是一切幸福的人类社会的保证，而他们却那样忽视人类要求完全平等的愿望，真是令人奇怪,对吗?"

我没有回答,但心里正在考虑他的话。迪克若有所思似的开口说道:

"奇怪吗,邻居?我不敢这么说。我常常听见我的老本家说,在我们的时代以前,人类唯一的目的就是躲避劳动,至少他们认为这是他们的目的。因此,日常生活**强迫**他们去做的工作当然就比他们**好像**是自愿做的工作看来更加可厌了。"

"的确是这样,"莫森说,"好在他们不久就开始发现他们的错误,他们发现只有奴隶和奴隶主才能够完全依靠机器的运转来过活。"

克拉娜脸微微有点发红地插嘴说:"他们的错误难道不也是他们所过的奴隶生活造成的吗?——这种生活老是把人类以外的一切生物和无生物、也就是人们所谓的'自然'当做一种东西,而把人类当做另一种东西。具有这种观点的人当然会企图使'自然'成为他们的奴隶,因为他们认为'自然'是在他们以外的东西。"

"不错,"莫森说,"他们不知道应该怎么办才好,后来他们发现反对机械生活的情绪正在不知不觉中传开——在大变革之前,有闲暇思考这类问题的人已经开始怀有这种情绪了。最后,被人们认为是享乐而不是劳动的工作开始替代了机械的苦工。在过去的时代,他们对于机械的苦工最多只希望将它限制在狭小的范围之内,而不敢希望完全摆脱它;可是他们发现他们不能如愿以偿,因为他们无法把机械的苦工加以限制。"

"这个新的革命在什么时候才酝酿成熟的呢?"我问。

229

莫森说:"在大变革以后的半个世纪中,这个新的革命开始越来越明显,人们以机器不能产生艺术品为理由、以艺术品的需要越来越大为理由,悄悄地把机器一架又一架地搁置起来。你们瞧,"他说,"这里有当时的一些产品——手工很粗糙,技巧不纯熟,可是很实在,证明人们开始在工作中感到了快乐。"

我从这个考古学家指给我们看的一堆当时的产品中拿起一件陶器,说道:"它们看来很奇特,一点也不像野蛮人或半开化的人所制造的东西,可是有着过去所谓痛恨文明的烙印。"

"是的,"莫森说,"你不能指望在这里找到精致的产品:在那个时期,从一个和奴隶毫无二致的人那里,你只能得到这种东西。可是现在呢,你瞧,"他带我向前走了几步,"我们已经掌握了手工的技术,使最精巧的手艺与自由奔放的思想和想象力结合起来。"

我看了一看,对于这些产品的圆熟的技巧和丰富多彩的美惊叹不已。制造这些产品的人终于懂得了怎样把生活当做一种享乐,把满足人类共同需要以及生产出这些必需品当做是对人类社会最大的贡献。我默默地沉思着,最后我开口说:

"今后将会有什么发展呢?"

那老人笑了起来。"我不知道,"他说,"不过我们一定能够适应将来的发展的。"

迪克说:"我们还得走完今天的路程,让我们上街,回到河边去吧!邻居,你愿意跟我们一起去散散步吗?我们的朋友对你的这些掌故很感兴趣呢。"

"我可以一直陪你们到牛津,"他说,"我打算向牛津大学博德利图书馆①借一两本书。我想你们今天大概要在那古老的城市里过夜吧？"

"不，"迪克说，"我们还要往上走得更远一些；你知道，干草在那边等着我们呢。"

莫森点了点头，我们大家一起走到街上，在过了市镇大桥不远的地方上船。正当迪克把桨装上桨架的时候，另一只小船从桥下低低的拱洞里钻了过来。一眼就可以看出这是一只非常华丽的小船——船身呈鲜明的绿色，满绘着雅致的花儿。这只船驶出拱洞之后，一个衣饰和船一样鲜艳华丽的人物从船里站了起来；那是一个身材苗条的姑娘，她所穿的浅蓝色的绸外衣在桥下随风飘动。我觉得我认识这个姑娘。一点也不错，当她向我们转过头来，显露她那美丽的面孔时，我非常高兴地认出她原来就是伦尼米德茂盛的花园里的那位仙子——爱伦。

我们都停下来欢迎她。迪克由船里站起来，热烈地跟她打招呼，我也想显得和迪克一样热烈，可是没有成功。克拉娜挥动着她那纤手和她招呼；莫森在一旁看了不住点头，很感兴趣。至于爱伦，当她将她的船和我们的船靠在一起的时候，她涨红了她那美丽的褐色的脸说：

"是这么回事，邻居们，我怕你们三人回来的时候不会再经过伦尼米德，即使你们经过伦尼米德的话，你们也不一定再上岸来。

---

① 主要在英国外交家托马斯·博德利（Thomas Bodley, 1545—1613）的资助下于 1602 年建立起来的牛津大学的一座著名的图书馆，内藏有许多善本古书。——译者

同时,我不能保证我父亲①和我在一两个星期内不会离家出游,因为他要到北方乡下去看望他的兄弟,而我又不想让他独自一个人出门。我想我也许永远不能再见到你们了,我觉得很难过,因此……因此,我就来追你们了。"

"啊,"迪克说,"我敢说我们大家看见你来都很高兴。不过,你可以放心,克拉娜和我一定会特地回来拜望你们的,如果我们第一次看见你们不在家,我们也会作第二次访问。亲爱的邻居,你那只船上只一个人,我想你划船一定划得很累了,也许愿意坐着歇会儿,我看最好还是把我们这几个人安排一下,分乘两只船。"

"好啊,"爱伦说,"我老早就想到你会这样做了,所以把舵也带来了;你帮我把它装起来,好吗?"

她走到船尾,抓住我们的船边,让她的船向前移动,使船尾接近迪克的手。迪克跪在我们的船里,她跪在她的船里,像通常那样,两个人摸索着装置船舵。你可以想象得到,在装置游艇的舵这类无关重要的事务上,这些年来并没有什么改变。当这两张美丽而年轻的面孔俯在船舵上的时候,在我看来他们两人好像挨得很近,尽管这只有一刹那的工夫,可是我突然感到一种痛苦。克拉娜坐在她原来的座位上,没有回过头来,但隔不一会儿她就用一种非常自然的声调说道:

"我们怎么分呢?迪克,你到爱伦的船上去,好吗?因为虽然我不想得罪我们的客人,我也得承认你的船划得比他要好一些。"

---

① 原文如此,应是"祖父",下同。——译者

迪克站起来，伸手搭在她的肩膀上说："不，不，让我们的客人试一试他的本领——他现在也该锻炼一下了。再说，我们并不忙，我们的目的地离牛津并不远。就算我们天黑还到不了，我们还可以有月亮做伴，在月明之夜航行并不比在阴暗的白天坏。"

我说："而且我划船的技术除了不使船顺流漂走之外，也许还可以更好一些。"

他们听见这句话都笑了起来，好像这是很有意思的笑话似的。我认为爱伦的笑声，尽管和别人的混杂着，却是我一生所听到的最悦耳的声音之一。

一句话，我得意扬扬地踏上了那只新船，拿起双桨准备炫耀一下我的本领。因为——难道还需要我说吗？——由于我和这位奇妙的姑娘坐在一只船上，我觉得这个幸福的世界仿佛更加幸福了。我应该说，在这个世界我所认识的人里，她是我最不熟悉的人，她和我所想象的人最不相像。比方说，克拉娜尽管是那么美丽、那么伶俐，却和一个**很讨人喜欢的**、毫不矫饰的年轻女郎没有什么两样。其他的姑娘看起来也不过是我在别的时代看见的非常美好的类型的代表人物罢了。可是这位姑娘的美不但和普通一个所谓"年轻女郎"的那种美全然不同，而且在各方面都非常令人感兴趣。因此我不断地在猜度她下一步将要说出什么话或做出什么动作来使我惊诧或快乐。我的意思并不是说她的言语或行动真有什么令人惊诧的地方，而是说它们总是那么新鲜，总是包含着对于人生的不可名状的兴趣和欢乐，这种对于人生的兴趣和欢乐，我在每一个人的身上都或多或少地看到，可是在她的身上表现得比我所看见的其他人更加显著，也更具有魅力。

我们不久就启程了,以相当快的速度经过了本星顿(Bensington)和多尔切斯特(Dorchester)之间的美丽的河区。这时,下午差不多过去了一半,天气温暖而不炎热,一点风也没有。高空浮动着呈珍珠色的薄云,闪烁发光,减弱了太阳的炙热,可是并没有把全部浅蓝色的天空遮蔽起来,不过这些薄云似乎使天空看起来更加深邃了。总而言之,天空看起来确实像一个拱形的圆顶(正如诗人们有时所比拟的那样),不只是无边无际的大气,而是一个极大的、充满了光亮的圆顶,使人类的精神丝毫不受压抑。丁尼生[①]在他的诗中说,仙境中永远只有下午;当他写这句诗的时候,他心中所想到的一定是像今天这样的下午。

爱伦坐在船尾,身子向后仰靠着,似乎非常舒服自在。我看得出她在聚精会神地观察四周的景物,什么也不遗漏。我曾认为她有点爱上了那个伶俐、敏捷、漂亮的迪克,因此她才急着要追随着我们,这使我觉得有点不大舒服;可是现在当我瞅着她的时候,这种不愉快的感觉逐渐消失了。因为如果她真的爱上了迪克,她一定不能这样忘我地沉醉在呈现在我们眼前的这片美丽景色中。在相当长的时间内,她很少说话,可是在我们的船驶到希林福(Shillingford)桥下时(这座桥是新建的,但样式和旧桥差不多),她终于要我把船停一停,好让她痛痛快快地透过那雅致的拱洞欣赏一下眼前的景致。接着,她转过身来,对我说:

"我到这一带河区来这是第一次,我不知道应当惋惜,还是应当欢喜。第一次看见这种景色的确愉快极了。可是如果这些景色

---

① 丁尼生(A.Tennyson,1809—1892),英国诗人。——译者

一两年前就留在我的记忆中,那么,我的生活,无论是在清醒的时刻还是在梦中的时刻,都会增加多少欢乐啊!迪克把船划得很慢,我们可以在这儿多消磨一会儿,这使我非常高兴。你是第一次游览这一带的河区,你的印象怎样?"

我并不认为这是她故意给我布置下的圈套,可是我陷入了这个圈套。我说:"我第一次游览吗?我已经来过不知多少次了。我对这一带河区是非常熟悉的。老实讲,我敢说由汉默史密斯到克里克莱德(Cricklade)一带的泰晤士河,一草一木,我无不了如指掌。"

她带着惊讶的神情盯住我的眼睛。在伦尼米德,当我说了一些话使人家摸不清我在这新社会的地位时,我就看见过这种惊讶的目光。这时我知道可能发生纠缠。为了掩盖我的错误,我红着脸说:"我真奇怪你竟会没有来过这个上游地带,因为你就住在泰晤士河边,同时划船的技术又那么高明,这对你来说是全不费劲的事情。再说,"我又加上一句奉承她的话,"谁都愿意划着船陪你到这儿来的。"

她笑了起来,她笑的显然不是我这句恭维她的话(我所说的是一个很平常的事实,我相信她没有发笑的必要),而是她心里所想到的事情。她依然亲切地盯着我,但眼中还露出了上述那种突出的表情,接着她说:

"也许这是令人奇怪的事情,可是我在家里事情多得很,因为我要照顾我的父亲,还要和两三个爱上我的小伙子打交道,而我又不可能同时使他们都称心如意。可是,亲爱的邻居,你熟悉泰晤士河上游,我对它却不熟悉,这在我看来似乎更令人奇怪。因为，据我了解，你来到英国不过几天。也许你的意思是说，你在书本里读到过泰晤士河上游的情况，看见过有关的图片，对吗？——虽然，那算不了什么。"

"不，"我说，"我没有读过关于泰晤士河的书。这条河可以说是我们英国人唯一的河流，可是居然没有人想到应该写一本关于它的像样的书，这也是我们时代的一桩小小的蠢事。"

这话刚一出口我就发觉我又犯了一个错误。我感到坐立不安，不知如何是好，因为我当时不想作冗长的说明，也不想开始编造另一套奥德赛①式的谎言。爱伦似乎看出这一点，她并没有利用我的错误来使我难堪；她眼中那种突出的表情变得坦率亲切了，她说：

"不管怎样，我很高兴和你一起在这一带河区旅行，因为你对我们这条河流十分熟悉，而我对潘博恩以上的河区却知道得很少，我想知道的情况你都能告诉我。"她停了一停，接着又说："可是你应该知道，我对我所熟悉的那一部分也和你一样的了如指掌。如果你以为我对像泰晤士河这么一条美丽有趣的河流会漠不关心，那可太遗憾了。"

她说这句话时的态度是一本正经的，而且对我有一种亲切的表示，这使我非常高兴。可是我看得出，她只不过暂时把她对我的疑问保留起来，等到下一次有机会再提罢了。

---

① 《奥德赛》(*Odyssey*)，据传说是古代希腊大诗人荷马（Homer）所作的史诗，叙述英雄人物奥德修斯（Odysseus）在特洛伊（Troy）城战后漂泊十年的冒险故事，史诗中充满着神话。——译者

不久我们就到戴斯（Day's）水闸，看见迪克和他的两个同伴已经在那里等候我们了。他要我上岸，好像要带我去看我从来没有看见过的什么东西。在爱伦的陪伴之下，我欣然跟着他去参观我很熟悉的那些水坝以及在坝后边的那座大教堂，多尔切斯特善良的居民依然在利用这座教堂从事各种活动。附带说一说，多尔切斯特村中的宾馆依然保存着那块旧招牌，就是过去人们把招待宾客当做生意的时代的那块以百合花为标志的招牌。可是，这一次我没有表示我熟悉这些地方，只是当我们坐在水坝上仰首眺望锡诺顿（Sinodun）及其轮廓鲜明的沟渠和惠登汉（Whittenham）的圆丘时，在爱伦严肃的凝视的目光下，我感到有点不安，差点儿喊了出来："这儿的变化多小啊！"

我们也在阿宾顿（Abingdon）停了一会儿，这个地方和沃林福一样，在我看来既是老样子又有新面貌，因为它已经完全摆脱了它在十九世纪时的堕落状态，但在其他方面并没有什么改变。

当我们经过奥森奈（Oseney），沿着牛津的边缘前进时，太阳已经西沉。我们在靠近那古堡的地方停了一两分钟，让亨利·莫森上岸。牛津这个城市曾经一度是文人学士荟萃的地方，它的高塔和尖顶只要在河上望得见的，我当然都看到了。至于四周的草地，我最后一次经过那里时已经变得越来越脏，"十九世纪的杂乱和文人生活"的烙印越来越深刻；现在这些草地再也没有过去那种学究气，而是重新恢复了美丽的真面目。同时，兴克塞（Hinksey）的小山丘——丘上新近长出了两三座很漂亮的石头房子（我故意用"长"字，因为那些房子仿佛就是山丘的一部分）——怡然自得地俯视着高涨的河水和随风摆动的青草。这些青草要不是浴在一片夕阳中就可看出由于草籽很快就要成熟，已经变成灰色了。

铁道已不存在，泰晤士河上各式各样的平桥也没有了。我们不久就经过梅德利（Medley）水闸，驶入那冲洗着波特（Port）草地的辽阔的水流，波特草地上的鹅群并不比从前稍小。从古老的、有缺点的公社时代起，经过私有财产权的混乱斗争和专制的时代，到目前完整的共产主义的安宁幸福的时代，波特草地的名称和作用并没有改变：想到这一点，我觉得很有意思。

在戈斯托①，我又一次被人带上岸去参观那古老的女修道院的遗迹，我看见那里的情况和我记忆中的没有多大差别。纵使是在黄昏时分，我从附近沟渠的高桥上，也能够看见那小村落及其灰色的石头房子比以前漂亮得多了；因为我们这时已经来到以石头为建筑材料的乡间，在这一带，房子的墙壁和屋顶都必须是以灰色的石头建成的，否则便会成为风景上的污点。

然后我们继续前进，我的船由爱伦划。不久我们划过了一个水坝，又划了三英里，我们再一次在月光下来到一个小市镇，在那里的一座公寓里歇宿。公寓里的人不多，因为他们多数都住到干草场上的帐篷里去了。

---

① 戈斯托（Godstow），泰晤士河上游的一个小地方，上面有一座著名的古老的女修道院。——译者

第二十八章
小　　河

　　第二天清晨，我们不到六点钟就动身了，因为我们距离目的地还有二十五英里，迪克希望在黄昏以前到达那边。这段旅程是令人愉快的，虽然对于那些不熟悉泰晤士河上游的人来说，可以描述的事情很少。爱伦仍然和我同船。迪克起初主张我到他的船上去，让两个姑娘划这只绿色的小船。可是爱伦不同意，认为我是这些同伴中最有趣的人。她说："走了这么远的路以后，我不愿意再换一个总是在想着另一个人而不注意我的同伴。只有我们的客人才能使我感到快乐。我说的是真话，"她转身对我说，"不仅仅是一句说来好听的奉承话。"

　　克拉娜听见这些话后，红着脸，看样子很高兴：因为我觉得一直到这时候，她对爱伦是很有戒心的。至于我呢，我觉得恢复了青春，青春时代的奇怪的梦想和当前的欢乐交织在一起，几乎破坏了这种欢乐，因为过分强烈使它变成了类似痛苦的感觉。

　　当我们经过泰晤士河这段河面突然变得狭窄的、蜿蜒曲折的河区时，爱伦说："我过去惯常看到的是宽阔的河流，现在看见这条小河，觉得非常有意思。看起来仿佛前面已经到了尽头，再也不能前进了似的。我想在我今天晚上回家以前，我可能会发现英国是多么小的国家,因为我们在这么短的时间内就走到了它最大的河流的尽头。"

我说:"这条河并不大,可是很美。"

"是的,"她说,"曾经有一个时期,这个美丽的小国家被它的居民当做是一片丑陋的、毫无特点的荒野。他们认为它没有什么值得保护的雅致的风景,他们完全不注意循环交替的四季、变化多端的气候、性质不同的土壤等等不断给人们带来的新的乐趣:过去竟有那样一个时期你难道不觉得难于想象吗?人们对自己怎么会那么残酷呢?"

"他们互相之间也是极为残酷的。"我说。接着我突然下定决心说:"亲爱的邻居,我还是马上告诉你吧!我觉得我比你更容易想象过去时代的一切丑恶,因为我自己就是过去丑恶时代的一部分。我知道你在我的身上多少已经看出了这一点。同时,当我向你这样说的时候,我认为你一定会相信我的话,因此我再也不要对你隐瞒什么了。"

她沉默一会儿,然后说:"我的朋友,你猜对了。老实告诉你吧,我由伦尼米德跑来追你,就是想问你一些问题,因为我看出来你不是我们本国的人;这引起我的兴趣,使我感到高兴,同时我要尽量使你快乐。老实说,我这种举动有点冒险,"她红着脸说,"我的意思是对迪克和克拉娜来说。既然我们要做非常亲近的朋友,那我就告诉你吧:尽管在我们这儿有许多美丽的姑娘,我还是常常弄得许多男人伤心失望。这就是我跟我的父亲孤独地住在伦尼米德的一个原因。可是这个办法并不能解决问题,因为伦尼米德不是沙漠,人们当然会到那儿去;他们看见我过着那种孤独的生活,似乎对我更发生兴趣了,于是他们私下里编造了许多关于我的故事——像你所做的那样,我的朋友,这一点我是知道的。好吧,我们先不谈这个。今天晚上或者明天早晨我准备跟你提出一个建议,要你做一件事,这件事会使我感到很高兴,而我想对你也不会有什么害处。"

我热情地打断她的话说,无论什么事情我都愿意替她做。尽管我已经上了年纪,尽管我显然已经现出了老年人的样子(不过,我想那种青春重来的感觉并不仅是一种转瞬即逝的感觉)——是的,尽管我已经上了年纪,可是跟这个讨人喜欢的姑娘在一起的时候,我感到非常的快乐,甚至认为她这种信任还含有其他的意思。

她这时笑了起来,可是很亲切地瞅着我。她说:"我们现在暂时不谈这个问题,因为我必须看一看我们正在经过的这一片给我新鲜感觉的乡村景色。你瞧,河流变了样子了,河面变宽了,河区也长了,水流也慢了。你瞧,那儿有一个渡口!"

当我使船的速度减低,把那渡口的索链托起,以便我们顺利通过的时候,我把渡口的名字告诉了她。我们继续前进,经过一段河区,左岸密密层层地长着橡树,以后河道又显得狭窄,水流渐深,我们在一排排高大的芦苇之间划船前进。在这恬静的炎热的早晨,当那被船儿搅动的水流冲击着露出水面的芦苇时,那些栖息在芦苇中的麻雀和各色的小鸟便骚动起来,唧唧喳喳地争鸣着,令人听了心旷神怡。

她快乐地微笑着,向后靠在垫子上,懒洋洋地欣赏周围的新景致,这种姿态使她显得倍加美丽了。不过她远不是娇弱无力,她的慵懒是一个身体结实、精神健康的人要休息时的那种慵懒。

"你瞧!"她一边说,一边突然由她的座位上轻快地跳了起来,以一种优美而自然的姿势使自己的身体保持着平衡,"你瞧前边那座美丽的古桥!"

"我不必看那座桥。"我说,头动也不动地继续欣赏着她的美态。"我知道那是什么桥。不过,"我微笑着说,"我们过去不把它叫做古桥。"

她亲切地瞅着我说:"我们俩相处得多好啊,你对我不再有戒心了!"

她依然站在那里若有所思地瞅着我。那座横跨泰晤士河上的最古老的桥梁有着一排尖顶拱门的桥洞,当我们的船经过正中那个桥洞时,她才不得不坐下来。

"啊,多么美丽的景色啊!"她说,"我想象不到像这么一条很小的河流居然会有这么大的魅力。什么都是细小的,河区面积不大,两岸的景致千变万化;这一切给人一种就要到一个什么新地方的感觉,一种将要看到奇妙的事物的感觉,一种我在较大的河流上所从来不曾有过的冒险的感觉。"

我怀着喜悦的心情抬起头来看着她;因为她所说的恰恰就是我心里所想的,她的声音好像是对我的一番爱抚。她的视线和我接触了,被太阳晒黑的双颊泛起了红晕,她坦率地说:

"我的朋友,我应该告诉你,我父亲今年夏天离开泰晤士河流域的时候,要把我带到坎伯兰离罗马人所建造的城墙[①]不远的一个

[①] 公元121年罗马人在坎伯兰修了一道城墙,全长七十余英里,通过大不列颠岛最狭窄的部分。——译者

地方去。因此,我这次航行是和南方的告别旅行。对于这次旅行,我当然很高兴,然而,我总觉得是一种遗憾。我昨天鼓不起勇气来告诉迪克说,我们就要和泰晤士河流域离别了;可是不知怎么的,我觉得非告诉你不可。"

她停了一停,好像陷入了沉思之中,然后微笑着说:

"我应该说明,我并不喜欢到处搬家。一个人在一个地方安居,习惯于当地生活的一切习俗,觉得非常愉快,生活过得那么协调,那么幸福;如果另外换一个环境重新开始生活,纵使改变不多,也会是一种痛苦。可是我相信在你所来的国家里,你们一定会以为这是一种狭隘的、缺乏冒险精神的想法,因此一定会对我产生不好的印象。"

她说话的时候,对我温存地微笑着;我连忙回答说:"啊,没有,真的没有。你再一次说出了我心里的想法。可是我完全没有想到你会这样说。根据我所听说的情况,你们国家的人是经常迁居的。"

她说:"当然人们可以随意迁居;可是除了联欢性质的集体活动、特别是在收获的季节或者晒干草的季节从事这种活动——像我们这次旅行——之外,我认为他们并不经常迁居。我承认我除了刚才所说到的恋家心情以外,还有其他的心情,譬如说我愿意和你遍游西部各地——心里什么也不想。"她微笑着结束了她的话。

"可是我心里要想的事情可多得很。"我说。

第二十九章
泰晤士河上游的一个休息所

不久，在水流绕过草地的一个岬的地方，我们停下来休息一会儿，吃一点东西。在我们所逗留的河岸上，风景差不多像山边一样壮丽，辽阔的草地伸展在我们的眼前，人们正忙于使用大镰刀割草。在恬静的田野美景之中，我注意到一种变化，就是到处长着树林，多数是果树，而且人们对于漂亮的树木总是给予相当大的空地，不像我记忆中的过去时代那样，人们吝啬得很，不肯让树木得到适当的空间。虽然杨柳树常常有人修剪，可是人们这样做的时候，也注意到美观：我的意思是说，人们不是把一排一排的树木同时修剪，使半英里的乡间地区的宜人景色受到破坏，而是有计划地、依照先后次序进行修剪，使任何一个地方都不至于突然出现一片光秃的景象。总而言之，正如老哈蒙德告诉我那样，人们把整个田野弄得像个花园，让所有的人不但可以靠它来维持生活，而且也可以从中享受人生的乐趣。

我们就在岸边、也可以说在山坡下吃午餐；按说，这时吃午餐是稍微早了一些，可是我们今天起身很早。我们的脚下，泰晤士河细小的水流在我刚才描写过的花园般的乡间蜿蜒着。距离我们两百多码远有一个美丽的小岛，岛上长满优美的树木。在我们西边的山坡上是一片树林，长着各式各样的树木，有些树的枝叶悬垂在河流南岸的狭窄的草地之上；而在北边则是一片辽阔的牧场，由河岸伸展过来，地势渐高。在离我们较远的地方的树木之间，高耸着一座古老建筑物的精美的塔尖，周围有几间灰色的房子。而在比较靠近我们的地方——事实上距离水边约莫一百码——有一个用石头建成的相当现代化的公寓——四排相当低的单层房屋构成一个四方院。在这公寓和河道之间没有花园，只有一排尚未成长的细小的梨树；这一带地方虽然好像没有经过什么修饰，可是却具有一种天然美，像树木本身那样。

在这美好的六月天里，我们坐着俯视这一切景色，心中所感到的与其说是快乐，不如说是幸福。这时坐在我身边的爱伦，一只手抱着膝头，斜过身子，对我低声说（迪克和克拉娜如果不是沉醉在幸福的默然无语的调情求爱中，也许会听到她说的话）："朋友，在你们的国家里，你们田间劳动者所住的房子可和我们的一样？"

我说："至少我可以跟你这么说，我们的有钱人的房子和你们的不一样，它们简直就是大地上的污点。"

"这一点我不大能理解，"她说，"受到残酷压迫的工人不能居住在美丽的房子里，这我能够理解，因为人们必须有时间和闲暇，心中毫无牵挂，才能够造出美丽的住宅来。我完全了解，人们不会让那些穷人享受这些我们认为是生活上所必需的好东西。可是有钱的人有闲暇时间，也有建筑房屋的材料，为什么不能使自己住在好房子里呢，这我就不明白了。我知道你要对我说什么，"她直盯着我的眼睛，红着脸说，"你想说，有钱人的房子和他们所有的东西一般都是丑陋的、卑劣的,除非他们的房子碰巧是祖先遗留下来的古屋,像那边的那样,"她指了指塔尖,"你想说,有钱人的房子是……让我想想那个形容词是什么来着?"

"庸俗,"我说,"我们过去常常说,有钱人的住宅的丑陋和庸俗是他们强迫穷人接受的卑劣和赤贫的生活的必然反映。"

她蹙着眉头,仿佛堕入沉思之中;接着她好像心中豁然开朗,面有喜色地对我说:"是的,朋友,我明白你的意思。我们……我们一些研究这类问题的人,有时候也讨论这个问题,因为老实告诉你,关于在'生活平等'时代以前的所谓艺术,我们保存了很多记录。也有不少人认为那个社会的情况并不是造成一切丑陋现象的原因,他们把生活弄得很丑陋,因为他们喜欢如此,他们如果愿意的话,也可以有美好的东西;正如一个人或者一群人现在如果愿意的话,都可以使生活或多或少地变得美好一些……别开口!我知道你要说什么。"

"真的吗?"我微笑着说,心跳动得很厉害。

"真的,"她说,"虽然你没有把话说出来,但你是在用某种方式答复我,教导我的。你想要说,在不平等的时代,这些有钱人生活上的一个主要条件就是:对于他们所需要的使生活美好的东西,他们自己不动手去创造,却强迫那些被他们弄得生活穷困和卑劣的人们去创造。这种情况的必然后果是:那些生活上被毁坏了的人的卑劣、穷困、丑陋、贫乏等特点掺杂在一起,成了有钱人的生活的装饰,因此艺术在有钱人的生活中也就绝灭了。你是想要说这些话吧,我的朋友?"

"是的,是的。"我热切地瞅着她说。这时她已经站起身来,立在斜坡上,微风轻轻地拂着她那美丽的衣服;她一只手放在胸膛上,另一只胳膊向下伸直,感情激动地紧握着拳头。

"的确是这样,"她说,"的确是这样!我们已经证明这种看法是正确的!"

在我对她的关怀和爱慕中——也许已经超过了关怀和爱慕的程度——我开始猜想这一切将会有怎样的结果。对将要发生的事情,我有一种隐隐约约的恐惧;我也有一种隐隐约约的渴望,想要知道当人们得不到他们一心追求的东西时,这个新时代会提供什么补救办法。可是这时迪克站了起来,快乐地叫道:"爱伦邻居,你是在跟客人吵架,还是死气白赖地要他告诉你一些由于我们的无知他怎么说我们也没法明白的事情?"

"都不是,亲爱的邻居,"她说,"我不但没有跟他吵架,而且我想我正在使他跟自己结成好朋友,也跟我结成好朋友。你说是吗,亲爱的客人?"她一边说,一边露出一种由于相信我一定能了解她而产生的愉快的微笑,低头瞅着我。

"的确是这样。"我说。

"况且,"她说,"我应该说他对我所作的解释非常清楚,因此我完全了解他的意思。"

"好啊,"迪克说,"我在伦尼米德第一次看见你的时候,我就知道你有不同寻常的智慧。我这样说并不是要用奉承话来讨你欢喜,"他赶快说,"而是因为这是事实,因此我希望能够再见到你。可是,我们该走了,我们还没有走完一半路程;按预定我们在太阳下山以前早该到达目的地了。"

于是他拉着克拉娜的手,带她走下斜坡。可是爱伦站在那里,

若有所思地向上眺望了一会儿。当我拉起她的手跟着迪克走的时候,她转过身来对我说:

"如果你愿意的话,你可以告诉我很多事情,使我明白不少问题。"

"是的,"我说,"我很适宜于做这种事情——像我这么一个老头儿,做别的事情也不行啦。"

她没有注意我话里的那种酸溜溜的味道(不管我喜欢不喜欢,这酸味是存在着的),径自继续下去说:"这主要倒不是为我自己。我会十分满足于梦想过去的时代,如果我不能够把过去的时代理想化,至少我能够把生活在过去时代的一些人物理想化。可是我觉得人们有时太过于忽视过去的历史,总是把它交给哈蒙德这样的老学者去研究。谁知道?虽然我们现在过着幸福的生活,可是时代也许会转变。我们也许会产生一种冲动,想改变现状。有许多东西只是改头换面的过去已有的事物,是有害的、骗人的、卑劣的;如果我们不知道这种情况,我们也许会觉得它们动人心魄,奇妙无比,而心向往之呢。"

我们慢慢地走下堤岸,朝着我们的小船走去的时候,她又开口说:"这不光是为了我自己,亲爱的朋友。我以后要生孩子,也许会生许多孩子——这是我的希望。当然,我不能强迫他们接受任何特殊的知识,可是,我的朋友,我禁不住产生这么一种想法,就是:正如他们在肉体方面也许像我一样,他们也许会接受我的一部分思想,也就是说接受我主要的精神生活的一部分,这一部分并不仅仅是我周围事物所造成的情绪。你的意见呢?"

有一点我是肯定的,就是:当她不能热切地完全接受我的思想时,她的美丽、温柔和热诚汇合成一股力量,使我的思想不能不和她一致。我说,我认为这是非常重要的(当时我的确是这么认为的)。当她踏上轻舟,向我伸出手来的时候,我被她的妩媚所吸引,神魂颠倒地站在岸边。于是我们继续向泰晤士河上游前进——否则往何处去呢?

第三十章
到达目的地

我们继续前进。尽管我对爱伦发生了新的激情，而且正在对这种感情可能造成的结果担心，可是我对于泰晤士河及其两岸的情景却不能不产生浓厚的兴趣；尤其是她对于不断变化的风景似乎毫不厌倦，总是用同样亲切的兴趣去欣赏每一段百花盛开的河岸和每一个汩汩作响的漩涡；这种兴趣我想我自己以往也曾有过，而且很浓厚，甚至在这充满奇迹的、经过惊人的变革的社会中，我或许也还没有完全失掉这种兴趣。我以愉快的心情去欣赏人们在治理泰晤士河方面所作出的成绩：如在幽静的角落种植花草树木，使之美化；在处理水上工程的困难问题方面表现了巧妙的心思，使那些具有明显的实用价值的工程看起来也很美丽自然。是的，河上和河边这一切景象使我心旷神怡；爱伦对我这种愉快的心情似乎感到高兴——但同时也觉得迷惑不解。

有一个磨坊[①]占了河面的大部分，只留出交通的水道，这个磨

---

① 我应该说，沿着泰晤士河有许许多多磨坊，其用途各不相同；这些磨坊没有一个是丑陋难看的，其中有许多非常美丽，它们周围的花园可爱极了。——作者原注

坊以它本身来说,是和哥特式的大教堂一样美丽的。我们一划过这个磨坊,爱伦便说:"你看见这个磨坊这么好看,好像觉得惊讶似的。"

"是的,"我说,"我觉得有点惊讶,虽然我也说不出磨坊为什么就不应该好看。"

"啊!"她用一种钦佩的神情瞅着我,但脸上又隐藏着微笑,开口说道,"你是知道过去时代的全部历史的。人们对于这条小河流不是始终细心爱护来着吗?这条小河现在使乡村增添多少令人愉快的景色啊。管理这条小河在任何时代都不会是什么很困难的事情啊!"她说,这时她的视线和我的视线遇在了一起,"我忘了在我们所说的那个时代,人们在处理这类事情时是根本不考虑'愉快'的问题的。可是在你……"她本来想说"在你生活的那个时代",但改了口,"在你所了解的时代,人们是怎样管理这条河流的呢?"

"他们管理得很糟,"我说,"一直到十九世纪的上半期,泰晤士河大致还是供给乡村居民使用的一条水道,人们在保护河流和两岸方面还做了一些工作;虽然我猜想没有人关心过它的外观,它倒是很整洁、很美丽的。可是在铁路——你一定听说过铁路这种东西——在交通方面占据统治地位以后,人们就不允许乡村居民去使用天然的或者人工的河道了。我们的人工河道非常多,我相信当我们走到地势更高一些的上游的时候,我们就会看见一条人工河道。这是一条很重要的河道;有一条铁路把这条河道完全封闭起来,不让公众使用,以便强迫人们在这条私人的铁道上运输货物,跟他们征收大量运费。"

爱伦纵声大笑。"啊,"她说,"这种情况在我们的历史著作中叙述得不够清楚,而这些事实倒是我们应该知道的。当时的人一定是一群非常懒惰的家伙。我们现在既不好寻事,也不爱争吵,可是如果有人企图向我们推行这么一种愚蠢的计划,那么,我们就非使用你所提到的水道不可,不管谁来反对我们,我们也要这样做:这是很容易的事情。关于这种蠢事,我想到了其他的例子:两年前我在莱茵河流域的时候,我记得他们带我们去参观一些古堡的遗迹。根据我们所听到的话看来,这些古堡的功用大概和那些铁路差不多一样。对不起,我打断了你关于泰晤士河历史的叙述了:请你继续往下说吧。"

"这段历史既简短又无聊,"我说,"这条河流已经失掉它的实用价值或者商业价值了——这就是说,不能靠它来赚钱了……"

她点点头。"我了解这个古怪词儿的意义,"她说,"继续说下去!"

"后来那条人工河道由于完全无人过问,终于变成了一个厌物……"

"对,"爱伦说,"我明白:就像铁路和那些剥削人民的贵族强盗一样。对吗?"

"于是他们想出了一个权宜之计,把这条河流移交给伦敦一个团体去管理,那些人为了表示他们没有闲着,就随时随地做一些破坏的事情;像砍伐树木,从而毁坏了河岸;疏浚河道(总在不需要疏浚的地方进行),而把挖出来的东西堆在田地上,使田地受到损害,等等。可是在大部分时间里,他们实行当时所谓的'无为而治'的政策——那就是说,他们领薪金,不做事。"

"领薪金，"她说，"我知道这句话的意思是：他们有权利取得一大笔别人的财产，而什么事都不干。如果仅仅是什么都不干，而你又想不出其他方法使他们老老实实地待着，那么让他们白拿一点钱倒也是值得的。可是，在我看来，他们既然领到薪金，就不能不干一些事情，而所干的又必然是害人的事情——因为，"她突然被心中的愤怒所激动，说，"这一切勾当都是建筑在谎言和虚饰伪装的基础上的。我所指的不仅是这些'河流的保卫者'，而且是我在书本上读到的一切骑在人民头上的大人先生们。"

"是的，"我说，"你们已经摆脱了压迫，多么幸福啊！"

"你为什么叹息？"她亲切而又有点不安地说，"你似乎认为这种制度不会持久，是吗？"

"对你们来说是会持久的。"我说。

"那么对你来说，为什么就不会持久呢？"她说，"无疑地，这种制度是为全人类建立的；如果你们的国家现在有点落后，它不久就会赶上来的。也许，"她紧接着说，"你心里是不是在想，你不久就得回去吧？我对你说过，我有一个建议，现在我马上就把这个建议告诉你，也许可以消除你的忧虑。我的建议是：你搬到我们所要去的那个地方去，跟我们住在一起。我觉得我和你已经成了老朋友，和你离别是会使我不快活的。"接着她对我微笑着说："你知道吗，我现在开始疑心你在使心里产生一种虚假的悲哀，像我有时读到的那些古怪的旧小说中荒谬可笑的人物那样。"

老实说，我几乎也这样疑心我自己了，可是我不愿意这样承认。于是我不再叹息了，开始把我所知道的关于泰晤士河及其附近地区的一些小史告诉我这个有趣的同伴。这一段时间过得非常愉快。虽然下午天气炎热,但在我们俩共同努力之下(她划船的技术比我高明,而且看起来似乎全不觉得疲倦),我们的速度相当不慢,完全赶得上迪克的船。后来我们通过另一座古桥;我们起初看到的草地周围长着巨大的榆树,其中也有一些比较幼小、但长得很美丽的栗树。后来草地面积越来越大,除了长在紧靠岸边的杨柳之外,树木好像只生长在斜坡上或房屋的四周似的。在这一带,辽阔的草地连成一片。迪克这时变得非常兴奋,常常在船上站立起来,大声告诉我们说,这是某某草地,等等。我们在他对于干草场及其收获的热情的感染下,尽力加速向前划。

最后,我们来到一个河区,河岸一边高起,上边有一条纤夫小道,岸边密密层层地长着一片飒飒作响的芦苇,对面的河岸地势更高,岸边的杨柳低垂在水面上,古老的榆树高耸着。这时我们看见一些服饰鲜艳的人向岸边走来,好像在寻找什么人似的。他们的确是在找人,而我们——迪克和他的同伴们——就是他们寻找的对象。迪克停下桨来,我们也跟着他停下来。他向站在岸边的人高兴地叫喊了一声,岸边的回答包含着不同的声音,有的深沉,有的尖脆悦耳;因为站在岸边的有十多个人,有男人、女人和儿童。一个黑发鬈曲、灰色的眼睛深陷、个子高高的漂亮女人向前走了几步,露出妩媚的姿态向我们招手,开口说道:

"迪克,我的朋友,你让我们等坏了!对于你这种死板地遵守时间的行为,你还能提出什么辩解吗?你为什么不提早在昨天来,给我来个出其不意呢?"

"啊,"迪克用几乎看不出的动作把头朝我们的小船摆了一下,说,"我们向上游航行的时候不愿意划得太快;对于没有到过这一带的人来说,沿途有许多可以欣赏的东西。"

"说得对,说得对,"这位仪态万方的女人说(的确只有仪态万方这个词儿才能形容她的神态),"我们要他们彻底认识从东边来的这条水道,因为他们现在必须常常使用它。请赶快上岸来吧,迪克,还有你们,亲爱的邻居们。芦苇之间有一条道,在那转角处就有一个很好的上岸的地方。我们可以把你们的东西搬上来,再不然叫几个年轻小伙子来搬。"

"不,不,"迪克说,"这儿上岸虽然近便,可是由水道走比较容易。再说,我要把我的朋友带到适当的地方上岸。我们把船划到那边的渡头;我们一边在水里划,你们一边可以在岸上跟我们谈话。"

他重新划起桨来,我们的船继续向前走,绕过一个锐角,又向北划了一小段路。不久我们就看见一处长着榆树的河岸,树木之间屹立着一所房子,可是我没有找到我以为会在那里看到的灰色的墙。我们一边拨桨前进,一边和岸上的人攀谈起来。他们的亲切的声音跟杜鹃的歌声,画眉的悦耳的、有力的尖叫声,在草场长得很高的草丛中走动的秧鸡的连续不断的鸣声,互相应和;同时,生长在成熟的草中的苜蓿花送来了一阵阵的香气。

在几分钟内,我们经过一个水流回旋的深潭,驶入一股由浅滩那边冲过来的急流,把我们的船停靠在用石灰石和沙砾铺成的小渡头,然后上岸,在我们上游地区的朋友们的拥抱中结束了我们的旅行。

我由那欢乐的人群中脱身而出,走到那条和河流并行的、比河面高出几英尺的车路上去,四下张望。在我的左边,泰晤士河流经一片辽阔的草地,这时成熟而结了籽的草儿使草地变成灰色。在阳光照耀下闪烁发光的水流在河岸弯曲的地方隐没不见了,可是当我的目光越过草地时,我看得见一所房子的交杂的山墙,我知道水闸就在那里,现在好像又添了一个磨坊。沿着河边平原的南方和东南方(我们就是从那边来的)有一道长着树林的低低的山岭,几所低低的房子坐落在岭下或坡上。我稍微转身向右,在山楂的枝干和野玫瑰的长长的嫩枝之间,看得见平坦的田野在恬静的夕阳下伸展到远方,一片可以叫做山丘的好像牧羊场的高地,在田野的尽头构成一个柔和的蓝色的轮廓。在我的前面,榆树的枝干依然遮掩着河边住宅区的多数房屋,可是在车路的左边,疏疏落落地有几间建造得极朴素的灰色房子。

  我站在那里,如在梦中一般。我擦了擦眼睛,好像还没有完全清醒似的,半信半疑地以为这些服饰鲜艳的漂亮男女,随时会变成两三个双腿细长、弯腰驼背的男人和面容憔悴、两眼凹陷的丑陋女人。有一个时期,他们日复一日、季复一季、年复一年地踏着沉重的、绝望的步伐,在这块土地上做苦工。然而,变化并没有发生;从河边到平原,从平原到高地,所有的美丽的灰色乡村,在我的心目中还保存着一幅很清晰的图画,想到这些乡村现在都由这些幸福而可爱的人们居住着,由这些抛弃了财宝而获得了充实的生活的人们居住着,我的心中充满了喜悦。

第三十一章
在新人民中的一座老房子

当我站在那里的时候，爱伦离开了我们那群还站在小渡头上的快乐的朋友，走到我的跟前。她拉着我的手，温柔地说："马上带我到那座房子里去吧；我们不必等候其他的人：我不愿意等候。"

我想说，我不认识到那座房子的路，应该由居住在河边的人们带路，可是我的双腿却几乎不由自主地沿着大路走去。沿着这条垫高的道路我们走到一块小小的田地边上，田地的一边是河流的一段回流。在右边，我们可以看见一簇小房子和谷仓，有新的也有旧的。在我们前面有一个灰色的石谷仓和一道墙，墙的一部分爬满了常春藤，墙头上露出来几面灰色的山墙。乡村大路和上述回流的浅滩连接起来。我们穿过大路，这时我的手又一次几乎不由自主地打开墙上一扇门的门闩，立刻我们就站在一条通向一座老房子的石子小路上了，在这新世界里，命运之神通过迪克很奇妙地把我带到这座老房子里来。我的同伴在惊喜之中愉快地叹了一口气。这我一点也不奇怪，因为由院墙到房子之间的花园正洋溢着六月鲜花的芳香，盛开的玫瑰花争芳斗妍，散发出过分浓郁的香气，这是精心管理的小花园所具有的特点；人们第一次看见这种花园时，心中万念俱消，只留下了美的印象。画眉正在纵声歌唱，鸽子正在屋脊上咕咕低鸣，在后面的榆树上的白嘴鸦正在细嫩的树叶间嘈杂地叫着，褐雨燕一边悲鸣，一边正在山墙的周围盘旋着。而房子本身就是这仲夏的一切美景的适宜的保卫者。

爱伦再一次说出了我心中的话："是的，朋友，这就是我到外边来想要看到的东西。这座有着许多山墙的老房子是朴实的乡村居民不顾当时城市和宫廷里的纷扰在遥远的过去时代所建造的。在近年来所创造的美好环境之中，这座老房子还是很漂亮的建筑物，因此我们的朋友们细心照顾它，尽量利用它，是不足为奇的。我以为，这座房子仿佛早就在等待这种幸福日子的来临，它仿佛保存着过去混乱和骚动时代所拾到的点滴幸福。"

她带我走到这座房子的跟前，把她那被阳光晒成褐色的漂亮的手和胳膊放在长着地衣的墙壁上，好像在拥抱它似的，她叫道："啊！啊！我多么爱大地、四季、气候和一切有关的东西，还有一切从地里生长出来的东西——像这儿所生长的东西一样！"

我不能够答复她，也说不出一句话来。她的喜悦和快乐是那么强烈、那么优雅，她的美是那么温柔，却又是那么充满活力，表现得那么完整，因此说任何话都会是平凡无聊，毫无价值的。她使我神魂颠倒，我担心其他的人会突然跑进来，从而破坏这种恍惚迷离的境界，可是我们在房子的大山墙下的角落里站了一会儿，并没有人跑进来。我不久就听见由远处传来了一阵人们的欢笑声，我知道他们正沿着河岸向在房子和花园另一边的大草地走去。

我们退后几步，抬头望了望房子。大门和窗户全部敞开，以接受那被阳光熏陶过的芬芳空气；楼上的窗台悬挂着花彩，来庆祝秋收，好像这里的人也很喜爱这座老房子似的。

"进去看看吧,"爱伦说,"我希望屋里的装饰不致破坏这座房子的美,我相信是不会的。来吧!我们一会儿就得回去和大家在一起了。他们到帐篷里去了;因为人家一定已经替晒干草的人准备好了帐篷——我相信这座房子连十分之一的人都容纳不下。"

她一边带我走到房子门口,一边低声细语地说:"大地和它的草木生灵啊!要是我能够说出或者表达我是多么爱大地就好了!"

我们走了进去,屋子里一个人也没有,我们由一个房间漫步到另一个房间——由满饰着玫瑰花的门廊走到接近屋顶大梁的古怪的小阁楼,从前庄园上的农民和牧人就睡在这些阁楼里,可是现在阁楼里放着许多小床,到处散放着没用的不为人所重视的东西——枯萎了的花束,小鸟的羽毛,燕八哥的蛋壳,放在大杯子里的石蚕之类——看样子目前这里住着孩子们。

房间里家具很少,仅有的家具都是必不可少的,而且极为简单。我曾经在其他地方注意到,在这个国家里人们酷爱修饰,但在这里人们似乎认为这座房子本身及其有关的东西是旧时代遗留下来的乡间生活的装饰品,如果把它重加修饰,就会破坏它作为一种自然美景的作用。

我们后来在一个房间里坐下来。这个房间就在爱伦刚才抚摸过的那处墙壁的上头,壁上依然挂着花毡。这幅挂毯原来并没有什么艺术价值,但是现在褪了色,呈现出来的那种悦目的灰色和房间里宁静的气氛非常协调;如果换上一幅颜色比较鲜明和触目的挂毡倒反而不相称。

当我们坐在那里的时候,我随便问了爱伦几个问题,可是没有注意听她的答复。突然我沉默起来,心中几乎什么感觉也没有,只意识到我是在那个古老的房间里，鸽子在我对面窗外谷仓顶上和鸽棚上面咕咕地叫着。

我想我陷入这种精神恍惚的状态中只不过一两分钟，可又像在一场逼真的幻梦中那样，仿佛经过了一段很长的时间。我清醒过来以后，看见爱伦坐在那里，在那褪色的灰色挂毡及其平凡的图案（因为已经变得模糊不清，所以现在还不显得太难看）衬托之下，看起来更加充满着生命、欢乐和希望。

她亲切地瞅着我，可是看那样子好像彻底看透了我的思想似的。她说："你又在对过去和现在做永无休止的比较了。对吗？"

"对，"我说，"我正在想，你有才能和智慧，同时爱好生活的欢乐，又不能容忍不合理的约束——像你这么一个人在过去的时代会变成什么样子。虽然现在一切理想都已经实现了，而且实现了很久，可是每当我想到过去的人虚度的生命，一直继续了那么许多年月，就感到痛心！"

"那么许多世纪，"她说，"那么许多年代！"

"你说得对，"我说，"你说得再对也没有了。"我又沉默不语了。

她站起来说："走吧，我不能让你那么快地回到幻梦中去。如果我们一定会失掉你，那么，我也要你在回故乡之前看遍你所能看到的一切。"

"失掉我？"我说，"回故乡吗？我不是要和你一起到北方去吗？你的话是什么意思？"

她微微忧郁地笑着说："先不谈这个，我们先不谈这个问题。不过，你刚才在想什么？"

我吞吞吐吐地说:"我刚才在对自己说:过去和现在?她难道不该说现在和将来的对比:盲目的绝望和希望的对比?"

"我早就知道了。"她说。接着,她拉着我的手,激动地说:"来吧,趁着还有时间!来吧!"她带我走出房间。我们下楼,经过一个别致的走廊,由一个小小的边门,来到花园里。我们一边走,她一边用一种平静的声音对我说话,好像要我忘掉她那突然而来的神经质似的。她说:"来吧!我们应该赶快回去,免得让他们跑到这儿来找我们。我的朋友,容许我告诉你,我发觉你很容易堕入纯粹幻梦般的沉思。这无疑是因为你还不习惯于我们的生活——在劳动中休息,工作就是快乐,快乐就是工作。"

当我们再一次走进那可爱的花园时,她停了一停,说:"我的朋友,你刚才说如果我生活在过去那种到处都是骚乱和压迫的时代里,你不知道我会变成什么样子。我读过过去的历史,我想我完全可以想象得出来。在过去的时代,我一定是个穷人,因为我父亲当初是一个种地的。我是不会忍受那种生活的,因此我一定会把我的美丽、聪明和伶俐,"她说这句话时,脸并不红,也没有那种假作羞愧的微笑,"出卖给有钱的人,这样我就完全会虚度一生;因为根据我对于过去时代的了解,我知道我一定没有选择的余地,对于我的一生,我一定没有权利自己做主。我也知道我永远不能够向有钱的人买到快乐,甚至也买不到行动的机会,从而得不到任何真正的刺激。我一定会毁掉我的一生,虚度我的一生,不是由于贫穷,就是由于奢侈。难道不是这样吗?"

"的确是这样。"我说。

她正想要说一些别的话,这时候围篱上一个小门(小门通向榆树荫下的一小片田野）打开了，迪克急急忙忙、高高兴兴地由花园小路上走了过来，很快地来到我们俩之间，把一只手放在我的肩上，一只手放在爱伦的肩上，说："啊，邻居们，我早就知道你们俩喜欢在这种安静的气氛中趁里面没有什么人的时候来参观这座房子。在这一类的房子中，它要算是造得最好的了。走吧，进晚餐的时刻快要到了。客人，我们要参加一个我想时间会相当长的宴会，在参加宴会之前，你想游一会儿水吗？"

我说："我想游一会儿水。"

"一会儿见，爱伦邻居，"迪克说，"克拉娜来陪你了，我想她对这儿的朋友比你要熟悉。"

当他说话的时候，克拉娜已经由田野里走了过来；我瞅了爱伦一眼，便转身和迪克一起走了，心中怀疑（我应该说老实话）不知能不能再和她见面。

第三十二章
宴会的开始——故事的结局

迪克立刻把我带到那个我在花园里看到过的一小片田野里去,那里到处都是五颜六色的帐篷,一排排搭得很整齐。在帐篷周围的草地上有五六十个男人、女人和小孩,有的坐着,有的躺着,全都兴高采烈——可以说,都怀着假日的轻松愉快的心情。

"你也许在想我们的人数并不很多,"迪克说,"可是你应该记住,我们到明天就会比较多了,因为晒干草的工作可以吸收许许多多对农事不大熟悉的人:社会上有许多人经常坐着工作——大都是从事科学和研究工作的人,如果我们不使他们得到在干草场上工作的乐趣,那就不近人情了。在这种情况下,技术纯熟的工人,除了一部分担任割草工作和晒干草中的工长职务的人之外,都可以站在一边,痛痛快快休息一会儿。你知道,不管他们愿意不愿意,这种休息对他们是有好处的,要不然他们也可以像我这样,到其他农村地区去。我们总要到摊晒干草的阶段,才让科学家、历史学家和一般学者参加工作,在这儿,摊晒干草的工作要到后天才能开始。"他一面说,一面带我穿过那一小片田地,走上河边草地中的一条土埝,然后向左转来到一条小路上,小路两边待割的草长得又密又高。我们一直走到在水坝及其磨坊的上游附近的河边。我们就在水闸上游的宽阔的河流里痛痛快快地游了一会儿,在这儿,泰晤士河因为被水坝截住,看起来比原有的天然河道大得多。

当我们穿好衣服,再一次穿过草地的时候,迪克说:"我们现在可以舒舒服服地去进晚餐了。这干草季节的宴会的确是一年中最愉快的一次,甚至于庆祝秋收的宴会也比不上它,因为到那时候,一年将尽,人们在尽情欢乐之余,难免要想到阴暗的日子即将来临,想到光秃的田野和荒凉的花园,而春天又是那么遥远,不知何日才能到来。也正是在秋天,人们才不禁想到死亡。"

我说:"你的说法很奇怪,这春去夏来、季节变化不是反复循环、十分平凡的事么?"真的,这些人对于这类事情的看法像小孩子一样。在我的心目中,他们对于天气阴晴,有没有月亮等等,似乎有一种超过常情的兴趣。

"奇怪吗?"他说,"关心一年四季的变化、丰收和歉收,难道是奇怪的事情吗?"

我说:"无论怎样,如果你把一年四季的变化当做是一出优美的、动人的戏剧——我认为你们就是这样的——那么,不管是对夏天的无限美好的丰盛景象,还是对冬天和它的困难和痛苦,你都应该同样的表示欢欣和关怀。"

"难道我不是这样吗?"迪克热情地说,"不过我不能采取冷眼旁观的态度,像坐在戏院里看别人演戏似的。"他心平气和地微笑着说,"要我这么一个没有文学修养的人把自己的意见恰如其分地表达出来,像那可爱的姑娘爱伦那样,是有困难的。但是我想说,我是这四季变化的参加者,我亲身感受到欢乐,也感受到痛苦。不是有人替我安排好四季的变化,我自己可以成天吃喝和睡觉,而是我自己也参与这种变化。"

我看得出迪克和爱伦一样,以各自不同的方式热爱大地,在过去的时代很少人有这种心情。在旧时代,一般的知识分子对于一年四季的变化,对于大地上的生物及其和人类的关系,怀着一种阴沉的厌恶心情。真的,在过去那个时代,人们把人生当做是要人忍受而不是供人享受的东西,而且还认为那种看法是有诗意的、富于想象力的呢。

我就这样陷入沉思之中,直到听见迪克的笑声才意识到我们已经走进牛津郡的干草场了。他说:"有一件事使我觉得奇怪,就是在这夏天蓬勃茂盛的季节中,我竟会想到冬天及其萧索的情景。客人,要不是因为过去我也曾有过这种念头的话,我一定会认为这是由于受到你的影响,是你使我着了魔。"他突然又说:"你知道,这不过是一句开玩笑的话,你别放在心上。"

"好吧,"我说,"我不把这句话放在心上。"然而对于他所说的话,我终究觉得有点不安。

我们这次又横过那条土埂,但没有朝那座老房子的方向走,而是沿着一条小路前进,路边地里的小麦现在快要扬花了。我说:"那么,我们不是在那座老房子里或者花园里进晚餐喽?——老实说,我想也不会在那儿。那么,我们在什么地方聚会呢?我看那些房子多数都很小。"

"是的,"迪克说,"你说得对,在这一带的乡村,房子都很小。精致的旧房子保留下来的很多,人们多半都住在这种独幢的小房子里。至于我们的晚餐,我们准备在教堂里举行宴会。为了你的缘故,我真希望这座教堂跟西边的古罗马市镇的教堂或者北边森林市镇①的教堂一样大、一样美。可是,不管怎么样,这座教堂总能容纳得下我们全体参加晒干草的人。教堂虽小,倒有它独特的美。"

在教堂进晚餐的打算使我觉得有点新奇,使我想到中世纪的教堂里的麦酒宴会②;可是我没有说什么,不久我们就来到那条穿过村庄的大路。迪克朝着大路的两端望了一望,只看见为数不多的两群人在我们的前面走着,他说:"看样子我们一定要迟到了,他们全都到教堂里去了。大家一定会等候你,因为你来自远方,是客人中的客人呢。"

他一边说一边快步前进,我也快步赶上他。不久我们就走上了一条两旁长着菩提树的小路,这条小路一直通到教堂的门廊,由洞开着的教堂大门里传来各种欢乐愉快的笑声。

"是的,"迪克说,"在炎热的傍晚,这是最凉快的地方。来吧,他们看见你一定会很高兴。"

尽管我刚刚游泳过,我的确觉得今天的天气比我们旅行中的任何一天都更闷热得令人难受。

我们走进教堂,这是一座朴素的小建筑物,过道和教堂中部

---

① 他指的一定是赛伦塞斯特(Cirencester)和伯福(Burford)。——作者原注
② 中世纪乡村中的一种节日,这一日在教堂院子或者教堂中举行宴会,喝麦酒,教徒们还给教堂捐钱,救济穷人。——译者

由三个拱门隔开，有一个圣坛所和相当宽敞的袖廊（虽然教堂很小），窗户多数是很雅致的牛津郡十四世纪样式。教堂内部没有现代的建筑装饰。看起来，自从清教徒[①]把教堂壁上的中世纪的圣者和历史故事刷掉之后，好像没有人再企图加上什么装饰。然而为了庆祝这近代的节日，教堂内部布置得很华丽，每个拱门都挂着花彩，地板上到处摆着大盆的花儿。在西边的窗下交叉悬挂着两把大镰刀，刀口雪白，在围绕着的鲜花之间闪烁发光。可是，教堂最美妙的装饰还是那些围坐在桌子边的漂亮男女。他们很快乐，满面春风，头发浓密，穿着假日的鲜艳的衣服，正如波斯的诗人所描绘的那样：看来好像沐浴在阳光下的一坛郁金香。教堂虽小，倒很宽敞，因为一座小教堂相当于一所比较大的房子。这天傍晚还无须乎在袖廊里摆桌子，不过到第二天，当迪克所提到的那些学者前来参加那摊晒干草的比较简单的工作时，无疑就会有必要了。

我站在门口，脸上露出期待的微笑，准备参加节日的庆祝，尽情欢娱一番。迪克站在我的身边，环顾着聚集在教堂内的人们，我觉得他脸上有一种"以主人自居"的表情。爱伦和克拉娜坐在我的对面，她们两人之间留着一个空位给迪克。她们都在微笑，可是她们美丽的脸各自转向坐在旁边的人，和他们交谈着；她们好像没有看见我似的。我转过头去对着迪克，期待他带我向前走去，而他也转过头来对着我。可是，说来很奇怪，他的脸上虽然

[①] 清教徒，英国十六、十七世纪反对英国国教而提倡比较单纯的信仰和宗教仪式的基督徒。——译者

照常露着微笑和欢乐的样子，但对我的目光却没有反应——而且，他仿佛完全没有注意到我的存在，我也觉得教堂里的人没有一个在看我。一阵痛楚的感觉通过我的全身，好像期待已久的灾难突然来临了。迪克对我一言不发，向前走了几步。这两个姑娘和我结伴同游，时间虽然很短，可是我认为她们已经真正成为我的朋友了。我和她们的距离不过三码，克拉娜的脸现在正对着我，可是尽管我用恳求的眼光望着她，企图引起她的注意，她也仿佛没有看见我似的。我转向爱伦，在一刹那间，她**的确**好像露出了认识我的样子，可是她那快活的面孔马上变得郁郁不欢，露出悲哀的表情，摇了摇头，再过一会儿，从她脸上的表情可以看出来，她已经完全忘了我的存在了。

　　我心中所感受到的孤独和痛苦完全不是笔墨所能形容的。我又逗留了片刻，然后转身走出教堂的门廊，经过那条长着菩提树的小路，转入大路，在这炎热的六月的傍晚，在我周围的灌木中的画眉正在纵声高唱。

　　我再一次不由自主地朝着浅滩边的那座老房子走去，可是当我在那通往村子的十字路的路口转弯时，我碰到一个人，他的样子跟我刚才在教堂里所看见的那些快乐的、漂亮的人成了奇特的对比。这个男人看起来很衰老，可是根据我的现在已经快忘掉的经验来判断，他事实上不过五十岁。他的脸上有皱纹，与其说脏，还不如说晦暗，眼睛迟钝无光，腰弯背屈，小腿干瘦如柴，走起路来一瘸一拐无精打采。他的衣服褴褛，落满了尘垢，这对我来说真是太熟悉了。当我在他的跟前走过的时候，他十分友好地举手掀了掀帽子，彬彬有礼，恭恭敬敬。

我大吃一惊，连忙在他的旁边走过去，循着那条通向河边和村子的低洼地带的大路快步前进。可是突然我仿佛看见一片乌云迎面飘来，好像我幼年时代遇到梦魇一样；我一时只觉得在黑暗中，不知道我到底是在走路、是坐着还是卧着。

* * *

我躺在暗淡的汉默史密斯我家里的床上思索着这一切；我问我自己，在我发觉只是做了一场梦的时候，我是不是感到极度的绝望。说来很奇怪，我觉得我并不感到那么绝望。

这难道真是一场梦吗？如果真是一场梦，那么，当外界仍然笼罩着怀疑和斗争的时代的偏见、忧虑和不信任的时候，我为什么一直觉得自己确是从外界看见了这一切新生活的景象呢？

虽然那些朋友在我看来是那么真实，可是我一直觉得我似乎跟他们毫不相干：好像总有一天他们会排斥我，对我说——像爱伦最后的悲哀的表情所要说的那样——"不行，不行；你不是我们的人。你完全属于过去的不幸的时代，我们的幸福甚至会使你感到厌倦。现在你已经看见过我们了，那么，你回去吧，通过你局外人的眼睛，你已经知道：不管你们的时代提出了多少不可能错误的格言，世界终究有一天会获得宁静，只有到那个时候，压迫才会变成友爱。那么你回去吧，在你这一辈子，你将会看见周围的人一方面迫使别人去过一种不能自主的生活，另一方面对自己的真正生活又毫不爱惜——这些人虽然害怕死亡，却又痛恨生命。你回去吧，但愿你因为见过我们而更加幸福，但愿你因为使你的斗争增加了一点希望而更加幸福。尽你的力量继续生活下去吧,不辞辛勤劳苦,为逐渐建设一个友爱、平静和幸福的新时代而奋斗。"

是的,毫无疑问!如果其他的人也能像我这样看到这一点,那么,这不应该说是一场幻梦,而应该说是一个预见。

附：梦见约翰·鲍尔

包玉珂　译

第一章
肯特郡的老百姓

我不时会做上一个完全是不求而自来的美梦，以报偿我在俗事上的操劳。我指的是在我睡觉的时候。做这种梦很像在观看一系列建筑图片。我会看到一座当时看来似乎刚刚落成的壮丽建筑，而且看得清清楚楚，就同我是清醒着一样；并不像通常梦中看东西那样模模糊糊或者颠三倒四，而是一枝一节都清清楚楚、合情合理。有时候我看见的是一所伊丽莎白时代的房屋，屹立在一个古老的村子里，那儿以前是苏塞克斯（Sussex）郡的沙壤密林区里的一片空地。和那所房屋在一起的，还有它的前身，一所十四世纪建筑物的残础遗基，以及在安妮（Anne）女王、糊涂威廉[①]和维多利亚等时代新建的退化没落的建筑[②]；这些后造的房子只是损坏了但还没有完全破坏这座建筑物的外观。有时候我看见的是一所古老而式样非常奇异的、由于教区执事的无知而受到严重破坏

[①] 糊涂威廉（Silly Billy），英国国王威廉四世（William IV, 1830—1837年在位）的绰号。——译者

[②] 伊丽莎白时代的建筑摆脱了中世纪的哥特式风格，而以后各朝的建筑崇尚浮华纤丽，风格颓败。——译者

的教堂，旁边有一所十五世纪住宅建筑的断垣残壁，周围是美丽如画的木架泥墁的埃塞克斯农舍，四处点缀着悄然如入睡乡的榆树，有几只若有所思的母鸡在场子上的麦秸窝里东翻西扒，满地是任人践踏的黄色麦秸，一直铺到那满雕着花纹的诺曼（Norman）式教堂大门柱子前面，全幅景色看上去十分调和悦目。有时候我看见的是喜欢改建房屋的教士和建筑师还没有动过的一所富丽堂皇的牧师会教堂，矗立在一片婆娑多姿的树木和隐没在花丛中的、以灰色石块和加草泥为墙的一些茅屋中央，村外环绕着狭狭一条碧绿的水草地，在一片威廉·科贝特①所特别喜爱的一望无际的威尔特郡多草的丘陵地展开。有时候又是一簇初次看到但是很眼熟的房屋，位于泰晤士河上游一个灰卜的村子里，一所十四世纪教堂精巧玲珑的镂空石窗棂高耸在那些房屋的上空。或者，有时候梦见的竟是一所完美的古代建筑物，丝毫没有受过那种庸俗的、既不注意也不懂得美和历史的功利主义的堕落影响：例如我有一次（在夜间的睡梦中）沿着斯特里特利和沃林福之间那一段大家都熟悉的泰晤士河附近闲荡（在这一带白马山的山麓从开阔的河道旁边缩了回去），眼前突然清楚地呈现出一座中世纪的市镇；它的围墙里耸立着屋顶、高塔和尖顶，灰暗而古老，从建成以后还完全没有经过修葺。这一切都是我在晚上睡梦中看到的，

---

① 威廉·科贝特（William Cobbett, 1763—1835），十九世纪初年英国最有影响的政论家之一，小资产阶级激进派的著名代表人物。他的作品如《骑马乡行记》（*Rural Rides*）等揭露了统治阶级的丑恶面目，记下了劳动人民的疾苦，同时也以栩栩如生地描绘了农村景色著称。——译者

比我在白天的幻想中努力想象的画面还要清晰得多。所以在前几天的一个晚上我又做了一个有关建筑物的梦时，如果梦见的只是这类东西，那么对我来说，它便算不上是什么新鲜事情了。可是我现在要讲的，却是我在入睡之后所碰到的一些新鲜而奇怪的事情。我在刚入睡乡的时候，脑子里迷迷糊糊，好像认为我自己可以在同一个星期日的晚上十一点半钟分别在曼彻斯特和密恰姆园（Mitcham Fair Green）[①]两个地方同时作公开演讲，而且一定能够顺利地践约。接下来就是我在施展我的全副本领，对一大群站在露天里的听众发表高论。我的服装就是我在那个时候实际穿的那一套：我的睡衣和一条加上去的没系背带的裤子。我心中念念不忘自己身上穿的那套衣服，觉得非常不安——其实我的听众压根儿没注意到它，他们显然一心在准备向我提出可怕的反社会主义的难题——结果我眼前那些全神贯注地听我的演讲的面孔便开始模糊起来，而我也逐渐从梦中清醒过来了。我醒来（我以为我是醒来了）一看，发现自己正睡在路边的一小片荒草地上，旁边是一座小小的橡树林，恰好在一个村子的外面。

我站起身来，擦擦眼睛，往四周围看了一遍。当地的景物在我的眼里是不熟悉的，虽然就它的地形来说，正是一片习见不鲜的、随处有丘垄隆起的英国低地。那条道路很狭，但是很直，使我确信它是一条罗马人所建筑的大道。四处散布着许多小树林。除了在我附近的那个村子之外，还有两三个村子和茅屋隐隐在望。介乎附近的那个村子与我之间，有一些栽种果树的园地，园

[①] 此二地相距甚远。——译者

中早熟的苹果已经开始发红了。紧靠着道路和那条与它并行的沟渠的另一边,有一片四分之一英亩光景的小园子,整整齐齐地围在由栽着的荆棘形成的篱笆当中,园里差不多开满了白色的罂粟花。此外,就我从篱笆外所能窥望到的,里面还有不少几乎是一色的鲜红的玫瑰花丛,我曾经听人说过,玫瑰香水就是从这种玫瑰花蒸馏出来的。除了这一处外,几乎可以说再没有其他的围篱,但有一小条一小条的种着各种作物的田地。在相距不太远的一片小树林后面,矗立着一座高塔的尖顶,雪白崭新,轮廓鲜明而又优美自然,同时具有明显的英国风味。这座塔尖,连同那种不用篱笆分隔的田地,以及那座花园和一些果园里的难得看到的整洁和精致的情形,使我迷惘了一两分钟,因为我弄不懂虽然那座塔尖看上去很新,但一个现代建筑师怎么会设计这种式样呢。还有,我当然早已看惯现代农业那种用篱笆隔开的小片田地和乱七八糟的破落景象。所以,这里的一切全收拾得像花园那样地干净和整齐,真使我十分惊讶。不过在一两分钟之后,我这种惊讶的感觉就完全消失了。如果我以后的所见所闻,在你们的眼中显得稀奇古怪,那么请你们记住,我当时可一点也不以为奇,除了在某一些地方,那我是会随时告诉你们的。还有,让我把话一起都说明了吧:如果我把那些和我交谈的人的话语照原样复述给你们听,你们准会听不懂,虽然他们所说的也是英国话,而我在当时是一听就懂的。

且说正当我伸了一个懒腰,向村庄那边转过脸去的时候,我听到路上有嘚嘚的马蹄声,接着就在直路的那一端出现了一个人,骑在马上,用轻松的快步向我跑来,同时还传来一片金属相击的铿锵声。这个人很快就跑到我面前,不过没有怎么注意我,只是很随便地向我点了点头。他穿着一副用钢片和熟牛皮做成的铠甲,腰间佩着一把宝剑,肩上荷着一支长柄钩镰枪。他的铠甲式样奇特、制作精良。但是在这个时候,我已经不以他的奇形怪状为意了。我只是自言自语地咕哝着:"他是来邀请乡绅去参加裁判会议[①]的。"于是我赶紧向村子里走去。我对于我自己的服装,也一点没有感到惊讶,虽然我是很可以因为它们的式样古怪而惊讶的。我当时穿着一件垂到脚踝的黑布长袍。长袍的领子和袖口上都很细致地绣着花;袖子非常宽大,直到齐腕口的地方才收小。我头上戴着一顶兜帽,兜帽的后半部像一只口袋似的倒垂在背上;腰间束着一条红色宽皮带,一边挂着一只绣得非常美丽的小荷包和一个刻着行猎图的硬皮匣子,我知道这是盛笔和墨水的文具匣;腰带的另一边挂着一柄带鞘的小刀,一种只是最危急的当儿才使用的武器。

于是我走到村子里了。在那儿,我没有看到(不过在这个时候,我也并不指望看到)一所现代的建筑物,虽然其中有许多还近乎是新建的,特别是村里的教堂。这座教堂很大,极其美丽、雅致而匀称,我看了简直喜爱得心醉神迷。它的圣坛所新到了这种程度,甚至在窗下仲夏的茂草上还有在窗户上雕花时凿下来的白皑皑的石屑呢。村里的房屋差不多全用橡木做架子,用加草泥或者灰泥打墙,粉刷得雪白。不过也有几所房屋的底层是用碎石头砌成的,用琢磨得很光滑的砂石条做门窗的框子。绝大多数屋

[①] 英国中世纪时由贵族领主或其管事主持的一种地方法庭。——译者

子都装饰着许多奇异的别具匠心的雕刻。有些雕刻已经很古老、磨蚀得很厉害了，但是它们的每一个细节仍都显得精巧、整洁甚至美丽，如同我方才在农田方面所观察到的一样。这些屋子全用橡木板盖屋顶，所有的木板差不多都已变得和石头一样灰溜溜的了；但是其中有一所房子是新造的，它的屋顶还呈现着一片淡淡的黄色。这是一所坐落在街角上的房子，它的正当街角的柱子上有一座小小的刻花圣龛，里面立着一尊漆得很鲜明的手持铁锚的圣像——圣克莱门特的像，因为屋主人是一个铁匠①。在离开教堂围墙东端不到一箭远的地方，有一座和教堂一样崭新的高大的石十字架，架头上很精致地刻着一个由一簇叶子簇拥着的耶稣受难像。这个十字架安置在一座宽阔的八角形石阶上，三条通到邻村去的道路就在这里汇合，构成一块就是站上一千来人也不会觉得太拥挤的宽敞的广场。

这一切，我都看到了，此外我还在四处看到不少人，大都是女人和小孩子，站在家门口的是不多几个老年人。这些人之中有许多人都穿着相当鲜艳的服装。至于男人们则三三两两地从我进入村子的街道的另一头正走过来。我看到他们绝大多数都带着用蜡或油擦得黄澄澄的亚麻布袋装着的大弓，背着箭囊，左面佩着一把短剑，右面挂着一只荷包和一把小刀。他们大都穿着大红的、翠绿的或者深蓝的布褂子，戴着和衣服不同颜色的兜帽。等他们

---

① 圣克莱门特（St. Clement），公元一世纪时罗马教皇，殉道者，是手艺匠出身，所以特别为铁匠这样的社会阶层所崇敬。他手持铁锚，象征着信徒执著其信仰而坚定不移。——译者

走近了一些，我才看清楚他们的衣服的料子是相当粗糙的，可是很坚固耐穿。我知道他们是在射靶，而且，的确我还能够听到附近有喧哗的人声；当风从那方面吹进来的时候，更断断续续地传来了弓弦声和箭射在靶子上叭叭的声音。

我倚在教堂的围墙上观察着这些人。他们有的直接回到自己的家里，有的仍在街上逗留。他们全是又高又壮、模样粗鲁的汉子。有几个人的肤色很黑，有几个则长着红色的头发，不过绝大多数人的头发都已给太阳晒成了焦褐色。的确，他们全都给太阳晒黑了，脸上或多或少都带着雀斑。他们都是粗人，但是他们的武器、带扣和腰带以及他们衣服上的装饰和衣缘可都是我们现在应该称之为美的东西。他们的言语谈吐也完全没有在文明社会的劳动者中间常听到的那种瓮声瓮气的骂人话或者嘎声哑气的粗俗腔调。可是他们也不像绅士那样说话，他们的谈吐宏朗、嘹亮而豪爽。他们全都快快活活、心平气和。我可以体会到这些，虽然我和他们在一起时觉得有些羞怯。

他们之中的一个穿过街来，走到我跟前。这人身高六英尺光景，长着一部黑色的短须、一双黑色的眼睛和一身莓子般的褐色皮肤。他拿着一张没有袋子的大弓，腰带上挂着一把小刀、一只荷包和一柄短斧，叮叮当当碰在一堆。

"喂，朋友，你好像在发愣，"他说，"你的嘴里装着一条什么样的舌头啊？"

"一条会吟诗唱歌的舌头。"我说。

"我想也是，"他说，"你口渴吗？"

"口渴，并且还饿呢。"我说。

说到这儿,我的手伸进我的钱袋,拿出了不多几个又小又薄的银币,它们反正两面都印着一个四只角上各有三个圆球的十字架。那人咧着嘴笑起来了。

"啊哈!是这样的吗?"他说,"伙伴,别把这个放在心上吧。在这个美好的星期天晚上,唱一只歌已经足够换一顿晚饭吃了。不过先得弄清楚,你究竟是谁的手下人?"

"我不是什么人的手下人,"我气忿忿地涨红了脸说,"我是我自己的主人。"

他又咧着嘴笑起来了。

"不,那不是英国的风俗,虽然有一天也许会是这样。照我看起来,你大概是打天上下来的,而且你在天上的地位还不低呢。"

他似乎踌躇了一下,然后凑近身子,就着我的耳朵轻轻地说了句"磨坊工人约翰磨得细、细、细",便煞住了口,对我眨眨眼睛。而我也不假思索地答道:"上天之子自会前来付厚利。"①

他把他的弓往肩头上一搁,腾出右手来,把我的右手重重地握了一下,同时他的左手落到腰带上挂着的东西中间,我注意到他把那柄小刀拔出了一半。

"哎呀,兄弟,"他说,"那边的玫瑰居有的是大肉和面包,我们又何必站在大路上挨饿呢!跟我来吧。"

他一面说,一面拖了我向显然是一家酒店的门口走去。酒店门外有一些人坐在两条长凳上一声不响地喝着酒,他们用的是奇形怪状的绿色和黄色釉彩的陶樽,有几只还绘有古色古香的图案呢。

---

① 这两句歌诀是1381年农民起义时所用的暗语。——译者

第二章
一个来自埃塞克斯郡的人

我跨进门后,最初感觉到的仍是我在刚醒来的时候所有的那种惊奇之感,因为这所屋子的内部虽然只是一间小酒店的堂屋,可是在我看来,它却显得十分别致和美观。一只雕刻得古色古香的大碗橱里放着一排排雪亮的锡镴酒壶、盘子以及木制的和陶质的大碗。从屋子这头到那头放着一张坚实的橡木长桌。壁炉旁边放着一把雕花的橡木椅子,现在有一个眼光滞涩、胡须雪白的老人坐在上面。这些再加上大伙儿坐着的粗凳子和长条椅,便是酒店里的全部家具。四面的墙壁上,从地面起到六英尺左右高的地方,颇为简陋地钉着橡木护墙板。板以上的墙面抹着一道三英尺左右阔的灰泥,塑的是一枝环绕四壁的玫瑰梗,这图案信手塑来,相当粗率,但是在我这种没有见惯的人看来,倒显得富于生气、极为出色。在那个大壁炉的遮檐上,有一朵用灰泥塑成的、并照它的本色漆得很鲜艳的大玫瑰花。有十来个人杂坐在那里,都是我方才看到由街头走来的,大家都在喝酒,有几个在吃东西。他们那些盛在袋子里的大弓都靠墙放着,他们的箭囊挂在护墙板的钉头上。在屋子的一个角落里,我看到五六支钩镰枪,枪柄是梣木的,约莫有七英尺长,看样子造出来多半是供打仗用的而不是供修削篱笆用的。有三四个小孩子正在大人们的腿叉间钻来钻去。他们肆无忌惮地嬉耍着,全不把大人放在心上。至于大人们呢,虽然他们是在热烈地、并且是严肃地谈着话,但好像也不以他们的打搅为意。一个壮健而好看的姑娘斜倚在壁炉旁边,靠近那个老头子所坐的椅子,看来是在伺候客人。她穿着一件合身的浅蓝色布袍,腰间系着一条宽阔的精工细刻的银带,散披着头发,头上戴着一个玫瑰花圈。那个老头子不时对她咕哝上一两句话,由此我认为他一定是她的祖父。

当我的同伴搀着我的手一同走进屋子里的时候,那些人都抬起头来。他用他那粗鲁而和善的声音高喊道:"嘿,诸位,我给你们带了一个传消息、说故事的人来啦。给人家拿一些肉和酒吧,让他可以说得更有劲、更好听些。"

"威尔·格林,你这位传消息的人是从哪儿来的?"一个人问。

我的同伴因为能在更多一伙人中间再说一次俏皮话,很是得意,就又咧着嘴笑起来了。他说:"他看来是从天上掉下来的,因为这个人是没有主人的。"

"那他到这儿来,就是个天大的傻瓜了,"一个长着斑白胡须的瘦个子在众人的哄笑中说,"除非他是被迫不得不在地狱和英国之间选择其一。"

我说:"不,我不是从天上掉下来的,我是从埃塞克斯郡来的。"

我的话才出口,大伙儿立刻嚷成一片,像放炮一样地清晰和突然。我得告诉你们,我早已有些知道——虽然我说不出我是怎样知道的——埃塞克斯郡的老百姓已经在集结起来,准备反抗领主和负责征收人头税的领主管家了,这些领主想把他们全部重行变为农奴①，就像他们的祖先那样。这当儿，老百姓是软弱的，领主们是贫穷的，因为有不少母亲的孩子都在老王②在位的时候在法国战场上牺牲了，加上黑死病又送掉了一大批人的性命。于是领主就暗自打起算盘来："我们是越来越穷了，可是那批住在高地上的农奴却富起来了，在市镇里，各种行会的力量也一天比一天强大了。这样，再过一些时候，还有什么东西能留给我们这些既不会纺纱织布、又不愿翻土扒泥的人呢？所以我们如果能够赶早动手，在一切没有参加行会和自己没有田地的人身上打主意，在定役佃户那班人身上打主意，用法律和强硬的手段镇压他们，使他们由现在这种名义上的农奴变成真正的农奴，那对我们将有很大好处；因为就眼前来说，这批可恶的东西所焙制的面包已经超过他们肚子的需要，所织的布匹也足以蔽体而有余了；他们把这些多余的东西全给自己保存起来，而我们比他们更配享用这些东西。所以还是让我们按照老王的好法令所规定的，把铁项圈给他们重行套上，延长他们每天的工作时间，缩短他们喝酒闲谈的余暇吧。要是神圣的教会参与其事（在这一点上，那批洛拉德派教士③或许能助我们一臂之力），把一切既可恶又无聊的休假日完全取消，或

---

① 农奴（villein），英国十三世纪以后的一种没有自由的附属于土地的农民，他们无权反抗地主，领主可以任意买卖他们。——译者

② 老王，指爱德华三世。他为了对法国进行战争，曾想尽方法搜括英国人民的金钱以充军费，由他开始的英法战争一直延续了一百年。——译者

③ 洛拉德派（Lollards），在十四世纪，英国有很多教士极力反对罗马教会，洛拉德派是其中的最激烈的一个集团，最重要的人物是约翰·鲍尔。这里说领主们想请他们帮忙，是指洛拉德派主张取消教会所规定的放假节目而言。——译者

者明文规定凡是身份比乡绅低的人除了在内心里和精神上纪念外，一律不许度教会的神圣节日，一律照旧干活，就好了；因为耶稣的大弟子不是说过'若有人不肯做工、就不可吃饭'这句话吗？① 假使诸如此类的事情都做到了，假如这种尊贵的富人和安分守己的穷人各安于其位的制度能够永远维持下去，那么英国就会有好年月出现，日子也就过得有意思了。"

那批领主正为此而大肆活动，而且就我所知，这一类议论还不仅出自领主之口，就是在他们的家将和家丁中间，也可以常常听到。但是老百姓却不肯从命。所以，就像我方才说过的，埃塞克斯郡的老百姓马上就要揭竿起义了。此外还有谣言在流传着，说什么在圣奥尔本斯（St. Albans）地方，老百姓几乎要和修道院院长手下的兵丁冲突起来了。在北方的诺里奇（Norwich）地方，有一个名叫约翰·利斯特（John Lister）的人正在把自己武器上的蓝颜色擦掉，准备把它们重行染成红色，不过并不是用胭脂或洋红做染料。在达特福（Dartford）地方，有一个勇猛的瓦匠因为征收人头税的领主管家欺负了一个小姑娘——就是他的女儿——就用劈木板的斧头砍死了那个管家。肯特郡的老百姓已经在行动了，等等。

现在，我对于这一切既已了然，我看到他们一想到他们的弟兄埃塞克斯郡的老百姓就大喊大叫，也就不以为奇，而是觉得他们在这件事上未免过于声张了。只有威尔·格林安静地说："好吧，

---

① 这句话是保罗（Paul）说的，见《新约全书·帖撒罗尼迦后书》，第3章，第10节。——译者

等我们的交情深了以后,再把消息告诉我们吧。兄弟,现在你先多吃些肉,好让我们能够早些听到你的故事。"他说话的时候,那个穿蓝衣服的姑娘忙了起来,给我拿来了一只干净盘子———一块方形的刮磨得很光滑的橡木薄板。她还给我拿来了一锡壶酒。我也就老实不客气了,像一个老于此道的人那样,从腰带上把小刀拔出来,尽自己看中的猪肉和面包切来就吃。在我切肉的当儿,威尔·格林却取笑我说:"不错,兄弟,你的确不是一个替地主割鸡切肉的佣人,不过要不是你声明在先,你倒很像是替他念书的人呢。有学问的先生,你到过牛津吗?"

我嘴里正塞满了腌猪肉和黑麦面包,所以只好点点头,表示到过。提到牛津,我眼前便出现了一幅图画。那是一片灰色屋顶的房子和一条弯弯曲曲的长街,还有当当当的许多钟声。我举起酒樽,我们把大杯子碰得铿锵做声之后,就把酒一气喝下。肯特郡的醇酒像一道烈火从我的血管里流过,加深了我对于过去、现在和将来的事物的幻想。因而我就说:"你们既然要听故事,现在就请你们听一个吧。去年秋天,我在萨福克(Suffolk)郡风光美好的邓威治(Dunwich)镇,恰巧有几只冰岛的小木船开到了那儿。船上有几个冰岛人,他们对我讲了许多故事;我一向是一个喜欢收集故事的人,我就从他们那儿收集到了好多个故事。我现在要讲的就是其中的一个。"

于是我就对他们讲了一个我久已熟悉的故事。不过我讲着讲着,说的话仿佛越来越流利了,词汇也越来越丰富了,甚至我都辨不出我自己说话的声音了。而且在我讲述的时候,我的语言差不多是有音韵、有节奏的。等我讲完之后,大家静默了一会儿,然后有一个人低声说道:"是呀,那块地方夏天短、冬天长,可是人们是冬天也要过,夏天也要过的。即使那儿的树木长不好,五谷不丰登,然而称为人的那种生物可以长得不坏,生活也可以过得很好。但愿上帝也把这样的人送到我们这儿来吧。"

"来过啦,"另一个人说,"这样的人已经来过,将来还要来;说不定这会儿他们已经离开这儿的大门不远了。"

"是呀,"第三个人说,"还是听一支罗宾汉①的歌吧。这也许可以让我所盼望的那个人快些来到。"接着他就用年轻人所特有的那种清朗的嗓音,按着一种很动听的粗豪调子放声高歌。他所唱的那种歌,你们也许已经念过它们那些残缺不全的、被窜改得不成样子的片断。我倾听之下,不由得精神振奋,因为歌中所叙述的是反抗暴虐统治、争取自由生活的斗争,歌唱的是住在荒林和灌木丛中,虽然风吹雨打,可是对于一个自由人来说,却要胜过王宫大厦和充满铜臭气的城市。它歌唱劫富济贫的侠义行径,歌唱一个人怎样依照自己的意志行事而不是唯他人之命是从。在座的人都凝神静听着,不时在每阕的煞尾处,用他们那雄壮而粗鲁的、但是并非不入调的声音和上两句重复的叠句。当他们高唱的时候,我的脑海里闪过了一幅寒林荒野的图画。那确实是一片寒林荒野,而不是像公园那样幽雅的茂林草地。它是一片枝叶虬结、杂乱无章的丛林,是一片悄无人踪的草莽荒原,在早晨的阳光下显得庄严肃穆,而在悲风萧萧的黄昏和苦雨凄凄的黑夜显得阴郁凄凉。

---

① 罗宾汉(Robin Hood),中世纪英格兰和苏格兰民间叙事诗中反对封建压迫的传奇式英雄。——译者

他唱完之后，另一个人接下去唱了一只同样调子的歌。不过他所唱的更像是一首短曲而不是叙事的长歌。下面就是我所记住的歌词：

郡长已成强豪王，
家有黄金数不清，
侍卫众多身佩剑，
不能震慑英雄心；
擎弓奋勇向前进，
弦如满月射强人。
百合花开绿草地，
荆丛橡林且隐身。

石块泥灰筑堡墙，
土牢黑狱深且坚，
善士无辜遭迫害，
正人含冤入九泉。
为此我等揭竿起，
仗剑弯弓伸大义，
君王纵有严诏令，
英雄视之如粪泥。

壮士举步须看清，
入屋进房请留神，

广厦华宇虽悦目,
岂能失算落陷坑;
须防举步才跨入,
身后有人紧闭门。
百合花开绿草地,
荆丛橡林且隐身。

荷枪擎弓出门去,
百合草地逞威风!
敌人众多何足惧,
还我自由赖长弓。
绿草如茵严阵待,
雕翎满曳射鲸鲵。
君王纵有严诏令,
英雄视之如粪泥。

穿越草地走丛莽,
安居荒林乐洋洋;
林中壮士谁能问,
海阔天空任翱翔。
郡长无法施虐令,
弯弓争做自由人。
百合花开绿草地,
荆丛橡林且隐身。

这支歌唱到这里，忽然停止了。有一个人举起了手，好像要说"嘘，别响！"就在这当儿，从敞开着的窗子外，传进来另一首歌声。这歌声似乎是出于一队游行者的口中，而且越来越响。这是一首我非常熟悉的教堂里常唱的歌曲，它使我回忆起法国某些大教堂的大拱门和专门在大寺院中诵经的僧人。

大家都跳起身来，急忙去拿他们放在墙边和屋角的大弓，有几个还带着盾牌，这种盾牌是把牛皮煮软后压成一定形状再把它烤干做成的，大约有两手宽，中央嵌着铁的或者黄铜的钉头。威尔·格林走到放钩镰枪的屋角，把它们通通分发给那些去拿的人。然后我们都严肃沉着地走到街上，来到宁静的下午的柔和的太阳光底下。现在，下午已开始转向黄昏了。我们从乍一听见那传来的歌声的时候起，就没有一个人说过话，只是在我们跨出大门的当儿，那个首先唱歌的人才在我的肩头上拍了一下说：

"兄弟，我说唱罗宾汉一定会替我们把约翰·鲍尔[①]招来的，

[①] 约翰·鲍尔，生年不详，死于1381年，英国下层教士，1381年农民起义的鼓动者之一，几次被捕入狱，1376年被驱逐出教。1381年肯特郡的农民将他从梅德斯通（Maidstone）监狱中救出来拥为起义领袖之一。起义失败后被处以绞刑，死后被开肠破肚，四马分尸，由此可见他在农民中影响之大和统治阶级对其仇恨之深。关于他的生平事迹后人知道得很少。我们所知道的就是他拥护威克利夫（John Wycliffe）的主张，鼓动农民反抗世俗和教会的贵族，反抗特权阶级，要求社会平等。他有两句最有名的话：

亚当耕种夏娃织，

当时有谁是绅士？

我的话不假吧？"

他说人是生而平等的，奴隶制并非上帝的旨意，如果上帝有心创造农奴的话，他早就会规定谁该当主人，谁该当奴隶了。农民应当拿出勇气来像铲除妨碍农作物生长的杂草那样，把贵族、官吏、律师以及其他的特权阶级清除掉，从而把长期套在他们身上的枷锁打破。当时的法国历史记载家弗鲁瓦萨尔（J. Froissart, 1333？—1400？）保存有下面一段鲍尔的演说词，读者可以从其中看到他反对现存社会制度、主张平等的思想的梗概：

"亲爱的同胞：我们英国的事情，要不把一切财物归为公有，既没有农奴，也没有绅士，彼此完全平等，那就绝不会弄好，而且永远也不会弄好。那些我们称做贵族的人有什么理由占我们的便宜呢？他们为什么应当过着奢侈的生活？他们有什么理由要束缚我们？如果我们同是亚当和夏娃的后代，他们又有什么理由做我们的主人呢？也许除了他们要强迫我们做工来供他们享受之外再没有其他的原因了。他们穿着天鹅绒的衣服和镶着白鼬与毛皮的外衣，而我们穿的却是粗麻布。他们有酒、有香料、有好面包，而我们只有黑面包、糠麸、粗面糕和白水。他们有别墅和美丽的庄园，而我们只有烦恼和工作，甚至要冒着风雨在田里干活。他们从我们身上和我们的劳动中榨取了许多东西供他们自己挥霍，而我们却被叫做农奴，伺候他们稍微慢一点，还要受鞭打。"（见弗鲁瓦萨尔:《编年史集》，第8卷，第106章）——译者

第三章
他们在十字架前会师

我们走到外面的时候，街上早已挤满了人。大家的脸全朝着那个十字架。歌声仍然越来越近、越来越响。我们顺着声音望过去，看到一大伙人正转过果园和一些小园子的荆棘篱笆的拐角。这伙人的武装比起我们村子里的人来似乎更为齐全，因为偏西的太阳光正在好些雪亮的钢铁利刃上闪耀呢。这当儿，歌词是听得清楚了，在一片歌声中我听到了威尔·格林方才对我提出的问题和我的回答。正当我集中了注意力、想把他们的歌词听得更清楚一些的时候，我们背后的那座白色崭新的高塔上陡然发出了教堂的钟声。它起先是急促而杂乱的，不过跟着就变为有节奏的和谐钟声了。我们这一伙儿刚一听见钟响，就大声呐喊，那伙新来的人也用同样的呼声相应：大家高喊着"约翰·鲍尔在撞我们的钟了！"于是我们就使劲向前逼近，霎时间我们已来到十字架前，大家合在一起了。

威尔·格林高高兴兴地连拖带拉地带着我挤了过去，我发现自己已经站在十字架的台阶的最低一级上了，在我旁边的是威尔的六英尺之躯。在我喘气的时候，他格格地笑着和我说：

"老朋友，这儿是一个可以让你看明白和听清楚的地方。你身子长得宽，个子可不高，你的气力也不够。所以，要不是有我帮忙，你只能夹在密密的人群里；你只能听到一些给肯特郡人的大肚皮挡住的模糊不清的词句，你除了套着破毛衣的胳膊肘和油腻腻的铁甲和背心外，也不会看到什么别的东西。不要老是眼看着地，好像看到了一只兔子似的。让你的耳朵和眼睛多收集一些消息，带回埃塞克斯或者天堂上去吧。"

我只是对他亲热地微笑一下，并没有说什么话，因为老实说，我的眼睛和耳朵早已忙得和他所希望的一样了。这时候，从人丛里传出一片喊喊喳喳的说话声，夹在钟声的有规则的韵律中。这时钟声似乎是从遥远的地方传来的，而且不像是由人的手撞击出来的，它们俨如一些有生命的东西本着它们自己的意志发出来的声音。

我向四下里看了一遍，发现那些和我们混合在一起的新来者一定是一队正规的战士。他们人人背上斜挂着盾牌，很少人腰间没有佩剑；一部分人拿着大弓，另有一些人拿着长兵器，即钩镰枪、长柄斧或者长矛。此外，他们与我们村子里的人还有一个不同之处，就是他们差不多全穿有护身的甲胄。大多数人头上都戴着钢盔，一部分人身上披甲——一般都穿着一种满缀着铁片或者牛角片的"背心"或者短褂子。另有一些人的臂上和腿上还套着全钢的或者用钢片和熟牛皮做成的甲片。其中有几个人骑着马。他们的马都是那种骨骼粗大、头形像椎的牲畜，看样子很像是从犁上或者大车上解下来的。不过骑在它们背上的人不论在头上、臂上还是腿上全都甲胄齐全。我在骑马人中间认出了那个在我刚醒来的时候从我身旁跑过去的家伙。不过他看来好像是个俘虏，因为他头上戴的是毛料兜帽而不是钢盔,而且身边也不带钩镰枪、宝剑或者匕首。可是,他一点也没有惶恐不安的表示,相反地,他正和站在他跟前的人谈笑得异常起劲呢。

在人群的头上,一根由人们高擎的、十字形的长竿上面飘着一面很大的旗子。它正慢慢地移向十字架。旗上面画着一幅图画:在一片碧绿的树林前面站着一男和一女,上身披着兽皮,男的拿着一柄铁铲,女的拿着一个线轴和一只纺锤。这幅图画画得是够草率的,但另有一种精神而且颇有意义。在这幅原始世界和人类第一次与大自然斗争的象征画下面,写着这样的词句:

亚当耕种夏娃织,
当时有谁是绅士?

这面大旗在人丛中慢慢地移过来,到了我们站着的地方,大伙儿就让出一条路来,容它通过。掌旗的人走到十字架的台阶的第一级上,在我的旁边立定,转过身去面对着人群。

有一个人跟着掌旗的人一同上来。他穿着一件深褐色的粗呢长袍,腰间系着一根粗绳,上面挂着"一串珠子"(我们现在称之为念珠)和一本用袋子盛着的书。这个人又高又大,剃得光秃秃的头顶心的四周围有一圈黑色的头发。他的鼻子很大,但轮廓分明,有两只很大的鼻孔。他的脸刮得很干净,有一片翘得高高的上嘴唇和一个阔大而方正的下巴,他的嘴很大,双唇紧闭。除了一双隔得很开的、大大的、灰色的眼睛,这是一张平淡无奇的脸。这双眼睛有时候露出和善的微笑,使他的整个脸儿都开朗起来,有时候又一动不动，显得很是严厉，也有时候则像诗人或者热情的人所常表现的那样，仿佛是在凝视某种在远方的东西。

他慢慢地走上十字架的台阶，站到坛顶上，伸出一只手扶着十字架的立柱。欢呼声一阵接一阵从人丛中爆发出来。当欢呼停止、不再听见人声的时候，那好像从远处传来的钟声仍然在悠扬地响着，那些褐色的长翅膀燕子也没有给这拥挤的人群吓倒，依然在环绕着十字架一面狂噪，一面飞舞。那个人一动也不动地站了一会儿。他察看着下面的人群，说得更确切点，他是在挨个儿打量他们，好像是在猜测他们在想什么，或是在盘算他们究竟适合于做什么事情。有时候，他和这个人或者那个人的眼光碰到了一起，他就露出了满脸仁慈的微笑，不过这种笑容总是随着就化为一个怀有沉重而远大的思想的人所常有的那种严肃和悲哀的神情。

约翰·鲍尔跨上十字架的台阶的当儿，已有一个孩子在别人的盼咐下跑去关照打钟的人住手了。所以大钟的声音不久就停止了，这在人们的心里留下了一种空虚的甚至是失望的感觉，这是在某种业已习惯的而且觉得悦耳的声音骤然停止时常常会有的感觉。不过这时已另有一种殷切的期望出现在大家的心里，因此连一个悄声说话的人也没有。所有的人的心和眼睛全都集注在这穿黑衣服的人物身上，他笔直地站在十字架的白色高柱子旁边，双手伸在面前，一只手心按在另一只手之上。就我自己来说，当我在聚精会神，准备倾听他的话的当儿，我的心灵深处感觉到了一种从未感觉到过的喜悦。

第四章

约翰·鲍尔的呼吁

就这样我听到约翰·鲍尔发言了,听到他怎样提高了声音说:

"嘿,你们全体善良的老百姓啊!我是上帝的一个教士,我的一项日常工作是我应该告诉你们哪些事情你们应该做,哪些事情你们不该做。我就是为了这个目的到这儿来的。不过我首先要说,如果我自己曾经伤害过这儿的任何一个人,那么请他说明我所犯的错误是在哪一方面,好让我求他宽恕和垂怜。"

他这样说着的时候,人群里传出了一片表示赞许的喁喁声。他的脸上仿佛出现了一丝骄傲的微笑,然后接下去说道:

"你们在三天之前把大主教的府邸当做坎特伯雷大教堂里的蜡烛那样烧掉了,还把我从大主教的监狱里救了出来,不就是为了我可以对你们讲话,替你们做祷告吗?所以,不管我过去做了坏事还是做了好事,我都不再保持沉默。善良的伙伴们、我的好弟兄啊,在这一点上,我希望你们能够跟着我走。如果这儿有什么人——我知道得很清楚,这样的人是有一些的,而且也许还不少——是抢劫他们邻舍的强盗(有钱的人会说:'谁是我的邻舍呢？')①或者是奸淫者，或者是恶毒的憎恨者，或者是搬弄是非者，或者是媚富欺贫者（这种人是最最坏的）——哎，我的可怜的误入歧途的弟兄啊，我所要对你们说的，并不是什么回家去闭门思过、免得你们来玷污我们伟大的事业，相反地，我是要你们快些到阵地上来将功赎罪。你们已经做了好多日子的傻子了，可是只要你们肯听从我的话，我就能够使你们获得非凡的智慧。如果你们牺牲在你们的大智大慧之中，上帝知道你们是可能这样牺牲掉的，那么由于你们所到的地上长出了宝剑而不是雏菊、长出了长枪而不是菁草，虽然一般人认为你们死了，实际上你们已经成了一切事物的永恒的智慧的一部分，已经成了支持这个充满着欢乐的大地的柱石。

"不错，你们早已听人说过，你们必须在今世做好事，以便在来世获得永恒的幸福。所以你们现在就应该行善，以领取你们在尘世上和天堂里的报酬。我要告诉你们，尘世和天堂并不是两个地方，而是一个地方。这个地方是你们全都知道的，而且你们每一个人都是它的一部分呢。它就是圣教。圣教的生命就寓居在你们每一个人之中，除非你们把它毁灭。不错，弟兄们啊，难道你们之中有任何一个愿意毁灭圣教、使自己成为一个孤苦无告的流浪者、像那个杀死亲兄弟的该隐②那样吗？咳，我的兄弟们啊，成

---

① 参看《新约全书·路加福音》，第10章，第25—37节。一日耶稣叫众人爱邻居如同自己，有一个律法师想替自己辩护，便对耶稣说"谁是我的邻舍呢？"鲍尔的意思是说抢劫穷人的有钱人也会这样装糊涂，为自己寻找借口。——译者

② 该隐（Cain）因忌妒上帝看中了他弟弟亚伯（Abel）和亚伯的供物，将他杀死，上帝罚该隐在地上流离飘荡。详见《旧约全书·创世记》，第4章。——译者

为一个不容于圣教的人,没有一个人爱你、和你说话,也没有什么友爱,这是一种多么悲惨的命运呀!不错,兄弟们,友爱就是天堂,缺少了它便是地狱;友爱就是生命,没有它便是死亡。你们在尘世上做好事,就是为了友爱才去做的,存在于友爱中的生命将永远活下去,你们每一个都是它的一部分,而其他许多人的在尘世上的生命最后则将在尘世上化为乌有。

"所以我叮嘱你们千万不要住在地狱里,而要住在天堂里。如果不能够,那就住在尘世上吧,尘世也是天堂的一部分,它实在并不是丑恶肮脏的地方。

"的确,凡在地狱里还能保持清醒并感到自己消沉的人一定会想到他在尘世时的欢乐的日子。他会想起在尘世上当他感觉到消沉的时候,如何向他的伙伴求援(这个伙伴也许是他的妻子、儿子或者弟兄,也许是他的谈天的朋友或者刎颈之交),他们如何在听到他的呼声后来和他待在一起,在太阳底下共道愁苦,直到他们驱逐掉心上的悲哀,重新高兴欢笑起来。他在地狱里会想到这些,并且哀求他的伙伴来援助他。但是他将发现那儿是得不到援助的,因为那儿没有友爱,每一个人都是自己顾自己。所以我要告诉你们,那些骄傲的目空一切的富翁虽然自己不知道,其实是早已置身地狱之中了,因为他们是没有伙伴的。一个勇敢坚强、在患难之中能够想到友爱的人,他的悲伤不久就会成为过去,只是愉快的生活中一个小小的变化而已。"

他停顿了一下。这当儿他的声音已经变得很低,可是他的声音是如此清晰,长夏的薄暮是如此宁静,而人们又是如此地鸦雀无声,所以他的话仍然能句句印上人们的心头。他的眼睛有好半天老是眺望着远处的夏日青葱的原野，现在他的目光随着他发言的中断又落到了众人的身上了。他的和善的眼睛看到在他面前的人群里出现了一种奇异的景象，就是他们中间许多人的眼睛此刻都含着泪水，有几个人虽然已经满口黑髯，却公然哭泣起来；而且所有的人都流露出一种好像很难为情、不愿意给别人看到自己深受感动的样子，这是他们这一族人的特点，每逢他们感情激动得太厉害的时候都是这样的。我望了望站在我身旁的威尔·格林，他的右手把他的大弓握得这样紧，以致他的指骨节都绷得发白了；他愣愣地对前面瞪眼看着，他的眼泪好像是不由自主地直溢出来，顺着他的大鼻子往下淌，他的脸绷得紧紧的，毫无表情，最后他发现我在看他，便现出一副非常古怪的表情：眉头蹙得紧紧的，眼睛里含着泪水，嘴上挂着微笑。他用左胳膊肘在我的肋骨上很响地撞了一下。要不是人多把我挤住了，我准会被他撞倒在地上，但我仍像一个受封的骑士那样承受了他这一击。①

我在沉思这一切的时候，想到人们怎样斗争和失败，想到尽管他们失败然而他们所争取的东西终于实现，但在它实现的时候又怎样变为不是他们所要求的东西，而另外的人不得不在另一种名义下为他们所要求的东西进行斗争——当我正在沉思这一切的时候，约翰·鲍尔又用他刚才说话的那种柔和而清晰的声音开始发言了。

"善良的伙伴们啊，正是出于你们的友爱和仁慈，你们在三天前把我从大主教的监狱里搭救出来了，虽然上帝知道你们这样

---

① 诸侯册封骑士时，要用剑的侧面在受封者的肩上轻轻拍一下。——译者

做除了被当做破坏法纪的强徒并且被送上绞刑台之外,什么也得不到。但是就在你们把我救出来之前,当一道坚固的高墙和狱卒、警官、豪吏等人把我跟坎特伯雷大街隔开的时候,我也不缺少你们的友爱。

"诸位朋友和搭救我的人,请听着:在好多日子之前,那时四月还刚开始,我躺在那儿,我的那颗心,为了对人类的爱、为了对圣徒和天使的爱、为了对这一代和后一代人的爱准备忍受一切苦难的那颗心本来绷得像一张硬弓似的,那时候竟变得软弱无力了。我躺在那儿,一心想念着那些绿油油的原野、满缀着白花骨朵儿的莽丛、在麦田上面唱着歌的百灵鸟、围坐在小酒店里长凳上的善良伙伴们的谈笑、小孩子们的牙牙学语声、大路上成队的马匹和田野里的牛羊,以及大地上的一切生命。这些时候我一直是一个人孤零零地靠近我的仇敌,远离我的朋友,饱受着嘲弄和侮辱,为寒冷和饥饿所煎熬。我的心已经变得如此软弱,虽然我当时在渴念着这一切东西,可是我看不见它们,除了它们的名字之外,我再也想不出它们是什么样子。我渴望着解脱,我甚至埋怨自己过去为什么一度要做好事情。我对自己说:

"的确,如果你曾经守口如瓶,也许你已经捞到一个位置了,即使这个位置只是一个镇区教士吧,你也可以给许多穷苦人以安慰。那时候,你就可以在各处使寒者得衣,饥者得食,帮助许多人,人们会称道你,而你自己也可以感到心安理得。现在,由于你在这儿或者那儿对某个大人物少说了一句奉承话,由于你在屠杀、罪恶和残酷的行为当中不肯熟视无睹,你失去了这一切。现在你可完了,一点生路也没有了。为你准备的苎麻已经种下去了、长成了、梳理好了、结成绳子了，喏，在那儿，那就是你的绞刑架上的索子。一切都完了，都完了。

"真的，朋友们，我在软弱的时刻曾经这样想着、抱怨着，我悔恨我没有叛离对圣教的爱，我当时的愚蠢的想法竟是如此的邪恶。

"可是，我反复思量着，只要我肯略为像一只抖瑟瑟的小狗那样匍匐在修道院院长、主教、贵族和豪吏的面前，摇尾乞怜一下，我就能给别人以安慰和帮助，而我自己也可以得到安慰和帮助，这时候，我又想起了这个世界上的罪恶，我，一个低贱的反叛教士约翰·鲍尔，曾经为了对天上的圣者和人间的贫苦大众的爱，同这些罪恶做过斗争。

"是的，我又一次像从前那样看到了大人物践踏小人物、强者欺压弱者、恶人什么都不怕、善良的人什么都不敢做、聪明的人则什么都不管；天上的圣者容忍了一切，可是吩咐我不要容忍。真的，我又一次认清了，一个人只要为友爱而尽过力，那么凭着这种爱，虽然在今天看起来他好像是失败了，但是实际上，他并没有失败。相反地，他和他的事业将永垂不朽。人们在他们的鼓舞下，将再接再厉地奋斗着。其实，这一点也不算什么，因为斗争就是我的乐趣和生活。

"于是我又一次成为一个男子汉了。我站起来，尽我的脚镣所许可的，在牢房里来回踱着。诸如我们今天所唱的那种振奋人心的词句又来到我的口头了。我就像我们现在这样，用雄壮的声音唱着那些词句。之后，我停下来休息；我又一次想到了那些我想去的可爱的原野和原野上的人和牲畜的生活。我对自己说，我但愿在死亡之前再看到它们一回，即使是一回也是好的。

"真的,这是很奇怪的:在此之前,我虽然渴想着它们,然而看不到它们;现在呢,我不那么渴想它们了,我的想象力反倒清晰起来,我看到了它们,就像监狱的高墙已经打开,我已经穿过坎特伯雷大街,置身在仲春的绿茵茵的芳草地上了。在那儿和我在一起的有我认识的已经去世的人和现在活着的人,是的,还有一切在尘世上和在天堂里的伙伴,不错,还有所有今天集合在这儿的人。关于他们和那个过去时代的故事,是说也说不完的。

"就这样,从那时起,我一天天地熬下去,再也没有那种沮丧的心境了,直到有一天,监狱真的在光天化日之下被打开了,你们,我的伙伴们,从门里冲了进来。你们一脸高兴的样子,你们充满了希望的心是轻松的,你们带着愤怒的手落下去是沉重的。这时候,我看到了、也明白了什么是我应当做的事情。所以现在,你们想必也明白了吧?"

他说出那最后的几句话时,把双手向大家直伸出去,他的声音改变了,而且越来越响亮了。我能够感觉到,所有怕难为情和畏惧的心理都已经完全从那些人身上消逝,而另一种完全像烈火般的丈夫气概从他们所常有的英国人的那种含有腼腆的顽强后面透露出来,他们确实是受到了感动,并且看清了他们面前的道路。可是仍然没有人说一句话。随着太阳更接近地平线、射出更灿烂的金光,随着人们头顶上盘旋着的燕子叫得更尖锐、更响,人们的静默也显得更加深沉了。

约翰又接着说道:

"对于今后应该做的事情,我相信你们所知道的绝不会比我少。首先我们必须做一些事情。一个孤独的或者呻吟在牢狱里的人只能幻想伙伴的爱,但是一个已经获得了这种爱的人就应当行动起来,而不应该再幻想了。

"其次,你们也已经知道谁是我们的敌人,他就是那种骄傲自大的人,压迫人的人。这种人蔑视友爱,他认为他自己就是这个世界,既不需要别人帮助,也不肯帮助别人。而且由于他有钱,他就能不遵守法律,单用法律去压制别人。毫无疑问,每一个有钱的人都是这一种人,绝不可能是另一种人。

"的确,每一个有钱人的心里都住着一个地狱里的魔鬼。每逢他想把他的财物分一部分给穷人的时候,他心里的那个魔鬼就会出来反对。魔鬼说:'如果你愿意也做一个穷人,像穷人那样忍饥挨冻,饱受嘲弄,那么你就把你的财物去分给他们,而不必保留你的财物。'每逢他生了怜悯心的时候,魔鬼又对他说:'如果你去照顾那些下流人,和颜悦色地对待他们,把他们当做人看待,那他们就会藐视你,跟着你就要倒霉了。要是有一天他们知道了你原来和他们是一样的人,他们就会来攻击你,把你杀死。'

"咳,不幸的就在这里!魔鬼有个习惯,常常说真话,次数一多,他的谎话也好像是真话了。穷苦人也的确把有钱人当做是跟自己不同的人物,认为他们理当做自己的主子,好像穷人是亚当的子孙,而有钱人倒是那个创造亚当的上帝的子孙。于是穷人就去压迫穷人了,因为他们害怕压迫者。我的弟兄们啊,你们可不是那样的人,否则你们又何必要全身披挂到这儿来集合,让大家看到你们是生长在大地上的同一个父亲和同一个母亲的儿子呢?"

他说到这句话的时候,人群里的武器晃动了一下。他们围在十字架的四周,挤得更紧了,不过他们还是捺住了那声似乎正在他们胸中集结起来的呐喊,没有发出声来。

于是他又发言了:

"的确,这个国家里有钱的人太多了。不过,就算只有一个有钱人,这一个有钱人也是多余的,因为大家仍然要做他的奴隶。所以,你们肯特郡的人,请听着。也许我的发言已经把你们耽搁得太久了;不过我对于你们的热爱,我跟久别重逢的朋友们和伙伴们畅诉心怀时的那种快乐,使我不能不多说一些。

"现在,请你们听我说。那些吞食了整个国家的有钱人总会有这样的一天,那时候,被他们吞食的人,也就是穷人,变得比原来更穷了,他们的诉苦声高达天听。在这种时候,穷人往往比以前更加团结,这是不难理解的,否则就不会有人听见他们的呼声了。也就是在这种时候,有钱人害怕起来了,于是他们的残酷也变本加厉了,可是人们却把那种残酷错认为是权势和威力的增长。不错,你们比你们的父亲要坚强得多,因为你们比他们要痛苦得多。倘使你们只是一些麻木不仁的马和猪,那你们就不会那么痛苦了,那样的话,你们坚强,就只是为了承担痛苦。可是你们,你们坚强,不是为了承担痛苦,而是为了行动。

"你们知道为什么我们要在这个假日的美好的黄昏到你们这儿来?你们知道为什么我要对你们讲友爱?啊,我相信你们知道得很清楚,我们就是为了这个来的,你们应当知道,你们和埃塞克斯郡的老百姓是唇齿相依,休戚相关的。"

他这最后一句话,把挂在各人嘴唇上已有好久的那一声呐喊解放出来了。这声呐喊既宏亮、又猛烈,它响彻了这个草原高地上的宁静的村庄。但是约翰·鲍尔举起了他的手,所以大家只喊了一声就没继续喊下去。

于是他接着说道：

"肯特郡的老百姓，我很了解，你们并没有像其他各郡的人那样给完全打垮，当威廉公爵从横尸遍野的孙拉克战场①向伦敦进发的时候，你们藏在枝叶茂密的灌木丛后面用钩镰枪和弓箭对付过他，那就是个证明。但是我已经把友爱跟你们讲过了，你们已经听到并懂得什么是圣教了，因此你们已经知道你们就是天上的圣者和埃塞克斯郡的穷人的伙伴。所以，正像有一天圣者会来邀请你们去享受天上的盛宴一样，现在穷人来邀请你们去参加战斗。

"肯特郡的老百姓啊，你们在这儿过着安适的生活，你们的房子全是用粗大的橡木做的框架，你们种的是自己的田地，除非有某个可恶的律师仗着他那写满了谎话的羊皮纸和地狱里所捏造的制度把你们的田地偷去。可是在埃塞克斯郡，人们已成为奴隶和农奴了，以后他们还要更苦呢，因为领主们已经发了誓，说要不了一年，埃塞克斯郡的牛和马就可以不干活了，而男人和女人将要代替它们去拖车和拉犁。在东北地区，人们都住在用芦苇和黄泥巴造成的小屋子里，从沼泽地②上吹过来的东北风呼啸着从墙缝里钻进去。他们真是苦啊。在那儿，就算领主高抬贵手，放过了他们，领主管家还是要向他们进行勒索，就算领主管家把他们忘

---

① 孙拉克战场，诺曼底公爵威廉（William, Duke of Normandy）与英国的哈罗德二世（Harold II, 1020？—1066年在位）争夺王位，在孙拉克（Senlac）山之前进行决战，哈罗德二世战死。威廉即英王位，是为威廉一世，通称为征服者威廉（William the Conqueror），1066至1087年在位。——译者

② 指英格兰剑桥郡（Cambridgeshire）附近的低地。——译者

记了,还有东方商人①要剥削他们。可是埃塞克斯郡的老百姓也是坚强而勇武的人,是你们自己的弟兄。

"如果此地有任何人竟这样地卑鄙,以为那只是一件小事情,那么让他认清这一点,要是他们的脖子上套着枷锁,肯特郡的人过不上多久也要在枷锁下流汗。你们将失掉你们的田地、花圃和林园,你们将在自己的屋子里当别人的奴仆,你们的儿子将成为领主的小厮,你们的女儿将充当他们的婢妾,你们的一句硬话会换来无数下鞭子,一个正直的行为会换来悬在绞刑架上的命运。

"你们还应当想到,你们所要对付的已经不是那个威廉公爵了。这位公爵固然也是一个贼,一个残忍的统治者,可他还是一个谨慎的人,一个聪明的武士。至于这些地主,他们残忍而且顽固,不仅是贼,而且是愚蠢的笨蛋。所以你们必须叫他们人头落地。"

要不是他提高了他那热切的声音,压住了听众,另一声呐喊便要迸发出来了。

"这些人消灭了之后,将会是什么情况呢?你们除了缺少主子以外还会缺少什么别的东西吗?那时候,你们既不会缺少你们所耕种的土地,也不会缺少你们所建造的房屋或者所纺织的布匹。这些全是你们的了。你们还可以享用大地所生产的任何东西。那时候就不会有人替别人割草而他自己的牲口倒缺少草料。谁播种,谁收获。收割的人跟大家一起来享受靠大家取得的收获。他造了房子,可以跟他自愿邀请来的人同住。公共的粮仓里储藏留待年

---

① 指来自波罗的海沿岸国家如挪威、瑞典、丹麦和德国的商贩,这些国家都在英国的东边。——译者

成不好时候供大家吃用的麦子。八月里有防雨的茅棚掩护麦垛。什么东西都不用拿钱去买,而且也没有价格。那时候,人们就可以虔诚地、愉快地在身体安康和精神愉快的情况下,共度圣教的佳节了。那时候,人人都肯帮助别人,而天上的圣者也非常高兴,因为人们不再你怕我,我怕你了。至于那些粗鄙的没有教养的人,他们会感到难为情,会把他们的不好的作风收藏起来,直到他们自己不再是没有教养的人为止。那时候,不论人间和天上,都一定充满了友爱。"

第五章
他们听到了战争的消息,准备应战

他好像还有别的话要说的那样,暂时停住了口。的确,我以为他一定还要对我们讲几句关于集合地点以及这一大队人马从哪里出发、到哪里去的话,因为现在我已完全明白,这一大伙人实际上是一队出征的战士。可是在约翰·鲍尔再度在十字架前发言之前,发生了好多事情。经过情形是这样的:

大伙儿在不久之前发出那一声呐喊之后,曾有一会儿是悄无声息的,这当儿我觉得我听到在很远的地方,大概是在十字架的北面,有一种轻微的尖锐声音,照我的判断多半是号角或者喇叭的鸣声,而不是什么人或者任何畜生的叫唤声。威尔·格林大概也听到了,因为他猛然转过头去,随即又掉过来,急切地向人丛里望去,似乎是在寻找别人的目光。有一个很高大的汉子正站在靠近人群外缘的那个骑马的俘虏旁边,挽住了马的缰绳。这个汉子的武装很整齐。我看到他扬起脸来,对那个俘虏说了几句话,那个俘虏也弯下身去,似乎在低声回答他。这个大汉点了头,那个俘虏就下了马。这匹马和大家的相比,是一头四脚匀称、格外健壮的牲口。这个大汉悄悄地把它牵到离开人群不远的地方,然后骑上去,向北方飞驰而去。

威尔·格林凝神注视着这一切,直到那个大汉骑马疾驰而去以后,他才微微一笑,好像一个人认为一切都进行得很好,感到满意的样子,随后定下神来,准备再继续听教士讲话。

约翰·鲍尔停止发言之后,人群中又发出了一声呐喊和一阵表示兴奋的欢悦和希望的嗯嗯声,接下来便又是一片寂静。教士正准备再度发言,忽然又停住了,掉过头去顺着风倾听着,似乎他已听到了什么声响。传来的声音虽然不大,但在这种清静的黄昏,响声能够传得很远的,所以我也确确实实地听到了,而且人群里每一个人也都听到了。那是一匹马沿着一条草原高地上的大道慢慢驰近来的嘚嘚声。我早已心里有数,那一定是那个大汉带着消息回来了,至于消息的内容是什么,我也猜着了个大概。

我抬起头来看看威尔·格林的脸。他正像一个满心高兴的人那样微笑着,一面向我点头,一面用一种很柔和的声音说:

"啊,今儿晚上,我们可以看到灰色鹅① 在空中飞翔了!"

这时约翰·鲍尔已在十字架前高声说道:

"伙伴们,你们听,消息已在路上了!集合起来,检查一下你们的武器吧。不过也不要慌张,因为这不会有什么了不起的。我知道得很清楚,在坎特伯雷和金斯敦(Kingston)之间只有很少的一部分武力,因为那些领主们都在监视着泰晤士河以北的沃特·泰勒② 和他的部下。不过这是很好的,这是很好的!"

---

① 指箭,意谓投入战斗。——译者
② 沃特·泰勒(Wat Tyler)生年不详,死于1381年,肯特郡农村泥瓦匠,1381年农民起义的主要领袖,故这次起义在英国史上又称为"沃特·泰勒起义"。——译者

人群站开了一些。大家都行动起来了：有的把腰带束紧，有的把佩带的武器挂好，以便右手拔起来更方便些，那些带有大弓的人都把弓弦扣上了。

威尔·格林也手脚并施地收拾他那张磨得非常光滑、两端镶有闪闪发光的牛角的紫杉大弓。他好像不费什么劲就把它弯了过来。之后，他伸手从背后拔出一支长箭。这支箭是白色的，首尾匀称，打磨得很是光滑，一端是一个带倒刺的铁镞，另一端有一个牛角的筈和三根硬鹅翎毛。他用右手的拇指和食指轻轻地拈着它，脸上带着一种若有所思的神气屹立在那里，手中是一种力气大的人一向爱用的最厉害的武器——英国大弓和有一布码[①]长的长箭。

这当儿，马蹄声越来越近了，接着在果树园之间的大道的转角处，我们的大汉出现了。他的脸沐浴在快要落下去的太阳的余晖中，泛着红光。他一到看得见我们的地方，就一面挥动着他的右手，一面高喊"快去拿钩镰枪和弓！快去拿钩镰枪和弓！"整个人群都转过身去，向他发出一声高喊。

他在人群的边缘上把马勒住，为了好让在场的人都可以听见，他用一种极其响朗的声音说道：

"伙伴们，消息是这样的。就在我们的教士还在讲话的时候，我们听到遥远的地方有吹号角的声音。所以我就要那个被我们捉住的、不过现在已成为我们的战友的军曹告诉我，在离开这儿多么远的地方有人在集合，以及集合的是些什么样的人。他

[①] 布码（cloth yard）原是用来量布的单位，故有此名，亦即今天36英寸的标准码。——译者

对我说，那也许是约翰·牛顿爵士（Sir John Newton）从罗契斯特堡（Rochester Castle）出发了，可能还有郡长和雷夫·霍普顿（Rafe Hopton）和他在一起。于是我就骑了马，尽力向哈特利普（Hartlip）方面跑去。我一路上很是小心。我这样做是对的，因为在我穿过哈特利普与吉尔德斯特德（Guildstead）之间的一座小树林的时候，我看见树林后面有一片钢铁的闪光，瞧，原来在那儿的田野里有一队兵，还有一面绘有雷夫·霍普顿爵徽的大纛旗，那是一面绘有三条银色鱼的蓝旗，另有一面纛旗绘着那个郡长的爵徽，那是一棵绿色的大树。此外还有不知道是什么人[①]的一面绘有三头红牛的大纛旗。

"我把我的马拴在树林的中央，然后沿着田塍爬过去，以便多看到一些东西，多听到几句话。我并没有听到什么可以报告你们的话，只有一个身材高大的骑士有时对其他四五个骑士讲着话，但我除了伦敦、尼古拉斯·布拉姆伯、[②]理查王[③]这几个字而外，别的什么也没听见。可是我倒看清楚了他们大约有一百个战士和军曹，至于拿大弓的人可并不怎么多，不过拿外国大弩的有五十个左右。这些，再加上一些家丁、差役和小厮，合起来总有三百多人，武装都很整齐，尤其是那些重骑兵穿戴得最讲究。诸位，我在那儿只停留了一会儿，那个高大的骑士就中止了谈话，高声吩

---

① 可能是柴郡（Cheshire）的卡尔弗利（Calverly）家族中的一个人，这家人在对法战争中出过一个著名的军官。——作者原注

② 尼古拉斯·布拉姆伯（Nicholas Bramber）爵士是伦敦市议会议员，曾积极参加对农民起义的镇压。——译者

③ 英王理查二世（Richard II），在位期为1377—1399年。——译者

咐他的号角手吹号了。他说：'让我们去看看那批农奴去吧。'于是所有的人就开始排成一个整齐而有次序的队伍，他们的脸都掉了过来，向着我们这边。我赶紧爬回到我的那匹马跟前，牵了它从林子的另一边溜出来，然后跨上马背，沿着长满绿草的路飞跑回来了。没人看见我，也没有人追我。所以，诸位，请你们准备吧，因为那批家伙就要来和你们打交道了。不过也用不到慌张，可是要快，因为不用二三十分钟，就会听到更多的消息了。"

这时候，我们武装得最为齐全的壮士中有一个已经从人丛里挤了出来，站到了十字架前约翰·鲍尔的身旁。那个大汉说了之后，一时间只听见一片喊喊喳喳的说话声。人群逐渐散开了，但并不混乱。拿大弓的人集合在一起，站在外面，钩镰枪手在他们的后面排成队伍。威尔·格林仍旧站在我旁边，并握住了我的臂膀，好像他知道我们两个人要到什么地方去一般。

"伙伴们，"那个首领站在十字架前喊道，"只要你们挤成一堆、充当他们的弩箭手的箭靶子，或者听凭他们的重骑兵的长枪刺你们，那么我们在天黑之前就可能结束这次战斗。请你们到田园的边上散开，人与人之间各相隔六英尺，你们拿大弓的人从荆篱后面放箭，拿长兵器的人得把你们的头缩得比荆篱低一些，不然的话，尽管荆篱很厚，飞箭还是穿得进去的。"

他说到这里咧嘴一笑，众人也哄笑起来，就是一句更有趣的笑话也不会博得更大的笑声了。

接着他又大声喊道：

"霍勃·赖特、雷夫·伍德、约翰·帕季特，还有你，威尔·格林，你们马上行动起来，去部署那些弓箭手。尼古拉斯·伍德尔,你跟我杰克·斯特劳[①]去调度那些用长兵器的。格雷戈里·泰勒和约翰·克拉克,你们穿着坎特伯雷的鲜明美观的、巡官的服装,从很远的地方就能看得见。你们带着大旗去守在大路上,两边有大弓保护你们。不过,伙计们,在弩箭向你们飞过来的时候,你们可得赶紧跳到荆篱后面去!亲爱的伙伴们,请记住,我们的任务是把大路拦住,暂时不让他们窜到我们的侧翼去,所以一半人要去守在大路的左面,另一半人去守在它的右面。用力把箭对直射,不要乱吵乱嚷来浪费你们的气力,用弓弦的响声来代替你们的呐喊吧。你们还得注意:不要认为隐身在树木和丛林后面有损你们的英雄气概,因为我们一个懂得道理的人抵得过一百个那些骄傲的傻瓜。小伙子们,去吧。让他们看看灰色鹅在它的翅膀之间带着的是什么东西!约翰·鲍尔弟兄,你请在这里等候我们,如果你愿意的话,也可以替我们祷告祷告。不过就我来说,如果上帝不来帮我杰克·斯特劳的忙就像杰克·斯特劳在同样的情形下会帮上帝的忙那样,那我就看不出祷告还有什么用处了。"

"啊,一定,"教士说,"我的伙伴们,我准定在这儿等候你们,如果你们能够回来的话。如果你们回不来了,我就在这儿等候我们的敌人。去吧,愿友爱保佑你们。"

于是杰克·斯特劳从十字架的台阶上一跃而下,大伙儿出发了。他们没有一点喧哗声,也没有慌乱的样子,从外表上看来他

[①] 杰克·斯特劳(Jack Straw)是1381年农民起义的领袖之一,起义失败后被判处死刑。——译者

们是既镇静又坚定。威尔·格林搀着我的手,好像我是个小孩子一般。不过他一言不发,因为他全神贯注在他的任务上了。我们一共有四百人左右。但是我是这样想的,要不是我们在地势方面占有优势,我们可能会失败在高大的格雷戈里·泰勒告诉我们的那批重骑兵的手里,因为我还没有看见过那种一码长的利箭显过它的威风呢。

我们和我们队伍的一大半折入了道路左面的果树林中,斜阳的平射光线正明亮地透过树林照耀进来。其余的人在道路的右面布置阵地。我们紧靠着道路前进,穿过一个个园子一直来到最后一个园子前面才有一道篱笆和一条堤塍把我们的去路拦住。它们外面是一片空旷的几乎是完全没有树木的平地。它并不是一片庄稼地,如同那个地方的另一边那样,而是一片草场,镇上的公共牧场。一条小溪弯弯曲曲地流经草场,溪边各处有几棵杨柳树。在这个炎夏时节,溪里只剩下了一道涓涓细流,不过从那一大片盛长在河床里的深绿色灯心草很容易地辨认出它的所在。一大片鹅懒洋洋地在小溪周围和附近蹒跚着。一群母牛和镇上的那头大公牛在一起安安静静地啃着草,它们的头都朝着同一个方向。另有六七只小牛像一小队兵士般紧紧地并排在一起走着。它们的尾巴有节奏地摇动着,驱逐虻蚋,这种小飞虫是很多很多的。有三四个童子和小姑娘在闲荡着,他们似有意似无意地照顾着牛群。当我们拥进最后一个园子的时候,他们抬起头来望了我们一眼,随后慢腾腾地向村子里走去。一点也没有要打仗的样子,不过空中已经传来了战争的声音,因为此刻我们已经听到那批重骑兵的马蹄声像在远处滚动的雷鸣那样隆隆地向我们这里传来,而且声音愈来愈大。所以我们来得并不算过早。杰克·斯特劳在路的我们这一边。他做了几个手势，说了一两句话，把他的人员部署妥当。六个弓箭手把守在沿路的篱笆后面，一面亚当和夏娃的大旗高高地飘扬在苹果树的灰色叶子上，向那批新来者挑战。他又准备下不少钩镰枪手，以备在敌人试用骑兵冲过来的时候把路守住。要知道这条路并不是一条罗马人所筑的大道，它和你们走惯的那种坚实平坦的乡间道路是完全不同的。它不过是篱笆与田野之间的一条道路，一部分生着野草，印着一条条被入夏以来的亢旱炙得又硬又深的车辙。路的另一边有一堆硬柴和木头，我们的人立刻跑过去，把它们搬来拦路堆着，作为一道简陋的防御工事以抵挡骑兵。

大路上还发生了些什么事情，我可没有工夫去注意了，因为我们的弓箭手已经沿着面对牧场的那道篱笆散布开来，人与人之间各相距六英尺左右。剩下来的钩镰枪手跟在弓箭手后面，每五六个人结成一组，沿着他们的阵线排开，准备在敌人冒着乱箭冲过来的当儿去援助弓箭手，或者在敌人想突破我们的侧翼的当儿抢上去延长我们的防线。我们前面的那道篱笆是一排活的荆棘，在二月里大加修整之后已经长得很硬实。它长在一条低低的堤塍上，此外，果木园的地面比田野高出约三十英寸光景，沟道则比田野的平面深两英尺。这片田野弯弯地一直环绕到教堂之外，绕着村子构成一个四分之一的弧形，射箭场就在它的西端，当我初次来到村里的街道上的时候，人们就是从那里射完了箭回来的。

总而言之，在我这种毫无作战经验的人看来，那个地方似乎是可以把守住的。我已经说过,高个子格雷戈里带了他的消息跑回来的那条道路是通向北方的。不过那是它的总方向,它的第一截路却几乎是朝东的,所以西沉的太阳射不着我们任何人的眼睛。同时在威尔·格林和我把守着的那个地方,阳光差不多已经落在我们的背后了。

第六章
镇梢之战

我们的人都已走上了自己的岗位,态度相当从容和冷静,他们照旧相互打趣,说说笑笑。当我们沿着道旁的荆篱走去的时候,那些领队的人都从那里的矮橡树上折下一些带叶的树枝来,插在他们的帽子或者头盔上,作为招引自己人的标志。其中有两三个人还带着待吹的号角。

威尔·格林所把守的地方离开杰克·斯特劳和钩镰枪手所站着的地方——就是沿着大道的那一排荆篱和介乎园子与田野之间的那道荆篱的交叉处——大约有三十码之遥。他一走到那里,先左右察看了一下,然后掉过脸来,对他左边的那个人说:

"听我说,伙伴。你们听到我们的号角吹响之后,就不要再问什么了——不管是谁,只要往我们这边走过来,就对准他用力射箭,直到你们从杰克·斯特劳或者我这儿听到新的指示。请把这话传给大家。"

然后,威尔·格林看着我,对我说:

"现在,来自埃塞克斯的朋友,你还是马上坐到旁边去躲一躲吧。真的,我不知道为什么要把你带到这儿来。你要回到十字架前去吗?你不是个会打仗的人呀。"

"不,"我说,"我想看一看这场战斗。你认为它会有什么结果?"

"没什么了不起的结果,"他说,"我们也许能杀死一两匹马。既然你从来没有参加过战斗,那么让我来告诉你吧,因为我是打过几次仗的。那些全身披挂的重骑兵如果下马步战,他们就不能很快地跑来厮杀,也不能很快地逃走。如果他们骑在马上,那么谁能阻挡我放一支箭到那头可怜的畜生身上去呢?不过你还是到那边雏菊丛里去吧,因为那边先射箭。"

说着他把他的腰带和身上其他的带子,还有他的褂子,都脱了下来。之后,他把箭囊放在地上,重行把腰带束上,并把他的斧头和盾牌挂在腰带上。他又把其余的衣物挂在我们背后最近的一棵树上。于是,他把箭囊打开,拿出二三十支箭,插在旁边随手可以拿到的地上。我看得到的大多数弓箭手都在做着同样的准备。

我向村舍那面望去,看到三四个衣着鲜艳的人在苹果树林间往这边移动。我随着就辨认出她们是几个女子,与"玫瑰居"里的那个姑娘差不多打扮,只有两个头上戴着白色的小帽。她们的使命是很明显的,因为她们每人腋下各抱着一捆箭。

其中的一个一直来到威尔·格林跟前,我一看就知道她是他的女儿。她长得很高,也很健壮,和她父亲一样长着一头漆黑的头发。她虽然不是什么美人,却也相当标致。在他们见面的当儿,她的眼睛比她的嘴巴笑得还要厉害,从而使她的脸显得更娇俏更和蔼了。她父亲回答她的微笑和他的脸是那么相称,我也禁不住高兴而亲热地笑了。

"好吧好吧,姑娘,"他说,"你把这些箭全送来了,你以为这儿会成为克雷西战场①吗?回去吧,我的好女儿,回去把肉钵子燉在火上,因为我们,我和这位编歌人回家以后要大嚼一顿呢。"

"我不回去,"她对我和善地点着头说,"既然这儿不会成为克雷西战场,那就让我跟这位编歌人一样留在这儿看上一会儿,他不是也没有带着什么刀剑或者棍棒吗?"

"小宝贝,"他说,"赶快回去吧,虽然是场小战斗,你仍然有可能遭受到伤害。亲爱的,相信我的话,总有一天你,还有跟你一样的人,也拿得起一把宝剑或者一根棍棒来。不过今天在月亮照出影子之前,我们就可以回家了。"

她脸上带着泪痕,恋恋不舍地转过身去,把那捆箭放在树脚边,然后加快脚步穿过果木园回去了。我正想说话,忽然看到威尔·格林把他的手举了起来,就像要我们倾听什么似的。那片众马奔腾的杂沓声本来已越来越近,此时突然停止了,代之而起的是一片嘈杂的人声。

"老朋友,快蹲下来,把自己掩蔽起来,"威尔·格林说,"舞蹈快要开场了,你马上就可以听到音乐声了。"

果然,正当我顺着那道靠近我站立的地方的荆篱蹲下去的时候,我听到了粗厉的弓弦声,一、二、三,一共三下,几乎是在同一刹那从路上传了过来,甚至还有飞箭穿空的嘘嘘声,虽然它马

---

① 克雷西(Crecy)战场,英法百年战争中最激烈的战役之一,时在1346年,三万英国轻骑兵打败了八倍以上的法国铁甲兵。——译者

上就被那方面嘈杂的、然而是高大而含有恫吓意味的呼喊声掩盖住了。之后，弓弦声重又大作，这一次接着听到的是远处兵器接触的铿锵声，随即就是一声那种由一个强壮的男子不由自主地发出来的、与他平时的嗓音完全不同的喊叫，使人想到了死亡。在此之后，有一会儿工夫几乎是鸦雀无声，我们的号角也并没有吹起来，虽然有六七个钩镰枪手已在弓弦第一次作响时跳到了道路的中央。不过不久对面就传来了震耳欲聋的喇叭和号角的怒号声，随着一条像是由钢铁与五颜六色的短褂子汇成的洪流，冲到了我们面前的田野里。他们朝着我们防线的左面把队伍散开，同时不断地吹着他们的号角。一直在草场上安安静静地吃草的牛只似乎是给这种突如其来的嘈杂声吓慌了，都翘起尾巴乱窜起来，并哞哞地叫着。那只老公牛把它的头略微垂下一些，撑开了四条粗而且硬的腿，站得牢牢的，威胁地发出了低吼。同时小溪旁的鹅群一面咯咯哑哑地乱叫，一面蹒跚地四散逃跑。这一切与悬在我们头上的那片刀光剑影所预示的暴死威胁并列在一起，在我们的眼光中显得是这样地奇怪，我们大多数人都忍不住大笑起来。威尔·格林更模仿着那只老公牛的样子，把头低下去，咕噜噜咕噜噜地低哼着。我们看了，笑得更厉害了。他一面把一支箭搭在弦上，一面掉过脸来对我说：

"我希望他们能够再走近五十步，但他们不动了。嘿，杰克·斯特劳，我们放箭吗？"

那个名叫杰克·斯特劳的人此时正在我们的近旁，在察看敌人的阵势，他只摇了摇头，没有说什么话。

"杰克，不用担心，他们就是那帮坏家伙。"威尔·格林说。

"嗯，嗯，"杰克·斯特劳说，"我们可以再等一等。他们在大路上是没有办法的，他们的两个军曹已经受到灰鹅翎的拜访了。且等一下，他们还没有穿过大路到我们的右方去呢，可能是他们还没有发现我们埋伏在那面的队伍。"

我仔细察看着这个人。他是一个身材高大、肩膀宽阔、肌肉结实的汉子，穿着一副很漂亮的、显然不是为一个普通农民而制的雪亮的钢盔甲，不过他在外面加上了一件普通麻布罩衫或者短袍，就像我们在田里劳动的人现在所穿的或者一向穿惯的那种衣服。他在头盔上插着一根带穗的麦，以代替羽翎。他除了腰间挂着一柄宝剑和颈子上挂着一只大号角之外，还拿着一柄大斧子。我应当说明，我知道在起义者中间，至少有三个名叫杰克·斯特劳的，其中一个在埃塞克斯郡。

我们等在那里，每一个弓箭手都把箭扣在弓弦上，这时对方的队伍里骚动了一下，接着出来了三个人。居中的一个骑着马，其余的两个拿着长柄大刀，这三个人全穿着盔甲。他们走近以后，我才看清那个骑马的在甲胄之外还披着一件色彩鲜艳的、在金地上绣着一棵绿树的战袍，手里拿着一只喇叭。

"他们是来招我们投降的。杰克，你要叫他说话吗？"威尔·格林问。

"不要，"那一个说，"不过也应当先给他一个警告。我的号角一响你再放箭。"

说着他走到荆篱跟前，爬了过去，他穿着铁甲，所以爬得很慢，然后走到田野里十来码的地方站定。对面那个骑马的举起喇叭长长地吹了一通之后，就把一个纸卷拿在手里装模作样地似乎

要宣读了。但是杰克·斯特劳提高了嗓子抢先喊道:

"别念了,否则我们就要请你去见阎罗王了!我们这儿不要该死的律师和他们的羊皮纸!回到派你前来的人那儿去吧……"

但是那个人却用一种响亮而粗暴的声音插进来说道:

"嘿,你们这些老百姓,你们这样拿刀动枪地集合在一起,究竟想干什么呀?"

杰克·斯特劳接着高喊说:

"呆老爷,闭上你的鸟嘴,听我说,不然我们就要放箭了。你回到派你前来的那些人那儿去,告诉他们说,我们肯特郡的自由人民要上伦敦去和理查王说话,把他所不知道的事情告诉他:就是有一种混蛋和国家的叛徒妄想把铁项圈套在我们的脖子上,要把我们当做牲口使唤。他有权利和义务履行他在威斯敏斯特大教堂的命运石坛上行加冕礼和涂油礼时候所作的誓言,惩罚这伙强盗和叛徒。如果他担心他自己的力量不够,我们可以帮助他;如果他不想做国王,那么我们将另立一个能做国王的人做国王,那就是上天之子。所以,现在如果有任何人胆敢阻止我们去见我们自己的王上和主子的这一合法行动,那么请他当心些好了。把这番话带到那些派你前来的人那儿去吧。还有,你仔细听了,你这个舞文弄墨的混蛋!赶快滚回去吧,别在这儿拖延了;我要举三次手,到第三次的时候,你留神一些,因为那时候,你就要听到我们的弓弦声了。在那时之后,直到你听到魔鬼前来迎接你进地狱之前,你就听不到别的声音了。"

我们的伙伴们高声呐喊着。但是那个招降的又开始说话了,不过他的声音已经有些发抖:

"嘿，你们这些老百姓！你们这样拿刀动枪地集合在一起，究竟想干什么呀？你们可知道吗，你们这样做，对于王上的忠诚的官吏们造成了或者将要造成极大的危害、损失和伤害吗？……"

他中止了发言，因为杰克·斯特劳的手第二次放下来了。他回头看了他两旁的人一眼，就抖动缰绳，拨转马头，尽快地逃回他的队伍去了。沿着我们的全线爆发出了一片巨大的哄笑声，杰克·斯特劳在爬过荆篱回到果木园里来的当儿，也咧着嘴笑了。

之后，我们看到敌人的队伍又在调动。他们把弓箭手和弩箭手调到我们的左方分布开来，重骑兵和其余的人也在高大的格雷戈里告诉我们的那三面在明净的暮色中清晰地呈现在我们眼前的大纛旗之下，散开了一些。转瞬间这个移动着的队伍对着我们排开了，他们的弓箭手当先用一种矫健的步伐向我们走来，重骑兵紧跟在他们的后面。这时我知道他们已经全部在我们长弓的射程之内了，但我们的人没有发箭。他们后来告诉我，他们要像那六七个守在大道上的人那样，等对方一小撮重骑兵看样子要冲过来时才开始射击。

这时重骑兵开始直对着我们冲过来了；杰克·斯特劳立刻把他的号角举到嘴上，吹出了一种粗厉的怒号声；沿着果木园的荆篱一带，跟着就有五六只号角响应他。每个人都把他的箭扣在了弦上。我注视着他们，特别是威尔·格林。他同他的大弓和弓上的弦仿佛成了一个整体，他好像毫不费劲就把他那张大弓拽得像一轮满月。他对准了目标，而后——嗳，只是在这个时候，我才真正体会到在叙述阿波罗大神开弓时古诗人所表现的那种敬畏的情感，^① 因为嘣嘣的弓弦声夹杂着飕飕的飞箭声，离我这么近，确实是够使人胆战心惊的。

当时我正蹲在威尔·格林的前面，所以一切都看得清清楚楚。那批弩箭手（在我们的前面没有使用大弓的敌人）全戴着雪亮的头盔，穿着厚实的嵌有金属钉头的用熟牛皮做成的护身铠甲，当他们向我们走来时，我从他们的肩头上望过去，看到他们背上还挂着巨大的木头盾牌。在我们左方过去一点的地方，他们的弓箭手差不多是和我们的弓箭手同时放箭的，我听到了或者似乎是听到了飞箭穿过苹果树枝的窸窣声和一个人的呼叫声。但在我们这一边，大弓可比弩弓占了先招。一个弩箭手倒下了。他的大盾牌砉然一声盖在他的身上，一动也不动了；还有三个弩箭手也中了箭，正在向后面爬去。其余的把他们的大弓架在肩上，正在瞄准，不过我感觉到他们的手很不稳。而且在他们扳机放箭之前，威尔·格林，还有不少其他的人已经又扣上了箭，射了出去。之后是弩箭像木雹子一般劈劈啪啪地从树枝缝里穿进来了，可是都从我们的头顶上飞过，没有一个人被射中。

威尔·格林再一次把箭搭上弦去的当儿，一面开弓，一面发出一声洪亮的呐喊。所有我们的伙伴们都响应着。那批弩箭手并没有按照他们这种兵的习惯，掉过身去用他们的大盾牌掩护着自己，以便扳开他们的大弩，作第二次射击的准备，而是只顾拥在一起，向他们的重骑兵跟前逃去。在他们抱头鼠窜的当儿，我们

---

① 这里指的是荷马在《伊利亚特》(*Iliad*) 中描写阿波罗 (Apollo) 大神射箭的那几行诗。——译者

的箭砰砰地直射穿了他们的盾牌，我看到四个人倒在地上，不是死了，就是受到了重伤。

但是我们的弓箭手又高声呐喊起来，人人连续把地上的箭拔起来，敏捷地但是不慌不忙地对着他们前面的队伍发射过去。现在的确是这班厉害的神箭手大显威风的时候了。正如威尔·格林事后告诉我的，他们有把握在五百码的距离内百发百中地把穿布衣服或者牛皮衣服的人射死，而这次他们让那批弩箭手来到几乎三百码之内。这些人这时在离开我们不到五百码的地方，和他们的重骑兵搅在一起，乱成一团。同时后者对待他们也并不太好，似乎由于恼恨他们的望风而逃正在用枪杆痛打他们呢。所以正如威尔·格林说的那样，我们简直和射干草垛一般无二。

你们必须知道，所有这一切都不过是发生在几分钟之内的事情。当我们的人像技术高明的工人做日常工作那样从容不迫地射了几分钟之后，敌人的战线似乎恢复了一些秩序。那面绘有三头红牛的大纛旗移到了队伍的前面，和它一起出来的有三个人，从头到脚全包裹在亮光闪闪的盔甲里，只在外面各罩着一件绣有色彩鲜艳的爵位徽章的短袿子。其中的一个（他的袿子上绣着三头牛）转过身去下了一个命令，接着他们的队伍里发出了一片愤怒的呐喊声。他们一直向我们冲过来，那个袿子上有三头红牛的人拿了一把巨大的出鞘的宝剑，率领着他们。要知道，他们全是步行着的。不过等到他们走近一些以后，我看到他们的坐骑由马夫和侍从们牵着，缓缓地跟在他们的后面。

威尔·格林说得一点不错，那些重骑兵投入战斗时是来既不快，去也不速的。他们的前进速度并不比急步行走来得更快，他们的兵器互相撞击着,大弓的嘣嘣声和飞箭的飕飕声始终没有停止,然而他们仍像一阵西风那样直卷过来,同时不时地高喊着:"哈,哈!出来呀,出来呀!肯特郡的毛贼们!"

然而在他们开始要冲过来的当儿,杰克·斯特劳高喊道:"钩镰枪手上阵,钩镰枪手上阵!"

于是我们所有的钩镰枪手都奔到前面,跳过荆篱,来到草地上,在我们的大弓的掩护下沿着沟渠雄赳赳地屹立着。杰克·斯特劳舞着他的大斧,站在最前列。接着他把大斧交到左手,把他的号角举起来猛吹。重骑兵坚定地逼近来了,有几个在箭雨之下倒了下去,但是为数并不多,因为他们作为目标固然很大,但是坚硬得很,就是那一布码长的箭也射不穿精钢的甲片,何况他们都穿着很厚的盔甲呢。这时那批弩箭手又在射箭了,不过都射得很高,又不准,所以他们并没有伤害到我们。

这时这批在对法国的战争中学到了一些乖的兵士已近在眼前,我们的弓箭手也都撇下他们的大弓,把他们的短剑拔了出来,或者挥舞着他们的斧头,如同威尔·格林那样。只见他一面喃喃地说"现在是必须用霍勃·赖特的家伙来结束这场戏了",一面舞着大斧——正当这一切在进行着的时候,瞧,突然从我们的右面飞出来一阵乱箭,直向那些军曹所率领着的部队的侧翼射去,这使他们停顿了一下,并不是由于这一阵箭射死了他们多少人,而是因为他们开始想到他们的敌人可能很多,并且已经把他们包围起来了。之后,右面沿路的荆篱前后,似乎满是拿着武器的人,因为我们中间凡属拿得起宝剑或者棍棒的都在那里了。每一个弓箭手也都高举着宝剑或者斧头,跳出我们的果木园的荆篱。在一声大喊之下，钩镰枪手、弓箭手和其他人等一齐向他们猛扑过去，嗯，有几个人还是半身穿着衣甲、半身赤裸着呢。他们一个个都是强壮、健硕、矫捷而灵活，更有敌忾同仇的怒火和过好日子的希望鼓舞着他们的雄心，使他们所向无敌。就这样，双方都混战在一起了。大约有一两分钟光景，只听到一片混乱的喊叫声，还有一片铿锵声，像是钉铁板的声音，又像是从佛罗伦萨城里的铜匠街上所发出的噪音。之后人群豁地分开，那批顶盔贯甲的军曹、扈从和骑士们挤在一起，跟跟跄跄地向他们的马匹奔去，但也有几个把他们的兵器撇下，高举双手，喊着愿意投降、愿出赎金赎身的。另外还有几个坚持不退，拼命死战，他们也杀死了几个人，直到自己在刀斧交加之下被打倒了才罢。这样的人都是领主管家、差役、律师和他们手下的人。他们逃不掉，所以也不希望能够得到饶赦。

我好像是在观看一幅图画，感到惊诧不置，我的心则像是在紧张地回忆着某种虽然已经忘记、但仍留有痕迹的东西。我听到了那些抱头鼠窜的重骑兵的杂乱的马蹄声（那班弓箭手和弩箭手早在这场戏结束的几分钟前就逃走了）。我又听到草地那一端响起了杂乱的哗笑和欢呼声；在我的近边习习的晚风在摇曳着小树枝。我还听见远远的地方有恬静的乡间所发出的各种声音，直到光和声二者都从我的意识中消退，而我终于什么都看不见和听不到为止。

我随着一跃而起，立在我面前的有威尔·格林，仍像我在街上第一次看到他的时候那样，戴着兜帽，穿着裤子，腰带上挂着兵器，手里拿着他那张没有拉上弦的大弓。他的脸又是笑嘻嘻的一团和气了，不过也许略略有了一点悲哀的神色。

"好啊，"我说，"有什么故事可以提供给我这编歌人吗？"

"就如杰克·斯特劳所说的，"他说，"一天结束了，厮杀也结束了，"说着他指了指半边天空上由落日反照出来的灿烂的晚霞。"骑士们是跑了，郡长死了，两个律师之流的人被杀死在战场上，还有一个被绞死了。残忍的是那些使大家变得残忍的人。三个领主管家的脑袋打开了花，他们全长得很肥壮，可是这样地缺乏思想，以至没有人能在他们的脑壳里找到一点儿脑子。被杀死的还有五个弩箭手和一个弓箭手，以及三十个其他人等，他们大部分是从法国战场上回来的所谓下级骑士，除了为金钱给人打仗而外不会干别的。这是他们为钱卖命的下场。啊，兄弟，除了律师可能没有灵魂而只有羊皮纸的契据和诽谤的诉状之外，请上帝收他们的灵魂去安息吧！"

他堕入沉思之中了，但是我说：

"我们的人里面，可有什么人被打死的没有？"

"镇上的两个善良的好人，霍勃·霍纳和安东尼·韦伯全战死在战场上了，"他说，"霍勃是被射死的，安东尼牺牲在肉搏中间。还有约翰·帕吉特的肩头给大刀斫伤得十分厉害。牺牲在肉搏中间的还有另外五个伙伴，至于受伤的也有好几个，幸而伤势都不太严重。至于那些被杀死的，如果上帝能容他们的灵魂安息，那当然很好，因为他们在世的时候，就没有得到过什么休息；可是就我自己来说，我是不希望什么休息的。"

我向他看去，我们的颇为慈爱的眼光碰到了一起。我极为惊讶地看到在他的内心里，愤怒和悲伤是怎样和他的善良的本性做着斗争，这在他的脸上表现得多么清楚啊。

"现在请走吧，老朋友，"他说，"我想约翰·鲍尔和杰克·斯特劳总还有一番话要在十字架前对我们讲呢，因为这批人把他刚才的演讲打断了。到了那儿，我们才可以知道我们明天该做些什么事情。之后，请你上我家里去吃饭喝酒吧，哪怕只此一遭，没有下回也好。"

于是我们又穿过果木园走回来。其余的人也在我们的周围和近旁走着。我们全都穿过含着露水的草地向十字架前走去。此时，月亮已开始把阴影投射在草地上了。

第七章
继续在十字架前讲话

我又站在十字架的台阶上的老地方,威尔·格林在我的旁边,上面是约翰·鲍尔和杰克·斯特劳。现在明月已经升到半天空了,夏天的短短的夜晚已经开始,静悄悄地充满了花草的芬芳气息。在我们这个声息全无的人圈外面,恰到好处地有一些声音,使人感觉到这个世界是生气蓬勃和快活的。

我们默默地守在那里,等待约翰·鲍尔指示我们该做些什么事情,不久他开始讲话了:

"善良的人们,我们的事业开始了,但还没有结束。你们谁有足够的勇气,敢在明天出发到伦敦去?"

"全去,全去!"他们高呼着。

"嘿,"他说,"我也认为你们是这样。不过还请留心听着。伦敦是一个巨大而又可悲的城市。你们到了那儿之后,回想到你们所居住的那些小市镇和茅草屋,也许会觉得它太大了,不好对付。

"还有,当你们居住在这儿肯特郡里的时候,你们确实是在想着埃塞克斯郡或者萨福克郡里的你们的同胞,不过多半就以此为限了。可是在伦敦,你们也许会得到一个模糊的有关整个世界的概念,恐怕它会使你们感觉到你们人数既不多,力量又很薄弱,因而会感到这副担子有些过重。

"但是我对你们说,你们必须把友爱记在心头。今天,你们所以能取得胜利,是因为对友爱怀着希望的缘故。你们到了伦敦之后,要放聪明些、谨慎些,那也就是说要大胆些、坚强些,因为你们要在这些日子里建造一所永远推不倒的房子;世界容纳它不会失之过大也不会失之过小,因为它实在就是那个肃清了为非作歹的奸人以供朋友们居住的世界本身。"

他停了一会儿,但是大家仍静静地听着,似乎知道他还有话要说。果然他又开口了:

"明天,我们要上罗彻斯特去。也许我们最好是去看看那儿城堡中的约翰·牛顿爵士有什么话要对我们说。因为那个人还不是一个坏蛋,而且有一条能言善辩的舌头。最好我们能把他请出堡来,和我们一道前去,通过他的嘴巴,把我们的意见,讲给国王听。善良的伙伴们,你们知道得很清楚,当我们到达罗彻斯特的时候,我们的人数一定会增加不少,而在我们进入黑荒草原之前,我们一定会成为一支声势浩大的队伍。这样等到了伦敦桥,还有谁能抵挡得了我们的大队人马呢?

"所以,除非我们自己愿意,除非我们听信那班蓄意要屠杀我们的坏蛋的甜言蜜语,什么也不能够瓦解我们。他们会要求我们各回自己的家里,伴着我们的妻子和孩子,安分守己地过日子,而让他们这些领主和议员,还有律师,来替我们出主意,想办法。甚至我们自己的愚蠢也会要求我们这样做。我们如果听信了这种话,那我们就真的完蛋了。因为他们就要用战争来进攻我们的和平,他们要把我们的妻子和孩子抢去,他们要把我们的一些人绞死,恶毒地鞭打另一些人,其余的人将成为他们的牛马——嗯,甚至连牛马都不如,因为他们还不如牛马能吃的饱。

"千万不要听信这种笨伯的话,不管他们是你们的自己人还是你们的敌人,因为两者都会引导你们走上错误的道路。

"也绝不要和领主进行谈判,因为你们已经知道,他们会对你们说些什么,那就是:'下流东西,让我来给你们套上笼头,配好鞍鞯,把你们挣来的粮食吃掉,而且正因为我要把你们吞吃掉,所以我还要用恶毒的语言骂你们。至于你们呢,除了照我所吩咐的去做之外,不得多说一句话,多走一步路。'

"和他们进行谈判的结果就只能是这样。

"所以你们必须勇敢,勇敢,再勇敢!让大家弓上弦,刀出鞘,棍棒在手,在友爱的名义下勇往直前吧!"

他在大家的高呼声中结束了讲话。但是跟着就有相应的高呼声和一片繁亢的号角长鸣声传入我们的耳中。我以为又有一场新的厮杀要开始了。大伙儿之中,也有一些人拉上弓弦,拿起了他们的钩镰枪。不过威尔·格林却拉了拉我的衣袖说:

"从号角的声调来判断,来的人是朋友。老兄,今儿晚上是不至于再有什么事情了。"

这时候,杰克·斯特劳也在十字架之前高呼说:

"诸位,请定心吧!这都是我们的朋友,今儿晚上来做客的。他们是从梅德韦(Medway)这一边小路来的。他们所以经过我们这儿,是因为他们选择的是朝拜圣地的这条道路,这一带要算这条路修得最好,同时也是上罗彻斯特去的最近的一条。你们完全不必担心今儿晚上会突然遭到敌人的袭击,因为我早已派人分头在各条路上巡查和守望了。无论他是人养的还是马养的,都不能躲过我们的耳目,来偷看我们。现在,我们去欢迎我们的朋友吧。老实说,我早就盼望他们了。如果他们早到一个钟头的话,今儿晚上睡在羽毛床垫上的脑袋总有几个这会儿已经倒在满含着冷露的青草上了。不过也就随它去吧,既然一切都很顺利!

"现在,大家请回到自己的家里去,和朋友、和自己人在一起,痛痛快快地喝酒、吃饭、安睡一宵吧,哪怕是最后一次呢,也要好好痛快一下。不过要清醒些,不要喝醉了酒胡闹,因为还有许多事情要做呢。还有,照这位教士所说的,请你们把阵亡者——朋友和敌人都在内——抬到教堂的圣坛所里,他今儿晚上要在那儿为他们守灵呢。可是过了明天,只有让死者留着去掩埋死者了!"

他说完这话,就从十字架前一跃而下。我和威尔·格林也挪动脚步,与那批新来者混在一起了。他们一共有三百多人,除了五六个人的甲胄在月光下像坚冰一般闪着寒光而外,衣着和武装全同我们镇上的人一样。威尔·格林没费多少时间就和他们之中的十来个人讲妥了,到他家里去吃饭和住宿。之后,我有好几分钟没看到他。我掉过身去,忽然看到约翰·鲍尔正站在我的后面,若有所思地看着那些兴高采烈、吵吵嚷嚷、快乐成性的高地居民。

"来自埃塞克斯郡的兄弟,"他说,"我今儿晚上还能再看到你吗?我很想和你谈谈,你似乎比一般人的阅历多一些。"

"好的,"我说,"如果你能够上威尔·格林的家里去的话,因为我已经应邀到他家去了。"

"我可以上他家去,"他慈祥地微笑着说,"我要不认识他,这儿就没有我认识的人了。你瞧，威尔·格林好像在寻找什么人，他找的就是我呀。不过在他的屋子里将有许多许多朋友的唱歌声和谈笑声，而我倒有好些话，迫切地希望在一个清静的所在倾吐出来，好使我说的每句话都得到答复。如果你不怕那些今儿早上还活着、并且负有罪孽的死者的话，就请你吃过晚饭之后跟我一起上教堂里去，我们在那儿可以畅所欲言地谈一谈。"

他话还没说完，威尔·格林已经站在我们的旁边了，他把手按在教士的肩头上，等他把话说完。我向约翰·鲍尔点了点头，表示同意，这时候，威尔·格林插进来说：

"教士先生，这两三个钟头来，你的话已经说得够多了。现在该让这位我新结交的兄弟上我家里去谈谈说说了，也好让我的姑娘听听他的聪明话。现在箭已飞完，他的那些聪明话可还依旧躲在荆篱下呢。所以就请你们两位跟我来吧，还有你们这些好伙伴们，一道走吧！"

于是我们一同转入了村里那条小街。不过在约翰·鲍尔边走边和我谈话的当儿，我忽然有了一种异样的感觉，仿佛我心里所要说的话比我通晓的语言所能清晰地表达出来的还要多，并且仿佛我必须从别人那里去学一套新的语言似的。此外，在我们再次走上那条街的时候，我再一次为那无比美丽的景色所感动：那些房屋，那所在月光下洁白如雪、有新的圣坛所和高塔的教堂，老百姓们穿的服装和武器，那些男人和女人（她们现在已和男子们混在一起了），他们的庄重而清朗的语言和古雅而有节奏的辞令——这一切再一次使我惊奇不置，使我感动得几乎流泪。

第八章
威尔·格林家里的晚餐

我和他们一路走去，心里却想着别的事情，好像我和他们不是一伙似的，最后我们到了威尔·格林家里。威尔·格林是一个比较富裕的自耕农，他住的是我对你们说过的那种下面一层用石头造成的房子，刚造好不久，收拾得非常整齐和干净。可惜在我走到那儿的时候，我所有的那一阵惊奇的心境已经消失了，否则我也许会给你们描摹得更详细，因为它是一所当时自耕农的漂亮的住房，也就是说造得非常美丽。再过去的一所，也就是村头上最后的一所，已经很旧，甚至可以说是一所古老的房子。它全部用石头造成，除了那较新的添造上去的一部分——这一部分似乎是一间厅堂——有拱门，有的拱门雕刻着很精致的花纹。我知道这是教区牧师的住宅。不过他是与约翰·鲍尔截然不同的另一种类型的教士。他一半由于恐惧，一半由于怨恨，业已偕同另外两个住在那所房子里专管唱赞美诗的教士回到他的寺院去了。所以镇上的人，尤其是女人们，都非常欣慰地想着，明天早晨约翰·鲍尔可以在他们的新的圣坛所做弥撒了。

威尔·格林的女儿正在门口等他，这时迎上来紧紧地、亲热地拥抱他，并吻了我们每一个人。我在前面已经说过，她是一个体格强壮的姑娘,同时也长得端正可爱。她和她的父亲说笑着,但是一望就可以看出她心里一直是非常害怕的。此外还有一个小一些的十二岁左右的女孩子和一个十岁光景的男孩子,一看就知道也是威尔·格林的子女。在一起的还有一个老太婆,是寄住在那里,帮着料理家务的。在我们坐定之后,又进来了三个身材高大的小伙子,威尔·格林慈祥地点着头招呼他们。他们全是活泼漂亮的青年,那天下午他们由于在田里照顾牲畜,没有参加战斗。

我们走进去的那间房屋实际上就是整个屋子了,因为除了屋角有一架扶梯通到上面的卧室或阁楼之外,底层再没有其他的房间了。这间房间和"玫瑰居"堂屋大致差不多,不过略为大一些。屋里的碗橱也制作得比较精致和美观,上面放的碗盏也多一些。墙上也是如此。它没有装着护墙板,而是挂着一种织得很松的、有树木和鸟雀的图案的绿色帷幕。屋子里到处插着许多花,大都是我看到的那种在沟渠里长得很多的开着黄花的菖蒲和鸢尾,只在靠近大门的窗台上,放着一满盆我在梦中初醒时所看到的白罂粟花。桌子上面摆满了食物和酒类,中央是一只锡镶的大盐罐,上面盖了一块白布。

我们就了坐。教士用圣三一的名义,替我们向酒肉祝了福,我们也各人画了十字,就开始吃喝起来。肴馔很丰盛,有很多的肉羹和肉块、面包和樱桃。我们尽量地吃,尽量地喝,酒足饭饱之后,就在一起轻松愉快地说笑。

不过这一次晚餐并不如预料的那样欢畅。格林拉我坐在他旁边,约翰·鲍尔坐在他的另一边。但那位教士显得有些心神不定。他默默地坐着,仿佛在思索着什么想不起来的事情。威尔·格林不时地看看女儿，有时他的眼睛又带着一种不胜依恋的神情对着这间美好的屋子望上一周，他的和善的脸变得忧伤起来，不过并没有任何阴郁的表情。那三个牧人一走进屋子，就问及那些在战斗中牺牲的伙伴和他们的妻子儿女。因此，在后来的一小段时间中，就没有人再说笑了，因为他们都是重乡谊的好心人，都在深深地为那些死者以及因当天的事变而遭受痛苦的那些活着的人而伤悼。

于是我们就这样默坐了一会儿。那轮看不见的明月虽然没有照到屋子里，可是正在我们的屋顶上面倾泻它的万斛清光；所以外面除了有阴影的地方外，是一片光明，而那座高塔的白色塔壁，则更是我们所能看到的最白的和最亮的东西。

所有的窗子都敞开着，从窗口飘进来夏夜的芳香和人们喝酒吃饭或在村子里嬉耍作乐的声音。有时我们听到教堂西边树上的猫头鹰的悲啼声，田野里为东钻西窜的黄鼠狼所惊起的画眉的尖叫声，以及高地牧场上隐隐约约的牛哞，或者在那条朝拜圣地的道路上的马蹄嘚嘚声（可能就是我们的巡哨之一）。

我们这样坐了一会儿。那种由奇妙而优美的景物所引起的惊异愉悦的感觉又一次涌上了我的心头，交融在一切美妙的声色芳香之中，只不过这些声色芳香对我并不新奇，而是很久以来就为我所熟悉的。

威尔·格林默坐着，他的女儿伏在他的椅子背上，一只手插在他的黑而且密的鬓发中间，我想她是在低低地啜泣着。这时他突然在他的座位上挪动了一下身子，他那粗壮宏亮的嗓子打破了沉寂。

"怎么啦,孩子们,乡亲们,我们为什么这么沉默呀?如果那些今天傍晚从我们手里逃走的骑士偷偷溜回到这儿,从窗口往屋里偷看一下的话,他们准会以为他们把我们都杀死了,我们都是那些跟他们搏斗的人的鬼魂呢。不过,说实话,有时候跟朋友们坐在一起,让夏夜的天籁替我们说出心上的话,把它的故事讲给我们听,那也是很美的。可是,就眼前来说,小宝贝,你还是去把大酒觥和好酒拿来吧。"

"真的,"约翰·鲍尔说,"如果你们现在笑得不够开心的话,那么明儿早上,当你们快要玩弄箭镞和大刀的时候,你们就可以尽情地笑了。"

"那倒是真的,"从高地上来的客人之一说,"我们在法国作战的时候,就是这种情形。在作战的前夕,大家都很严肃,可是到了第二天早晨就变得兴高采烈起来了。"

"是啊,"另一个说,"可是说实话,在那儿,你们打仗是没有目的的,可是明天,我们是为争取一种公平的报酬而战斗。"

"过去我们打仗是为了生活。"第一个人说。

"对,"第二个说,"是为着生活。唉,我们从战场回到家里,却发现那批律师在玩他们的鬼把戏。哎,威尔·格林,来干一杯吧!"

这时威尔·格林手里擎着一大碗酒,站起来说:

"现在,我提议为肯特郡的铁匠们的健康干杯,因为他们把我们的锄头化成了宝剑,镰钩变为长矛!诸位,干一杯吧!"

于是他一饮而尽。他的女儿重在他的碗中把酒斟满。他把碗递给了我。我接过来以后,才看清那碗是用一种很轻的、有奇异的斑痕的木头制成的,打磨得很光滑,拦腰还镶有一道银箍,上面镌着一句铭文:"以圣三一之名,满斟醴醇,为我祝福。"我在喝酒之前,不假思索地说出了这句话:

"为明天和以后的美好的日子干杯!"

然后,我喝了一大口这种醇烈的红酒,喝完把酒碗递给了坐在我下手的人。每人在喝酒的时候,都说祝词,如"为向伦敦桥进军干杯!""为霍勃·卡特和他的伙伴们的健康干杯!"这样一路传过去,直到最后轮到了约翰·鲍尔。他一面喝酒,一面说:

"预祝十年之后,同胞们个个自由!"

然后,他对威尔·格林说:"威尔,现在我必须退席,到那边教堂里去为阵亡者,朋友和敌人都在内,守灵了。你们如果有什么人要做忏悔,请在明儿早上到那儿去找我,不过要尽可能在太阳升起之前来。还有,我们这位来自泰晤士河彼岸的朋友和兄弟有意跟我谈谈,我也有意跟他谈谈,所以现在我要搀着他的手把他带走了。伙伴们,祝上帝保佑你们!"

当他绕过桌子走过来的时候,我就站起来迎上前去,并握住了他的手。威尔·格林转过身来对我说道:

"老朋友,你可得早些回来啊,因为明天如果我们真要在罗彻斯特吃午饭的话,我们必须绝早就动身呢。"

当我回答他知道了的时候,我有点结巴,因为约翰·鲍尔正用一种很奇怪的样子似笑非笑地看着我,我的心则在急切地、可怕地跳动着。我们静静地走到门口,来到了明亮的月光之下。

我们跨出了门槛,然后我踌躇了一下,回头望了望那满映着黄色灯光的窗子和里面的那些人影。这时一种悲哀和渴望的感觉不禁在我心中油然而生，至于为什么要这样，连我自己也说不出道理来，因为我是一会儿就要回来的。约翰·鲍尔没有催促我，只是举起了他的手，似乎是要我倾听什么似的。屋里的主人和客人在我们离开之后，都躺了下来，并且看来已经相当地快活了，因为客人之一，就是那个首先提到法国的人，正以一种粗豪而悲凉的调子，开始唱一支叙述战争的歌儿。我还记得它的开头几句，那是在我掉过头来和约翰·鲍尔一起向教堂走去的当儿听到的：

> 在法国的平坦的战场上，
> 一天早晨我们在那里打仗，
> 好一片可爱的土地，在清清的河水旁。
> 诸侯贵族的旌旗蔽日飘扬，
> 骑士们何等勇壮，
> 枪手、侍卫、奇兵猛将，
> 更有那弓弩手把箭矢放，
> 在这里倒下的簪缨世胄，
> 可谓车载斗量。

第九章
生者与死者之间

我们从南面的门廊,通过一道雕刻华丽的拱门,来到教堂之内。在门框与拱檐之间,刻着一个雕像,我就着月光尽力看去,原来是圣米迦勒和那条大龙①。我在踏进教堂中部的浓阴里的当儿,第一次注意到我还拿着一朵白罂粟花。这一定是我从威尔·格林的家里出来在窗子前走过的时候顺手从盆里采下来的。

这座教堂的中部并不十分大,但显得很宽敞。房子已相当老了,不过建造得很坚固,而且很美观。它的由弧形的木板所构成的屋顶有粗大的过梁支撑着,由一边的墙顶直搭到对面的墙顶。教堂中部除了从窗口照进来的月光之外,没有任何其他的光亮。至于那些窗子也并不是很大的,窗子的玻璃上绘满了白色的回纹细花,中间随处夹缀着一个个颜色极深的五彩人像。靠近每条过道的东端,各有两扇比较大一些的窗子,为的是让教堂向东的那一面能够亮一些。我因此能够把那道分隔教堂中部与圣坛所的新近漆得金碧辉煌的大屏风上的雕绘全部看清。在它上面的楼厢里,

---

① 这是根据圣经的神话,天使长米迦勒(Michael)为摩西的尸首与魔鬼争辩的时候胜了魔鬼。魔鬼常被画成龙形。参看《新约全书·犹大书》,第9节。——译者

在那个把楼厢与圣坛所拱顶之间的空间全部占去的大十字架之前，有一支蜡烛在摇曳地发着光。在每条过道的东端，又各有一座圣坛，南面的那一座靠着外面的墙壁，北面的那一座则靠着一道漆得花花绿绿的、刻着镂空花纹的屏风，因为那一条过道是沿着圣坛所一直通过去的。在这第二座圣坛的近处，放着几张显然是新制的、式样既很美观、雕刻得又颇为精致的橡木长椅子。除了这几张长椅外，教堂中部没有其他的东西了。教堂中部的地面是用瓷砖按照一种古老的花式铺成，瓷砖的质料跟我在外边所看到的那些碗盏相同。支撑拱顶的柱子屹立在地上，在月光下显得十分洁白和美丽，就像是浮在一片黑沉沉的、闪烁着万点银光的海面上一般。

教士自己画过了十字，并把圣水给了我之后，就由我独自四下里去徘徊巡视。这时候，我才看到四面的墙壁上全绘着故事画。在我们进去的那个门附近，画着一个巨大的长着一部黑色胡须的圣克里斯朵夫（St. Christopher），很像威尔·格林。在圣坛所的拱顶上面，画着一幅末日审判图。画师在这幅画中并没有把国王或者主教轻易放过。画中有一个戴蓝色小帽[①]的律师，在一群由魔鬼押解到地狱去的恶汉中间，还是一个主要的角色呢。

"啊，"约翰·鲍尔说，"就你在伦敦和坎特伯雷之间所能看到的这类教堂来说，它算得上是既宽敞又漂亮的。不过我可是在问我自己：不知道那些死者将住在哪里，而那些建造这所房子供上帝安居的人死后又将到什么地方去安身。上帝答应他们最终都要

[①] 一种以前为律师戴的小帽子。——译者

把自己的罪恶洗刷干净，可是他们之中，有一个仍旧活着的却是一头肮脏的蠢猪和残忍的狼。①你是个读书人，你真相信这样的家伙也是有灵魂的吗？如果他们真的也有灵魂，那么上帝把他们制造出来，难道是妥当的吗？我所以敢这样问你，是因为我相信你不是一个卖友求荣的小人。再说，就算你真是一个卖友求荣的小人，那也没有什么关系，反正我也不想在这次出征之后再生还了。"

我看着他，觉得有些不好答复他。不过我终于说：

"朋友，除了寄托于肉体中的灵魂之外，我从来不曾看见过什么灵魂，所以我无法告诉你。"

他在他的胸前画了一个十字，然后说：

"不过我相信过不了多少日子，即使我的身体还没有从死人堆里复活，我的灵魂也会和天上的圣者一起在天堂的幸福境界中享受欢乐；因为我在尘世上一直是好好地工作的，而且我熟知那些在好久之前就离开尘世的朋友，像圣马丁（St.Martin）、圣芳济（St.Francis）、坎特伯雷大教堂的圣托马斯（St.Thomas）等，他们是会在天堂里的伙伴们面前为我说好话的，我绝不会失去我所应得的报酬。"

在他说话的当儿，我怯生生地看了他一眼。他的脸色显得那样的温和、安详和快乐，所以我不想说什么使他伤心的话。不过我在看着他的时候，我的眼睛里可能露出了惊诧的表情，他似乎是觉察到了，于是他的脸上出现了一种迷惘的神色。

---

① 蠢猪和残忍的狼指的是坎特伯雷大教堂的大主教，因为征收人头税就是他倡议的。——译者

"你对于这些事情怎样看的?"他说,"如果不是这样,那么人们为了正义的事业捐弃生命是为的什么呢?"

我微笑了一下说:

"而且他们活着又是为了什么呢?"

虽然月光凄清,我仍能看出他的脸儿突然变得通红起来。他用一种激昂的声音说:

"应当干伟大的事业,否则就应当后悔枉自为人一场。"

"是呀,"我说,"他们活着是为了生命,因为这个世界是有生命的。"

他伸过手来握住了我的手,但没有再说什么。我们往前走去,一直走到十字架屏风的小门前。这时他才转过身来,把他的手放在门的环圈上,说道:

"你看见过的死人多吗?"

"不多,只看见过几个。"我说。

"我看的可多了,"他说,"不过,现在先进去看看他们吧,先看我们的朋友,再看我们的敌人。这样,当我们坐着谈论世界末日到来之前在世间的日子时,就不会再惦记着去看他们了。"

于是他推开了门,我们走进了圣坛所。在圣像前的高大的圣坛上点着一支蜡烛,月光从大格子玻璃窗(窗上没有画着彩色圣像和花饰)中投射进来,映着烛火,使火光显得红沉沉的,呈现一种奇异的景象。在我们所进去的地方,放着几张新制的教士和教区牧师坐的高椅子,它们比我以前所看到过的任何木器雕刻得都要细密、都要美丽。圣坛所里到处都是色彩富丽、式样精美优雅的东西。我们的阵亡者安眠在高大的圣坛前低矮的尸架上,他们的脸全用亚麻布遮盖着,因为有几个在厮杀之中被砍得血肉模糊。我们走上前去,约翰·鲍尔把其中之一的脸上的亚麻布揭开。他的心窝里中了一箭,他的脸是安详而平静的。他是一个白皙而漂亮的青年,他的头发是淡黄色的,淡得竟和白色相差无几。他穿着他倒下去时所穿的衣服,双手合在胸前,并捧着一个灯心草扎成的十字架。他的弓放在一边,他的箭囊和宝剑放在另一边。

约翰·鲍尔一面用手捏着尸布的一角,一面对我说:

"学者先生,你可有什么话要说吗?当你看着他的时候,你可为这个人或者为你自己将要和他一样而感到由衷的悲哀吗?"

我说:"不,我不觉得有什么悲哀,因为这个人并不在这里,这不过是一所空房子,它的主人早已离开了它,到别处去了。老实说,它在我的眼里,不过是一个蜡像而已;不,连蜡像都还够不上呢,因为如果它真是一个蜡像的话,它就应该塑得和这个人活着的时候一模一样。这里并没有生命或者类似生命的东西,所以我并没有为它所感动。不,倒是这个人的服装和武器更使我感动一些——它们要比他的尸体更富于生命。"

"你说得很对,"他说,"不过在你看着他的当儿,难道你就不为你自己的死亡而悲伤吗?"

我说:"我怎么能为那种我不大能想象的事情而悲伤呢?你知道,当我活着的时候,我不能设想我将来会死,或者简直不能相信有死那回事。虽然我知道得很清楚我总有一天要死的——但我想那只是在某种新的方式下继续生活下去。"

他又显得很困惑的样子看着我。但他的脸色在他开口说话时重又变得明朗起来。他说:

"是呀，一些也不错，那就是圣教对死亡的解释，我所追求的也正是这种生活。在此之后，我将看到我在世上的时候所做的一切事情，看到它们的真正意义，以及它们所能造成的结果。我将永远是圣教中的一员，也就是与友爱融为一体。就是在那个时候，我也还是和现在一样。"

听了他的话，我叹了口气，然后我说道：

"是的，大多数人或多或少都是这样想的，因为没有一个活着的人能够设想自己不活着。我记得丹麦人通常说一个将死的人是：'他改变他的生活了。'"

"你也以为是这样吗？"

我只摇了摇头，没有说什么话。

"就这一点来说，你究竟是怎么看的呢？"他说，"在我们两人之间，似乎有一堵高墙把我们隔开了。"

"我的看法是这样的，"我说，"虽然我会死、我的生命有终了的一天，可是人类仍然存在。所以，我既然是一个人，我也就不会消灭了。好朋友，就是你也是这样看法的呀。或者，至少你是这样做的，因为目前你不是宁愿在悲哀和痛楚之中牺牲你的生命，也不肯叛离友爱，不愿不尽你的最大的努力去为友爱而奋斗吗？而你是知道的，就像你方才在十字架前所说的那样，只要你肯说几句奉承话，对真理睁一眼闭一眼，花几个小钱，做几台弥撒，你就能够在这个世界上和那个天堂里占到一席之地。跟你一样，现在有许多不为人所知的无名的穷人也是这样做的。而且只要这个世界存在，以后还会有人这样做。至于那些没有这样做的人，都是由于畏惧才没有这样做。他们对自己的懦怯感到惭愧，于是就捏造了许多借口来欺骗自己,免得自己无颜再活下去。相信我吧,如果不是这样的话,世界就不能再存在下去,而要给它自己的恶臭所闷死。朋友,现在存在于你我之间的那堵高墙消失了吧?"

他看着我和蔼地笑了,但他的笑容中夹着一种凄然和不好意思的成分;他摇了摇头。

隔了一会儿,他才说道:

"你已经看到这些过去是我们的朋友的形体,现在,请到那边去,看看那些一度是我们的敌人的形体吧。"

于是他领着我穿过旁边的屏风,来到圣坛所的过道里。在那里的砖地上,放着敌人的尸体。他们的武器被拿走了,他们的甲胄也被剥掉了,不过他们的衣服还留着没动。他们大多数但不是每一个人的脸上都盖着尸布。在过道的东端,另有一座圣坛,上面盖着一幅绣满着美丽的图案的花布。圣坛上面的墙壁上,有好些圣龛,正中央的那一只里安放着一尊金碧辉煌的雕像,是一个骑在马上的服饰华丽的骑士,他把他的披风一劈为二,把其中的一片赠给一个半裸着的乞丐。

"这些人中间有你认得的么?"我问。

他说:

"要是我看到他们的脸,总能辨认出几个相识的。不过随他们去吧。"

"他们都是坏人吗?"我说。

他说:"有两三个是坏蛋。不过我也不想跟你谈论他们。这所房子是圣·马丁的,如果他愿意,让他来讲述他们的身世吧。至于其余的人,都是一些可怜的傻瓜,也就是说,他们是些为了混碗饭吃而被迫走上这条倒霉的路的人。愿上帝让他们的灵魂得到安宁,我不愿做一个搬弄是非的人,就是在上帝的面前也是如此。"

这样,我们站在那里,沉思了一会儿。但是我所注视的,并不是那些尸体,而是墙壁上那些奇异的图画。这儿的图画,比起教堂中部的,在色彩上更为浓重而艳丽。我只顾瞻仰着,直到约翰·鲍尔终于转过身来,把他的手按在我的肩头上,我才陡然清醒过来,说道:

"啊,兄弟,我现在必须回威尔·格林的家里去了,因为我答应他早些回去的。"

"还不到时候呢,兄弟,"他说,"我还有好多话要跟你谈,而且夜还不那么深呢。我们且到教区牧师的坐椅上去坐一会儿,让我们对这个人类的世界,以及我们所居住的这个国家的风尚质疑析辨一番。因为我再一次看到:你的确看见过许多我所未曾见过的而且也是我不可能见到的东西。"

他一面说,一面带我回到圣坛所里,对着那座高大的圣坛和东边的大窗子,在圣坛所西头的高椅上并肩坐下。这时候,天空中的月亮已经西移,圣坛所变得更加幽暗了。不过仍然有些朦胧,所以凭着那扇面向着我们的窗子上的亮光,我仍能把我四周围的东西看清。我知道这朦胧的光亮将残留到长夏的短夜消逝,黎明的晨曦把我们周围一切东西照得清清楚楚为止。

我们就这样并坐着。我聚精会神准备听他所要说的话,同时思忖着我要向他提些什么问题,因为正如他所想我的那样,我认为他曾经看到过一些我所不能看到的东西。

第十章
两人谈论未来的时代

"兄弟,"约翰·鲍尔说,"你对于我们的事业是怎样看法呢?我并不是要问你,我们的大丈夫的行径是不是对,而是我们采取了大丈夫的行为,是不是也会遭到大丈夫般的失败。"

"你为什么要问我啊?"我说,"我能在这座教堂以外,看到多远呢?"

"很远,"他说,"因为我知道你是一个读书人,读过许多书。而且,虽然我说不出个所以然来,我觉得你比我们多知道好多东西,好像这个世界对于你比对于我们存在得更长一些。所以,请别把你的心里所知道的东西隐藏起来,因为我明白过了今夜,直到我们在天堂上大伙儿重新聚首以前,我是不会再见到你了。"

"朋友,"我说,"请随便发问吧,或者你还是问一问未来的年代里将发生一些什么事情吧。不过我想你对于那种事情也一定有你自己的看法。"

他撑着靠背椅的扶手,抬起身子,凝视着我的脸说:

"难道说你不是一个血肉之躯的凡人,而是由万民之主与上天之子派来告诉我,今后的情形究竟是怎样的吗?如果真是这样的话,那么请直截了当地告诉我吧,因为我早已看出来,你的语言和我们的有些相像，可是又不同，你的脸上有一种神气很不像我们这个时代的人。不过请你注意：就算你果真是这样的使者，我也并不怕你，不，就是那个派你来的人，我也不怕。我绝不会听你的吩咐，或者他的吩咐从伦敦桥上退回来。我要勇往直前，因为我所做的事情是对的，是应该做的。"

"哎，"我说，"我刚才不是已经告诉过你，我是只知道什么是生命而不知道什么是死亡的吗？我不是死人。至于说我是由什么人派遣来的，我不能说我到这儿来是出于我自己的意志，因为我自己也不知道。然而我也说不出我到这儿来究竟出于谁的意志。还有，我必须告诉你：就算我比你多知道一些东西，可是我所做的要比你少得多，所以你仍然是我的指导者，而我只能做一个歌颂你的吟游诗人。"

他如释重负地吁了一口气，然后说道：

"好呀，既然你是一个生活在尘世上的跟我一样的凡人，那么就请你告诉我：你对于我们的事业究竟怎样看法？我们是否能够到达伦敦，我们将怎样到达伦敦？"

我说："有什么东西能够阻挡你们上伦敦去、不让你们如愿以偿呢？你们可以确信，埃塞克斯郡的伙伴们是不会不响应你们的；伦敦的老百姓也不会来抵抗你们，因为他们恨透了那帮王亲国戚。至于朝廷方面，也不会有多少兵力能开到战场上来跟你们交锋，你们会使他们感到胆战心惊的。"

"我也是这样想，"他说，"可是在此以后又会发生些什么事情呢？"

我说："我感到很难过，我很不愿意把我所想的告诉你。不过还是请你听着：许多人的现在还活着的快快活活的儿子将要死去。如果下面的兵士们会被杀——绝大多数还不是战死在沙场上，而是遭到律师们的残害——那么为首的人怎么能逃脱呢？无疑地，你是一定要死的。"

他非常和悦地、但极为骄傲地微微一笑说：

"是呀，道路是漫长的，可是最后我们还是能够到达它的终点的。朋友，实际上我早就濒于死亡了。我有一个妹妹，她和我常在秋天里到只剩麦茬的田地的边上玩耍，共度欢乐的时光。我们在那儿采集硬壳果和黑莓，把斑鸠吓得直飞起来，我们听到它的叫声，感到惊奇，认为它是一种庞然大物呢。那时候鹞鹰在荆篱的上空盘旋着，黄鼠狼在小路上东钻西窜，我们快快乐乐地坐在草地上，听着从草原传来的绵羊的铃声。我这个妹妹已经死了，远离了这个世界，她是在那次大瘟疫之后死在饥荒里的。至于我的弟弟，他是在对法战争中被杀死的，但是除了那个剥掉他的衣甲武器的人之外，没有第二个人为他的牺牲对他表示过感谢。还有我那个未婚妻，在我受戒之后，我和她一直相亲相爱地厮守在一起，大家都称赞她的贤淑和美丽，她确实是一个忠实可爱的姑娘，她也死了，离开这个世界了。因此，除了我在世上应该做的拯世救民的事业而外，我在这个世界上还有什么可留恋的呢？真的，朋友，常言说人必有死，可是我现在要告诉你另外一句话，那就是人是永远活着的。我现在活着，将来还是活着。所以请告诉我，以后还会发生什么事情呢？"

不知怎的，我竟不能再像刚才那样完全拿他作为一个活着的人看待了，而在我回答的当儿，我的声音也不大像是我自己的声音：

"这些人，就他们的强壮和英勇而言，是跟过去的任何人或者未来的任何人不相上下的，而且都是善良的好人。可是他们头脑简单，只能顾到眼前，看不到远大的未来。他们会取得胜利，可是不知道胜利之后怎么办。由于他们无知无识，他们能够战斗，把他们的对手打倒，然而也正因为他们无知无识，在他们的领袖被杀死之后，他们就会受人愚弄，被人出卖，结果他们所取得的一切成果，看来也会全部化为乌有。于是王亲国戚就能占优势，使他们和国王全都落到命中注定的那个可耻结局。然而就是在领主们把一切都征服，整个英国又给他们踩在脚底下的时候，他们的胜利仍然会是毫无结果的；因为对于一般持有不自由的土地的自由民，他们是无法把奴隶的铁项圈重行套到他们的脖子上的，他们不能再保持农奴制度。所以到后来，就是在你们死亡之后的不久，英国的非自由民就所剩无几了。因此，你们的生命和你们的死亡都是会开花结果的。"

"我不是已经说过，"约翰·鲍尔说，"你是一个从别的时代来的使者吗？你的预言多好听，你说这个国家会获得自由。现在请说下去吧。"

他非常热情，但我却带着一种凄凉的意味接着说：

"时代是会好起来的，虽然国王和领主要转入逆境，各种行会也会不断发展，变得越来越强大，借助外国商人的地方也会越来越多。国内将会丰衣足食，不再有饥馑发生。现在只能挣两个便士的人，到那时就可以挣三个了。"

"对，"他说，"那时劳动人民的力量将越来越强大，不久就会出现一种新的局面，那就是人人都劳动，而没有强迫别人去劳动的人，因此也就没有人会受到掠夺。最后，所有的人都劳动，过着幸福快乐的生活，大家可以自由享用大地出产的一切，用不着金钱，也用不到论价。"

"是啊，"我说，"这种日子是一定会来的，不过眼前还不行，也许还要等一个相当长的时期。"

我默默无言地坐了半天。这时月亮更为偏西，教堂里也就愈加幽暗了。

于是我又继续说道：

"你知道，在我所说的那个时期，这些人还有主子骑在他们的头上，这批主子仍然保持着许多专为主子们效劳的法律和惯例，而且由于他们是主子，他们还能制定出更多的同样的法律呢。他们也会让穷苦的人过得宽裕一些，然而只限于他们的宽裕能够为主子们产生更多的利润，超过这范围就不容许了。这就是在我所说的那个未来年代里的情况，因为那时候仍然有国王和领主、爵士和乡绅，仍然有仆从奉行他们的命令，使老实人心惊胆战。所有这一切人仍然和从前一样，不从事任何劳动，却享用着很多很多的东西，而土地所出产的东西越多，他们的欲望也就越大。"

"不错，"他说，"那我是知道得很清楚的，这批家伙全是贪得无厌的孽种。但是你说过那时候农奴制度已经消灭了，那他们拿什么来餍足他们的贪欲呢？也许他们的农民要像自由民那样，缴给他们免役地租，为他们服劳役，但是所有这一切都必须按着法律行事，而不能越出法律的范围。因此劳动者虽然会比现在富有，领主们却不会变得更加富有，这样大家就可以走上自由和平等的道路。"

我说："朋友，请你注意：在过去，那批领主绝大多数都拥有土地和土地上的一切东西。住在那块土地上的人为领主操作，就同领主的牛马一样，一切的产物，除去给他们饭吃和给他们房子住以外，全归领主所有。但是在未来的那个时代里，领主们看到他们的农民在他们的土地上富裕起来，他们会再一次说：'这班人所取得的东西已经多于他们所需要的了，我们既然是他们的主子，我们为什么不把这多余的部分拿来呢？'此外，在那时候，人与人之间和国与国之间将有频繁的货物的交换。于是领主们就会想到，他们的田地上如果能够减少一些谷物和人，就可以多养几只羊，也就是说可以有更多的羊毛去进行交易了，这样他们就能比过去更富有了。既然所有的田地除了偶尔有一片自耕农的田舍或者园子之外全为领主们所有，农民不是向他们缴免役地租，就得为他们当差服役，那么这些田地都可以用来替他们生产羊毛去卖给东方的商人。这时，英国就会出现一种新的情况。在此之前，人们是生活在土地上，靠着土地过活的；现在呢，田地已不再需要他们了，因为只要一大群羊和不多几个牧羊人，就可以生产羊毛去换取东方商人的金钱了，而换来的金钱，将全部进入领主们的钱包。所以你看吧！领主们一定会指使那批律师去玩弄鬼把戏，进一步使用凶暴的手段抢夺土地，以供他们和他们的羊只使用。那时除了这些领主之外，能够占有咫尺土地、能不给他们的主子一句话就驱逐出来的自由民，恐怕是难以找到几个了。"

"你这话是什么意思？"约翰·鲍尔说，"难道所有的人都要重新沦为农奴吗？"

"不是的，"我说，"英国是不会再有农奴了。"

"那么他们的情况一定比农奴还要糟糕,"他说,"想必所有的人,除了极少的几个之外,都要成为可以在市场上买进卖出的奴隶了。"

"好朋友,"我说,"那是不会的。所有的人甚至都能像你所希望的那样自由。不过,像我所说的,能够取得一块立锥之地的自由民确实是没有几个了,除非他们能向他们的主子买到这种恩典。"

"现在我对你所说的话真有些莫名其妙了,"他说,"我知道什么是奴隶,他每时每刻都是他主人的人,从来不能自己做主。我也知道什么是农奴,他有时候属于他自己,有时候属于他的主子。我也知道什么是自由民,他始终是他自己的主人。但是如果他没有任何赖以维持生活的东西,那他又怎么能够是自己的主人呢?难道让他去做贼、去偷窃人家的东西吗?如果是那样,他就成了一个非法的歹徒了。身为一个自由民,而又没有任何赖以维持生活的东西,这是难以想象的!"

"可是事情确实会如此,"我说,"一切物品都要由这种自由民来制造呢。"

"不对,那是不可能的。你是在打哑谜了,"他说,"一个木匠如果没有斧凿和木料,又怎么能够制成一只箱子呢?"

我说:

"他必须去找那些拥有一切的人,向他们购买准许做工的恩典。除了他和像他这样的人而外,什么东西都是属于他们那些人的。"

"可是他用什么去购买呢?"约翰·鲍尔说,"他除了他自己之外,还有什么东西呢?"

"他得用他自己去购买,"我说,"就是用他的身体和他的身体中所包含的劳动力。他可以用他的劳动作代价,去购买准许他劳动的恩典。"

"你又打哑谜了!"他说,"他怎么能出卖他的劳动,去换取他每日所需的面包以外的东西呢?他必须用他的劳动去换取他的吃、喝、穿、住呀!难道他能把他的劳动出卖两次吗?"

"不是这样的,"我说,"他多半会这样做,他会把他自己,就是存在于他身上的劳动力,出卖给一个准许他去工作的主子。那个主子就从他所制造的物品中提出一部分给他,使他能够去维持生活、生育子女,并把他们抚养到也能像他那样地出卖自己的年龄,而所有剩余的部分,就全由那个有钱的家伙据为己有了。"

约翰·鲍尔一面纵声大笑一面说:

"得啦,我看我们还没有走出谜语的国土呢。一个人固然可以照你所说的那样生活下去,可是他总不能够既这么样做而又过着一个自由民的生活呀。"

"你说得一点不错。"我说。

第十一章
从旧世界展望新世界是困难的

他静默了一会儿，然后说：

"然而绝没有人会自动地把自己和自己的儿女卖给人家做奴隶，也绝没有任何傻子会傻到这种程度，竟至于愿意接受自由人的虚名，而过着奴隶的生活，算是做自由人的代价。现在我要向你请教另外一些问题。我看出你确是一个了不起的预言家，所以我更乐于向你请教了，因为绝没有人能够凭着他自己的智慧，虚构出像你刚才对我所讲的那种荒唐事情的。现在，我敢断言，只要人们一旦像你刚才所说的，把农奴的枷锁摆脱掉（我祝福你能说这句话），他们在这个世界上绝不会不经过一场激烈的斗争就肯屈服于这种更凶恶的暴政之下。无疑地这场斗争将会十分惨烈，以至在我们的英勇的子弟倒下去之前，就是小姑娘和小孩子也都要拿起刀枪；在许多田野里，那转动英国水磨的不是河里的清水，而是人们的鲜血。但是当这一切都已成为过去，暴政已经确立，国内由于经过这次大战，剩下的人口已经寥寥无几，那么在你看来，那时候将会是什么局面呢？会不会变成遍地都是兵士和军曹，而做工的人倒很少？那时，每个教区中一定会设置许多警吏，去监督人们做工。他们一定要天天逢人就问：'嘿，某某人，你可曾把你自己卖掉，以换取这一天或者这一星期或者这一年的工作呢？现在还是赶快去把你的买卖办妥吧，要不然对你更为不利。'结果无论在什么地方，只要有工作在进行，就少不了有警吏，而凡是从事劳动的人都要在鞭子下从事劳动，就像希伯来人在埃及境内做苦工的时候那样。①所有的人一有机会就要偷窃东西，像一条饿狗抢肉骨头那样。于是这就需要更多的兵士和更多的警吏，直到整个国家都被他们吃得精光。就是那些领主和主子也无力承受这个负担，因为每个人一天生产出来的东西，把一切都除去之后，是不会多到哪里去的，所以他们所得的利润也不怎么多。"

"朋友，"我说，"你刚才说他们一旦落在这种暴政之下，一定会坚决反抗，到死方休，你这完全是本着你自己的英勇精神和高贵胸襟在下判断。不错，世界上确实是要有战争的，而且还会是大规模的和极端残酷的战争，可是为了你所说的那种原因而发生的战争，是绝无仅有的。人们无疑仍然要像他们以前在法国打仗那样，不是受了某个采邑领主的命令，就是奉了哪个国王的命令，再不然就是奉了某个放高利贷的或者囤积居奇的奸商的命令。的确，在这罪恶时代的初期，也有勇敢的人起来斗争，可是，纵然他们也像你们那样牺牲了性命，他们的死亡却得不到你们那样的收获；因为，老实说，你们所反抗的是本来已在没落的农奴制度，而他们却是和那种方兴未艾的高利贷制度作殊死战。还有，刚才我告诉你的那种情况只是在一个时代发展到了顶点的时候才会发生。我们从远处来看这些事情，当然能够一目了然，可是那些生

---

① 参看《旧约全书·出埃及记》，第1章。——译者

活在那个时代初期和那个时代当中的人,是看不到他们周围事物的演变的。他们确实也感觉到有毛病存在,可是不知道怎样去纠正。他们本来较好的生活会逐渐地每况愈下,他们将变得贫弱无依,再没有力量去抵抗这种暴政的荼毒。后来,时代又略为好转了一些,他们略为多得到一些安逸,他们就觉得好像是置身在天堂里了,他们不会再想去抵抗什么暴政,只觉得自己少受些压榨就已经很快活了。所以你以为在那个时候,一定有许多警吏和军曹在到处巡查,驱策人们去工作,而人们非经鞭挞,绝不肯工作,你这样想可完全是错了,不会是那样的;因为在那个时候,要找工作的人始终要比主子们所能雇用的人为多,所以人们都争抢工作做。当一个说'我愿意按照这样那样的代价去做工'的时候,另一个就会抢进来说'我愿意把我的价钱减低这么这么多'。因此主子们是绝不会缺少愿意做工的奴隶的,反倒是奴隶们常常会找不到肯购买他们的主子。"

"你的话真是愈来愈奇怪了,"他说,"那么以后又怎样呢?如果下层人都不做工,那岂不是要造成饥馑和商品的缺乏了吗?"

"饥馑是常有的,"我说,"不过不是由于商品的缺乏,事实上恰恰相反。如果我告诉你,在今后的日子里,交通会十分发达,而海洋上面的旅行往来又是十分迅速,因而多数货物都非常便宜,面包则是一切便宜东西中最便宜的东西,你会怎么说呢?"

他说:

"我就要说,那时候人们将能过到较好的日子,因为在丰饶的年代里,日子当然是好过的。因为那时候,人们可以吃到他们亲手收获的东西,而用不到再花费他们的钱财去向别人购买了。不错,这对于诚实的人来说,确实是好的,可是对于那些囤积居奇的奸商和买空卖空的投机家,却是不利的。不过谁去管那些狼心狗肺的人呢?他们只知道从老百姓的腰包里偷窃金钱,而不肯拔一毛以利天下。"

"是的,朋友,"我说,"可是在那些未来的年代里,一切权力都将操在这批狼心狗肺的人的手中。他们将是全体人民的统治者。所以,请你听着,因为我要告诉你,在那些年代里,丰衣足食的日子就是饥馑的日子。大家都祈求物品的价格上涨,好让那班奸商和投机家能够发财,然后他们的利润可以有一小部分溢出来,给那些养活他们的人。"

"对于你的谜语,我真感到有些烦了,"他说,"可是我希望那时候国内的人口会少一些,因为那时候的生活既然这样恶劣和悲惨,人口少一些,倒是一件好事情。"

"啊,可怜的人!"我说,"那时候许多老百姓的生活将会怎样恶劣和悲惨,你是无法想象的。不过我可以告诉你,人口还是要增加的,而且还是成倍地增加,现在只有一个人的地方,那时候将有二十个人——是的,在某些地方,竟要多到二十个的十倍呢。"

"我没有勇气再跟你请教更多的问题了,"他说,"你回答的时候,你的语言很是平易,可是你所说的事情却叫人莫名其妙。不过,请你告诉我,在那时候,人们是不是认为这种局面将永远是这样了,就像现在那些大人物对我们谈起我们的疾苦的时候那样,还是他们会想出某些挽救的办法来?"

我向四周围望了望。现在,教堂里只有一点光亮,但是这一点光亮已不是残月的奇异的微光,而是一个美好日子的朦胧的曙色。

"看啊,"约翰·鲍尔说,"这是黎明的曙光,上帝和圣克里斯朵夫给我们送来了一个美好的日子!"

"约翰·鲍尔,"我说,"我已经对你说过,你的死亡将使你一生为之奋斗的事业实现。然而你认为你所争取的东西值得你花这一番精力吗?你相信我所讲的关于未来日子的那些话吗?"

他说:

"我要再一次地对你说,我相信你是一个预言家,因为没有一个人能够说出你那些话来。你所叙述的事情,对于一个吟游诗人来说,是太奇妙了,也太悲惨了。至于你问我是不是我认为所花的劳力是白费,我的答复是不。如果在今后的年代里,情形果真是那样的话(那么他们的生活将比我们的更糟),人们是能够找到挽救的办法的。因此,我要再一次问你,他们是不是能够找到挽救的办法?"

"能,"我说,"他们的挽救办法跟你们的是一样的,虽然时代是不同了:因为人们既然受到了奴役,那么除了还他们以自由之外,还有什么别的挽救办法呢?即使他们试走了许多条道路去寻找自由,发现它们都是此路不通,他们还是会去尝试走另外一条道路的。不过在未来的年代里,他们会懒于尝试了,因为他们的主子比你们的要强大得多,甚至连高压手段也无须使用。同时在时代发展到最最恶劣之前,人们始终受着蒙蔽,他们相信自己所以不得不拿他们的劳动力做抵押去换取准许他们从事劳动的恩典,是出于他们自己的自由意志。此外,在你们看起来,你们的领主和主子个个都是强大的。他们也确实是这样的,可是他们的人数很少。未来的那个时代的主子，在那时候的人们的眼光中，并非个个都是强大的，可是他们的人数非常多，他们在这种事情上会在不知不觉中结成一条心，就像我们所看到的帆桨并用的低身船，划桨的人都藏在舱里，我们只看到所有的桨齐起齐落，很像是出于一个人的意志一样。"

"可是，"他说，"那些被他们压榨的人难道不能也跟他们一样，大家结成一条心吗？"

"朋友，"我说，"不管生活怎么悲惨，他们仍然希望活下去，所以，就像我已经告诉你的那样，他们会出卖自己，以求生活下去。于是他们的极端穷困就变成了他们主子的安逸生活的保证。他们的穷困迫使他们不能四处闲荡，去跟他们的朋友或者兄弟诉说他们在奴役下怎样受着压榨，或者去筹划方法来结束这种奴隶处境，所以他们的主子们都可以高枕无忧。你说只要他们懂得这个道理，他们就会齐起心来，这个话是不错的，可是在很长的一段时间内，他们对这个道理只能有一种模糊的认识。不过毋庸置疑，最后他们总归会完全明白过来，那时候他们就会找到纠正的方法。那时候就可以看出，你的工作不是白做的，因为你在事先就像那些时代里的人所看到的一样，预见到了应该用什么方法来纠正。"

我们相对无言地坐了一会儿。熹微的晨光渐渐驱散了黑夜的昏暗，虽然是缓慢地。我望着我仍然拿在手里的那朵罂粟花，想起了威尔·格林，就说：

"瞧，天快要亮了，现在我必须遵守我的诺言，回威尔·格林家去了。"

"假如你真要去的话，那么你就去吧，"他说，"不过我看他不久就要到这儿来。这会儿，你可以到树林中间的草地上安睡到日高三丈，因为那大队人马是不会很早就动身的。一个人一整夜劳累没睡觉，能够在大清早的太阳光下就着树荫安睡一觉，是够香甜的。"

"我想我还是现在去吧，"我说，"祝你晚安，或者不如说是晨安。"

于是我抬起身子，可是当我要站起来的时候，我又不想走了，好像我从来没有这种打算一样。我重新坐了下来，又听到了约翰·鲍尔的声音，起先好像他是在很远很远的地方说话，但渐渐越来越近，越来越为我所熟悉，它又一次好像是从一个我所应当认识的人口中所发出来的。

第十二章
如果不是为了变革之后的变革，
变革有时反倒是一种灾难

他说："你已经对我讲了许多我所不能理解的古怪事情；啊，有些事情我的脑子简直不能理解，甚至不能跟你提出有关的问题。但是有些事情，我还是要请问你。我必须赶快问，因为残夜确已将尽。你刚才说，在今后的时代里，所有从事劳动的人没有一个不是这种新式的奴隶，而他们的主子则为数极多。那么照我看来，这批主子的人数，如果真是极多的话，那他们就不大可能很富有，或者只有极少的几个能够如此。因为他们必须供给奴隶衣食住宿，同时，他们从后者剥削来的又要由许多人来分，这就不足以使许多人都发大财了。因为你只能叫一个人做一个人的工作，而且你压榨他也是有限度的，你总不能把他压榨得这样厉害，连饭都不给他吃呀。所以我只能想象有少数主子和多数奴隶，而不能想象有许多主子和许多奴隶。假使奴隶为数极多，主子只有几个，那么奴隶们总有一天会起来用他们的力量去推翻主子的统治。到那时候，你的未来年代里的主子们又怎样能维持他们的统治地位呢？"

"约翰·鲍尔，"我说，"主子们的统治手法是多种多样的，他们会千方百计地设法维持自己在这个世界上的统治地位。现在，请听一件奇事吧。你已经说过两次，你只能叫一个人做一个人的工作，但是你可知道，在今后的时代里，一个人能做一百个人的工作——而且还能做一千个人的工作，甚至更多人的工作。这就是主子统治的手法之一，这样就能造成许多主子和许多有钱人。"

约翰·鲍尔笑起来了。他说：

"今儿晚上，我的哑谜的收获真是大极了！一个人就算能够不睡觉、在吃饭喝茶的当儿也不停止工作，你也只能叫他做两个人的工作，至多也只能做三个人的工作。"

我说：

"你看见过织布工人在织布机上工作吗？"

"看见过的，"他说，"而且看见过好多次。"

他沉思一会儿，然后说：

"不过我过去一直没有把它当做奇事。现在我要引它为奇事了，因为我已经知道你要说的是什么了。有一个时期，织布的梭子是由人们的手在那千百根经线之间穿进穿出的，这样织布是很慢的。但是现在织布机上的柚柱却能够随着人们的脚的运动而上升下落了，这样那片经线就能自动提起来，梭子一下子就可以在那千百根经线之间穿过去了。不错，就是这样的，它把一个人变成了许多人。但是，请你注意，他的能力已经增加不少倍了，我觉得这已经有好几百年了。"

"不错，"我说，"可是在此以前主子们又何必去增加他的劳动力呢？因为前几百年，工人只是一个在市场上被人买进卖出的奴隶，而在后来的几百年中，他又成为一个农奴——那就是一种会做工的牲畜，是他生活所在的那个庄园上的财产的一部分。但是以后就有你还有跟你一样的人来解放他了。因此这时候主子们就需要耍他们的花招了，因为这时候主子既不能再根据法律，把他当作自己的财产，又不能再按照法律，把他当作他庄园上的一种牲口而占为己有。这时候，主子们如果不掌握住那些他们赖以生活的人的生活必需品，使那些人不出卖自己就得不到这些东西，主子们又怎么能进行统治呢？"

他一言不发，但是我看到他双眉紧蹙，嘴唇闭得紧紧的，好像非常愤怒的样子。我接下去说道：

"你既然看见过织布工人在织布机上织布的情况，那么你可以想一想，假使他不需要再坐在布幅前搬弄梭子和拉回柚柱，假使织布机上的经线台能够自动打开，梭子能够自动穿进穿出，而且速度快得连眼睛都跟不上，柚柱能够自动移回来，而织布工人只站在旁边哼哼小调，一边照管着半打以上的织布机，指使它们去干这个或者那个——假使这样的话，那么那时候将会是什么情况呢？织布工人如此，陶器工人，铁匠和所有的五金工人，还有其他行业的工匠都会如此，他们只需要在旁边照看照看，正如人们坐在车子上由马匹拖着前进一样。真的，到了最后，甚至连胼手胝足的农夫也是如此。割麦子的人不用在天没亮就扛着镰刀到田里收割、捆扎、再收割、一直操劳到红日西沉，明月东升。他只要用一两匹马，拖着一种人们所创制的东西去到田里，他只要呼呼叱叱地让那一两匹马来去跑着，那东西就会自己刈割、收集、捆扎，承担了原来要由许多人做的工作。如果你能够的话，你不妨想象一下，至少你可以把它作为一种出自吟游诗人之口的怪诞故事来想象一下，然后请你告诉我，在这种情况下，你猜想诸如这儿镇上的这些人或者坎特伯雷的行会中的那些人的生活将会怎样？"

"好吧，"他说，"但是在我把我对于你的奇谈妙论的想法告诉你之前，我还有一点要向你请教。就是在那时候，人们的操作既然是这样容易，那么在某一个乡区里或者某一个城市里，他们就会生产出过多的物品，超过他们自己所能消费的，而在另一个发展得没有这样顺利的地区，他们所生产的就要少于他们所需要的。这样，它就要跟我们现在的情况一样，会发生物资不足和饥馑。所以，人们如果不能够互通有无，那么一个地方的物品有余，另一个地方的物品不足，这对于整个国家来说，怕是没有什么好处的，因为物品将积压在富饶地方的仓库里，以至霉烂掉了完结。所以，在你所说的那个神奇的未来年代里，倘使情况确如我所说的那样（我设想不出它能是另一种样子），那么人们制造物品纵然是这样地容易而不费气力，他们也仍然享受不到什么好处。"

我又微笑着说：

"不错；可是情况不会是那样的。在那些年代里，不单人口会一百倍、一千倍地增加，就是一个地方到另外一个地方之间的距离，也会越缩越短，成为千里咫尺。因此晚上还在达勒姆① 准备运销的物品，到了第二天早上，就到了伦敦了。威尔士的老百姓能够吃到埃塞克斯的粮食，而埃塞克斯的老百姓也可穿到威尔士的羊毛做的衣服。所以就物品在市场上运转的速度而论，整个国

---

① 达勒姆（Durham）是英国中部距离伦敦较远的城市。——译者

家无异于一个小小的教区。啊,这还不算稀奇呢!不单在这个国家里是如此,就是西印度群岛,还有那些你连名字都不知道的遥远的地方,也将如俗话所说的,近得像在每一个人的家门口一样。那时候,所有现在认为是珍贵的、非出重价不能买到的物品,都将成为寻常的东西,可以在每一个小贩的摊子上用极便宜的价格买进卖出。约翰,你说,那时候岂不是人人可以过着快乐、富足和安逸的日子吗?"

"兄弟,"他说,"你已经把人们在那些年代里的生活状况对我说了一部分,使我非常愁闷和惶惑,所以我看在你这些可喜的消息的后面,隐藏着某种可悲的讥讽。不过我把这一切暂且撇开,就照你的嘱咐把你的妙论当作出自一个来自海外的吟游诗人之口的传奇来考虑一下。我说,如果人仍旧是我所知道的人,除非英国的这些老百姓随着国家的变化而有了变化——实在说,不管是好是坏,我不能想象他们不是现在这种样子,我不能把他们看作不是我所熟悉的和热爱的那种样子——我说,如果人还是人,那时候一定会全国都物阜财丰,不再有什么穷人,除非他出于自愿,特地要走刻苦的道路,过清贫的生活,比如皈依宗教的人或者诸如此类的人那样;因为在那个时候,一切好东西都将十分丰富,不管主子们怎么贪婪,总有足够的东西能餍足他们的贪欲,并且能使所有双手从事劳动的人过美好的生活。于是这些人就可以比现在少劳动了,他们就可以有时间来求取知识,这样就可以不再有有学问的人和无学问的人的分别了,因为大家都是有学问的人了。他们也会有时间来学习怎样管理教区和乡里的事情,以及本国议会的事情,从而国王除了他的份内所应得的之外,就不能再多取一丝一毫了。而治理国家也是所有的人，无论贫富，人人有份的事。这样由于不良法律的废止和良好法律的制定，就可以把你刚才所说的那种有钱人单独制定法律来维护他们自己的利益的恶劣风气全部肃清，因为大家都参与制定法律的工作，他们就不能再这样干了。因此，过不了多少时间，就可以不再有横行霸道的富人了，大家都能从土地的收获和他们自己的双手的劳动中，取到多得用不完的消费品了。是呀，那是一定的，兄弟，如果有一天，人们能够利用什么东西而不是凭人的两只手来生产多得用不完的物品，而且从一个地方到另一个地方的行程也变得微不足道，整个世界已经统一成为一个世界市场，那么大家就可以生活在康乐和富裕之中，而妒忌和怨恨也可以烟消云散了。因为那时候，我们将真正征服这个世界，这就够了，那时候，天国将真正降临尘世。咦，你为什么要这样地悲哀和忧伤呀？你要说什么？"

我说：

"难道你已经把我刚才对你说的话忘记了吗？在那些未来的年代里，一个人除了他自己的一身之外，就别无所有了（这样的人将占绝大多数），所以他不得不拿他的劳动做抵押去换取准许他从事劳动的恩典。这样一个人能够变得富裕吗？你不是把他叫作奴隶吗？"

"不错，"他说，"但是我又怎么能够相信，在人们到了能够使用东西为他们从事操作的时候，还会有这样的事情呢？"

"可怜的人！"我说，"你只知道，在那些年代里，人们生产物品，就像赶马车一样容易，一个驾车者高坐在马车之上，只要把缰绳抖动几下，那匹马就拖着车子往前走去。但是我要告诉你，在那些年代里，大多数人还是年复一年地一直在贫穷和苦难中挣扎，还像大地上发生灾荒人们跟你在一起的时候一样，而且除了那批在别人从事操作的当儿他们坐在一旁观看的家伙之外，没有任何人能过富裕的、有保障的生活。而且我还要告诉你，这批家伙人数是很多的，因此他们就会制定法律，一切权力也会全部掌握在他们的手里，而劳动者竟会相信他们离开不了这批依靠掠夺他们为生的家伙，劳动者还要歌颂这批家伙，几乎要向他们祈祷，就像你们向天上的圣者祈祷一样；同时国内最受崇拜的人将是那些通过囤积居奇、投机倒把而赚钱最多的人。"

"可是，"他说，"难道有谁会看到自己遭到了抢劫，还去崇拜那个强盗吗？如果真是这样的话，那么那时候的人真是跟现在的人完全不同了。他们一定是世界上还没有出现过的懒汉、傻子和懦夫。他们不是我生平所熟悉的和现在我将死之时所热爱着的人。"

"不，"我说，"他们是看不到这种抢劫的，我不是对你说过，他们还自认为是自由人吗？但是为什么会这样，等我来告诉你吧。不过请你先告诉我，人们现在的日子过得怎么样，一个从事劳动的粗汉能够成为贵人吗？"

他说：

"某些村夫从大寺院里打杂差的香火逐步高升，以至坐上修道院院长的交椅或者主教的宝座，这样的事情倒也是有的，不过并不常见。有时候，一个勇敢的军曹高升为一个聪明的统领，他们就封他为乡绅和骑士，这就更是稀罕的了。现在，我想你大概要对我说，教会将对穷人大开方便之门，有许多人可以通过教会高升为贵人。可是这又有什么好处呢？就算那个戴着金冠由骑士和侍卫们拱卫着的圣奥尔本斯修道院院长，或者那个带着鹞鹰和猎犬的默顿（Merton）地方的修道院院长是穷汉出身，只要他们现在已经成为压迫穷人的暴君，在我看来，那是一点好处也没有的。就算国内大大小小的修道院能够比现在增加十倍，而每一座修道院都有一个穷汉的儿子在充当院长，我看事情也绝不会因之而有所好转。"

我微微一笑，说：

"你请放心，那时候，国内大大小小的修道院都没有了，而且也没有什么僧侣或者托钵僧，没有任何修士或者修女了。"（我说到这里，他不禁吃了一惊。）"你刚才对我说，在今天，一个穷汉不大容易高升为一个贵人。但是现在我要告诉你，在今后的时代里穷汉能够变成贵人、主子和无所事事养尊处优的人。而且这样的事情还会是习见不鲜的事情；正是由于这个原因，他们才成为睁着眼睛的瞎子，看不到自己是在遭受别人的掠夺，因为在他们的灵魂深处，他们也在希望自己也有一天能够去掠夺别人。这种心理就成了那些年代中一切规章和法律的最好的保障了。"

"听你现在所说的话，我心里更难受了，"他说，"因为这种情形一旦确立，它又怎么能改变呢？今后的暴政将比现在更为可怕。现在，据我看来，如果你所说的确是事实，那么这一次的征服大地就不像我刚才所设想的那样是天堂下降于尘世，而相反地将是把地狱搬到了人间。唉，兄弟，听到了你的使人灰心丧气的悲惨预言，真使我难过。可是，你不是讲过，那时候人们会找到挽救的办法么。兄弟，可否请你告诉我，那挽救的办法究竟是什么，免得太阳照在我身上的时候，我还被你这种关于未来的预言弄得垂头丧气。嘿，你瞧，太阳就要从大地上升起来了。"

天色确实是在亮起来了。墙壁上和窗子上的图画开始显出了它们缤纷的颜色。尽我透过窗子上的彩画玻璃所看到的（在我前面有一扇窗子只镶着白色的玻璃，还没有画上什么东西），那片在不久之前刚在西方隐没的红色光辉，现在又开始在东方露出来了——新的一天开始了。我手里仍握着那朵罂粟花，我对它望了一下，看到它似乎枯焦而萎缩了。我感觉到非常渴望和我的伙伴再多谈谈，并多告诉他一些事情。同时我感觉到我非赶紧一些不可了，否则为了某种原因，我要来不及了。于是我提高了嗓子，急急地说：

"约翰·鲍尔，不要沮丧，因为像我所知道的一样，你又一次知道，'世界大同'这一理想虽然要经历无数的灾难，最后还是能实现的。你看，在不多久之前，我们的四周围是明亮的，不过那是月光，夜色仍然很深。后来在残月西沉、只有一片朦胧来代替那明亮的清辉的时候，世界仍是感到高兴的，因为全都知道那点微芒是属于白昼而不是属于黑夜的。你看，那是时代的象征，象征着'世界大同'的希望。不错，这个正在我们眼前开朗起来的夏日的黎明很可能并不预示那个就要开始的光辉的一日，它也许竟是一个寒冷、灰暗和阴沉的黎明，但是凭着它的亮光，人们仍然能够看到一切事物的真相，而不再会被月光的闪烁和梦境的魅力弄得目迷心醉了。凭着这一线灰暗的曙光，聪明的人和勇敢的人就能找到一种挽救办法，并实际掌握它，它是一种摸得到、握得住的真实东西，而不是什么只能从远处向之膜拜的天上的荣耀。

而且像我刚才对你所说的，在将来，人们必然会决心争取自由，这是一定的！不错，就像你在你的希望达到最高峰的时候所希望的那种自由，那时候你所想的不仅仅是王亲贵戚、人头税税吏和埃塞克斯郡的农奴制度，而是想着能够把这一切全部消灭掉，然后人们可以不用金钱、也无须代价就可以取用大地的产物和他们在大地上辛勤劳动所生产的果实。约翰·鲍尔，这一天是一定会到来的，那时候，你现在对未来的梦想就会被人们看做是一件行将实现的事情而郑重地加以讨论，就像人们今天跟你谈论农奴变成佃农后如何向他们的主子缴纳免役地租一样。所以，你抱着这样的希望是很对的。而且你可以看到，你的名字——如果你在乎这一点，不过我知道你是不怎么在乎的——是会和你的希望一起活在那些未来的年代里，你是不会被人忘记的。"

虽然光线正在迅速地转亮，我却看不清楚他，只听到他的声音从朦胧的曙光中传过来，他说：

"兄弟，你又使我恢复了勇气。我现在已经清楚地知道你确实是一个来自遥远的时代和遥远的境界的信使，所以，如果可能的话，就请你告诉一个即将死去的人这个美景将是怎样实现的。"

"我只能告诉你这一点，"我说，"未来时代里的情况，在你看来会是难以想象的愚蠢，然而它们将成为习见的事情，并将成为一种秩序，人们生活在这种秩序里纵然很苦，但是仍然必须按照这种秩序生活。于是慢慢地人们就会认为自有世界以来，生活一直是这样的，而且这种生活将与世界共存亡。人们的这种看法将持续很长一个时间。而一班富人听着穷人的埋怨，不过像一个人在炎热的夏天很舒适地躺在菩提树的浓荫下，听着勤劳的蜜蜂的嗡嗡声一样。然而过了一定的时间，这种情况就要成为过去，那时人们对这种现状将产生疑问，因为人们实在不能再按照这种秩序生活下去了，而那时穷人的怨声听起来也不再是一般的怨天尤人的诉苦话了，而是一种毁灭的威胁，一种恐怖。那些在你看来是愚蠢的事情的、而在生活于你我中间那个时代里的人看来是智慧和安定的纽带的，到了那个时候，又会再一次被看成是愚蠢的事情了。然而人们按照它们已经生活了这么久，他们仍会紧紧地抱着它们不放。这一则是由于糊涂，一则是由于恐惧。不过有些人能看得清楚，能克服那种恐惧心理，知道自己是在推进一个真能实现的时代，而不是在追求一个终将归为绝望的幻想。可是这些人将遭到那批盲目的和懦怯的庸人们嘲笑、污蔑、折磨和残害。那个时代的斗争是规模巨大而残酷的；聪明的人将多次遭到失败，勇敢的人将感到十分沮丧。毁谤、怀疑以及朋友们和伙伴们之间由于在混乱中缺乏时间相互了解而造成的纷争，将使许多人感觉到伤心，并为大家的共同事业带来损失。然而等到你对于愚蠢的看法和我们的看法成为一致、你的希望和我们的希望合而为一的时候，这一切都将结束，那时候——那个理想的日子就到来了。"

我又一次听到了约翰·鲍尔的声音：

"现在，兄弟，我要跟你告别了；因为现在白日确已到来了，你我又要分手了。你对于我，就像我对于你一样，是一个梦。我们曾经彼此使对方感到悲哀和欢喜，因为人在缅怀过去和瞻望将来的时候总不免会这样的。我要去迎接生命和死亡了，所以我要跟你告别了。我真不知道究竟要不要祝你做一个有关于在你以后的时代的梦，让它像你对我说的那样，把那时候所应有的情况对你说明；因为我拿不准这对于你将是有所帮助呢，还是会造成障碍。不过我们既然做了亲密的知己朋友，我不愿意不留下一个善颂善祷的愿望就离开你。所以，至少我要拿你自己所指望着的事情祝颂你，那就是富有希望的斗争和无瑕可摘的和平，或者，用一个名词来说，就是生命。再会了，朋友。"

有一小段时间，我虽然知道天光已大亮了，而且也知道我的四周围有些什么东西，但是我对于那些过去为我所密切注意着的事物，却似乎一点也没有看见。然而，现在，在灵光一闪之下，我又把一切全都看清楚了——那片从我右手边那扇镶着白色玻璃的窗子中透进来的随着太阳的上升而出现的红色光辉，那些满雕着花纹的高椅子和油漆得金碧辉煌的屏风，四面壁上的图画，从窗子的五色玻璃上反映出来的各种明净无疵的瑰丽色彩，那座圣坛和圣坛上那道映在日光中显得很是异样的红光，还有陈列在高大圣坛之前的那些尸架，上面安眠着盖着尸布的阵亡者。我看到了这一切的美，心头陡然充满了一种奇痛；在此之外，我还听到有很快的脚步声从教堂外砖铺的小径上向门廊传来，与脚步声一起来的还有一个很响亮的口哨声，吹奏着一只很动听的老曲调。随后，脚步声在圣坛所的门前停止了；我听到门闩在响动，知道那是威尔·格林的手握在门环上了。

于是我挣扎着站起来，但是身子一软，又倒下去了。突然有一片一无所有的白光在我的眼前照耀了一下。咦，看啊，原来我是躺在我睡惯了的眠床上，猛烈的西南风正在摇撼着百叶窗，使它的铰链轧轧地作响呢。

我随即起了床，走到窗子前去观看严冬的晨景。在我面前的那条河的两岸之间是很宽阔的,但是此时差不多正是河水最干涸的时候,所以在那道似乎被西南风吹得流得更快了的急流两侧,各出现了一片泥滩。在河的对岸,那不多几棵由泰晤士河管理委员会给我们保存下来的杨柳树,对着那惨淡无光的天空和一排破落相的蓝色石板房,很使人怀疑它们是不是还活着;至于那排房子,从实说来,还是一种所谓别墅区的街道的后背,而不是什么贫民窟。房子之前的街道既污秽又泥泞。空气中弥漫着那种人们在伦敦永远撤不开的肮脏的、不舒服的感觉。这天早晨也是寒冷的;风固然是从西南方吹来,但却与北风一样地凛冽。然而在这一切中间,我想到了河道的下一个转弯处的那只角;那块地方,我在我现在所站的地位,是不十分能看到的,但是从它上面望过去,却没有什么房屋挡住视线,一直可以看到里士满公园之内,很像是一片空旷的郊野呢。所以尽管河流是混浊的,正月里的寒风是凛冽的,但是它们仍像是在引诱我到郊外去;离开伦敦的一切凄惨景象之后,我就可以凭着我自己的意志,在幻想中去和那些我在睡梦中不由自主地结交下来的朋友谈心了。

但是正当我打着寒噤,没精打采地转过身去的时候,外面突然传来了一阵凄厉的汽笛声,一下紧似一下,催促工人进厂工作。这是早饭后的汽笛声,里面蕴涵着更多的意义呢。所以我就狞笑了一下,把衣服穿好,准备去做我的日常"工作"——我管它叫工作,但除了约翰·拉斯金[①]之外,也有许多人虽不处于拉斯金的地位,却也管它叫"游戏"呢。

[①] 约翰·拉斯金(John Ruskin,1819—1900),英国作家和艺术批评家。——译者

汉译文学名著

第一辑书目（30 种）

伊索寓言	〔古希腊〕伊索著	王焕生译
一千零一夜		李唯中译
托尔梅斯河的拉撒路	〔西〕佚名著	盛力译
培根随笔全集	〔英〕弗朗西斯·培根著	李家真译注
伯爵家书	〔英〕切斯特菲尔德著	杨士虎译
弃儿汤姆·琼斯史	〔英〕亨利·菲尔丁著	张谷若译
少年维特的烦恼	〔德〕歌德著	杨武能译
傲慢与偏见	〔英〕简·奥斯丁著	张玲、张扬译
红与黑	〔法〕斯当达著	罗新璋译
欧也妮·葛朗台 高老头	〔法〕巴尔扎克著	傅雷译
普希金诗选	〔俄〕普希金著	刘文飞译
巴黎圣母院	〔法〕雨果著	潘丽珍译
大卫·考坡菲	〔英〕查尔斯·狄更斯著	张谷若译
双城记	〔英〕查尔斯·狄更斯著	张玲、张扬译
呼啸山庄	〔英〕爱米丽·勃朗特著	张玲、张扬译
猎人笔记	〔俄〕屠格涅夫著	力冈译
恶之花	〔法〕夏尔·波德莱尔著	郭宏安译
茶花女	〔法〕小仲马著	郑克鲁译
战争与和平	〔俄〕列夫·托尔斯泰著	张捷译
德伯家的苔丝	〔英〕托马斯·哈代著	张谷若译
伤心之家	〔爱尔兰〕萧伯纳著	张谷若译
尼尔斯骑鹅旅行记	〔瑞典〕塞尔玛·拉格洛夫著	石琴娥译
泰戈尔诗集：新月集·飞鸟集	〔印〕泰戈尔著	郑振铎译
生命与希望之歌	〔尼加拉瓜〕鲁文·达里奥著	赵振江译
孤寂深渊	〔英〕拉德克利夫·霍尔著	张玲、张扬译
泪与笑	〔黎巴嫩〕纪伯伦著	李唯中译
血的婚礼——加西亚·洛尔迦戏剧选	〔西〕费德里科·加西亚·洛尔迦著	赵振江译
小王子	〔法〕圣埃克苏佩里著	郑克鲁译
鼠疫	〔法〕阿尔贝·加缪著	李玉民译
局外人	〔法〕阿尔贝·加缪著	李玉民译

第二辑书目（30种）

枕草子	〔日〕清少纳言著　周作人译
尼伯龙人之歌	佚名著　安书祉译
萨迦选集	石琴娥等译
亚瑟王之死	〔英〕托马斯·马洛礼著　黄素封译
呆厮国志	〔英〕亚历山大·蒲柏著　李家真译注
波斯人信札	〔法〕孟德斯鸠著　梁守锵译
东方来信——蒙太古夫人书信集	〔英〕蒙太古夫人著　冯环译
忏悔录	〔法〕卢梭著　李平沤译
阴谋与爱情	〔德〕席勒著　杨武能译
雪莱抒情诗选	〔英〕雪莱著　杨熙龄译
幻灭	〔法〕巴尔扎克著　傅雷译
雨果诗选	〔法〕雨果著　程曾厚译
爱伦·坡短篇小说全集	〔美〕爱伦·坡著　曹明伦译
名利场	〔英〕萨克雷著　杨必译
游美札记	〔英〕查尔斯·狄更斯著　张谷若译
巴黎的忧郁	〔法〕夏尔·波德莱尔著　郭宏安译
卡拉马佐夫兄弟	〔俄〕陀思妥耶夫斯基著　徐振亚·冯增义译
安娜·卡列尼娜	〔俄〕列夫·托尔斯泰著　力冈译
还乡	〔英〕托马斯·哈代著　张谷若译
无名的裘德	〔英〕托马斯·哈代著　张谷若译
快乐王子——王尔德童话全集	〔英〕奥斯卡·王尔德著　李家真译
理想丈夫	〔英〕奥斯卡·王尔德著　许渊冲译
莎乐美　文德美夫人的扇子	〔英〕奥斯卡·王尔德著　许渊冲译
原来如此的故事	〔英〕吉卜林著　曹明伦译
缎子鞋	〔法〕保尔·克洛岱尔著　余中先译
昨日世界：一个欧洲人的回忆	〔奥〕斯蒂芬·茨威格著　史行果译
先知　沙与沫	〔黎巴嫩〕纪伯伦著　李唯中译
诉讼	〔奥〕弗兰茨·卡夫卡著　章国锋译
老人与海	〔美〕欧内斯特·海明威著　吴钧燮译
烦恼的冬天	〔美〕约翰·斯坦贝克著　吴钧燮译

第三辑书目（40种）

埃达	〔冰岛〕佚名著　石琴娥、斯文译
徒然草	〔日〕吉田兼好著　王以铸译
乌托邦	〔英〕托马斯·莫尔著　戴镏龄译
罗密欧与朱丽叶	〔英〕莎士比亚著　朱生豪译
李尔王	〔英〕莎士比亚著　朱生豪译
大洋国	〔英〕哈林顿著　何新译
论批评　云鬟劫	〔英〕亚历山大·蒲柏著　李家真译注
论人	〔英〕亚历山大·蒲柏著　李家真译注
亲和力	〔德〕歌德著　高中甫译
大尉的女儿	〔俄〕普希金著　刘文飞译
悲惨世界	〔法〕雨果著　潘丽珍译
安徒生童话与故事全集	〔丹麦〕安徒生著　石琴娥译
死魂灵	〔俄〕果戈理著　郑海凌译
瓦尔登湖	〔美〕亨利·大卫·梭罗著　李家真译注
罪与罚	〔俄〕陀思妥耶夫斯基著　力冈、袁亚楠译
生活之路	〔俄〕列夫·托尔斯泰著　王志耕译
小妇人	〔美〕路易莎·梅·奥尔科特著　贾辉丰译
生命之用	〔英〕约翰·卢伯克著　曹明伦译
哈代中短篇小说选	〔英〕托马斯·哈代著　张玲、张扬译
卡斯特桥市长	〔英〕托马斯·哈代著　张玲、张扬译
一生	〔法〕莫泊桑著　盛澄华译
莫泊桑短篇小说选	〔法〕莫泊桑著　柳鸣九译
多利安·格雷的画像	〔英〕奥斯卡·王尔德著　李家真译注
苹果车——政治狂想曲	〔英〕萧伯纳著　老舍译
伊坦·弗洛美	〔美〕伊迪斯·华尔顿著　吕叔湘译
施尼茨勒中短篇小说选	〔奥〕阿图尔·施尼茨勒著　高中甫译
约翰·克利斯朵夫	〔法〕罗曼·罗兰著　傅雷译
童年	〔苏联〕高尔基著　郭家申译
在人间	〔苏联〕高尔基著　郭家申译
我的大学	〔苏联〕高尔基著　郭家申译

地粮	〔法〕安德烈·纪德著	盛澄华译
在底层的人们	〔墨〕马里亚诺·阿苏埃拉著	吴广孝译
啊，拓荒者	〔美〕薇拉·凯瑟著	曹明伦译
云雀之歌	〔美〕薇拉·凯瑟著	曹明伦译
我的安东妮亚	〔美〕薇拉·凯瑟著	曹明伦译
绿山墙的安妮	〔加〕露西·莫德·蒙哥马利著	马爱农译
远方的花园——希梅内斯诗选	〔西〕胡安·拉蒙·希梅内斯著	赵振江译
城堡	〔奥〕弗兰茨·卡夫卡著	赵蓉恒译
飘	〔美〕玛格丽特·米切尔著	傅东华译
愤怒的葡萄	〔美〕约翰·斯坦贝克著	胡仲持译

第四辑书目（30种）

伊戈尔出征记		李锡胤译
莎士比亚诗歌全集——十四行诗及其他	〔英〕莎士比亚著	曹明伦译
伏尔泰小说选	〔法〕伏尔泰著	傅雷译
海上劳工	〔法〕雨果著	许钧译
海华沙之歌	〔美〕朗费罗著	王科一译
远大前程	〔英〕查尔斯·狄更斯著	王科一译
当代英雄	〔俄〕莱蒙托夫著	吕绍宗译
夏洛蒂·勃朗特书信	〔英〕夏洛蒂·勃朗特著	杨静远译
缅因森林	〔美〕梭罗著	李家真译注
鳕鱼海岬	〔美〕梭罗著	李家真译注
黑骏马	〔英〕安娜·休厄尔著	马爱农译
地下室手记	〔俄〕陀思妥耶夫斯基著	刘文飞译
复活	〔俄〕列夫·托尔斯泰著	力冈译
乌有乡消息	〔英〕威廉·莫里斯著	黄嘉德译
生命之乐	〔英〕约翰·卢伯克著	曹明伦译
都德短篇小说选	〔法〕都德著	柳鸣九译
无足轻重的女人	〔英〕奥斯卡·王尔德著	许渊冲译
巴杜亚公爵夫人	〔英〕奥斯卡·王尔德著	许渊冲译
美之陨落：王尔德书信集	〔英〕奥斯卡·王尔德著	孙宜学译
名人传	〔法〕罗曼·罗兰著	傅雷译
伪币制造者	〔法〕安德烈·纪德著	盛澄华译
弗罗斯特诗全集	〔美〕弗罗斯特著	曹明伦译

弗罗斯特文集	〔美〕弗罗斯特著	曹明伦译
卡斯蒂利亚的田野：马查多诗选	〔西〕安东尼奥·马查多著	赵振江译
人类群星闪耀时：十四幅历史人物画像	〔奥〕斯蒂芬·茨威格著	高中甫、潘子立译
被折断的翅膀：纪伯伦中短篇小说选	〔黎巴嫩〕纪伯伦著	李唯中译
蓝色的火焰：纪伯伦爱情书简	〔黎巴嫩〕纪伯伦著	薛庆国译
失踪者	〔奥〕弗兰茨·卡夫卡著	徐纪贵译
获而一无所获	〔美〕欧内斯特·海明威著	曹明伦译
第一人	〔法〕阿尔贝·加缪著	闫素伟译

图书在版编目（CIP）数据

乌有乡消息/（英）威廉·莫里斯著；黄嘉德译.—北京：商务印书馆，2023
（汉译世界文学名著丛书）
ISBN 978-7-100-22029-3

Ⅰ.①乌… Ⅱ.①威… ②黄… Ⅲ.①长篇小说—英国—近代 Ⅳ.① I561.44

中国国家版本馆 CIP 数据核字（2023）第 032991 号

权利保留，侵权必究。

汉译世界文学名著丛书
乌有乡消息
〔英〕威廉·莫里斯　著
黄嘉德　译
附：梦见约翰·鲍尔
包玉珂　译

商 务 印 书 馆 出 版
（北京王府井大街36号　邮政编码100710）
商 务 印 书 馆 发 行
北京中科印刷有限公司印刷
ISBN 978-7-100-22029-3

2023年10月第1版	开本 850×1168　1/32
2023年10月北京第1次印刷	印张 12⅝　插页 2

定价：59.00 元